Newton Compton Editores

Título original: *Triple Duty Bodyguards*

© 2021, Lily Gold
© 2023, de la traducción por José Monserrat Vicent
© 2023, de esta edición por Antonio Vallardi Editore S.u.r.l., Milán

Todos los derechos reservados

Primera edición: julio de 2024

Newton Compton Editores es un sello de Antonio Vallardi Editore S.u.r.l.
Pl. Urquinaona, 11, 3.º 1.ª izq. Barcelona, 08010 (España)
www.newtoncomptoneditores.com

Gruppo editoriale Mauri Spagnol S.p.A.
www.maurispagnol.it

ISBN: 978-84-10080-22-5
Código IBIC: FR
DL: B 4.883-2024

Composición:
Sergi Godia

Diseño de interiores:
David Pablo

Impreso en julio de 2024 en Puntoweb s.r.l., Ariccia (Roma), en Italia.

Lily Gold

Tres chicos malos para mí

Traducción de José Monserrat Vicent

Newton Compton Editores
Barcelona, 2024

*Para todas las divas del mundo
que viven como quieren*

Nota de la autora

Este libro es un *reverse harem romance* y contiene escenas sexuales explícitas entre múltiples parejas (no os dejéis engañar por la preciosa portada, ¡en el interior la cosa está que arde!).

Si bien se trata de una historia tierna y divertida, la trama abarca temas que pueden resultar delicados y sensibles, entre los que se incluyen el trastorno de estrés postraumático en militares, el acoso, la ansiedad y la violencia.

Para saber más, puedes echarle un vistazo a mi página web: https://www.lilygoldauthor.com/content

¡Disfruta de la lectura!

1

Briar

—No me seas dramática, cielo –me dice mi agente de relaciones públicas, mientras se mira las uñas–. Ni que hubiera intentado matarte.

Cierro los ojos y me masajeo las sienes. Son las cuatro de la mañana y la cabeza aún me da vueltas por culpa del vino que me tomé anoche. Unas luces rojas y azules, que provienen del coche patrulla que hay aparcado en el camino de entrada de mi casa, parpadean al otro lado de la ventana de mi cocina de baldosas de color rosa. Oigo los pasos y las voces ahogadas de los agentes que están investigando en la planta de arriba.

Estoy cansada.

—Un desconocido ha subido por la fachada lateral de la casa, se ha colado en mi cuarto y se ha corrido en mi cama –le digo despacio–. No estoy exagerando.

Julie se encoge de hombros junto a la encimera de mármol de la cocina americana y busca la polvera en su bolso de diseño.

—Ni siquiera te ha puesto un dedo encima –murmura, empolvándose la nariz respingona–. No me parece una razón de peso para que despidas al pobre Rodríguez.

La vista se me va hacia Rodríguez, mi segurata. Se niega a mirarme y parece incómodo junto a Julie. Está despeinado, tiene la bragueta bajada, la camisa desabrochada y el cuello cubierto de marcas del pintalabios rojo de Julie.

No es muy complicado imaginar cómo es posible que ese desconocido haya podido cruzar la verja de la casa.

—Pues lo es –respondo, fría–. Así que, venga, Rodríguez, súbete la bragueta y lárgate.

–Pero, señorita... –contesta él, abriendo mucho los ojos.

–A mí no me vengas con «señorita». Ya no trabajas para mí –le digo, señalando la puerta de la casa–. Vete.

–En serio, señorita –insiste, levantándose y sacado pecho–, no es justo que...

–¿Que no es «justo»? –le suelto–. Estabas ocupadísimo tirándote a mi personal y no te has fijado en que un desconocido se ha colado en mi puto cuarto. Te pago un sueldo de seis cifras y, aun así, eres incapaz de aguantar un turno de ocho horas sin sacarte el pajarito. Estás despedido, así que lárgate de mi casa antes de que llame a tu mujer y le explique por qué te han echado del trabajo.

Giro sobre mis talones y salgo de la cocina, ignorando el «zorra» que suena por lo bajini a mi espalda.

Pues claro. Él la caga en el trabajo y le pone los cuernos a su mujer, que encima está preñada, pero la zorra soy yo. Como siempre.

Como es evidente, casi todo el mundo estaría de acuerdo con Rodríguez. Todo el mundo sabe que soy una capulla. Incluso me han otorgado varios títulos. Estáis hablando con alguien que ha ganado en tres ocasiones el premio a la Más Diva de Todas de la revista *Goss*, ¡y a mucha honra! Y hace un par de semanas, un periódico británico de los importantes me coronó como la Zorra Suprema del Reino Unido. No creo que me lo digan como si fueran premios, pero yo me los tomo como tal.

Supongo que tengo parte de culpa. Cuando llego al pasillo, veo mi reflejo de reojo en el espejo tachonado de diamantes. Pelo rubio con mechas. Carillas dentales. Uñas postizas. Soy la clase de mujer a la que la gente le gusta llamar «zorra».

Oigo pasos en las escaleras y, al levantar la mirada, me encuentro con un agente de policía que sale al rellano con una de esas bolsas transparentes en las que se guardan las pruebas.

–¿Han tomado una muestra? –le pregunto, apoyándome con pesadez contra la pared.

El agente asiente.

–Aunque no podemos garantizarle que vayamos a encontrar al culpable con ella. A menos que sea un criminal reincidente en el Reino Unido, no tendremos un ADN con el que comparar la muestra.

–¿Y no tienen bases de datos, o informes médicos o algo?

–Podríamos hacerlo para un caso más importante –responde el agente, después de poner los ojos en blanco–, pero no para un simple allanamiento de morada. –Se saca el teléfono del bolsillo trasero de los pantalones y agita las cejas negras y espesas–. Por cierto, mi hija es muy fan de aquella serie en la que estuvo hace muchos años. ¿Le importa que nos hagamos una foto?

Bajo la vista. Llevo un pijama de Minnie Mouse manchado, el maquillaje de anoche corrido por toda la cara y los ojos rojos de llorar porque he sido víctima de un allanamiento de morada.

–Bueno –le respondo, tratando de controlar la ira–, la verdad es que preferiría que no.

Al agente se le endurece la expresión del rostro. Da la vuelta y echa a andar hacia la puerta, pero, entonces, se gira, como si hubiera olvidado algo.

–Ah, creo que esto es suyo –me dice, tendiéndome la bolsa de plástico.

Frunzo el ceño y la cojo. Dentro hay una polaroid.

–¿Qué es esto?

–Estaba debajo de su almohada. Muy intenso –añade, apretando los labios–. No tengo ni idea de cómo es posible que alguien haya levantado la almohada para colocar algo debajo mientras usted estaba durmiendo. Lo único que se me ocurre es que el culpable sea el Ratoncito Pérez, y no parece muy probable, ¿no?

No respondo y saco la fotografía de la bolsa.

Es una foto en la que salgo durmiendo, despatarrada sobre las sábanas y con la boca abierta. De repente, siento algo de presión en el pecho.

–Lo de la nota le da un toque único –añade el agente mientras coge la chaqueta del perchero.

–¿Qué nota? –preguntó, como ida.

El agente hace un movimiento circular con el dedo, y yo le doy la vuelta a la foto. En la parte de atrás, escrito en cursiva, me encuentro:

Estás preciosa mientras duermes, angelito mío.
Pronto dormiremos juntos eternamente.

X

–Ay, Dios –susurro, retrocediendo hasta la pared. Me falta el aire–. Ay, Dios. Por favor, llévese...

Intento devolverle la foto al agente, pero este retrocede con las manos en alto.

–Es suya.

–¿No tiene que llevársela? –le pregunto, frunciendo el ceño.

–No creo que nos sirva de nada, señorita –responde él, encogiéndose de hombros.

–¿Cómo? Pero ¡si es una prueba!

–Ya –responde el agente, conteniendo una risita–. ¿Sabe cuál es la sanción por hacerle perder el tiempo a la policía, señorita Saint?

–¿Qué? Yo no le he hecho perder el tiempo. ¡Se supone que su trabajo consiste en esto!

–Claro, porque los paparazis que han fotografiado nuestros coches al entrar en su propiedad estaban a las puertas de su casa un martes a las cuatro de la mañana por casualidad, ¿verdad? –me responde, fulminándome con la mirada.

–¡Pues puede! –respondo, patidifusa–. ¡No es culpa mía que se ganen la vida invadiendo mi privacidad! Si de verdad cree que todo esto lo he organizado yo, ¡¿quiere explicarme cómo he dejado ese montón de semen sobre la cama?!

–A lo mejor le ha pedido a su novio que lo haga –contesta, encogiéndose de hombros–. Mire, no lo sé, pero lo que sí sé es que a mis agentes no les gusta que los utilicen en montajes publicitarios.

Me quedo boquiabierta.

Oigo una discusión a mi espalda. Rodríguez y Julie salen de la cocina, hablando en susurros. Cierro la boca de golpe y les señalo la puerta.

–Vosotros dos. Largo de aquí. Ahora mismo. Ya os mandaré la indemnización. Pasadlo genial en el paro.

–Venga, Briar –me dice Julie, con tono lastimero, mientras se pasa una mano por los rizos rubio platino–. Solo hemos cometido un error. ¿Cómo querías que supiera que uno de tus fans malrolleros iba a colarse en tu casa esta noche?

La fulmino con la mirada. Julie ha sido mi agente de relaciones públicas durante ocho años. Es la típica niña rica de Chelsea: es rubia, siempre va maquillada y envuelta en un abrigo de pieles. Desde que empezó a trabajar para mí, he estado a punto de despedirla cincuenta veces, pero siempre logra colarse de nuevo en mi vida.

Por lo visto, mi silencio le da alas y me agarra la mano.

–Mira, ¿me perdonas si contrato a otro segurata? –me propone, y Rodríguez pone una expresión de dolor.

–No –le respondo.

–Pero...

–Fuiste tú la que contrató a mi último segurata –le recuerdo–, y luego te lo tiraste. Así que no, no vas a escoger a nadie. –Me sacudo para quitármela de encima–. Estás despedida. Vete.

–Pero... –me contesta, haciendo un puchero.

Y ahí sí que pierdo los nervios.

–Por el amor de Dios, ¡largaos todos de mi casa! –les grito.

Estoy temblando. La polaroid se me cae de la mano y revolotea hasta la moqueta.

Tras unos instantes de silencio, alguien abre la puerta principal y todos salen en fila india. Trago saliva, con dificultad, y siento las mejillas surcadas de lágrimas. Me las enjugo con la mano.

De repente se produce un estallido de luz. Alzo la mirada y veo al agente de policía en la puerta, con el teléfono en la mano y retratando mi crisis nerviosa.

—Muchas gracias, Briar Saint —me dice con una sonrisa adu-ladora.

Doy un paso al frente para arrebatarle el móvil de las manos, pero el agente sale y cierra de un portazo.

Me quedo mirando la puerta un segundo, con la respiración agitada, y entonces me quedo sin energía, me dejo caer al sue-lo y me encojo sobre mí misma, abrazándome las rodillas. La polaroid cae al suelo, junto a mi codo, con la cara de la nota hacia arriba.

Pronto dormiremos juntos eternamente.

Escondo el rostro tras las manos. Estoy jodida.

2

Matt

Recostado en la silla, le lanzo una mirada asesina a la carpeta que tengo delante.

–No. Ni en broma. Vamos, es que ni de coña. Me niego a aceptar otro caso de una famosa.

Nuestra jefa, una mujer menuda y rubia que se llama Colette, me fulmina con la mirada.

–Pero si ni siquiera la has conocido aún –me señala.

–No me hace falta –le respondo–. Me niego.

Mi compañero, Kenta, me pasa una taza de café desde el otro extremo del escritorio.

–Bébetelo y deja de quejarte –murmura, y se acerca a la cafetera para servirse otra taza.

Parece medio dormido, lleva la camisa blanca arrugada y el pelo largo y oscuro le cae alrededor de la cara. Se recoge los mechones sueltos y se hace una coleta. Yo me trago un comentario grosero y cojo la taza.

Siendo sincero, la verdad es que necesito la cafeína. Son las cinco de la mañana y el resto de la sede de Londres de Angel Security permanece en silencio. No hay ni un alma. Debería estar en la cama, pero la loca de nuestra jefa nos ha convocado para una reunión de emergencia.

Una mano inmensa aterriza sobre mi hombro y me roba la taza de café justo antes de que me la lleve a los labios. Mi otro compañero, Glen, tan grande como un armario, se deja caer con pesadez en una silla. Mide casi un metro noventa y las piernas no le caben bajo la mesa.

Colette le lanza una mirada asesina.

–Llegas tarde.

–Efectivamente –responde. Le da un sorbo al café y chasquea los labios–. Llego tarde.

Se pasa una mano de nudillos grandes por la densa mata de pelo y se estira. La luz rosácea del amanecer se cuela a través del ventanal y le cubre el rostro, lo que le marca la fea cicatriz de la mejilla.

Colette suspira y saca un informe de la empresa en una carpeta negra con el logo de Angel Security estampado en relieve dorado. Lo abre y nos muestra una fotografía tamaño A4. Es una foto de un paparazi en la que se ve a una mujer saliendo de un coche. Glen se tensa a mi lado.

–Os presento a Briar Saint –nos dice–. Veintiocho años. Se hizo famosa de niña, a los trece años, cuando le otorgaron el papel protagonista de una sitcom de la tele, *Hollywood House*. Ahora solo actúa en taquillazos.

Kenta se inclina hacia delante y examina la foto.

–Me suena de algo.

Asiento. A mí también. Estoy seguro de que la conozco, pero no sé de qué.

Dudo mucho que pudiera olvidar esa cara. Es una mujer despampanante. Tiene el pelo del color de la miel, un cuerpo delgado y suave, y la piel morena. En la foto lleva un abrigo de piel blanco a lo Cruella de Vil y los labios pintados de un rojo intenso. Pone morritos ante la cámara, como una modelo.

–Seguro que la habéis visto alguna vez –nos dice Colette–. Su ficha de IMDb es impresionante. Ha salido en anuncios, videoclips, series de la tele... Además, el metro está repleto de carteles de su última película.

Pasa la hoja y nos muestra un primer plano de ella. Observo los pómulos altos y esos labios perfectos que parecen esculpidos. Tiene los ojos más deslumbrantes que he visto en toda mi vida: de un turquesa intenso, envueltos por unas largas pestañas.

«Seguramente sea una foto retocada», me digo a mí mismo.

No me creo que sea tan guapa en persona. Es imposible que un ser humano sea tan guapo.

–¿Y qué le pasa? –pregunta Glen con su acento escocés, aún más marcado que de costumbre por culpa del cansancio, acercándose la foto–. ¿La está molestando alguien?

Colette se encoge de hombros y mete la mano en el bolso para sacar la polvera.

–Su agente de relaciones públicas me ha llamado hace una hora suplicándome que fuéramos a proteger a su clienta. Me ha dicho que era una emergencia –añade, y abre el espejito y se asegura de que no se la haya corrido el pintalabios.

Aunque apenas ha amanecido, nuestra jefa se ha arreglado de la cabeza a los pies. Se ha maquillado y puesto un vestido rosa palo a juego con las uñas. Cualquiera que la viera no se imaginaría jamás que esta mujer tan menuda se ha pasado la mitad de su vida desactivando minas terrestres en Mozambique.

–¿Qué clase de emergencia? –pregunta Kenta al ver que nuestra jefa no da más detalles.

Colette vuelve a suspirar y cierra el espejito de golpe.

–No me lo ha dicho. Era «información confidencial». Quiere que nos reunamos para que le firméis un acuerdo de confidencialidad y así pueda contároslo en persona.

Suelto un quejido. No soporto a las famosas. ¿Qué se cree? ¿Que vamos a irle a la prensa con todos los detalles privados de su vida? Que somos una empresa de seguridad, joder.

–Yo imagino que la señorita Saint debe de haberse ganado un enemigo –contesta Colette, y aprieta los labios–. Tiene actitudes un poco... controvertidas.

–¿Qué quieres decir? –le pregunto, frunciendo el ceño.

Colette pasa la hoja y nos muestra varios recortes de la prensa. Los ojos se me van abriendo de par en par a medida que voy leyendo.

Briar Saint abandona al *cast* de *Emma* en mitad del rodaje. Afirma que el director es un «completo gili*ollas».

**Briar Saint le dijo a una fan entusiasta
que se fuera «a la *uta *ierda».**

**Una chica mala: una examiga de Briar Saint describe
a la actriz como «la reencarnación de Regina George».**

**El antiguo representante de Briar Saint afirma
que es una diva «malcriada, desagradecida,
grosera y condescendiente».**

Alzo la mirada hacia Colette.

—¿De verdad quieres que trabajemos con ella? —le pregunto,
incrédulo—. Parece un horror de persona...

—¿Quién es Regina George? —pregunta Glen—. ¿Es famosa?

Colette pone los ojos en blanco.

Paso las hojas de los recortes de prensa y examino las fotografías en las que Briar sale frunciendo el ceño. Vale, puede
que sea guapa, pero en la mayoría de las fotos mira a la cámara
con desdén, como si acabara de olisquear algo que apesta. Creo
que jamás he visto a alguien tan esnob y que lo lleve con tanto
orgullo. Le echo un vistazo a otro artículo.

—Mirad, este es sobre el segurata anterior. Por lo visto, lo puso
de patitas en la calle hace unos días por ir al baño durante la
jornada laboral. —Les leo del artículo—. Vaya, parece un encanto
de persona.

Colette me dedica una mirada impasible y retira la carpeta.

—Matt, esto no son más que gilipolleces de la prensa. Seguramente se lo hayan inventado todo para ganar dinero a su costa.

—Además, si el segurata le ha ido con el cuento a una revistilla
del corazón, es evidente que estaba haciendo un trabajo de
mierda —señala Kenta.

—Me da igual —les digo, negando con la cabeza—. Ya os lo he
dicho. No pienso volver a trabajar para una famosa, y mucho
menos para una que tiene fama de ser una niñata malcriada.

La última vez que trabajamos para una famosa fue horrible. La
chavala era una *influencer* de diecisiete años que se pasaba todo
el día esnifando coca e intentando meterme mano. Cuando al

fin logramos meterla en rehabilitación, juré que jamás volvería a aceptar un encargo de alguien famoso.

Y tampoco entiendo por qué Colette nos hace perder el tiempo con todo esto. Glen, Kenta y yo somos los mejores de la empresa. Llevamos cinco años trabajando aquí, desde que nos retiramos del SAS, el Servicio Aéreo Especial del Ejército británico. El mes pasado rescatamos a la hija de un multimillonario británico a la que habían secuestrado para pedir un rescate. Y el anterior estuvimos protegiendo a un candidato a la presidencia de los Estados Unidos después de que le pegaran un tiro en un mitin. No trabajamos para famosas jóvenes y malcriadas, no contenemos a paparazis entusiastas ni les llevamos las bolsas de las compras por el centro comercial.

—Yo creo que al menos deberíamos darle una oportunidad —comenta Kenta—. Me parece que es lo más justo.

—Yo también —interviene Glen—. Me parece feo negarle a alguien protección solo por que tenga mala reputación.

Frunzo el ceño.

—Pero...

—Venga —remolonea Glen—. Solo una reunión para conocernos. Te recuerdo que me debes una.

Me dedica una sonrisa que parece una mueca. La gruesa cicatriz que le recorre la mejilla se estira, y la culpa se me lleva por delante, como si fuera un camión. Bajo la mirada hacia sus muñecas, sin querer, y observo las cicatrices que se las cubren, a juego con la de la cara. Son bastante gruesas, están abultadas y rojas. Aunque hace un lustro que nos retiramos, jamás han llegado a sanar. Es lo que tiene haberse pasado meses esposado.

Kenta se mueve a mi lado, y no logro contener la visión de las cicatrices que le cubren la espalda. Clavo las uñas en la mesa a medida que los recuerdos me invaden.

—Matt. ¡Matt!

Glen me da una palmada en el hombro y vuelvo a poner los pies en la tierra, con un parpadeo. Ni siquiera me doy cuenta de lo muchísimo que me cuesta respirar hasta que Colette me pasa una botella de agua con una mirada de lástima. Me quedo mirando la botella mientras la sostengo en las manos.

–No me refería a eso –me suelta Glen de repente–. Quería decir que me has puesto en el turno de noche durante los últimos tres encargos. No a... –Pero no termina la frase, y el rubor le trepa por el cuello–. Sabes que no te culpo por lo que ocurrió –añade, señalándose la cara, como si no fuera nada–. No te culpamos.

Me encojo de hombros para librarme de él y me froto los ojos. Tiene razón. Se lo debo a Kenta y a él. Les debo mucho más que esto. Si quieren conocer a esta chica, la conoceremos.

–Vale –murmuro–, pero más vale que el problema que tiene sea real.

3

Briar

Me encuentro en mitad de una reunión de diseño sobre la línea de pintaúñas que sacaré pronto, y de repente Julie entra como un torbellino en la sala, jadeando.

–Si les ponemos texturas a los tapones de los frascos, los pintaúñas serán más accesibles para todo el mundo –me explica la diseñadora–. Si utilizamos un tapón de plástico brillante para los normales, y otro con acabado mate para los que dejan un estilo mate, quienes tienen discapacidad visual pueden identificar los productos que quieren con mayor facilidad.

–Vale, estupendo –respondo, observándome las uñas bajo la luz.

Llevo puesto el tono *British Bitch*, que es de color rojo sangre y tiene varias motitas de purpurina carmesí. Ahora mismo estamos en la fase de pruebas y llevo una fórmula ligeramente distinta en cada dedo.

–¿Y para qué lo necesitan? –pregunta Julie bien alto–. ¿Por qué iba una ciega a querer pintarse las uñas?

–¿No se supone que los que os dedicáis a las relaciones públicas tenéis que ser políticamente correctos? –le pregunto mientras ella se pasea de un lado a otro.

Julie se ríe por la nariz.

–Se supone que mi trabajo es que aparezcas en los titulares –me responde, deja el abrigo de pieles sobre el respaldo de la silla y se sienta delante de mí.

–¿Es que no me oíste? –le digo, fulminándola con la mirada–. Te he despedido.

–No lo dijiste en serio –responde. Estira la mano y coge un

bote de *Stiletto*. Es un pintaúñas negro y brillante como el charol–. No sabía que estuvieras pasando una fase gótica. Ya sabes que el rosa es tu color.

Me encanta el rosa. ¿Qué queréis que os diga? Mi estilo se inspira en tres grandes iconos de la moda: Paris Hilton, Sharpay Evans y Elle Woods. Observo el despacho y contemplo los bolis rosa con pompón, el suelo de mármol rosa, la lámpara de araña de cristal rosa. Madre mía, mi casa parece la de Barbie.

Pero a nadie le gusta ser mona y cuca todo el tiempo. Estoy convencida de que a Barbie a veces le daban ganas de vestirse de asesina dispuesta a matar a un hombre.

–Dime qué quieres de una vez, Julie.

Rebusca algo en el interior del bolso de Gucci y deja con fuerza una carpetita sobre la mesa. La reconozco al momento. Es la carpeta en la que he ido recopilando toda la información sobre el allanamiento. No tengo mucho de momento: algunas fotos de la ventana rota, el informe policial y esa terrorífica polaroid. El corazón comienza a latirme más deprisa.

–¿Qué haces con esto?

Estaba segura de que la había dejado en mi cuarto.

–He solucionado tu problema con la seguridad –anuncia con tono triunfal.

Aprieto los dientes con fuerza.

–Te dije que ya me encargaría yo de buscarme...

De repente, una voz de hombre retumba al otro lado de la pared del despacho, y yo me quedo helada. Presto atención. Se oyen pasos en la sala de estar de al lado, y alguien da golpecitos en las paredes.

El miedo se apodera de mí. Las paredes de la habitación parecen estrecharse a mi alrededor y expulsar absolutamente todo el oxígeno.

–¿Quién coño está en mi casa? –susurro.

–Te juro que son muy buenos –me promete Julie–. Son exmilitares del SAS. El entrenamiento al que se someten es el mejor. He oído por ahí que Kylie Jenner los contrató para su último viaje a París. –Entonces se acerca hacia mí y me susurra–: La gente del mundillo los llama «los Angeles».

Me quedo mirándola.

–¿Qué son? ¿Una *boy band*?

–Supongo que se refieren a que son como ángeles guardianes –responde, encogiéndose de hombros–. Te están esperando en la sala de estar. ¡Los tres!

–Has invitado a tres soldados a mi casa sin preguntarme –le digo despacio, cerrando los ojos–, después de que un desconocido se colara en mi cuarto y no te has parado a pensar que quizá pudiera molestarme un poquito, ¿no?

–Exacto –responde, y se pone en pie con una sonrisa de oreja a oreja–. Venga, vamos, que ya se están quejando. No creo que les guste que los hagan esperar. –Le hace un gesto con la mano a mi diseñadora de productos–. Ya puedes irte. Briar tiene una reunión a la que no puede faltar.

La mujer me guiña un ojo, sorprendida de que la hayan obligado a irse tan de repente. Suspiro y me levanto. Por muy mal que me sepa dejar esta reunión a medias, la verdad es que no me entusiasma dejar a esos hombres solos por mi casa, campando a sus anchas.

–Ya casi habíamos terminado, ¿verdad, Sarah?

–Bueno, sí, supongo... –Frunce el ceño–. Pero aún no hemos hablado de los nombres para los tapones con texturas...

Siento una punzada de culpabilidad y me encojo. Sarah es una de las mejores de esta industria; ha venido en avión desde París para esto.

–Lo siento. Me fío de tu criterio. Escoge la que creas que va a ser la mejor opción y la apruebo por correo electrónico. Muchísimas gracias por venir hasta aquí, de verdad. –De repente tengo una idea–. ¡Ay! ¿Te apetece venir al estreno de mi última película? Es una peli de asesinatos que se llama *Players*, la estrenan dentro de un par de semanas. –Saco el teléfono y me pongo a redactar un correo para mi agente–. Voy a ir en avión a Estados Unidos para el estreno, pero aquí en Londres también se va a celebrar un gran evento. Si quieres, te puedo conseguir un par de entradas.

Los ojos se le abren de par en par.

–Me encantaría –responde despacio–. He visto los carteles de la peli por todas partes.

–Estupendo. Le diré a mi agente que te las envíe. Muchas gracias.

Le dedico una última sonrisa antes de que Julie me coja del brazo y me saque de la habitación.

–Venga –murmura–, no quiero que se enfaden y se larguen.

Me libero de su agarre y me giro hacia ella.

–¿Qué coño te pasa, Julie? ¿Por qué has hecho esto? Mi vida corrió peligro por tu culpa. No quiero que sigas trabajando para mí.

Joder, si casi ni pestañeó después de que aquel intruso se colara en mi casa.

–Por favor, Briar –me suplica, con los ojos marrones anegados de lágrimas–. Dame otra oportunidad. Quiero compensártelo, de verdad. –Me coge la mano y me la aprieta–. Piensa en todo lo que hemos vivido juntas, cielo.

Suspiro. La verdad es que estoy un poco sola. Casi todo el mundo me odia al instante por culpa de mi reputación. De todo mi equipo, Julie es la que más tiempo lleva conmigo. Vamos juntas al gimnasio, me da consejos espantosos cuando hablamos de chicos y siempre me trae vino con pocas calorías cuando estoy triste. Sé que no es mi amiga como tal (si dejara de pagarle el sueldo, no volvería a verle el pelo), pero ahora mismo es lo más parecido que tengo.

–Como la cagues, te despido, que lo sepas. Y hablo en serio.

Julie asiente y el rostro se le ilumina como una bombilla. Después empuja la puerta de la sala de estar.

–Espera a verlos. Te va a dar algo.

–¿Por?

Pero ella se limita a sonreírme y hace un gesto para que pase al salón. En cuanto entro, me quedo boquiabierta.

–¿Estás de coña?

Sentados en mi sofá de terciopelo, con los hombros hundidos y las rodillas inmensas pegadas contra la mesita auxiliar de cristal, se encuentran los tres hombres más guapos que he visto en toda mi vida.

Veo hombres guapos a diario: modelos, actores... En la próxima peli que voy a estrenar, al coprotagonista lo nombraron el Actor más Buenorro de 2020. Pero estos tres hombres lo dejan por los suelos. Llevan sendos trajes negros y parecen un *smörgåsbord* de pechos amplios, pómulos y mandíbulas. No tardo nada en comprender cuál es el motivo por el que Julie los ha escogido personalmente.

–Por el amor de Dios –le suelto–. Quiero guardaespaldas, no chulazos con los que se te caigan las bragas.

–¡Te juro que tienen unas recomendaciones buenísimas! –insiste ella–. Que sean atractivos no es más que un añadido. Salen guapísimos en las fotos de los paparazis. –Le brillan los ojos–. ¿Lo he hecho de puta madre o no, cielo?

–¡No! –exclamo–. ¡No lo has hecho de puta madre! ¡Largo de mi casa!

El hombre que se encuentra en el extremo izquierdo se levanta y me fulmina con la mirada. Puede que sea el que posee una belleza más clásica de los tres: ojos azules, mandíbula marcada, pelo oscuro. Es como si Clark Kent hubiera tenido un hijo con un modelo de Abercrombie.

Además, me mira como si quisiera asesinarme.

–Muy bien –exclama, y luego se gira hacia sus compañeros–. Esto es una mierda. Vámonos de aquí.

–¡Pero...! –protesta Julie.

–Por favor –les digo, asintiendo–. No sé qué clase de trabajo os imaginabais, pero estoy buscando a unos seguratas de verdad. Mi agente de relaciones públicas –añado, fulminando con la mirada a Julie– debe de haber cometido un error. Siento mucho las molestias. Os pagaremos por el tiempo y el desplazamiento.

El hombre resopla y pone cara de asco.

–Perdona, ¿crees que nosotros no somos lo bastante buenos para ti? Trabajábamos para el SAS, princesa. Si contamos el tiempo que estuvimos en las fuerzas aéreas, llevamos diecinueve o veinte años dedicándonos a la seguridad.

–¿En serio? –respondo, enarcando una ceja–. El SAS es el Ejército, ¿no? ¿De verdad no sois *strippers* con traje de camuflaje a los que os contratan para las despedidas de soltera?

Vale, sí, ha sido un comentario de capulla, pero es que este hombre me está mirando como si fuera una mierda de perro que ha pisado. Además, no me gusta que me llamen «princesa».

Frunce aún más el ceño, y los ojos azules le destellan.

–Sí, en serio. Y ya te digo yo que no hemos aguantado todo ese entrenamiento para convertirnos en tus chulazos.

El hombre que está sentado a su lado pone los ojos en blanco y le tira de la manga.

–Siéntate –murmura–. Dale una oportunidad. –Luego se dirige a mí con una sonrisa serena–. Creo que no hemos empezado con buen pie, señorita Saint. Pertenecemos al servicio de protección privado Angel Security, cuya sede principal se encuentra en Londres. Somos un equipo de escoltas cualificado con mucha experiencia en casos importante como el suyo. –Extiende la mano para estrechármela–. Me llamo Kenta Li.

Menos mal. Alguien con educación. Me siento justo enfrente de él y le doy la mano. Kenta es oriental, tiene unos hombros fuertes, los rasgos afilados y una melena larga y oscura recogida en un moño. Tiene un tatuaje en la mano que se le enrosca desde la muñeca y unos ojos oscuros amigables. Cuando nuestros dedos se rozan, juraría que una chispa de electricidad brota entre nosotros. Aparto la mano como si me hubiera quemado.

Kenta parpadea y se aclara la garganta, y luego le da una palmada en la espalda a Clark Kent.

–Este es Matthew Carter, pero puede llamarlo Matt. Como ya ha comprobado, no se le da muy bien hacer nuevos amigos.

Una expresión de enfado cruza el rostro de Matt. Ninguno de los dos hacemos amago de darnos la mano.

–Y este es Glen Smith –añade Kenta, inclinando la cabeza hacia el hombre que está a su izquierda.

Se me van los ojos a Glen. Es más grandote que los otros dos: mide unos cuantos centímetros más y es tan ancho que apenas cabe en el sofá. Tiene una buena mata de pelo cano y unos ojos grises tan claros que casi parecen plateados. Una cicatriz muy fea le cruza la cara; va desde la sien, le atraviesa la ceja y le llega hasta la mejilla. La piel está arrugada y levantada, como si la herida no hubiera sanado bien. Mientras lo miro, Glen ladea un poco la cabeza, como si quisiera ocultarme la cicatriz.

Le tiendo la mano desde el otro lado de la mesa para estrechársela, y él la toma con cuidado. Mis dedos son diminutos en comparación.

–Encantado de conocerte –le digo, y juraría que se sonroja.

Una sensación de calidez tamborilea en mi interior. Este tipo me gusta.

Me recuesto. De repente me noto la boca seca.

–Perdonad que os haya hecho esperar. Estaba en una reunión. –Clark Kent (Matt) se ríe por la nariz. Me giro hacia él–. ¿He dicho algo gracioso?

Él encoge un hombro.

–Llevamos mucho tiempo en este negocio, señorita Saint. Entrenamos para observar el entorno, y no somos idiotas.

Enarco una ceja.

–Me alegra oírlo. ¿Y bien?

–Acabas de pintarte las uñas –responde, señalándomelas con un gesto de la cabeza–. Huelo desde aquí el pintaúñas. No estabas en una reunión, estabas haciéndote la manicura.

Respiro hondo por la nariz.

–Estoy en mitad de una colaboración muy importante con una empresa de belleza para crear mi propia línea de pintaúñas. Me había reunido para diseñar el producto. ¿Tienes alguna otra observación con la que demostrar que no eres idiota, o podemos ponernos manos a la obra?

4

Briar

Matt se sienta con cara de pocos amigos, pero no añade nada más. Yo asiento.

–Vale. Antes que nada, me gustaría que apagarais los teléfonos. No quiero que grabéis esta conversación.

Glen y Kenta obedecen. Matt se ríe por la nariz.

–Princesa, si quisiéramos grabarla, no usaríamos el teléfono. Disponemos de un equipo mucho más sofisticado.

–Que apagues el teléfono –le repito muy despacio, enunciando cada palabra y mirándolo fijamente–. Y deja de llamarme «princesa».

–Briar... –me regaña Julie–. Por favor. Estás siendo una maleducada.

–No estoy siendo maleducada –respondo indiferente–. Este es el protocolo que seguimos cuando alguien nuevo entra en la casa.

Julie pone los ojos en blanco y se dirige a los chicos.

–No le hagáis caso –murmura, con un tono coqueto y grave–. Lleva unos días con un humor de perros. –Luego mira a Kenta y agita las pestañas–. La verdad es que solo esperaba que viniera uno de vosotros. Conoceros a los tres ha sido una muy grata sorpresa.

–Trabajamos en equipo, señorita –responde Kenta, que por lo visto es inmune al flirteo–. Me temo que venimos en *pack*.

–Anda. –Julie parece sorprendida–. ¿Y cuál es vuestra tarifa?

–No podemos calcularla hasta que sepamos a qué nos enfrentamos, qué clase de seguridad tendríamos que poner en práctica, si necesitaría protección por la noche y en el extranjero...

–¿Y así a ojo? –pregunta Julie–. ¿Cuánto le cobráis a otras famosas con un perfil parecido?

Kenta se encoge de hombros.

–Una cantante famosa nos contrató hace poco como guardaespaldas por más o menos un millón doscientos mil libras al año.

Julie se queda más blanca que la tiza. Si no estuviera tan enfadada, hasta me reiría. Por lo visto le ha salido el tiro por la culata con esta especie de soborno. A la agencia no le va a gustar un pelo que haya contratado a un equipo de seguridad que le cueste una millonada.

–Vaya... Creo que no os necesita a los tres –responde–. Seguro que podemos llegar a un acuerdo...

–Tranquilízate –la interrumpo–. Ya lo pagaré yo.

–Pero en tu contrato pone que la agencia debe encargarse de contratar la seguridad –responde ella, con el ceño fruncido.

–Ya lo sé, y eso fue lo que hiciste. Y fue una mierda. Así que, a partir de ahora, pagaré a mi propio equipo de seguridad. Así nadie se pondrá a recortar para ahorrarse unas pelas.

–Pero...

Matt suelta un largo suspiro.

–¿Podéis decirnos de una vez por todas para qué hemos venido? Porque estoy bastante seguro de que, para empezar, ni siquiera te va a hacer falta contratarnos. Solo aceptamos casos importantes en los que la vida de nuestro cliente corre peligro.

–Hace... –Me miro las manos, me clavo las uñas rojas y cubiertas de purpurina en las manos e inspiro hondo–. Hace unos días entraron en mi casa. Un tipo con una máscara de esquí saltó la verja, trepó por la fachada lateral, rompió la ventana y se metió en mi cuarto mientras yo dormía.

Algo cambia en la actitud de los tres. Sus rostros permanecen inmóviles, pero se tensan un poco sobre el sofá. No sé qué se esperaban al venir aquí, pero esto no, desde luego.

–¿La agredieron? –pregunta Kenta con delicadeza.

–No, y no robó nada de valor. Se llevó un par de camisetas, me dejó un «regalo» en la cama y esto debajo de la almohada.

Julie abre el bolso y saca la carpeta con las pruebas.

–Toma, cielo.

–Gracias.

Abro la carpeta, saco la polaroid en la que salgo durmiendo y se la entrego.

Kenta observa la fotografía pero no la toca.

–¿No debería habérsela dado a la policía?

–Lo intenté –respondo, apretando los labios–. Varios paparazis los pillaron cruzando la puerta de mi casa y comenzaron a hacer fotos, así que dieron por hecho que solo era un montaje publicitario. Apenas me hicieron caso.

–Aunque creyeran que las acusaciones eran falsas, deberían haber recogido pruebas –responde Kenta con el ceño fruncido–. Es una negligencia muy bestia. Podría llevarlo a juicio.

–No quiero llevarlos a juicio, quiero que alguien me tome en serio. Mirad la parte de atrás.

Gira la fotografía con cuidado y alza las cejas al ver el mensaje de la parte posterior.

–No es la primera vez que me mandan cartas amenazantes –prosigo–, pero siempre las he ignorado. Hasta ahora.

–¿Amenazantes en qué sentido? –pregunta Matt.

–Declaraciones de amor de pirados. Gente que dice que me va a apuñalar por la calle o que me merezco que me maten. No es que sea muy popular.

–Es de lo más normal en esta industria –interviene Julie a toda prisa para que eche el freno–. De verdad, no creo que todo esto sea necesario.

–Señorita –responde Kenta con el ceño fruncido–, es absolutamente necesario. Es evidente que su sistema de seguridad no es de fiar, y, si estamos hablando de un fan que se ha obsesionado con la señorita Saint, no me sorprendería que volviera a actuar, visto el éxito que tuvo la vez anterior.

–Conozco a un montón de famosas a las que también les entraron en casa –responde Julie, desesperada–. ¡Y ninguna de ellas necesitó guardaespaldas veinticuatro horas al día siete días a la semana! Solo una alarma mejor y algún guardia de seguridad. Estoy segura de que con uno de vosotros bastaría.

–No ha entrado en la casa y ya –replica Kenta–. Fue un allanamiento de morada. Si la señorita Saint se hubiera despertado mientras el fan seguía en su cuarto, es muy probable que hubiera sido víctima de un altercado violento.

–¿Qué dijo la policía? –interviene Matt de repente.

–No mucho. No buscaron huellas porque vieron que se había puesto guantes en la grabación de las cámaras de seguridad.

–No me sorprende –responde, asintiendo con la cabeza–, sobre todo si fue tan previsor como para ponerse una máscara. ¿No encontraron nada útil en las imágenes?

Niego con la cabeza.

–Mirad cuanto queráis. Lo único que vieron era que medía un metro setenta y que era de constitución media. También se llevaron una muestra de ADN de las sábanas, pero, por lo visto, no encontraron coincidencias.

–¿De las sábanas? –pregunta Matt, enarcando una ceja–. ¿Qué hizo? ¿Escupir en ellas?

–Pues... –Se me tensa la mandíbula–. Se corrió.

–Un momento –dice Kenta, abriendo mucho los ojos–. ¿Mientras usted dormía en la cama?

–Sí –respondo con frialdad.

Los tres intercambian una mirada sombría. Me doy cuenta de que a Glen le dan ligeros espasmos en la mano que tiene apoyada en la mesa, como si quisiera cerrar el puño. Matt se estremece.

–Entiendo. –La voz de Kenta se ha vuelto gélida. Vuelve a observar la fotografía–. Entiendo.

–Insisto. Es de lo más normal –interviene Julie–. La semana pasada un pirado se coló en la habitación del hotel en el que se hospedaba Tye Kavanagh, la estrella de *rock*. El tío se corrió sobre la funda de la guitarra de Tye, y lo único que él hizo fue llamar a seguridad para que lo echaran, no contrató a tres exsoldados del SAS para que lo acompañaran a todas partes...

–¿Le importaría marcharse? –pregunta Kenta de repente–. Nos gustaría hablar a solas con nuestra clienta.

–Si vamos a tener que pagar por vuestros servicios –protesta Julie–, es evidente que nosotros somos los clien...

–Fuera –le ordena Matt, que acaba de alzar la vista desde la polaroid.

Me pregunto si en el Ejército fue una especie de comandante. Julie está a medio camino de la puerta antes de percatarse siquiera de lo que ha ocurrido y cierra con suavidad en cuanto sale.

–Necesitas protección las veinticuatro horas del día –dice Matt–. El sistema que tienes ahora es absolutamente inaceptable.

Me quedo boquiabierta.

–¿Las veinticuatro horas del día? ¿En serio?

–Alguien se ha colado en tu casa, te ha agredido sexualmente y ha amenazado con hacerlo de nuevo. Necesitas protección las veinticuatro horas del día, lo que significa que al menos uno de nosotros estará siempre en la casa. –Levanta un dedo–. Necesitamos mejorar los sistemas de seguridad. Hay que poner más cámaras, focos con sensor de movimiento, una alarma más moderna y reforzar las ventanas.

Niego con la cabeza.

–No creo que me estéis entendiendo. No quiero protección las veinticuatro horas del día. Solo quiero que alguien arregle el sistema de seguridad y que me proteja cuando esté en público.

–Me da igual lo que quieras –responde Matt con brusquedad–. Te estoy diciendo qué es lo que necesitas. Si aceptamos el trabajo, haremos las cosas bien, no a medias. No vamos a poner en peligro a nuestra clienta solo porque no quieres tomarte la molestia de tenernos por aquí rondando.

–Lo siento –dice Kenta con delicadeza–, pero es necesario. Por su seguridad. –Señala la polaroid y le da un toquecito con el dedo–. Menciona que «pronto» volverá a intentar encontrarse con usted y, francamente, no me gusta un pelo lo de «pronto dormiremos juntos». Suena a amenaza de secuestro. Podríamos estar hablando incluso de un asesinato-suicidio.

Se me para el corazón en el pecho.

–Has dicho que querías que te tomaran en serio –añade Matt con brusquedad–. Nos lo estamos tomando en serio. Deja de quejarte.

–A mí no me hables en ese tono –replico, frotándome las sienes. Tengo miedo, estoy cansada y este hombre ya me está enfadando–. ¿Es que no os enseñan modales en el Ejército?

–Como si tú supieras algo de modales –contesta él, riéndose por la nariz–. He visto lo que dice la prensa de ti, princesa. Y he oído lo mal que le hablas al personal que trabaja para ti. ¿Cómo era? –Finge intentar acordarse–. ¿«Como la cagues, te despido?». ¿No es eso lo que le has dicho a tu agente de relaciones públicas?

Me ha dejado boquiabierta, y luego se inclina hacia mí.

–Si aceptamos el trabajo, quiero que esto quede muy claro –me dice, alzando un dedo–. No somos criados. No somos mayordomos. Puede que nos pagues, pero tendrás que seguir nuestras órdenes. Nada de berrinches. Nada de discusiones. Nada de ponerse a dar pisotones con esos tacones tan chiquititos en mitad del centro comercial porque te decimos que tienes que irte a casa. Necesitamos que nos confíes tu seguridad plenamente.

–Entiendo –respondo, estirando la palabra–. ¿Y es así como quieres ganarte mi confianza? ¿Insultándome? No te confiaría ni mi bolso, así que en lo que respecta mi vida ya ni hablemos.

Abre la boca para contestarme..., pero entonces una expresión extraña le cruza el rostro. Se queda muy tieso y se agarra a la mesa con la mano que le queda libre. Tensa tanto la mandíbula que le castañean los dientes. Durante unos segundos muy largos, se queda ahí sentado, totalmente inmóvil, con todos los músculos del cuerpo rígidos.

–¿Estás bien? –le pregunto, confundida.

Al fin se relaja, baja un poco los hombros y coge el vaso de agua que tiene delante sin mirarme.

–Vamos a ver la casa –dice Kenta, levantándose de golpe–. Nos gustaría echarle un vistazo antes de firmar el contrato.

5

Glen

–Esta es la habitación de invitados. –Briar señala con la mano un cuarto inmenso empapelado de gris–. ¿Dormiréis aquí o pasaréis la noche en vuestra casa?

–Depende de usted –responde Kenta–. Tardamos más o menos una hora en llegar hasta aquí, lo cual no es lo más ideal en caso de que se produzca una emergencia. A veces nos iremos a casa, pero seguramente no lo hagamos todas las noches. Puede dejarnos dormir aquí, o su equipo puede encargarse de reservarnos una habitación en cualquier hotel que quede cerca.

–La casa de invitados del jardín tiene dos habitaciones y un baño –responde Briar–. Podéis quedaros ahí si queréis. Y podéis bañaros en la piscina y utilizar el gimnasio cuando queráis. También podéis coger lo que queráis de la cocina, pero soy vegana, así que imagino que querréis compraros vuestra propia comida.

–Entendido, princesa –contesta Matt desde la puerta.

–¡¿Princesa?! –salta Briar, que se ha girado sobre los talones y lo fulmina con la mirada.

–Es tu nombre en clave –dice Matt, y se encoge de hombros–. Te pega, ¿no?

Ella le dedica una mirada gélida y se cruza de brazos.

–¿Y cómo funciona esto? –pregunta–. ¿Vais a seguirme a todas partes o qué? –Luego me mira a mí–. ¿A todas horas?

–Dividiremos el día en turnos de tres horas –le explica Kenta–. Desde las doce de la noche hasta las ocho de la mañana, desde la ocho hasta las cuatro de la tarde, y desde las cuatro hasta la medianoche. Quienquiera que esté de turno, permanecerá con usted. Los demás nos dedicaremos a lo nuestro. Si hace falta, aumentaremos la protección cuando salgamos.

—¿Y cuándo hace falta? —pregunta ella, arrugando la nariz.

—Si quiere ir a la tienda de la esquina, con uno de nosotros sobra, pero cuando tenga que ir a cualquier evento formal, la acompañaremos los tres.

—Entonces sí que vais a estar siguiéndome a todas partes —responde ella, tajante.

Matt se acerca a la ventana de una zancada y examina las vistas.

—Eso es lo que significa veinticuatro horas al día, siete días a la semana.

—¿Y no voy a estar sola nunca?

—Si quiere estar sola, lo estará —responde Kenta, intentando calmarla—. Pero siempre habrá alguien cerca que comprobará que está bien un par de veces cada hora.

—Estupendo —murmura—. Absolutamente maravilloso. ¿Desde cuándo es así mi vida?

Menuda sorpresa. No es normal encontrarse a una famosa a la que le gusta estar sola. En general, por lo que he vivido, la mayoría están desesperadas por rodearse de gente.

Salimos del cuarto de invitados y nos enseña el salón. Lo observo todo patidifuso. Nunca he conseguido acostumbrarme a las casas de los famosos. La de Briar no es demasiado grande (es la típica con tres dormitorios), pero está repleta de toda clase de lujos. Tiene dos vestidores repletos de ropa, la cocina de un chef profesional y una «sala del glamur», que creo que es donde se maquilla. La casa tiene gimnasio con sala de pesas y una piscina inmensa en la parte de atrás. Casi todas las paredes, de las que cuelgan óleos y enormes espejos dorados, están cubiertas de papel rosa reluciente. Al igual que todos nuestros clientes famosos, tiene fruteros, tan grandes que hasta resulta ridículo, en todas las encimeras de la casa.

Mientras nos conduce de vuelta a la cocina, tropieza porque el tacón se le engancha en el marco de la puerta. Me lanzo a por ella de forma instintiva y la agarro de la cintura para que no se caiga, extendiendo los dedos sobre su falda de cuero suave.

Se me enciende el rostro. Carraspeo y aparto las manos.

–¿Estás bien?

Briar parpadea, y me pregunta al escuchar el acento:

–¿Eres escocés?

–Ajá –respondo con una sonrisita.

Ella no me devuelve la sonrisa, pero me mira con curiosidad.

–Por eso no habla nunca –dice Matt, agachándose para examinar el cristal de la ventana–. Le da vergüenza.

Tengo que contenerme para no hacerle una peineta.

La verdad es que no he dicho casi nada desde que hemos llegado porque estoy muriéndome por dentro. Puede que Matt no recuerde de qué le suena Briar, pero yo sí.

Hace años, cuando estuvimos en uno de nuestros primeros periodos de servicio, tenía una foto de ella en los barracones: era de una sesión de fotos, y la recorté de una de las revistas que les mandaron a los chicos. Me despertaba todos los putos días viendo a la preciosa Briar Saint sonriéndome.

Y aquí estoy ahora, en su casa.

No se parece en nada a como la imaginaba. En la foto tenía una sonrisa radiante y estaba en la playa, comiéndose un helado. Siempre me la imaginaba alegre y cariñosa.

Pero la mujer que tengo delante no tiene nada de alegre. Es fría como un témpano. Lleva una minifalda blanca de cuero y tacones de aguja. ¡En su propia casa! Y nos mira con sus ojos gélidos y penetrantes. Parece una mujer que no aguanta mierdas de nadie.

Solo me doy cuenta de que me he quedado mirándola cuando ella hace lo mismo conmigo. Siento su mirada recorriéndome el rostro. Seguro que nunca ha visto una cicatriz tan fea. Las famosas de esta industria siempre llaman a su cirujano plástico en cuanto se cortan con un papel. Cuando me rajaron la cara, el único que estaba ahí para curarme era Matt, agachado sobre mí en el fondo de una cueva oscura y húmeda, y tuvo que coserme la herida sin anestesia mientras yo me mordía la lengua hasta dejarla magullada para no gritar. Sé que se siente mal porque lo hizo fatal, pero la verdad es que tengo suerte de que sanara siquiera.

Me vuelvo hacia la ventana, para tener una excusa para girar la cara.

–La casa tiene demasiadas ventanas –suelto de repente.

–Vaaaaleeee –responde ella, enarcando una ceja.

Siento que me estoy poniendo rojo. Asiento, incómodo, y paso por su lado, examinando el techo para buscar buenos puntos en los que poner cámaras.

Briar me sigue.

–¿Qué hacías en el Ejército? –me pregunta.

–Pertenecíamos a las fuerzas especiales.

–¿Os conocisteis allí? ¿Formabais parte del mismo escuadrón? ¿De la misma tropa?

–De la misma patrulla –respondo, como gruñendo–. Estábamos en una patrulla de cuatro personas.

–¿Los tres? –Mira a Matt y a Kenta–. ¿Y quién era el otro?

–Damon no volvió.

Se queda helada.

–¿Murió?

Asiento, e intento no pensar en ello.

Briar guarda silencio durante un minuto. Pasamos a la siguiente habitación. Kenta y Matt se ponen a discutir sobre los estores. Siento sus ojos azules clavados en mí, como láseres que me perforan la piel.

–¿Y qué hace el SAS? –pregunta de repente.

–De todo, pero principalmente nos centramos en luchar contra el terrorismo.

Abre la boca para formular otra pregunta, pero la interrumpo.

–¿Y cómo es que la agencia no te ha proporcionado un equipo de seguridad mejor? ¿Qué tenías? ¿Un segurata?

–Por el dinero –responde, apretando los labios–. Son de recortar.

–No se puede ser tacaño con la seguridad –respondo, frunciendo el ceño–. Tu vida siempre es más importante que el dinero.

Briar ladea la cabeza.

–Es lo más bonito que me han dicho desde hace semanas.

Algo en el tono que emplea me indica que no está de broma. Kenta da un paso adelante y examina su libreta.

–Vale, creo que con esto ya estamos. Pediré el equipo nuevo. –Luego sonríe a Briar–. Bueno, ¿qué le parece? ¿Quiere firmar el contrato?

Briar duda y aprieta los labios. De repente me noto nervioso. No sé qué voy a hacer si dice que no. No sé cómo voy a dormir por las noches sabiendo que está aquí sola, con todos esos pervertidos entrando por la ventana de su cuarto.

Sorprendentemente, me mira, y la coleta le cae sobre el hombro.

–¿Tú qué piensas, Glen? –me pregunta en voz baja–. ¿Crees que necesito todo esto?

–Sí –respondo al momento–. Sí. Lo siento.

Entonces asiente con firmeza.

–Pues entonces sí. Firmemos los papeles.

–Estupendo –exclama Kenta–. No se preocupe. Sabemos ser discretos. Ni siquiera se enterará de que estamos aquí.

6
Briar

Le doy fuerte al botón para reducir la velocidad de la cinta de correr y me estiro por encima de la máquina, jadeando hasta que se detiene. El sudor me empapa la piel y se me pega al pelo. Me duelen los pulmones. Siento que tengo el cuerpo entero en llamas.

Me estoy volviendo loca de atar.

Hace cuatro días que los Ángeles llegaron a mi casa, y se me está yendo mogollón la pinza. Están por todas partes. Cada vez que me doy la vuelta. Ahora mismo se dedican a poner a punto el nuevo sistema de seguridad: instalan las cámaras, las luces, las persianas, las verjas, los cerrojos y las alarmas. Todo y más. Llegan cada mañana vestidos con vaqueros y camisetas y se pasan el día atornillando, conectando y martilleando. No puedo dar un paso en mi casa sin encontrarme con mi propio Magic Mike con entradas de primera fila. Vale, sí, no bailan, pero marcan los abdominales y sacan bola con los brazos. Siento el ambiente cargado de feromonas. Apenas puedo respirar.

Suelto un gruñido, cojo el teléfono y salgo del gimnasio del sótano subiendo por las escaleras con las piernas temblorosas. El estreno de *Players* es dentro de un par de semanas, y mi entrenador personal me ha puesto un plan muy estricto de ejercicio y dieta. No es que sea muy fan del deporte, pero desde hace poco he empezado a volcarme en el ejercicio físico. Es el único modo de lidiar con la frustración sexual que me recorre el cuerpo a todas horas.

Llego a lo alto de las escaleras, giro hacia la cocina y me tropiezo con Glen. Al momento me agarra de la cintura sudorosa para que no me caiga. Solo llevo unas mallas y un sujetador deportivo. Al sentir sus dedos sobre la piel, me invade el calor, así que me aparto enseguida.

—Buenos días —me dice con tono brusco.

Asiento tensa y me dirijo hacia la nevera, la abro de un tirón y cojo una botella de zumo. El calor me cosquillea bajo la piel. Doy un trago y contengo las ganas de abanicarme.

Glen se sienta frente a la encimera sin mediar palabra y saca un libro. Los ojos se me van a su rostro sin querer y observo el rizo que le cae sobre los ojos mientras lee.

Es mi favorito. No tengo muy claro por qué. No habla mucho. Tras la conversación que mantuvimos el día en que nos conocimos, no creo que me haya dirigido más que unas pocas palabras. Sin embargo, su silencio me transmite seguridad y me resulta reconfortante. Cada vez que estoy en la misma habitación que él, siento que me observa todo el tiempo.

Pasa la página y se muerde el grueso labio inferior. El calor se apodera de mí.

Mierda.

Percibo un movimiento al otro lado de las puertas de cristal que dan al patio. Alzo la mirada y veo a Kenta junto a la piscina. Se ha subido a una escalera con un destornillador entre los dientes para arreglar la cámara del jardín. Se ha hecho un moño y se ha quitado la camiseta. Le observo la espalda. Tiene tatuadas unas espirales negras, rojas y doradas que le van desde los hombros a la cintura. Desde aquí no lo veo bien, pero puede que sea un dragón o un fénix. Los músculos tatuados y sudados se tensan cuando se saca un tornillo del bolsillo y comienza a atornillarlo en la madera.

Algo en mi interior se rompe.

Esto me supera. No puedo más.

—Voy a tumbarme un rato —digo sin dirigirme a nadie en concreto, y Glen asiente sin alzar la mirada del libro.

Matt está instalando una cámara en el pasillo que lleva a mi habitación, lo cual me aterra. Cuando lo miro, se agacha para coger algo de la caja de herramientas. Los vaqueros desgastados se estiran contra sus muslos mientras rebusca en el interior de la caja, lo cual me ofrece una panorámica estupenda de un culo perfecto.

Joder.

Carraspeo, pero él me ignora mientras sigue buscando entre las herramientas.

—Perdona —le digo, alzando la voz.

Matt se incorpora con un profundo suspiro y me observa con esos ojos gélidos suyos. Cuando nos conocimos llevaba traje, y le quedaba como un guante; pero ahora lleva una camiseta vieja y fina que prácticamente se le pega sobre los hombros anchos y el pecho. El pelo negro y ondulado le cae sobre la frente. Está de toma pan y moja.

—Princesa —me saluda con educación fingida, y me abre la puerta.

—Gracias.

Entro en mi cuarto y cierro la puerta con cuidado tras de mí. La piel me arde y me hormiguea. Noto el pecho tirante. Siento un cosquilleo en lo más hondo del vientre y un latido palpitante entre las piernas.

De repente, no me parece tan mal que Julie se acostara con Rodríguez.

Suspiro y miro el cuarto. Es normal y corriente: grande, blanco, con unas cortinas de gasa que se agitan y una cama rosa grande. Hay una alfombra de Dior blanca y negra en el suelo, una estantería llena de cristales y varias velas perfumadas muy caras que se derriten sobre cualquier superficie plana. Cuando la decoré, quería que la habitación fuera un lugar seguro y tranquilo. Y lo era.

Solía estar casi siempre aquí, pero, desde que entraron en mi casa, todo lo que hay en la habitación me incomoda. Antes de que los Ángeles se instalaran en mi casa, dormía casi todas las noches en el sofá del salón. Pero ahora siempre tengo a uno de ellos sentado frente a la cocina americana, bebiendo café o entretenido con el papeleo. Así que no me queda otra que dormir aquí. Bueno, si a lo que hago se le puede llamar dormir. Como mucho una hora por la noche. Me despierto con el más mínimo ruido. Estoy demasiado asustada como para descansar de verdad.

Me dirijo a la cama y me dejo caer sobre la colcha. Abro de un tirón el cajón de la mesita de noche, rebusco en el interior y cojo un vibrador que aún no he sacado del envoltorio.

Me encantan los juguetes. Son mucho más estimulantes que los hombres, y no tengo que preocuparme por que se aprovechen de mí. Este en concreto me lo mandó hace unos días una empresa que quería hacer una colaboración. Abro el paquete y agito la bala, pequeña, rosa y brillante. La enciendo. Vibra muy bajito, tan bajito que no llamará la atención. Estupendo.

Me acomodo en los cojines, cierro los ojos, me quito las mallas y me imagino a Glen arrodillándose sobre mí. Aún siento sus manos en las caderas. Me acaricio el vientre con la bala, con cuidado, y me imagino esas manos grandotas acariciándome el cuerpo mientras se me enciende la piel.

No me gusta masturbarme pensando en uno de mis empleados, pero me estoy volviendo loca. Necesito aliviarme antes de perder la cabeza del todo.

Cuando al fin apoyo la bala entre las piernas, me imagino que es la lengua de Glen la que me recorre los pliegues, la que da vueltas alrededor de mi abertura, la que se adentra en mi interior. La vibración es leve, agradable, un cosquilleo que hace que el estómago me dé un vuelco y arquee levemente la espalda mientras me imagino la cabeza oscura de Glen entre mis muslos.

Matt carraspea al otro lado de la puerta y me muerdo el labio. Me siento mal estando aquí tumbada, tocándome, mientras él está ahí fuera. De hecho, cada vez estoy más cachonda. Aprieto los dientes y me sonrojo.

Por algún extraño motivo, se me va la mente a Kenta. Recuerdo sus músculos cubiertos de sudor en el jardín y me imagino que

41

le paso la lengua por el tatuaje. Reprimo un leve gemido y subo la intensidad del vibrador.

Justo en ese instante, Matt murmura algo por lo bajini y jadeo cuando aparece en mi mente. Me lo imagino de pie, ante mí, separándome las piernas y metiéndomela. Estoy tan caliente que juro que podría correrme en este instante. Y entonces abro los ojos.

Jamás he fantaseado con acostarme con tres hombres al mismo tiempo, pero ahora ya no puedo controlarme. Ni siquiera me estoy imaginando una escena como tal; solo las sensaciones. El roce de sus manos, de sus bocas, de sus músculos sobre el cuerpo, tirándome de las tetas, masajeándome el culo, llenándome. Es abrumador. El cuerpo me arde, protesta. La bala se me escapa y, sin querer, rozo el botón con el pulgar. Grito cuando vibra más fuerte, justo en el centro.

La puerta del dormitorio se abre de golpe. Pego un grito, agarro la colcha y me tapo con ella. Matt aparece con la mandíbula apretada y los ojos alerta mientras lo observa todo. Me mira, dirige la vista hacia las ventanas, el armario... y luego vuelve a mirarme.

—Uy —exclama.

Intento apagar la bala, pero, como está mojada, se me resbala y cae al suelo con un golpe sordo. Nos quedamos mirándola, ahí, reluciente, sin dejar de vibrar, sobre la moqueta rosa palo.

—Uy —repite Matt—. He oído un grito, y he pensado que... Mierda. —Traga saliva y baja la mirada—. Mierda.

—¡Largo! —le grito.

—Ya. Yo... —Da un paso atrás y vuelve a posar la mirada en el juguetito—. Mierda —repite.

Y por fin se da la vuelta y cierra la puerta tras él.

Me hundo en la almohada y, en silencio, me muero de vergüenza. Oigo pasos en el pasillo.

—¿Va todo bien? —pregunta Kenta, cuya voz me llega ahogada.

Se oye un clonc, e imagino que debe de ser Matt, dándose cabezazos contra la pared.

–Mierda –suelta.

–¿Qué pasa?

–¡Mierda! –repite Matt–. Me cago en todo, joder.

Me levanto de la cama, recojo la bala rosa y brillante y la apago, con un estremecimiento. Ya está. Se acabó. Voy a cortar las tarjetas de crédito, fingir mi propia muerte e irme a vivir a una cabaña en el bosque. Me meto en la ducha, y me siento demasiado humillada como para terminar con la alcachofa de la ducha siquiera.

Cuando vuelvo al dormitorio y me seco el pelo, oigo a alguien arrastrando sillas por el suelo de la cocina y hablando en voz baja. Parece que los tres discuten por algo. Seguramente por mí. Ay, Dios, ¿les habrá contado Matt lo que ha pasado? Lo único que quiero es acurrucarme en la cama y no salir nunca. Al mismo tiempo, sé que cuanto más tiempo pase escondida, más vergüenza sentiré. Así que me pongo un pijama limpio, me yergo y me obligo a salir del cuarto.

«A ver, no ha sido culpa de nadie –me digo mientras recorro el pasillo–. Él estaba haciendo su trabajo. Y no pasa nada por masturbarse».

Mi charla motivacional no funciona. En cuanto entro en la cocina y me veo a los tres inclinados sobre una pila de papeles, noto que se me encienden las mejillas. Matt se ha levantado en cuanto he entrado y me mira con los ojos como platos.

–¿Qué le has hecho? –me pregunta Kenta, y parece divertido–. Está hecho polvo.

Matt le responde con un corte de mangas, después me toma del codo y me lleva hasta la esquina de la cocina.

–Mira –me dice en voz baja–. Siento mucho lo que...

–No es culpa tuya –le corto. Él asiente, y parece un poco aturdido–. Aún estoy acostumbrándome a que estéis aquí.

–Es totalmente comprensible –responde él, ronco–. Aun así, lo siento.

–Bueno, acepto tu disculpa innecesaria. ¿Te importa si no volvemos a hablar nunca del tema?

–Me encantaría –responde y carraspea–. ¿Aún tienes intención de asistir mañana al acto benéfico para la gente sin hogar?

–Sí.

Llevo cinco meses organizando la gala. No es como si pudiera desentenderme del asunto como si nada.

–Estábamos discutiendo la logística del evento –me dice Matt.

–Entiendo.

–Siéntate si quieres –añade, y me señala la mesa.

–Gracias. En realidad, creo que lo he pagado todo yo, pero agradezco la oferta.

–Joder –murmura, pasándose una mano por el pelo.

Es la primera vez que lo veo afectado, lo cual me produce un cosquilleo en el estómago. En verdad, creo que me gusta verlo sufrir.

Cojo un cuchillo y una cucharilla del cajón de la cubertería y me dirijo hacia la mesa de la cocina. Por el camino, me adueño de un pomelo bien gordo de un frutero. Matt, incómodo, se sienta delante de mí mientras corto la fruta en dos.

–Bueno, ¿y cuál es el plan?

–Depende –responde Kenta, apilando un montón de papeles–. ¿Cómo verías lo de hacerse pasar por otra persona?

–Creo que casi todo el mundo me conoce –respondo con el ceño fruncido–. Es lo que tiene ser famosa.

–No me refiero a ti, me refiero a nosotros. Llevas soltera mucho tiempo, ¿no?

–Unos cinco años. Más o menos.

–Puede que si te ve con un hombre, tu acosador se canse de ti.

Le doy un bocado a un gajo del pomelo.

–¿Queréis que uno de vosotros sea mi acompañante?

–Es una idea estupenda. Así tendría una escolta visible, pero también tendría cerca a alguien a quien conoce.

Los observo a los tres. Aunque son guapísimos, llamarían demasiado la atención en la alfombra roja.

–Tendréis que arreglaros. Un esmoquin, ropa de diseño y demás. Vais a tener que camuflaros entre las demás estrellas.

–Supongo que yo me quedo fuera entonces –responde Glen, riéndose y señalándose la cara.

Me encojo sobre mí misma porque sé que tiene razón. A saber lo que diría la prensa. Me imagino algo tipo: «La Bella y la Bestia». Examino a los otros dos. Kenta podría ser una opción, y desde luego es el menos molesto de los que quedan, pero tiene unos rasgos tan atractivos y un pelo tan largo que llamaría la atención.

No. Si quiero a alguien que pase desapercibido en la alfombra roja, tengo que escoger al chico blanco y fuertote.

Estupendo.

Me giro hacia Matt y le dedico la sonrisa más dulce que soy capaz de esbozar.

–¡Toca un cambio de imagen!

Con suerte, la cara de espanto que ha puesto servirá para compensar el día de mierda que llevo.

7

Matt

Briar pasa completamente de mí cuando nos dirigimos a las pruebas de vestuario. Permanecemos en silencio mientras el chófer recorre las calles de Londres. Los dos estamos incómodos por lo que ha pasado esta mañana.

La verdad es que me sorprende lo bien que ha manejado la situación. Si quisiera, podría haberme denunciado y meterle una demanda de tres pares de cojones a Angel Security. Pero se ha disculpado y eso me confunde, sobre todo teniendo en cuenta su reputación.

De hecho, durante estos días, esta mujer no tiene nada que ver con cómo la pintan. Es fría, sí, pero bastante educada. En general, nos ignora, lo cual me viene de perlas. Puede que Colette tenga razón y que su imagen de mujer malvada no sea más que algo que ha creado la prensa.

Cuando doblamos la esquina, Briar apoya la cabeza contra la ventanilla del coche, como si estuviera cansada. La miro de reojo, y un recuerdo brota en el fondo de mi mente. A veces, cuando la miro desde un ángulo en concreto, me da la sensación de que no es la primera vez que veo a esta mujer. No sé de qué me suena, pero estoy bastante seguro de que es de la época que pasé en el Ejército.

Lo cual no tiene el menor sentido. ¿Cómo narices iba a ver esa cara mientras estaba de servicio? No es que tuviéramos muchas noches de cine. Sin querer, los ojos se me van a la curva delicada de su cuello.

—Madre mía —exclama el chófer de repente.

Vuelvo a poner los pies en la tierra y me inclino hacia delante para ver a través del parabrisas. Al momento comprendo el problema.

Cuando nos detenemos frente a la dirección del diseñador, descubrimos que la calle está llena de paparazis que se aferran a sus cámaras al ver el coche.

–¿Has puesto en redes a donde íbamos? –le pregunto a Briar, hecho una furia.

–Tengo un acosador... –responde, asegurándose de que lleva bien el pintalabios en la cámara del móvil–. ¡Pues claro que no he publicado mi ubicación!

–Entonces, ¿cómo sabían que ibas a estar aquí? –pregunto, señalando la ventanilla.

Ella se encoge de hombros.

–Siempre saben dónde voy –responde en voz baja–. No sé cómo se enteran.

Suspiro y observo a la multitud nerviosa. Mierda. Los demás tendrían que haber venido de refuerzo. No nos esperábamos esto. Debe de haber unos cincuenta hombres ahí fuera dándose codazos para conseguir el mejor puesto.

–Tendremos que darnos prisa –le digo–. No te pares a hacerte fotos. No respondas a ninguna pregunta y quédate cerca de mí.

Se guarda el teléfono en el bolso, endereza los hombros y responde:

–Ya veremos.

–Nada de «Ya veremos» –digo, frunciendo el ceño–. Tienes que contestarme «Sí, Matt» y hacer lo que te digo.

–Hablar con la prensa forma parte de mi trabajo –me responde tajante–. Les concederé un par de fotos.

–Ni de...

Sin previo aviso, abre la puerta del coche y un muro de sonido impacta contra nosotros en cuanto los paparazis comienzan a gritar al tiempo que los *flashes* de las cámaras iluminan el interior del coche.

Se me escapa una palabrota, me lanzo por encima de Briar y casi me caigo al suelo. Los paparazis parlotean a mi alrededor, y yo me giro y les bloqueo la vista al tiempo que le ofrezco la mano a Briar para que salga del coche.

—¿A qué coño te crees que estás jugando? —le siseo en cuanto pone un pie en la acera y se recoloca el pelo.

—Quería ver cómo andas de reflejos —me responde, encogiéndose de hombros. Luego añade, más alto aún—: Tenéis una oportunidad cada uno. Aprovechadla, chicos.

—Qué graciosa —le gruño, y le paso el brazo por encima de los hombros para abrirnos camino a través de la muchedumbre.

El ruido es increíble. Estamos rodeados de cuerpos que se empujan, se dan codazos y se agarran. Los *flashes* nos impactan en la cara y nos dejan medio ciegos, y los hombres nos gritan preguntas mientras avanzamos entre ellos.

—¡Briar! ¡Háblanos de tu última película!

—¿Has engordado, Briar? ¿Estás embarazada?

—¿Es cierto que te acostaste con Harry Styles?

Briar posa al tiempo que camina, pone morritos ante las cámaras y lanza besos al aire. Aprieto los dientes, la agarro con fuerza de los hombros y la empujo hacia delante. Un veinteañero calvo se planta justo delante de nosotros y nos grita a la cara.

—¡Briar! ¿Qué opinas de que Elliot White haya dicho que eres una capulla engreída?

Briar se detiene en mitad de la calle. Intento empujarla, pero la verdad es que es sorprendentemente fuerte. Medita su respuesta, se muerde el labio.

—Supongo que le diría que cerrara el pico, se lavara los dientes y pagara los impuestos que lleva evadiendo desde hace cinco años —responde con gesto meditabundo.

—Para —le digo al oído, empujándola hacia delante.

Hay más gente uniéndose a la multitud; transeúntes atraídos por el alboroto que se está montando. Empiezo a preocuparme. De repente, rodeada por estos hombres nerviosos, Briar me parece pequeña y delicada.

—¡Atrás, joder! —les grito mientras intento mantenerlos a raya—. Apartaos. Maldita sea, ¡vais a aplastarla!

No me hacen ni caso. Un tío se lanza y la agarra del brazo. Voy a actuar, pero Briar es más rápida que yo y lo aparta de un empujón. El chico retrocede varios pasos y se queda mirándola.

−¡Oye, no me empujes, joder! −le suelta.

−Si me tocas, te empujo −responde Briar con tono aburrido.

−¡Voy a denunciarte!

−Haz lo que quieras −responde, y le hace un corte de mangas−, pero búscate un curro de verdad, fracasado.

−Briar −le digo al oído, apretando los dientes−, no los provoques.

−¿Qué pasa? −me pregunta con cara de inocente−. Ha sido en defensa propia.

Suspiro y consigo empujar a Briar por toda la acera hasta llegar a la puerta del edificio. Sin embargo, justo cuando estamos a punto de entrar, un paparazi (un tipo de pelo oscuro que lleva una gorra de béisbol) se sube a las escaleras que tenemos al lado y le planta la cámara a Briar justo delante de la cara.

−¡Briar! ¿Por qué le pusiste los cuernos a Thomas Petty? −le grita.

Briar se queda helada y empalidece. Frunzo el ceño. Esta historia me la sé. Me he topado con ella esta mañana mientras repasaba los archivos de su caso. Por lo visto, de adolescente, Briar salió con el coprotagonista de su serie, Thomas Petty. Estuvieron juntos durante varios meses, y luego ella le rompió el corazón cuando se lio con otro adolescente.

¿Qué coño hace este cuarentón preguntándole a una mujer por su vida sexual de cuando tenía dieciséis años? Qué mal rollo...

Apoyo la mano en la espalda de Briar y me preparo para empujarla por la puerta, pero ella clava los talones y le dedica una sonrisa radiante al paparazi.

−¿Quieres que te cuente la verdad? −Arquea una ceja y se inclina hacia él−. Venga, voy a darte la exclusiva. −Hace una pausa dramática−. Porque follaba de pena. Jamás he conocido a un hombre más inútil que él. Parecía un sambernardo dando lengüetazos cuando me lo comía. Cuando me besaba, parecía una iguana que intentaba atrapar moscas. La polla no le medía ni tres centímetros. Además le olía fatal. Creo que tenía hongos o algo por el estilo. —Se coloca el pelo detrás del hombro—. Cítame si quieres.

Y dicho esto, pasa por su lado y entra en el edificio.

—Muy bruta —murmuro, y, sin perder tiempo, entro tras ella y cierro la puerta.

El cristal grueso ahoga los gritos al momento, pero los *flashes* aún parpadean detrás de nosotros.

—Me la suda —responde ella, poniendo los ojos en blanco.

Entramos en un vestíbulo tan lujoso que hasta resulta ridículo. Las paredes están cubiertas de papel dorado y el suelo es de baldosas de mármol. Una lámpara de araña de cristal inmensa cuelga en el centro del techo.

—Hola, Anna. —Briar camina con gestos exagerados hacia el mostrador—. Tengo cita con Michel.

La recepcionista sonríe y lo comprueba en el ordenador.

—Buenas tardes, señorita Saint. Me temo que aún sigue con su anterior cliente; se han despistado un poco con la hora. Si quiere puede sentarse en la sala de espera y enseguida le llevo algo para beber...

Una puerta cercana se abre de par en par. Me giro hacia ella y, sin pensarlo, me coloco delante de Briar justo cuando un hombre vestido completamente de blanco irrumpe en la habitación. Está moreno, tiene el pelo oscuro, una sonrisa blanqueada con peróxido y lleva una cinta métrica colgada del cuello.

—¡Briar! —exclama—. ¡Madre mía, estás despampanante, cielo!

—Hola, Michel. Es de fiar, Matt.

—¿Es el diseñador? —le pregunto, ignorando a Briar.

El hombre asiente.

—Michel Blanc, para servirle.

—Tengo que cachearle —le digo, haciendo un gesto con la mano.

—¿Perdone?

—Si va a tocar a mi clienta, necesito asegurarme de que no lleva ningún arma.

–Sabes que trabaja con agujas y tijeras, ¿no? –interviene Briar, con hastío–. Si quisiera apuñalarme, no necesitaría esconder ningún arma.

–No pasa nada, cielo –le asegura Michel.

Lo cacheo rápido y luego le doy una palmadita en la espalda.

–Listo.

Michel pone cara de dolor y se frota la espalda. Luego revolotea hasta Briar y le da dos besos.

–¡Pasa, pasa! –le dice mientras la guía hacia el estudio–. ¡Llevo toda la semana esperando este momento!

–P-pero ¿y tu otro cliente? –pregunta Ana, con la voz como rota, desde detrás del mostrador.

–Puede venir en cualquier otro momento –responde Michel, quitándole importancia con la mano–. ¡Alan! –grita hacia atrás–. Tienes que irte ahora mismo.

Un hombre con el rostro sonrojado y la camisa sin abrochar sale de la habitación.

–Pero ¡aún me falta el pañuelo del bolsillo! –protesta mientras intenta abrocharse los gemelos.

–Puedes pedir lo que quieras por la web –responde Michel sin quitarle los ojos de encima a Briar–. Siempre tengo un hueco para mi clienta favorita. Tenemos que ajustarte un vestido para la gala, ¿no? ¡Te va a encantar lo que se me ha ocurrido!

Briar asiente y le dice:

–Y mi guardaespaldas necesita un traje.

–Vaya, qué grandullón –comenta Michel, mirándome con desdén–. No sé si voy a tener unos pantalones que le entren. A ver, date la vuelta.

–No.

–Bueno, por el tamaño de tus muslos, imagino que también debes de tener un buen culo –comenta con un suspiro–. Luego me ocupo de ti. –Gira sobre los talones y se dirige hacia la puerta–. Venga, venga.

Me froto la sien y sigo a Michel y a Briar hacia el vestidor. Por eso prefiero trabajar para políticos. A ver, que no se me malinterprete: en general son insufribles, pero no hacen comentarios sobre mi culo.

El estudio es grande y tiene una luz cenital, unos sofás de felpa y arreglos florales en todas las superficies. Las paredes están bordeadas de percheros repletos de vestidos, camisas y trajes. Me fijo en un esmoquin rosa flamenco con piñas de lentejuelas.

—¿Te gusta? —me pregunta Briar—. Te quedaría monísimo.

—Tú inténtalo y verás lo que tardo en dejar el trabajo.

—Venga —canturrea Michel. Conduce a Briar al centro de la habitación y la coloca frente a un espejo en la pared que llega hasta el techo—. Manos a la obra. ¿Cuántas vidas has destrozado hoy, cielo?

—Depende —responde Briar, examinándose las cutículas—. Matt, ¿te he arruinado la vida?

—No tienes lo que hay que tener para lograrlo, princesa.

—Pues entonces supongo que ninguna, pero aún es temprano —contesta con un suspiro, y luego ladea la cabeza—. A ver, ¿qué tienes hoy?

—Un montón de cotilleos —responde Michel—. La gente me lo cuenta todo mientras los visto. Te lo juro. Se creen que hemos firmado un acuerdo de confidencialidad o algo.

Ambos se ríen, y yo pongo una mueca y me acerco a la ventana. No da a la calle, sino a un gran patio cuadrado repleto de arbustos y flores. Examino las plantas. No veo a nadie ahí abajo, pero la vegetación es demasiado frondosa como para estar seguro del todo. Cojo las cortinas blancas y las corro sobre la ventana.

Oigo un grito ahogado a mis espaldas.

—Pero ¿qué haces? —exclama Michel.

—Va a cambiarse, así que he cerrado la cortina.

—¡Necesitamos luz natural! ¡¿Cómo quieres que le pille el tono de la piel para los zapatos si no?!

Empieza a dolerme la cabeza.

—Seguro que se te ocurre algo —murmuro.

–Ábrelas –me ordena Briar–. Necesita luz para trabajar. No pienso volver para tener que repetirlo todo.

–¿Y si se plantan los paparazis ahí abajo? –le increpo, incapaz de disimular lo enfadado que estoy.

–Pues les daré una paliza –responde, encogiéndose de hombros.

–Ah, ¿sí? –le digo, riéndome–. ¿Sabes pelear?

–Me encargo de todas mis escenas de acción y practico cuatro artes marciales distintas. –Luego, tras una pausa, añade–: También arreo muy buenas patadas en los huevos. Son mi especialidad.

–No sé por qué, pero no lo pongo en duda –respondo, y observo a Michel, que se dirige a uno de los percheros para coger un vestido plateado estilo años veinte con borlas cosidas a la tela.

–Toma, cielo –le dice, y lo cuelga al lado del espejo.

–Gracias.

Briar se lleva la mano a la nuca y se desabrocha la parte de atrás de la camisa. Es diminuta. Más que una prenda de ropa, parece un pañuelito de seda con el que se ha cubierto el pecho. Mientras cae el suelo, veo un atisbo del sujetador rosa pálido en el espejo, pero entonces me giro a toda prisa y me quedo de cara a la pared. La sangre me late por todo el cuerpo. Se me está poniendo dura.

Joder.

8

Matt

—¿Eso es un vestido *flapper*? —pregunto tras inspirar hondo y para cubrir el calor que me trepa por las mejillas.

—Es un guiño a mi última película —responde, y oigo una cremallera que sube.

—¿Qué es? ¿Un *reboot* de *Chicago*?

Prácticamente la oigo fulminarme con la mirada.

—Es una peli de misterio ambientada en un bar clandestino de los años veinte. A uno de los clientes lo asesinan en la habitación del fondo, y tenemos que encontrar al asesino antes de que vuelva a actuar.

—Mmm... ¿Eres tú la asesina?

—¿Tú qué crees? —Se oye el frufrú de la tela—. Bueno, ¿y ahora qué? —pregunta con la voz ahogada. Me la imagino con el vestido por encima de la cabeza e intento apartar la imagen de mi mente—. ¿Hasta cuándo vais a estar siguiéndome a todas partes? La policía no va a ayudarme, y no creo que mi acosador se limite a desaparecer.

—Tenemos a gente rastreando a X en la en el Cuartel General de los Ángeles. Como tenemos las imágenes de la cámara de vigilancia y una muestra de ADN, cuando lo encontremos, podremos meterlo entre rejas. Después te dejaremos en paz.

—¿X?

—Como así ha firmado la nota tu acosador, lo llamaremos así hasta que averigüemos su identidad.

—¿Y cómo vais a descubrir quién es?

—Los «acechadores» se han puesto manos a la obra —respondo, mirando el papel de la pared—. Dentro de unos días nos proporcionarán una lista de posibles sospechosos con la que empezaremos a investigar.

Veo que se queda de piedra.

—¿Perdón?

—Ya, el nombre no es el mejor —reconozco—. Los acechadores son nuestro equipo de analistas cibernéticos. Van a rastrear todos los mensajes y los comentarios de tus redes sociales y seleccionarán los perfiles que les resulten sospechosos. Luego averiguarán todo lo que puedan sobre quienes se esconden tras dichos perfiles. Te sorprendería la de información que se puede obtener así. La dirección, el número de la seguridad social, las cuentas bancarias...

—Mmm... ¿Y es legal?

No respondo. Percibo un movimiento en el patio exterior. Frunzo el ceño y me inclino hacia delante para ver mejor. No veo nada fuera de lo común, pero siento una especie de náusea en el estómago. Examino los arbustos e intento averiguar qué es lo que no me cuadra.

—Matt —me llama Briar—. ¿Te importa pasarle a Michel el alfiletero?

—No soy tu criado —le respondo.

—Ya, pero tienes las manos libres y nosotros no.

Suspiro, me yergo y me giro hacia ella. Cuando veo a Briar con ese vestido plateado, me quedo petrificado. Está espectacular porque se le pega al pecho y a las caderas. Las borlas brillantes caen desde su figura esbelta como si fueran gotas de agua. Lleva la cremallera bajada, de modo que la piel blanca y suave de la espalda queda al descubierto. Tanto ella como Michel tratan de sujetar el vestido, pellizcando la tela allí donde hay que colocar alfileres. Observo el taller, en busca del alfiletero, y se lo doy a Michel.

—Gracias —me dice—. Sujeta esta manga, porfa.

—¿En serio?

—A menos que quieras que a la pobre se le vea el pezón, sí, en serio. Mi ayudante no puede venir hoy, se ha puesto malo.

Maldigo para mis adentros y sujeto la tela en los sitios que me indica. Briar toma aire cuando le rozo la clavícula con la yema de los dedos. Tiene una piel tan suave que parece de mentira. Es como si fuera seda caliente.

–Por la cintura también, porfa –me dice Michel, y se pone a tararear.

Sin pronunciar palabra, pellizco otro pedazo de tela. Briar es esbelta, pero, aun así, sigo sintiendo la curva en la que se unen la cintura y la cadera. Tengo tantas ganas de extender la mano y apoyarla en esa curva que hasta me pica la palma.

Estupendo. Michel retrocede y se pone el alfiletero en la muñeca.

–Maravilloso. Vamos a ponernos manos a la obra, cielo.

Las horas siguientes parecen una especie de tortura degenerada. Tengo que sujetar trozos de seda contra la piel cálida de Briar mientras ella respira contra mí; no dejo de mirarle el pecho, que sube y baja bajo el escote. Michel me obliga a tocarla por todas partes. Por la cintura, la cadera, la espalda, el hombro... Cada vez que cambia de postura, me llega el aroma de su colonia de caramelo.

No dejo de pensar en cómo me la he encontrado esta mañana: tumbada en la cama, con un juguete metido ahí dentro y las mejillas sonrojadas de placer. Ha sido como meterme de lleno en un sueño erótico. Trago saliva y aparto un poco la cadera de ella mientras noto que se me tensa la tela de los pantalones.

Mientras trabaja, Michel no deja de cotorrear sobre cotilleos de los famosos.

–A ver... Uy, ¿conoces a Lola Snow? ¿La *influencer*? Ha llegado a un acuerdo con Sosex Fashion.

–Qué asco. –Briar arruga la nariz–. Lo siento, pero que alguien me explique por qué yo soy una zorra estirada por ponerme un par de gafas de sol de marca cuando ella está haciéndole promo a una marca que, como bien sabe todo el mundo, se dedica a explotar a los trabajadores en fábricas ilegales. Creo que ya es la tercera vez que lo hace –sisea, y entonces a Michel se le va el dedo y la pincha con un alfiler.

–Lo siento –se disculpa en cuanto lo fulmino con la mirada–. Léele la cartilla, cielo.

Briar saca el teléfono y comienza a escribir. Echo un ojo por encima de su hombro. Es un hilo dirigido a esa otra actriz.

> **@LolaSnowOficial** ¿te parece bien animar a la gente a que compre ropa que fabrican niños bengalíes a los que les pagan cinco duros al día? Ganas cincuenta millones al año, ¿de verdad te hace falta colaborar con esa marca tan asquerosa?

Se me tensa la mandíbula. Ahora entiendo de dónde viene esa mala reputación que tiene.

–¿A esto te dedicas? –le pregunto–. ¿A arruinar las carreras de otras famosas?

–Todos necesitamos un *hobby* –responde ella, encogiéndose de hombros.

–Menuda cagada –le respondo con franqueza.

De repente se gira hacia mí.

–¿En serio, Matt? ¿Te parece una cagada? ¿Más que que haya cientos de niños de ocho años a los que hacinan en cuartos sucios y húmedos para que cosan camisetas que cuestan dos dólares hasta que les sangren los dedos y se mueran por no dejar de respirar las fibras de la tela? ¿De verdad te crees que mi hilo es la cagada en todo este asunto? ¿Te...? ¡Ay!

Se le encoge todo el cuerpo cuando Michel vuelve a pincharla con un alfiler. Bajo la vista y veo sangre sobre su piel pálida.

–¡Mira lo que haces! –le suelto–. ¡Deja de hacerle daño, joder!

–¡Ha sido sin querer!

–La primera vez es sin querer, pero la segunda es que no estás teniendo cuidado. Si de verdad puedes llevar a cabo tu trabajo sin convertir a mi clienta en un alfiletero, te sugiero que empieces ahora mismo.

Se produce un silencio incómodo. Michel asiente levemente con la cabeza y vuelve a centrarse en el trabajo.

–Mattie –murmura Briar–, no sabía que te preocupabas por mí.

–Mi trabajo es que no te hagan daño –respondo.

Pero ella no responde y baja la mirada. Las largas pestañas le rozan las mejillas. Transcurren varios minutos y, al fin, Michel se retira con una floritura.

–Y... ¡listo! –Le dedica una sonrisa radiante a Briar–. Quítatelo con cuidado, así, contoneándote, y ahora me pongo con el traje de tu amigo. –Me mide con la mirada–. Creo que el azul le sentará bien. Me echas una mano con los alfileres, ¿no, Briar? Creo que vamos a tener que hacerle algo a medida para ese culo.

–Yo te ayudo –responde ella sin mirarme.

Trago saliva. Tengo tantas ganas de que esta chica me manosee entero como que me metan un tiro entre ceja y ceja.

–Genial –respondo, apretando los dientes–. Muchas gracias.

9

X

No me gusta el nuevo vestido de Briar.

Es demasiado ostentoso para mi gusto. Hay chicas que necesitan brillos y purpurina para estar guapas, que esconden tras el maquillaje y la ropa cara. Sin embargo, Briar posee una belleza natural, por lo que no necesita esta clase de distracciones. Me gusta más cuando lleva colores más sencillos. El blanco es mi preferido; hace que el pelo rubio le brille y que la piel parezca suave y que adquiera el color de la nata.

Me arrodillo entre los arbustos y la observo a través de la ventana mientras ella da vueltas frente al espejo. Una mosca me zumba junto al oído, pero no me atrevo a moverme para espantarla. Cualquier movimiento brusco podría llamar la atención.

Me he vuelto todo un valiente desde mi última visita a la casa de Briar. La noche en que trepé la valla y me colé en su cuarto ni siquiera me pareció que fuera real. Era como si estuviera soñando o jugando a un juego de ordenador. No me creía que lo hubiera logrado sin que me pillaran, pero lo hice, y ahora todo esto ya no me parece un juego. Ahora sé que puedo acercarme a ella.

Ha sido fácil seguir a los paparazis hasta la casa de este diseñador. Alguien se había dejado la puerta del patio abierta, así que me he colado y me he escondido entre los arbustos. Desde aquí abajo, tengo unas vistas perfectas. Aunque ojalá se me hubiera ocurrido comprarme unos prismáticos para ver más de cerca.

Mientras observo, de repente aparece un hombre que mira hacia fuera. Examina el patio con la mirada, y yo retrocedo hacia el arbusto con el ceño fruncido.

Es el tipo de hombre que odio. Guapo por naturaleza. Tiene una mandíbula perfecta, la piel morena y el pelo oscuro y espeso. Es la clase de hombre que puede tener a cualquier chica que se le antoje.

Un pensamiento horrible me cruza la mente. ¿Y si es el nuevo novio de Briar? Me pongo malo solo de pensarlo. Siento rabia. Muchísima rabia. Durante un segundo, me enfado tanto que me planteo hacer algo drástico.

Pero entonces me fijo en el modo en que observa a través de la ventana. Examina el patio, de izquierda a derecha y viceversa. Me fijo en el pinganillo de la oreja y la insignia del cuello de la chaqueta. No es un novio. Es un guardaespaldas. Me tranquilizo un poco, pero me sigue poniendo nervioso que mi Briar pasé tanto tiempo con un hombre tan atractivo.

Briar le dice algo, y él se aleja de la ventana. Ella comienza a desvestirse y él se da la vuelta corriendo para ponerse de cara a la pared.

Está claro que no es su novio.

Observo a Briar con fascinación mientras se desviste. Cuando le veo el sujetador rosa pálido reflejado en el espejo, noto el ansia apoderándose de mí.

Se coloca el vestido y me muestra la cinturita y esas caderas preciosas que tiene. Se me seca la boca. Comienzan a temblarme las manos. Noto una leve sensación de mareo. No es justo que sea tan guapa.

Levanto la cámara y le hago una foto.

10

Briar

El día de la gala benéfica me levanto hecha un asco. Me incorporo despacio y me froto la cabeza, que no deja de palpitarme. Tengo las sábanas empapadas y retorcidas a un lado. Noto la adrenalina corriéndome por las venas.

He tenido otra pesadilla. Ya la estoy olvidando, pero siempre son iguales: una figura alta, pálida como un hueso y sin rostro me persigue a través de un laberinto de pasillos infinitos. No importa cuánto corra o en qué dirección gire, siempre me pisa los talones y siento su aliento en la nuca.

Dejo escapar un suspiro, me obligo a salir de la cama y abro las cortinas. La luz del sol se cuela en el dormitorio y me daña los ojos. Pego la mejilla contra la ventana fría y observo la calle. Es un día cualquiera de verano en Londres. No hay ni una nube en el cielo azul. La brisa mece los árboles. Un pájaro se posa en una farola cercana y trina.

Estoy demasiado agotada para apreciar nada de lo que veo.

Sé que debería salir a correr, pero me muero solo de pensarlo. Tampoco me siento con fuerzas para desayunar, trabajar o ducharme. Mi salud mental va cuesta abajo y sin frenos desde que entraron en casa, y cada día me cuesta más sobrellevarlo. Siento que estoy perdiendo la cabeza.

Suspiro, me arrastro hasta el armario para coger un bikini y una blusa. Un poco de aire fresco y la luz del sol me sentarán mejor que hibernar en la cama mientras me compadezco de mí misma. Cuando salgo al pasillo, rezo en silencio para no toparme con ninguno de los chicos.

Casi no puedo ni mirarlos. No es solo que haya fantaseado con acostarme con los tres, es que encima, desde que Matt entró en el cuarto mientras me tocaba, se me ha frito el cerebro y, aunque es una idea terrible y no tiene ningún sentido, me he pillado por él. Cuando estaba ayudando a Michel con el vestido y me tocaba con delicadeza el cuerpo, tuve que contenerme para no gemir. Me pasé todo el trayecto de vuelta a casa con la ropa interior empapada.

Y luego, cuando llegamos a casa, Glen y Kenta, que cada día están más guapos, me dieron la bienvenida.

No sé si es que el estrés que me genera mi acosador me está llevando al límite, pero he decidido que lo más seguro es que me mantenga alejada de los chicos. Lo cual no es muy fácil teniendo en cuenta que los he contratado para que me vigilen a todas horas.

Por suerte, cuando voy a la cocina, no me encuentro con nadie. Me acerco con torpeza a la cafetera y me preparo un café. En cuanto la máquina comienza a soltar vapor, capto un movimiento tras las puertas de cristal del patio. Alzo la mirada y veo a Matt haciendo unos largos en la piscina.

Esa piscina es la niña de mis ojos. Tiene casi el tamaño de una piscina olímpica y está cubierta de baldosas turquesas con cristalitos azules incrustados. La instalé en un patio de mosaicos, la rodeé de vegetación y coloqué un par de hamacas ante ella. Observo el cuerpo de Matt mientras se desliza por el agua sin esfuerzo, sin apenas salpicar, y entonces decido servir una segunda taza de café. Utilizo mi *tablet* a modo de bandeja y salgo al patio.

Matt repara en mí, se acerca y se yergue. El cuerpo mojado le brilla bajo la luz del sol. Intento no mirar el agua que le cae del pelo y a través de las líneas duras y rígidas de sus abdominales.

—¿Pasa algo? —me pregunta cuando llego hasta él.

Niego con la cabeza.

—He pensado que a lo mejor te apetecía un café, pero no sé cómo te gusta —le digo, y dejo la taza junto a la piscina.

Matt la mira con recelo.

–Solo y, a ser posible, sin cianuro.

–¿Me estás acusando de querer envenenarte?

–No me sorprendería lo más mínimo, viniendo de ti.

–Bueno, ¿y por qué no lo averiguas con tus maravillosos dotes de observación?

Entrecierra los ojos, coge la taza y le da un sorbito. La garganta se le agita al tragar.

–Está bueno –me dice con una voz más grave de lo habitual–. Gracias.

Asiento, me dirijo hacia una hamaca cercana y dejo la taza y la *tablet*.

–¿No quieres nadar? –me pregunta desde atrás–. Puedo salir si te apetece dar unos largos.

Observo la piscina con anhelo. El agua se agita y los reflejos de luz se proyectan en las paredes del jardín.

–No puedo antes de un evento. El cloro podría dañarme el pelo.

–Dios nos libre –responde, burlándose.

–Sigue, sigue –le digo, tumbándome en la hamaca–. No me importa.

Matt asiente, le da un par de tragos al café y vuelve a sumergirse en el agua fría. Me acomodo y enciendo la *tablet* para repasar el correo. Madre mía lo que cuesta concentrarse cuando tienes a un hombre, con los abdominales bien marcados, mojado y semidesnudo ante ti. Se me van los ojos hacia él en más de una ocasión. La luz del sol me cubre la piel mientras observo el agua que se desliza por su cuerpo moreno y cincelado. Cada cinco largos para y comprueba que esté bien.

Es a lo que se dedican: a comprobar que esté bien. Cuando estoy en el gimnasio, Kenta asoma la cabeza cada media hora. La otra noche me quedé dormida en la bañera y me desperté porque Glen comenzó a llamar a la puerta del baño preocupadísimo. La verdad es que cuando contraté a los Ángeles no estaba preparada para lo protectores que iban a ser. Su presencia está contribuyendo a este ataque de nervios que se avecina sobre mí.

Mientras lo observo, Matt termina el largo, se gira y nuestras miradas se encuentran. Separa los labios. Asiente levemente con la cabeza y vuelve a sumergirse bajo el agua.

Vuelvo a centrarme en la *tablet*. Me molesta la cabeza y me quedó con la mirada perdida ante la bandeja de correo. No recuerdo qué estaba haciendo. Cedo a un impulso y escribo «SAS» en Google y entró en el primer enlace que me muestra.

Leo la información por encima. Es impresionante. Por lo visto, el SAS es una de las unidades de élite del Ejército británico. La mayor parte de sus actividades no son de conocimiento público, pero parecen encontrarse en uno de los puntos más alto de la cadena trófica. Mientras sigo leyendo, hay una palabra en concreto que capta toda mi atención.

«Tortura».

Retrocedo y releo el párrafo.

«Una de las características del duro proceso de reclutamiento del SAS es que deben someterse a un entrenamiento de resistencia a los interrogatorios. Durante el proceso, los candidatos se someten a los métodos de tortura que suelen emplearse con los prisioneros de guerra británicos».

Me quedo a cuadros. El horror comienza a apoderarse de mí a medida que voy atando cabos.

Oigo el agua salpicar y, cuando alzo la vista, veo que Matt acaba de salir de la piscina y viene hacia mí.

—¿Ha pasado algo? —me pregunta—. ¿Te ha escrito X?

—¿Qué? No. Estaba buscando información sobre el SAS —le digo—. ¿Os han entrenado para que os torturen?

Matt parpadea y se sacude el agua del pelo.

—A ver, para que nos torturen... Es para poder resistir a los interrogatorios. Sí.

—Pero... —Vuelvo a leer la web—. ¿Os sometieron a todo esto? ¿Solo para poder solicitar un trabajo?

Vuelvo a leerlo todo. «Los humillan». «No les dan de comer». «No los dejan dormir». «Les cubren la cabeza con una capucha».

Matt lee el párrafo que he marcado y, cuando acaba, vuelve a apartar la mirada.

—Entre otras cosas...

—Pero ¡menuda barbaridad!

—Es lo que toca —me suelta de pronto—. Hay que entrenar a los soldados para que puedan enfrentarse a aquello con lo que se van a encontrar. Solo así se sobrevive.

—¿Y de verdad os hizo falta? —le pregunto.

Una sensación amarga y terrible comienza a formárseme en el estómago. Llevo un tiempo dándole vueltas a por qué Glen tiene la cara como la tiene. Su cicatriz tiene algo raro. No parece que lo apuñalaran, lo quemaran o le dispararan; me da la sensación de que le rajaron la cara a propósito.

—¿De ahí son las cicatrices de Glen? —le pregunto—. ¿Qué hicisteis para que os dejaran salir del Ejército?

Soy consciente de que acabo de pasarme de la raya. Varias emociones cruzan el rostro de Matt, pero lo hacen tan rápido que no me da tiempo a discernirlas. Me quita la *tablet* de las manos y la apaga.

—No hagas más preguntas —me grita con la vena de la frente hinchada—. No busques estás mierdas. Estamos hablando de la vida de hombres, no son para que te entretengas mientras tomas el sol.

Vuelve a soltar la *tablet* sobre la hamaca con el ceño fruncido y yo me encojo para mis adentros. Mierda.

Comienzo a disculparme, pero me interrumpe un zumbido que proviene de la piscina.

—Carter.

Sin quitarme los ojos de encima, Matt se encorva y coge el *walkie-talkie* que se había dejado en el borde de la piscina. Se lo acerca a la boca y pregunta:

—¿Qué ocurre?

—Un mensajero acaba de dejar un paquete. Jack Ellis. Trae una caja marrón sin ninguna clase de identificativo. Es cuadrada y de gran capacidad. La empresa se llama Jameson's Delivery.

–¿Sigue ahí el repartidor?

–Sí. Dice que el paquete lo envía el diseñador de Briar.

–Que no se vaya hasta que lo compruebe.

–Entendido.

Matt se gira hacia mí.

–¿Te tiene que llegar un paquete?

Asiento y saco el teléfono.

–Debe de ser el vestido para esta noche. Sí, el seguimiento dice que acaba de llegar –le digo, mostrándole la pantalla.

Matt asiente.

–Déjalo entrar, Kenta. ¿Cuándo viene Glen?

–Voy a escribirle para que le eche un vistazo.

–Recibido. –Deja el *walkie-talkie*. Yo me pongo en pie y él me agarra de la muñeca–. ¿Adónde vas?

–A ver el vestido. Aún tengo que pensar cómo voy a maquillarme.

Pero Matt niega con la cabeza.

–No vas a tocar ningún paquete sin identificación que te hayan entregado por mensajería hasta que Glen le haya echado un vistazo primero.

–¿Por qué tiene que hacerlo Glen? –protesto–. ¿Por qué no tú?

–Glen era el experto en explosivos. Es el que más sabe sobre el tema.

Los nervios me atenazan el estómago.

–¿Crees que podría explotar?

–Imposible no es. –Se sienta en la hamaca de al lado y coge su toalla–. Más vale prevenir que curar.

Asiento, como ausente. Nos quedamos en silencio durante un rato y observamos el cielo azul. Aunque no nos estamos tocando, siento su presencia a tan solo veinte centímetros, como si una descarga eléctrica me hiciera cosquillas en el costado. No sé si me sonrojo por el calor o por la vergüenza.

–Sabes que, en lo que respecta a la seguridad, salir esta noche es una idea espantosa, ¿no? –me dice entonces–. Si tanto te preocupan los niños sin hogar, dona algo de dinero. Una fiesta no va a ayudarlos.

–Tengo que ir. La he organizado yo.

–Espera, ¿qué? –pregunta sorprendido.

–El evento lo he organizado yo desde mi fundación benéfica. –Matt se queda mirándome y a mí se me escapa una risa socarrona–. Perdona, ¿te parece que no es algo propio de una diva? Si te sirve de algo, puedo llamarte gilipollas y decirte que eres patético, o algo por el estilo. No me gustaría desmontarte esos espantoso prejuicios tuyos. –Estiro el cuello y lo muevo de un lado a otro–. Por cierto, ¿a santo de qué vienen? ¿Tienes una venganza personal contra todos los famosos? ¿O has estado leyendo todo lo que dice de mí la prensa?

–Contra todos los famosos –responde con un gruñido.

Espero a que prosiga, pero no lo hace.

–¿Por qué?

–Tuve una mala experiencia.

Uf, mierda... A saber para qué idiotas engreídos habrá tenido que trabajar. He conocido a muchos famosos que dejan que la fama se les suba a la cabeza.

–Lo entiendo. –Agito los dedos de los pies y me examino la pedicura–. Yo tampoco me fío de los famosos.

–¿De verdad?

Asiento.

–Hay muchísima gente que quiere meterse en esta industria y, en general, los que llegan a lo más alto son los más despiadados. Tienen que pasar por encima de muchísimas personas para llegar a donde están.

–Pero tú no hiciste nada parecido –me responde–. No tuviste que hacer nada para ganarte tu fama. Te cayó del cielo.

Lo miro con los ojos entrecerrados y él se encoge de hombros.

–He estado investigando. A ti te encontraron en un concurso de talentos en el colegio. Pasados dos meses, acabaste en Los Ángeles, grabando la serie más famosa que se había rodado desde *Friends*. No tuviste que pelear para conseguir la fama. Tuviste suerte.

–Sí –respondo en voz baja, curvando los labios en una sonrisa–. Desde luego. Tuve muchísima suerte...

Matt me mira como si quisiera añadir algo más, pero, antes de que le dé tiempo, vuelve a sonar el *walkie-talkie*.

–Acaba de llegar Glen –informa Kenta–. Ven a la cocina, por favor.

–¿Novedades?

–Nos han escrito los acechadores –responde, y su voz suena pesarosa incluso a través del pequeño altavoz.

–¿Y? –pregunta Matt, poniéndose en pie.

–Nada bueno.

Se me hace un nudo en el estómago. Ay, señor, qué habrán encontrado...

Matt coge su taza de café y se vuelve hacia mí.

–Voy a hablar con Kenta. Hazme un favor y quédate aquí hasta que Glen compruebe el paquete. Te lo dejará en el puerta del dormitorio cuando termine.

Asiento aturdida y me tumbo en la hamaca mientras oigo unos pasos que se alejan por el patio. Se me va a salir el corazón por la boca.

11

Kenta

Matt entra en la casa, cruza la cocina y se sienta en el taburete que hay frente a mí. Le entrego la sudadera que había dejado en el respaldo de mi asiento.

–Gracias –me dice, se la pone y se peina el pelo mojado–. A ver, dame.

Le tiendo una pila de papeles por la encimera. Esta mañana me he pasado por el Cuartel General de los Ángeles para hablar con Colette y recoger toda la información que han recabado los acechadores. Resulta que han encontrado un montón de cosas, lo cual nunca son buenas noticias.

–Los chicos han seleccionado cientos de perfiles de redes sociales que han acosado sexualmente a Briar durante este último año –le explico–. Teniendo en cuenta lo que sabemos sobre X, han descartado a todas las mujeres de la lista, a cualquiera que pareciera un trol y a cualquiera que pareciera odiarla más que amarla. Nos quedan cuarenta posibles sospechosos.

Matt asiente con fuerza.

–Pues será mejor que nos pongamos manos a la obra.

Repasamos los perfiles juntos. La de mierda que hay aquí acumulada. En casi todas las publicaciones que cuelga Briar en redes hay gente amenazándola con matarla, violarla o pegarle una paliza.

–Qué mierda –murmura Matt, comprobando la lista de hombres que le han mandado *nudes*–. ¿Cómo lo soporta?

–Supongo que al final ya no te afecta nada.

A mi izquierda, las puertas de cristal del patio se abren de un empujón. Alzo la mirada y veo a Briar entrar en la casa. Lleva puesto un bikini negro y una especie de bata rosa translúcida que parece de malla. Lleva el pelo, rubio y espeso, recogido, y tiene la piel enrojecida por el sol.

Carraspeo y me centro en su cara.

—Buenos días, señorita Saint. Glen ya ha terminado con el paquete.

—Hola, Kenta. Tutéame, por favor. —Se acerca hasta mí y echa un vistazo por encima de mi hombro. De repente, reparo en que la tengo casi desnuda a mi lado—. Anda, pero si habéis encontrado los mensajes que me mandan mis fans.

—¿Siempre te hablan igual? —pregunta Matt.

—Desde que tengo trece años. Ya te he dicho que tuve muchísima suerte...

Deja la taza en el lavavajillas y se marcha a su cuarto. La observo alejarse mientras jugueteo con el canto de otra carpeta.

Hasta ahora, Briar es todo un misterio para mí. He de admitir que, cuando llegamos aquí y la oímos hablándole mal a su agente de relaciones públicas, me preocupaba que no fuera más que otra famosa maleducada. Pero, en realidad, creo que es un encanto. Siempre prepara un poco más de comida para nosotros cuando cocina y nos ha dejado vía libre para usar el gimnasio y la piscina. Por el amor de Dios, pero si hasta nos ha dejado un sitio en el que quedarnos a dormir.

Tengo una teoría al respecto: no creo que sea mala, ni tampoco una maleducada. Para nada. Creo que es una mujer muy inteligente y muy reservada que maneja a la prensa a su antojo.

Durante las últimas noches, cuando ha terminado mi turno, he regresado a mi cuarto, en la casa de invitados del jardín y he investigado a Briar. He leído de todo: desde artículos de revistas hasta hilos en X. Por lo que he averiguado, la fama de «chica mala» que se ha ganado Briar se debe a que siempre empieza follones con otras famosas. Sin embargo, he leído lo que les dice, y no me parece que sean comentarios de patio de colegio. La semana pasada criticó a una supermodelo por hacer publicidad de un medicamento para perder peso que era peligroso, a un director por pagarle poco a las actrices con las que trabaja y a un rapero por tener las manos muy largas con algunas chicas de su equipo. A menos que se esté inventando todas estas historias (algo que no puedo descartar), no es de las que buscan crear drama. Ha utilizado su reputación para destapar a gente poderosa que cree que puede hacer lo que le dé la gana y salirse con la suya.

Es un modelo de relaciones públicas de lo más interesante. En vez de evitar los conflictos en público, Briar se dedica a pegarle un toque de atención a los famosos que se portan mal, se pelea con ellos y consigue que la gente siga haciéndole caso. No tiene que preocuparse por granjearse enemigos, porque su personaje se basa en ser una zorra y en no caer bien. Cuantos más famosos la odian, más notoriedad gana ella. La verdad es que me parece una genialidad.

Sin embargo, y como es de esperar, aún no he confirmado que eso sea lo que está haciendo. Necesito recabar más datos.

Matt señala con la cabeza la carpeta que tengo bajo la mano.

—¿Te guardas lo mejor para el final?

—Ah, sí —respondo, volviendo en mí—. Este es el que más preocupaba a Colette.

Le doy la carpeta y Matt pasa unas cuantas hojas impresas.

—«Daniel F.».

Asiento.

—Hace unos años estuvo a cargo de una cuenta de fans en la que no dejaba de subir fotos de Briar. No hacía nada que no estuvieran haciendo los paparazis, pero, en vez de vender las fotos, las subió a su página web y escribió unos poemas espantosos en los que llamaba a Briar su «esposa». Hablé con Julie y, por lo visto, este chico siempre le mandaba flores a Briar por su cumpleaños. —Le doy un golpecito a la hoja—. Estos son solo algunos de los miles de mensajes directos que mandó desde su cuenta.

Matt va pasando las hojas de la lista de mensajes.

—«Feliz cumpleaños, angelito» —lee—. «Te vi el otro día en la piscina. ¿Te depilas todo el cuerpo? X». –Pone una mueca al leer el siguiente–. «Angelito, no te pongas ropa tan provocativa cuando estés con otros hombres. Deberías reservarte solo para mí. X». Joder.

–Sigue, sigue...

–«Sonrío cada vez que pienso en ti. ¿Verdad que tengo una sonrisa muy bonita? X».

–La foto que envió con ese mensaje viene por detrás.

Matt le da la vuelta a la hoja y se le ensombrece el rostro al ver la foto. No es la sonrisa de X.

–Daniel dejó de publicar contenido bajo ese nombre en 2017 –le explico–, pero varias cuentas anónimas han escrito mensajes chungos en la página de Briar desde la misma IP. Una de esas cuentas publicó un mensaje anoche. «Me he pasado todo el día comprando muebles para nuestra casa. Me muero de ganas de que vivamos juntos, cariño. X».

–¿Daniel siempre terminaba sus mensajes con «X»?

Asiento.

–Puede que solo sea un beso, que es como suele ponerlo la gente en redes, pero no creo en las coincidencias.

–No –responde Matt con sequedad–. Yo tampoco. Tenemos que investigarlo a fondo.

La puerta del dormitorio de Briar se abre tras nosotros.

–Matt... –lo llama.

–¿Sí?

–Ven.

Matt no se mueve, y a mí se me revuelven las tripas. Pasa algo, se lo noto en la voz. Suelto los papeles y me dirijo al dormitorio. La caja de cartón está abierta sobre la moqueta, y sobre la cama hay un vestido plateado y resplandeciente. Briar está al lado con un sobre en la mano. De no ser por la cara de espanto de Briar, creería que es una nota de su diseñador. Briar me lo entrega sin pronunciar palabra.

Saco una fotografía: una imagen borrosa de Briar en ropa interior. Se la han hecho a través de una ventana.

Mierda.

–¿Esto es de cuando fuiste a probarte el vestido? –le pregunto, tratando de mantener la calma.

Briar asiente.

–Hay un mensaje por la parte de atrás –me dice con la voz ronca, así que le doy la vuelta a la foto.

El plateado te queda muy bien,
pero me gusta más verte de blanco.

Suelto una palabrota por lo bajini.

–Carter –grito entonces–, ven aquí ahora mismo.

–¿Qué pasa? –pregunta Matt, acercándose.

Le enseño la foto. La observa y se saca el teléfono.

–Briar, dame el número de tu diseñador.

–Voy a llamar al repartidor –digo–. Hay que averiguar quién pudo meterla en el paquete.

Nos dividimos. Marco el número de la empresa de mensajería y me responde una voz de mujer.

–Jameson's Delivery. ¿En qué puedo ayudarle?

–Buenos días –respondo, educado–. Me gustaría hablar con uno de sus repartidores, por favor. Jack Ellis. Es urgente.

–Desde luego, señor.

Se oye un clic y un zumbido de estática. De repente oigo la voz de un adolescente al otro lado de la línea.

–Esto... ¿Diga?

–¿Quién ha estado en contacto con el paquete que has traído a casa de Briar Saint? –le pregunto–. ¿Te ha dado alguien algo para que lo introdujeras en él?

–¿Q-qué? –tartamudea el chico–. No sé de qué me habla.

–No voy a denunciarte –le digo, sereno–. Pero necesito saber quién te ha dado esa carta. La seguridad de la señorita Saint correrá peligro si no lo averiguamos.

Se produce una pausa.

–No sé nada –me responde con la voz ahogada.

–Si me contestas ahora mismo, no te meterás en ningún lío, pero, si no me respondes y Briar sufre algún daño, me encargaré personalmente de que tu nombre aparezca en todas las revistas y periódicos de este puto país.

Se produce una pausa aún más larga.

–Estaba en la calle, junto a la reja de la casa –me responde al fin–. Me ha ofrecido quinientas libras a cambio de que le dejara abrir la caja y meter el sobre.

–¿Qué aspecto tenía? –le pregunto, inclinándome hacia delante.

–No le he visto la cara. Llevaba una sudadera con capucha, gafas de sol y se había cubierto la boca con una bufanda.

Inspiro hondo por la nariz.

–¿Y de verdad no te has parado a pensar que a lo mejor no era buena idea seguirle el rollo a un tipo que iba vestido de ninja? –le pregunto, manteniendo la voz tan calmada como puedo.

–Mira, tío, lo siento. Creía que sería una carta de un admirador o algo por el estilo. No lo habría hecho si hubiera sido una bomba. –Entonces parece dudar–. Mierda, ¿está bien Briar? ¿Va a demandarme? No...

–Gracias por ayudarnos –lo interrumpo–. Por favor, llámame a este número si recuerdas alguna cosa que pueda resultarnos útil. –Y cuelgo en el mismo instante en que Matt entra en la cocina–. ¿Y bien?

–La alarma saltó a los pocos minutos de que nos fuéramos –responde con el ceño fruncido–. Creían que era un error.

Me trago una palabrota y me paso la mano por el pelo. ¿Para qué coño instalas una alarma si luego pasas de todo cuando salta? Le cuento a Matt la conversación que he mantenido con el repartidor y la expresión se le agrava aún más.

–Deberíamos denunciar a ese chaval –responde casi gruñendo–. Ha puesto a Briar en peligro.

–Solo es un niñato tonto y pobre. Lo que no entiendo es cómo se las apañó X para encontrar a Briar. ¿Te fijaste en si os siguió algún coche cuando fuisteis a ver al diseñador?

Matt niega con la cabeza.

–Había paparazis en la calle. No tuvo que ser muy difícil averiguar adónde iba. Creo que... –responde, y entonces pega un bote cuando Briar aparece por detrás y le da un toquecito en el hombro.

–Tengo cita para hacerme la manicura –dice en voz baja–. Tengo que ir al salón de belleza.

–No –responde Matt al instante–. Ni en broma. Tú no vas a ninguna parte hasta que averigüemos qué ha pasado.

Briar se frota los ojos. Parece cansada.

–No puedo ir por la vida con estas uñas. En esta clase de eventos tienen cámaras solo para enfocar la manicura.

–¡¿Cámaras para la manicura?!

–Preferiría que los titulares de mañana hablaran sobre los niños desfavorecidos y no sobre mis cutículas –responde ella, fulminándolo con la mirada.

Joder. Esta mujer pertenece a un mundo extrañísimo.

De repente se me enciende una bombilla.

–Tenemos una vecina que es esteticista. Puedo llamarla y preguntarle si puede atenderte aquí en casa.

Matt asiente.

–Buena idea.

Nin es una cincuentona majísima que vive en nuestro edificio. Glen la ayudó una vez a desatascar el fregadero, y desde entonces nos invita todas las semanas a subir a su piso para comer platos caseros. Trabaja como esteticista, pero, por lo que he visto, parece que últimamente el trabajo no abunda. Llevamos meses cargándole el contador de la luz sin que se dé cuenta.

Imagino que Briar protestará, pero parece aburrida y sacude la mano como restándole importancia.

–Por mí bien. Me da igual. Llamadla. –Observa la habitación–. Voy a darme un baño. A exfoliarme la piel y a... No sé, lo que me apetezca.

Y dicho esto sale de la cocina. Al menos no parece enfadada por el lío que se ha montado.

12
Briar

Siento que estoy a punto de venirme abajo. Estoy cansada. Agotada. Ya no soporto el insomnio ni las pesadillas. Me mantengo entera a base de cabezonería y corrector de ojeras, pero siento que me estoy desmoronando.

Nin, la esteticista majísima a la que han llamado Kenta y Matt, parlotea animada mientras aplica la capa final de esmalte transparente sobre las uñas. Intento responder, pero soy incapaz de concentrarme en lo que me dice.

Me ha encontrado. Otra vez. Me está siguiendo. Me está observando. Podría estar vigilándome a través de la ventana en este mismo instante, listo para hacerme otra foto. Miro hacia la ventana del dormitorio y luego hago lo mismo con la del baño, como si pudiera aparecer de la nada.

Por suerte, Nin no deja de hablar y se encarga de mantener la conversación por las dos.

—De adolescente no me gustaban nada los productos de belleza —me dice, riéndose y sin dejar de limpiarme los bordes de las uñas con un algodoncillo—. Era una machorra que lo único que quería era estudiar.

—¿Y cómo es que decidiste hacerte esteticista? —le pregunto, obligándome a participar en la conversación.

—Estudié para ser relaciones públicas. En Tailandia trabajaba para el jefazo de una gran empresa de telefonía. Pero quebró, y tuve que venir aquí con mi marido. —Deja escapar un suspiro—. Él se largó al poco tiempo. Intenté buscar trabajo de lo mío, pero aquí la gente no se fía de los títulos extranjeros. Por eso me hice esteticista. Mi exmarido no quiso pagarme la manutención de los niños, y yo quería asegurarme de que accedieran a una buena universidad.

Frunzo el ceño.

–Pero eso es ilegal. Si se niega a pagar la manutención, puedes denunciarlo.

Nin se ríe como si acabara de contarle el chiste más gracioso del mundo.

–Ay, pero si no puedo pagarme un abogado. Ya hemos terminado, cielo. Vamos a hidratarte las uñas y se acabó.

–Gracias –respondo con la voz rasposa.

Mientras coge la botella de crema y la calienta con las manos, vuelvo a pensar en la carta. No soporto que en mi casa haya algo que ha tocado X. Ni siquiera aquí estoy a salvo de él.

«Me gusta más verte de blanco».

–¡Uy!

Pego un bote cuando Nin se gira demasiado rápido y vuelca la botella de crema. Durante un instante, me quedo ahí, helada, viendo cómo la crema cae sobre mi pierna y sobre la moqueta. Hasta las sábanas se han manchado un poco.

Y entonces se me va la olla.

–Pero, ¡¡¿¿qué has hecho??!! –le grito, alzando cada vez más la voz. El miedo me atraviesa el cuerpo entero y me incorporo tambaleándome–. ¡Mira lo que has hecho!

Intentó quitarme la crema que me cubre la pierna con la mano, pero solo consigo extendérmela por la piel. Nin se adueña de la botella y farfulla varias disculpas, pero vuelve a volcarla. La crema, pegajosa y brillante, se extiende por la moqueta. Voy a vomitar.

–¡¡Lárgate!! –le grito–. ¡Está por todas partes! ¡¿Qué has hecho?! Te...

Unas manos aterrizan sobre mis hombros y suelto un grito de asombro cuando Matt me empuja sin ninguna clase de cuidado hacia el vestidor. Cierra la puerta tras nosotros, pero, aun así, oigo que Nin rompe a llorar en mi cuarto. Matt le da un golpe al interruptor de la luz para encenderla y me fulmina con la mirada. Está enfadadísimo; tiene la mandíbula apretada y las narinas muy abiertas.

–Pero ¡¡¿a ti qué coño te pasa?!! –me ruge. Abro la boca para responder, pero me interrumpe–. Por el amor de Dios, no sé por qué esperaba que fueras distinta. Eres igual que los demás. Una niñata rica y malcriada que cree que puede tratar como la mierda a la gente solo porque tiene dinero.

No sé qué decir. La mente me va a mil por hora. No sé ni lo que ha pasado. No lo entiendo. No sé por qué me he asustado tanto...

–Suéltame –le digo a Matt, apartándolo de un empujón.

Da un paso atrás, hecho una furia.

–Dime, explícame qué es lo que te ha hecho para que te pongas así con ella.

–Ha... derramado la crema.

–¡Apenas tiene para comer! –me ruge–. ¡Tiene tres empleos para mantener a unos hijos a los que no ve nunca! Ganas cinco veces más que su salario anual con una sola colaboración en las redes, ¡así que no te atrevas a gritarle como si valiera menos que tú!

Sus ojos azules se clavan en los míos con un odio tan exacerbado que hasta me cuesta respirar.

–¡Vete! –le grito de pronto.

Cojo el objeto que tengo más a mano (un bolso rosa peludo con pompones) y se lo lanzo a la cabeza. Matt lo esquiva con facilidad y me mira con el ceño fruncido. Después gira sobre los talones y se marcha dando un portazo. Oigo el llanto ahogado de Nin al otro lado de la puerta, y también que Matt le habla con tono sereno para tranquilizarla.

Me tiro al suelo y las lágrimas me anegan los ojos. No dejo de temblar. Tengo miedo. No tenía tanto miedo desde que tenía dieciséis años. Creo que me estoy volviendo loca.

«No te vengas abajo –me digo, con tono firme–. No puedes permitírtelo».

Inspiro hondo varias veces, y luego me levanto y me obligo a seguir preparándome. Me limpio la crema pegajosa de la piel, me arreglo el maquillaje y me pongo el vestido plateado de los años veinte. La primera vez que me lo probé me pareció glamuroso y sexi, pero ahora no quiero estar sexi. Me siento desnuda con él. Ojalá pudiera protegerme con un abrigo y unas gafas de sol y perderme entre la multitud.

Alguien llama con delicadeza a la puerta. Al abrir me encuentro a Kenta, con un traje negro que le queda como un guante. No hay ni rastro de su sonrisa amable; tiene el rostro imperturbable. Era de esperar. He hecho llorar a su vecina cincuentona majísima. Probablemente me odie.

–¿Lista? –me pregunta con frialdad.

Trago saliva con dificultad y asiento. Me aliso la falda del vestido y cojo el bolso de mano.

No sé cómo voy a sobrevivir a esta noche.

13

Briar

Los *flashes* de las cámaras nos envuelven en cuanto el coche se detiene frente a la fiesta. Matt baja primero y me tiende la mano rígida. Saco las piernas del coche, con cuidado de no enseñar la ropa interior, y dejo que me ayude a bajar del vehículo. Los fotógrafos me rodean y me avasallan a preguntas. Tras ellos se encuentra la zona de la prensa: una larga fila de reporteros de varios medios de comunicación junto a sus cámaras. He invitado a tantos como me ha resultado posible para que corriera la voz sobre la gala benéfica, pero, ahora mismo, comienzo a arrepentirme de ello.

Aún me noto las manos temblorosas. Me he pasado todo el trayecto en coche intentando tranquilizarme. No dejo de darle vueltas al ataque de nervios que me ha dado en el dormitorio.

Matt se lanza a empujar a la multitud. Lo cojo de la manga y tiro de él hacia atrás.

—Dame el brazo —le digo en voz baja.

Me mira como si me hubiera vuelto loca.

—¿Qué?

—Que me des el brazo. ¿Aprobaste la guardería? Esto es un brazo —le digo, pinchándole el bíceps a través de la tela gruesa del traje.

He de admitir que está espectacular con el traje nuevo. Michel le ha ajustado un esmoquin azul marino con las solapas negras y una corbata a juego. Las prendas se pegan a su cuerpo, y el color hace que sus ojos parezcan azules como la tinta. Antes de que le gritara, Nin le echó gomina en el pelo, de modo que le cae elegantemente sobre la frente. Podría pasar por el novio perfecto de Hollywood de no ser porque me está fulminando con la mirada. Me ofrece el codo, despacio, y yo paso el brazo por él y le doy un tironcito sutil hacia el arco cubierto de rosas que conduce al jardín en el que se celebra la fiesta. Cuando nos movemos, la periodista que tenemos más cerca da un paso adelante y me planta el micrófono en la cara.

–Ahora no –le digo, apretando los dientes.

Matt frunce el ceño cuando pasamos por su lado en dirección a la entrada. Glen y Kenta nos siguen de lejos y se camuflan entre las sombras. Ninguno me ha dirigido la palabra en todo el trayecto. Glen ni siquiera me miraba a la cara.

–¿No se supone que todo esto lo has montado para hablar con la prensa? –me pregunta Matt con la voz cargada de desdén.

–Ya lo haré luego. –Primero necesito una copa–. Vamos a hablar con los invitados y a darles las gracias por haber venido.

–No tengo nada que decirle a esta gente.

–Pues entonces frunce el ceño y pasa de todos –murmuro–. La gente creerá que estamos hechos el uno para el otro.

Me mira molesto, pero yo no le hago ni caso y tiro de él hacia el arco y el jardín. Miro a mi alrededor y admiro mi obra.

He tardado meses en organizar el evento perfecto. Reservé un jardín privado enorme en una finca antigua de estilo Tudor repleta de ciruelos y de arbustos tallados. De los árboles cuelgan lucecitas y tiras de tela translúcida y suave, de modo que todo el lugar parece sacado de un sueño mágico. Sobre un escenario elevado, un cuarteto de cuerda interpreta una versión clásica de *Wildest Dreams*, de Taylor Swift. Tras ellos se encuentra lo único que indica que estamos en una gala benéfica: un único póster cutre en el que pone AYUDA PARA LAS PERSONAS SIN HOGAR junto al que varios *influencers* se están haciendo fotos. Dejo escapar un suspiro.

Sí, soy consciente de lo irónico que resulta que los ricos se reúnan para beber botellas de champán de miles de dólares y así recauden fondos para los niños sin hogar. Por desgracia, así es como funciona el mundo del famoseo. La gente quiere que los vean donar. Si me hubiera limitado a enviarles un enlace a un GoFundMe a los invitados, habría acabado directo en la bandeja de *spam*. Este evento es un espectáculo. Es un lugar en el que hay que estar. Me he gastado más de diez mil libras para organizarlo, pero cada entrada cuesta quinientas y han venido cientos de invitados. Si a eso le sumamos las donaciones que ya hemos recibido, estaríamos hablando de un millón de libras recaudadas en una sola noche. Por no hablar de la cobertura de la prensa, claro. La gala sale a cuenta con los beneficios que se obtienen, pero me parece de muy mal gusto gastarme este dineral en caviar y esculturas de hielo cuando los niños a los que intentamos ayudar se mueren en la calle.

Matt guarda silencio mientras deambulamos entre los invitados que se dedican a charlar en voz baja y resplandecen con sus vestidos y sus pendientes caros. Casi todos se acercan a hablar conmigo. Se muestran educados y me dan las gracias por haberlos invitado. No se cortan un pelo cuando miran a Matt de la cabeza a los pies. Asiento y respondo a todas sus preguntas, pero me noto ausente. Mi mente sigue en mi dormitorio. Extiendo la mano para estrechársela a alguien y mis uñas plateadas rutilan bajo las lucecitas. La vergüenza me tensa el estómago.

Dios. Me he portado fatal con esa pobre mujer. La he hecho llorar.

Un hombre vestido de blanco pasa por mi lado con una bandeja de canapés. Nos ofrece uno a ambos, pero Matt lo rechaza. Parece enfadado.

—¿Caviar? ¿En serio? —me pregunto—. ¿No te valía una lata de judías con salsa de tomate del súper?

—Cállate.

—Dime, ¿dónde están los niños sin hogar? —pregunta en alto, mirando de un lado a otro—. Se supone que la fiesta es por ellos, ¿no? ¿No crees que disfrutarían de los canapés y de la música en directo?

—¿Crees que sería mejor que hubiera invitado a unos cuantos?

–le pregunto entre dientes–. La gente los usaría como peleles para las fotos de las redes. Los deshumanizarían. Es mejor que reciban el dinero y ya.

Tuerce la boca, y eso me enfada.

–¿Quieres explicarme de una vez qué es lo que te pasa con los famosos? Comprendo que creas que somos unos idiotas malcriados, pero estamos intentando hacer una buena obra. –No responde, y yo lo fulmino con la mirada–. Dime, ¿cuál fue esa mala experiencia que tuviste con un famoso? Porque, ahora mismo, te estás comportando como un gilipollas sin venir a cuento.

Matt me responde con una mirada asesina.

–¿Que yo me estoy comportando como un gilipollas? Qué graciosa, porque no recuerdo haber hecho llorar a nadie en apuros hoy.

Se me encienden las mejillas, pero paso de él.

–Que me lo digas.

–¡Vale! –Pasamos junto a un grupo de futbolistas borrachos. Uno de ellos se tambalea hacia mí y Matt me apoya un mano en la espalda y lo fulmina con la mirada hasta que retrocede–. La última vez que trabajamos con una famosa, la chica se empeñó en seducirme. Se lo tomó como un reto personal. Estaba siempre tocándome y sentándose en mi regazo. ¿Sabes lo difícil que es escoltar a alguien a través de los paparazis mientras intenta meterte mano?

–No he tenido el gusto. Normalmente me toca ser a la que escoltan.

Aunque lo de que intenten meterme mano sí que me pasa casi siempre que salgo de casa. Hay mucha gente que cree que tocarle los genitales a una famosa es todo un logro, ya sea de forma consensuada o no.

Matt asiente y observa a un grupo cercano de actores.

–Le daba igual que no quisiera acostarme con ella. Estaba acostumbrada a conseguir todo lo que quería, y me quería a mí, así que pensó que podía hacer lo que le viniera en gana conmigo. Como me pagaba, se creía que le pertenecía, que lo que yo opinara no importaba. –Fulmina con la mirada a una invitada que le planta un móvil en la mano al camarero para que le haga una foto y que, al hacerlo, tira una bandeja cargada de copas–. Por eso no me gustan, por los privilegios.

Le dedico una sonrisa insulsa a una conocida que pasa por nuestro lado.

–¿Y qué pasó? –le pregunto con los dientes apretados.

Matt guarda silencio durante un instante, pero luego responde:

–Una noche me besó en la parte de atrás de la limusina. Aquello fue la gota que colmó el vaso. Dimití en el acto, y ella se tomó tan mal el rechazo que llamó a sus padres llorando y les dijo que había abusado de ella.

Se me cae el alma a los pies.

–Dios, Matt...

Él asiente.

–Menos mal que se olvidó de que en la limusina había una cámara. Si no, no estaría aquí. –Y luego añade–: Puedes mirar la cinta si no te fías.

Me detengo y lo cojo del brazo.

–Siento que tuvieras que soportar aquello –le digo, y va en serio–. Nadie debería sufrir acoso sexual en el trabajo.

Matt me retira la mano.

–A nadie deberían insultarlo en el trabajo –me responde en voz baja, y yo me siento como si acabara de tragarme una piedra.

Antes de que me dé tiempo a responder, un fotógrafo aparece ante nosotros con una cámara enorme en las manos. Esta noche estoy más asustadiza que de normal y su presencia repentina me sobresalta.

–¿No deberías estar con los demás de la prensa? –le pregunto, mordaz.

El fotógrafo me mira con cara de sorpresa.

–Soy el fotógrafo de la gala. Me contrató para que hiciera fotos para las redes.

Ay. Claro.

–Por supuesto –farfullo–. Perdona, no quería ponerme así. Es que estoy... nerviosa.

Él me sonríe.

–No pasa nada, señorita Saint. Está muy guapa esta noche. –Después agita la cámara–. ¿Puedo hacerle una foto con su nuevo novio?

Observo a Matt, que cierra los ojos durante un segundo y, a continuación, se inclina y me roza la mejilla con los labios. La cámara emite un fogonazo de luz, y Matt se aparta antes de que me percate siquiera de lo que está ocurriendo. Lo único que me queda es una sensación cálida en el rostro y el leve aroma a limón de la loción para después del afeitado.

–Maravilloso –dice el hombre, comprobando la foto–. Hacen una pareja estupenda.

Y luego se marcha para hacer unas cuantas fotos de la banda.

–Y dime, ¿hay algún motivo por el que creas que está bien tratar a tus empleados así? –me pregunta Matt como si nada.

Cierro los ojos un momento y luego me alejo de la multitud en dirección a la fila que se ha formado frente al bufé en el otro extremo del jardín. Han servido los aperitivos en platos de cristal delicado. En el centro de la mesa hay un cisne de hielo resplandeciente que se está derritiendo, rodeado de copas de champán.

–¿Qué va a hacer tu fotógrafo con esa foto? –me pregunta Matt, que me ha seguido–. No voy a acabar en la pared del cuarto de cualquier adolescente, ¿no?

–¿De verdad te consideras tan atractivo? –le pregunto. Tomo una copa de champán y me la bebo. Dios. No me encuentro bien. Noto la piel entumecida y la cabeza me da vueltas. ¿Qué pasaría si me desmayara? ¿Qué haría Matt? ¿Me cogería o me dejaría caer y pasaría por encima de mi cuerpo inconsciente? Dejo la copa vacía con una mano temblorosa y voy a por otra–. ¿Quieres una?

Matt no responde. Tiene el ceño fruncido mientras mira a la nada.

—¿Matt?

—Ya está —murmura.

Y a mí se me revuelve el estómago. Ay, Dios. ¿Acaba de ver a X? Sigo su mirada, pero solo veo árboles.

—¿Ya está qué?

—Ya sé de qué me suenas. —Suelta un bufido y, de repente, se ríe—. Glen tenía una foto tuya. Fue hace muchos años. La llevaba siempre en la mochila cuando estuvimos de servicio.

Noto que me sube la presión arterial.

—¿Lo dices en serio?

Matt cierra la boca tan rápido que le entrechoca la mandíbula.

—No debería habértelo dicho.

—Vaaale, pues nada.

La verdad es que ahora mismo no me veo capaz de procesar esta información. Ya me encargaré de ello más tarde. Inspiro hondo y me llevo la copa a los labios.

—¡B! —exclama alguien a mi espalda—. ¡¿De verdad eres tú?!

Me quedo helada, y el frío me invade el cuerpo. No. No es posible. Solo hay una persona en el mundo que me llama «B», y es la última a la que me apetece ver en este instante.

Quizá esto sea el karma, por: comportarme como una gilipollas.

Poco a poco, me obligo a darme la vuelta hasta que me encuentro cara a cara con mi antiguo compañero de serie: Thomas Petty.

14

Briar

No se parece en nada al adolescente desgarbado de mis recuerdos. Está mucho más corpulento, se ha cortado el pelo castaño rizado y lo lleva echado hacia atrás con gomina. O la pubertad se ha portado genial con él, o se ha hecho algo en la mandíbula.

Las lucecitas se le reflejan en los ojos y su resplandor le cubre la piel. Me dedica una sonrisa vacilante. Una punzada me atraviesa el pecho. La última vez que hablamos, yo tenía dieciséis años y estaba en la puerta de su casa, hecha un mar de lágrimas, suplicándole que lanzara un comunicado para la prensa.

Qué extraño. Siempre creía que, si volvíamos a hablar, estaría enfadadísima con él. Sin embargo, el anhelo me invade por completo. Era mi mejor amigo, y luego me arruinó la vida. No he tenido amigos desde entonces. Ni uno solo en los trece años que han transcurrido desde que lo perdí a él.

Qué deprimente.

Se arma cierto revuelo entre la multitud. Ya oigo los rumores ahora que nos han visto juntos. Mientras yo sigo ahí plantada como una tonta, una modelo que pasa por mi lado se gira hacia su amiga y le susurra:

—¿Ese no es el chico al que le puso los cuernos? ¿Crees que aún tendrán mal rollo?

—Thom —lo saludo con la voz rota—. ¿Qué haces aquí? Creía que te habías mudado a Los Ángeles.

Él se encoge de hombros como si nada.

—Vuelvo mañana. Estoy aquí por un viaje de negocios y no

tenía nada mejor que hacer esta noche. Espero que no te importe que haya decidido pasar.

«Sí que me importa –me muero por decirle–. Lárgate de mi vista, joder».

–Con que dones algo... –murmuro.

Él se ríe y se le relajan un poco los hombros. Después coge una copa de champán de la mesa.

–Claro, claro. ¿Y tú quién eres? –pregunta entonces, girándose hacia Matt–. ¿Estáis saliendo?

Matt sufre una transformación a mi lado. Antes era un hombre silencioso y estoico y, en un pispás, se convierte en la amabilidad personificada. Saluda a Thom agarrándole de la mano y le sonríe.

–Matt Carter. Encantado de conocerte. Briar me lo ha contado todo sobre ti.

Yo me quedo mirándolo.

A Thom se le escapa la risa.

–Pues entonces no creo que te hayas llevado una impresión muy buena de mí. ¿Cómo era eso que les dijiste a los de la revista *Goss*? –me pregunta con cara de estar pasándoselo en grande–. ¿Qué te lo comía como un sambernardo?

Pero Matt llama su atención antes de que me dé tiempo a responder.

–Me dijo que erais amigos cuando grabasteis *Hollywood House*.

Thom parpadea sorprendido.

–Sí –responde despacio–. B y yo éramos muy buenos amigos. –Entonces sacude la cabeza levemente–. ¿Y a qué te dedicas?

A Matt se le ensancha la sonrisa.

–A fabricar armas, tío.

Thom escupe el champán.

–¿Perdón?

–Cosas para el Ejército. Armas, bombas, lanzamisiles..., cualquier cosa que se te ocurra, verdad, ¿princesa? –Matt me toma de la mano y me mira con esos brillantes ojos azules. Yo no digo nada porque no entiendo a qué se debe esta actitud tan extraña, pero él se limita a reírse–. Perdona, perdona. Ya sé que no soportas que hable del trabajo. Esta noche tú eres la protagonista, cielo.

Y entonces me acaricia la mandíbula, me inclina un poco la barbilla y se acerca a mí para besarme.

No llega a besarme del todo, solo me roza la mejilla con los labios. Sin embargo, como nos tapa con la mano, a Thom debe de parecerle que acaba de agarrarme para darme un buen beso en los labios.

Una descarga eléctrica me recorre el cuerpo entero cuando su barba me raspa la mejilla e inhalo su colonia cítrica. Se me abre la boca y le rozo el cuello sin querer con los labios. Siento su pulso como un martillo neumático bajo la piel sensible. Matt se queda helado durante un instante y enseguida se aparta. Parpadeo para deshacerme de mi asombro, y Matt vuelve a estrecharle la mano a Thom.

–Mira, tenemos que irnos, pero ha sido un placer, tío. Deberíamos quedar algún día.

–Esto... Sí, claro.

Thom me dedica una última mirada y, como ha captado la indirecta, se marcha y desaparece tras doblar una esquina. Matt me sostiene la mano hasta que se va. No se me pasa por alto que varias personas a nuestro alrededor bajan la cámara del teléfono con cara de haberse llevado un chasco. Está claro que esperaban que hubiera movida.

Durante un instante, me siento tan agradecida que me parece hasta ridículo. A Matt le habría resultado muy fácil dejar de fingir o no inmiscuirse mientras yo lidiaba con esta interacción tan incómoda. Sin embargo, ha mantenido la tapadera a la perfección para no dejarme mal. Qué raro y qué amable.

Kenta se acerca desde atrás y yo pego un brinco. No me había fijado en que estaba tan cerca. Matt me suelta la mano como si fuera un pegote de residuos radiactivos y se la limpia en la chaqueta.

–El tal Petty parece inofensivo.

–Sí –coincide Kenta–. No ha mostrado ninguna emoción intensa cuando la has besado.

–Bueno, pues supongo que es uno menos del que tenemos que preocuparnos –responde Matt.

–Un momento –les digo, mirándolos a ambos–. ¿Qué acaba de pasar?

–Petty estaba en la lista de posibles sospechosos –contesta Matt con tono aburrido–. Es el primer amor al que despreciaste poniéndole los cuernos. Necesitaba hablar con él cara a cara para evaluar si era una amenaza.

–Pero...

La mente me va da un lado a otro e intenta no perderse.

–¿Qué pensabas? –me dice Matt con una mirada gélida–. ¿Que lo he hecho para que quedaras bien?

Abro la boca y luego la cierro. Me palpita el cerebro.

–Yo no le puse los cuernos.

–¿Y? El resto del mundo cree que sí y, a fin de cuentas, eso es lo que importa, ¿no? –Señala todo el jardín con un gesto de la mano–. Igual que este evento. No es más que un espectáculo. Un puñado de ricos que se reúnen una vez al año para celebrar una puta fiesta con la que ayudar a personas sin hogar, por el amor de Dios... –Señala la escultura de hielo, que está derritiéndose–. ¿Cuánto te ha costado todo esto? ¡Con lo que cuestan estas copas podríais conseguir que muchos niños durmieran bajo un techo!

Ni siquiera puedo llevarle la contraria porque sé que tiene razón. Tiene razón, y yo tampoco lo soporto.

–Lo importante no es la gala, sino todo el dinero que se recauda...

Me interrumpo en cuanto algo me llama la atención. En un rincón del jardín, iluminado por un farol de papel que cuelga de uno de los árboles, hay un hombre que lleva una sudadera gris. Está de lado, hablando con un invitado, pero al instante me vienen las imagenes de las cámaras de seguridad en las que salía X en el exterior de mi casa. Llevaba una sudadera, y la policía me dijo que podía ser negra o gris. Me palpitan los oídos y la ansiedad se apodera de mí.

Ay, Dios.

Ha pasado mucho tiempo desde mi último ataque de pánico. Años. Esperaba haberlos superado. Cierro los ojos e intento controlar la respiración, pero noto que el pecho se me cierra y me duele. Mierda.

No sé por qué la gente lo llama «ansiedad». No me siento ansiosa, me siento como si fuera a darme un infarto, joder. Se me nubla la visión. De repente, los colores me parecen demasiado intensos. Me froto los dedos, pero los tengo tan adormecidos que no siento nada de nada.

Me obligo a ignorar estas sensaciones cada vez más intensas y miro a mi alrededor, en busca del hombre de la capucha gris. Ha desaparecido. Ay, Dios. Doy vueltas, pero no lo veo por ningún lado. De repente, las sombras tras los árboles me parecen demasiado oscuras y profundas.

Matt me coge del brazo y me encojo.

—¿No deberíamos hablar con la prensa? —pregunta en voz alta—. Quiero largarme de aquí cuanto antes.

No respondo. Kenta frunce el ceño y me mira de cerca.

—¿Estás bien, Briar?

—No...

Me froto la cara. Un niño que no me suena de nada pasa corriendo por mi lado y choca conmigo. Me sonríe a modo de disculpa, y sostiene hacia mí una servilleta y un rotulador. No sé lo que me dice, hay demasiado ruido a mi alrededor.

Me falta el aire. Me voy a desmayar. Ay, Dios, no puedo desmayarme aquí con tanta cámara y tantos famosos. La situación me supera. No aguanto más. No puedo respirar. Contengo las lágrimas, me alejo del niño y me tambaleo entre la multitud, directa hacia el baño que me pille más cerca.

15

Matt

—¿Qué coño le pasa ahora? —pregunto, mirando cómo Briar aparta de un empujón al niño y corre hacia el edificio principal, siguiendo el cartel dorado de los baños.

Kenta se inclina y le susurra varias palabras tranquilizadoras al niño, que parece estar a punto de romper a llorar. Luego se lo encasqueta al camarero que le pilla más cerca.

La rabia me anega y arde en mis venas. Odio esto. Observo esta fiesta de ensueño tan bonita. El cielo se oscurece, pero los músicos comienzan a ponerse las pilas. A mi alrededor, estos multimillonarios se emborrachan y bailan.

Esto no es lo que quería hacer con mi vida. Ni en sueños. Me uní al Ejército para proteger a los inocentes de los más poderosos, de la gente que hace daño a otros sencillamente porque pueden. Ya sea Briar, comportándose como una abusona con mi vecina hasta casi provocarle un ataque, o los policías corruptos que se dedican a apalizar a la gente porque les apetece. Todo proviene de un mismo sitio. De la maldad. Y estoy harto. No quiero proteger a una desconsiderada egoísta y cruel.

He estado demasiadas veces en el lado equivocado de esa crueldad como para poder empatizar con ella.

Kenta se yergue y nos dirigimos hacia el baño para quedarnos junto a la puerta.

—¿Crees que está bien? —me pregunta en voz baja—. Se comporta de una forma muy rara.

—No, se comporta como siempre. Puedes comprobarlo en cualquier revista, en el periódico o en las noticias.

Kenta me fulmina con la mirada.

–Está muy estresada.

Típico de Kenta. Siempre intentando ser diplomático.

–¿Alguna vez has hecho llorar a alguien que cobra el salario mínimo porque estabas muy estresado?

Aprieta los labios con fuerza, disgustado, y pregunta:

–¿Crees que a Nin se le pasará?

Dejo escapar un suspiro.

–Ha soportado cosas mucho peores. Lo que más le preocupa es que Briar la mencione en redes o deje una mala reseña sobre ella y no vuelva a trabajar en la vida. –Kenta aprieta la mandíbula–. El contrato que firmamos no tiene una fecha mínima de cumplimiento –le recuerdo–. A lo mejor deberíamos rescindirlo.

Espero que proteste, pero no dice nada y observa la puerta del baño con una mirada de acero. Está tan enfadado como yo.

Glen se une a nosotros tras comprobar el perímetro y los tres nos quedamos como idiotas ante la puerta del baño. Pasan cinco minutos. Diez.

Una mujer que va un poco pedo y que lleva unos tacones de infarto intenta abrirse paso entre nosotros, pero le informamos amablemente de que los baños están fuera de servicio.

–Ya, claro –responde, riéndose–. ¿Para qué ha entrado? ¿Para meterse unas rayas?

Se aleja tambaleándose, y Kenta comprueba la hora en el reloj.

–Deberíamos ver cómo está. Lleva ya un buen rato ahí dentro.

–A lo mejor se está haciendo fotos en el espejo –sugiero–. O poniendo a parir con sus amigas a la esteticista que se ha atrevido a volcar una botella de crema sobre las sábanas de diseño que le han costado veinte mil libras.

Glen se aparta de la pared.

–Ya voy yo –murmura, y entra en el baño.

Vuelvo a pensar en Nin. A lo mejor debería mandarle una cesta de regalo o algo por el estilo en la que ponga: «Perdona que mi jefa sea una persona horrible que te ha hecho llorar». Saco el teléfono para ponerme un recordatorio.

–¡Carter! –grita Glen entonces.

Se me cae el alma a los pies. Kenta ya me ha apartado a un lado para meterse corriendo en el baño. Cuando entro tras él, me detengo en seco y murmuro:

–Hostia puta...

Briar está despatarrada en el suelo del cubículo, con la mejilla apoyada en las baldosas. El pelo se le desparrama por el suelo y trata de coger aire. Cada una de sus exhalaciones brota de ella como un jadeo. Tiene los dedos tensos como garras y le dan espasmos; también se le ha corrido el maquillaje. Glen se ha arrodillado a su lado y le apoya una mano en la espalda, que no deja de sacudírsele.

–No sé qué le pasa –nos dice.

Me arrodillo junto a Briar y le deslizo los dedos por el cuello para encontrarle el pulso. Late demasiado rápido.

–Glen, encárgate de la puerta. Briar, mírame.

Briar centra la mirada en mí. Veo terror en sus ojos y, durante un instante, siento una especie de regresión.

Un cuchillo que resplandece en la oscuridad. Los ojos de Glen, que me observan aterrorizados.

Me sacudo para desprenderme de la sensación y le ordeno:

–Dime algo.

Briar vuelve a cerrar los ojos y se encoge sobre sí misma sin dejar de jadear.

–Es alérgica a algo, ¿no? –le pregunto a Kenta, que le ha cogido el bolso y ha comenzado a rebuscar en él–. ¿Y si es una anafilaxia?

–Al moho, pero no debería ser una reacción tan grave porque no le han recetado epinefrina.

–¿Y si es una sobredosis? –Le aprieto el hombro–. Briar. Abre los ojos. ¿Te has tomado algo?

Briar niega con la cabeza, sin aire.

–¿Te duele algo? ¿Te has hecho daño, princesa?

Vuelve a negar con la cabeza. Me estoy empezando a asustar.

–¿Qué ha bebido? –pregunta Kenta, que sigue rebuscando en el bolso de mano–. ¿Es posible que la hayan drogado?

–Solo una copa de champán. No he visto cómo la servían, la ha cogido de una mesa en la que había varias No...

–Espera –me corta en seco y saca un pastillero rosa. Abre la tapa y examina el contenido–. Es benzodiacepina.

–¿Te está dando un ataque de pánico? –le pregunto, incrédulo.

He visto a muchos clientes sufriendo ataques de pánico. Por lo general, cuando alguien corre tanto peligro que necesita vigilancia las veinticuatro horas del día, suele tener una vida estresante que le produce ansiedad. Sin embargo, Briar no ha hecho nada que indicara que pudiera estar nerviosa, y mucho menos aterrada.

Briar asiente con fuerza.

–Vale, vale. Kenta, tráele un poco de agua. Briar, estás hiperventilando. Respira despacio.

Pone los ojos en blanco, como diciéndome: «Anda, ¿cómo no se me ha ocurrido antes?».

–Siéntate. –La ayudo a incorporarse y dejo que se apoye en mi hombro, después le tomo la mano sudada, la apoyo contra mi pecho y respiro de forma exagerada–. Inhala. Contén la respiración. Exhala. Así. Buena chica.

–No... –Se atraganta y me aprieta la camisa con debilidad–. No soy un perro.

–Te sería más fácil respirar si dejaras de hablar –le aconsejo–. Venga. Inhala. Aguanta. Exhala.

Me fulmina con la mirada, pero intenta hacerme caso. Respiro con ella durante un par de minutos, y su respiración se va atenuando poco a poco. Al final, aparta la mano de mí y se sienta con la espalda erguida.

–Ya está –le digo, y le recoloco un poco de pelo que se le ha quedado pegado a la frente–. Ya está. ¿Puedes hablar, princesa?

–Sí –responde con voz ronca, y acepta la botella que le ofrece Kenta–. Gracias.

Intenta abrirla, pero aún le tiemblan las manos. Se la quito y abro el tapón.

–¿Te ocurre muy a menudo?

—Desde que tenía dieciséis años, pero hacía mucho que no me pasaba. —Cierra los ojos—. Joder, qué mareo.

Se me forma un nudo en la garganta.

—Tómate la pastilla —le ordeno. Cojo su pastillero y saco una, pero Briar niega con la cabeza—. ¿No la quieres?

—Me dejan hecha un asco. —Se enjuga las lágrimas y el rímel se le corre por las mejillas—. Las tengo solo para emergencias.

—Te has caído al suelo en un baño público. ¿Qué es para ti una emergencia?

—Algo peor que esto. —Da un sorbo de agua. Le tiembla tanto la mano que le caen varias gotitas sobre el vestido plateado—. Puedo lidiar con la situación.

—Oye, princesa, no pasa nada. No tienes que mostrarte fuerte siempre. Puedes pedir ayuda.

Por alguna extraña razón, me descubro a mí mismo acercándome a ella para tomarla de la mano. Sí, estoy enfadado con ella, pero no soporto verla así, temblorosa y sin poder respirar. Tiene los dedos rígidos, duros como una piedra. Se los masajeo despacio para que la sangre vuelva a las extremidades.

Briar duda durante un instante y se le agita el pecho mientras observa la pastilla. Después asiente levemente. Kenta se la acerca a la boca y ella se la traga con un sorbo de agua, temblando aún, encorvada contra la pared y con los ojos cerrados. Al poco tiempo, los músculos de las manos se le relajan y la respiración se apacigua.

—Buena chica —le digo en voz baja—. Vámonos a casa.

—No me digas más «buena chica» —me responde, negando con la cabeza—. Aún tengo un par de entrevistas pendientes.

Kenta se arrodilla frente a ella y le dice:

—No estás bien, cielo.

—Sí lo estoy.

—Apenas puedes mantenerte en pie.

—Pues entonces me sentaré mientras me entrevistan. Buscadme una silla plegable o algo. —Me aparta de un empujón y se esfuerza por levantarse. Kenta y yo la observamos patidifusos, y Briar se bambolea hasta el espejo, hace un mohín al ver el maquillaje corrido y se saca el rímel del bolso–. Joder, parezco un mapache. Si ni siquiera he llorado –murmura, frotándose debajo de los ojos.

Me pongo en cuclillas.

–Briar, deberías irte a casa y descansar. No estás para salir ahí fuera y tener que fingir.

–No os he contratado para que me deis consejos de salud –replica–, sino para que me sienta a salvo.

Kenta y yo nos quedamos helados. La reprimenda es más que evidente. Nos la hemos encontrado en el suelo con la cabeza junto al retrete, tan asustada que ni siquiera podía respirar. Esta noche no se ha sentido a salvo con nosotros.

–Briar –le dice Kenta con gentileza–. Tu comportamiento jamás alterará el modo en que trabajamos. Que hayamos tenido una discusión no significa que...

–No quiero hablar del tema –lo interrumpe–. Las pastillas siempre me dejan por los suelos. En quince minutos me convertiré en un zombi, y aún tengo que hablar con veinte medios de comunicación. V-venga, vamos. –Sale del cuarto de baño y se tambalea un poco sobre los tacones. Cuando intento pasarle el brazo por los hombros, para que no pierda el equilibrio, Briar se encoge con brusquedad–. No me toques, por favor.

Retrocedo. Briar avanza insegura hacia la prensa, donde han colocado las cámaras, y le hace un gesto al periodista que le queda más cerca.

–Cuando quieras. Empecemos con la entrevista –le dice.

Durante un instante, el chico la mira perplejo, pero recobra la compostura enseguida y le planta el micrófono en la cara.

–Señorita Briar Saint. Usted ha organizado el evento de esta noche. Dígame, ¿por qué son importantes para usted los niños sin hogar?

–Todos los niños deberían tener un hogar –murmura.

El chico se queda perplejo ante su brusquedad.

–Aun así, usted es una de las actrices que más dinero ha ganado este año. ¿Cómo encajan sus valores con sus ingresos?

–Dono todo lo que gano.

Una expresión de enfado cruza el rostro del hombre.

–Mucha gente la acusa de usar estas galas benéficas para blanquear su imagen. ¿Qué tiene que decir a estas acusaciones?

–¿Y de verdad importa? –pregunta cortante–. El caso es que recaudo dinero.

Un escalofrío le recorre el cuerpo entero y Glen le pone su chaqueta sobre los hombros. Briar se queda quieta durante un instante y, entonces, gira la cabeza hacia la tela, como para oler la colonia.

–Gracias –le dice a Glen, que se limita a asentir con el rostro tenso de preocupación.

Briar habla con el periodista durante unos minutos y luego pasa al siguiente. Y luego al siguiente.

Las entrevistas no son muy buenas. De hecho, son un desastre absoluto. La ansiedad vuelve a apoderarse de ella a medida que la gente la rodea. La veo observar a la multitud como si creyera que alguien va a abalanzarse sobre ella. Vuelve a entrecortársele la respiración y tiene que detenerse a mitad frase para tomar aire. Tiene los ojos abiertos de par en par y brillantes por culpa de la pastilla. En más de una ocasión tiene que pedir que le repitan la pregunta cinco o seis veces porque es incapaz de concentrarse en lo que le dicen. Es horrible verla venirse abajo una y otra vez mientras trata de no perder la compostura.

–Madre mía –oigo que murmura un cámara que tengo a mi espalda mientras Briar se dirige al siguiente reportero–. Estamos en una gala benéfica y la tía está ida.

–Los titulares van a ser buenísimos –comenta el reportero–. ¿La has grabado cuando casi se cae?

Aprieto los dientes y me acerco a Kenta, que va siempre un paso por detrás de Briar, sin quitarle los ojos de encima.

–La gente se cree que va colocada.

Kenta pone una mueca, le apoya un brazo en el hombro a Briar y le dice:

—Briar, deberíamos irnos.

—Tres entrevistas más —farfulla.

—Creen que te has metido algo —le digo.

—Pero ¡es que es verdad!

—Los titulares de mañana van a ser horribles.

—Pues como siempre que hablan de mí —responde, riéndose.

—Pero...

—¿Es que no lo entiendes? —me dice, mirándome—. Esto no lo hago por mejorar mi reputación, lo hago para que la gente le preste atención a esta causa. Si me toca quedar como una idiota, pues me da igual. Llevo quedando como una idiota desde los trece años, cuando entré en esta industria. Si al menos puedo recaudar dinero mientras tanto...

Cierro la boca de golpe. Briar aguanta dos entrevistas más antes de que empiecen a temblarle las piernas. Glen la coge antes de que se caiga el suelo y la sujeta contra sí.

—Vale —le dice él en voz baja—. Tenemos que irnos. Estás diciendo tonterías.

Esta vez no nos lleva la contraria y nos deja sacarla de la gala en dirección al coche. Los paparazis se extienden por la calle; le gritan y le hacen fotos. Yo los fulmino con la mirada, pero Briar pasa de ellos y mantiene la cabeza alta hasta que Kenta la empuja con gentileza hacia el asiento trasero. El chófer arranca. Briar se deja caer sobre la tapicería de cuero y el vehículo se separa de la acera.

Antes siquiera de que nos hayamos alejado, a Glen le suena el teléfono. Cuando lo coge, pone una mueca.

—Hola, señora Chen —dice. Yo cierro los ojos. Es Nin—. Sí, me he enterado de lo que ha pasado. Lo siento mucho. No... no tenía un buen día. —Mira a Briar de reojo, que parece encogerse sobre sí misma—. No, no, seguro que no lo hace. No llore, por favor. Sí, hablaré con ella si es lo que quiere, pero, lo digo en serio, no creo que haya nada de que preocuparse.

Se pasa el resto del trayecto tranquilizando a Nin mientras los demás nos quedamos sumidos en un silencio incómodo. Cuando al fin cuelga, Briar se frota la cara con la mano. Tiene las mejillas rojísimas.

—Joder... ¿podéis traerla a casa?

—¿Qué? —pregunto sorprendido.

—No creo que sea buena idea —responde Kenta.

Briar se encoge de hombros.

—Vale, pues iré yo a su casa.

—Ni en broma —le digo, enfadado—. Te vas a tu casa.

Se desanima un poco, como si estuviera demasiado cansada como para seguir discutiendo.

—Bueno, pues supongo que puedo llamarla por Skype. Necesito disculparme, y preferiría hacerlo cara a cara.

El coche se detiene en el camino de entrada de su casa y la escoltamos mientras ella entra tambaleándose. Se quita los zapatos de tacón con los pies y la chaqueta de Glen. Luego me tiende la mano y me dice:

—Dame su número, por favor.

Frunzo el ceño.

—Si vas a llamarla para tomarla con ella...

Un destello le cruza la mirada.

—¡Que me des su número!

Dejo escapar un suspiro y le paso el contacto de Nin. Briar me da las gracias en voz baja y luego se mete en su cuarto y cierra la puerta.

16

Briar

Cuando cuelgo, me quedo sentada en la cama, agitada. Me siento fatal. Horriblemente mal. Matt tenía razón: hoy me he comportado como una niñata rica y malcriada. Le he hecho daño a una persona.

Suspiro y me apoyo en el cabecero. Noto la medicación espesa en las venas, nublándome los pensamientos. Me duele la cabeza y lo único que quiero es dormir, pero no puedo. No soporto estar en esta habitación. Me froto la nuca, me hormiguea la piel... Vigilo las sombras, compruebo el armario, la puerta del baño y las estanterías.

Alguien llama con delicadeza a la puerta. Glen asoma la cabeza y examina la habitación.

—Solo estaba haciendo la ronda —me dice, y luego se gira hacia mí y me ve los ojos rojos—. Ay, cielo.

—No soy ningún cielo —murmuro, y siento que la culpa me asfixia—. Soy una zorra de cuidado.

He hecho todo lo que he podido para disculparme con Nin. Hasta le he pedido a uno de mis abogados que investigue los retrasos en la pensión alimenticia de sus hijos. Sin embargo, no puedo disculparme como Dios manda porque aún no sé qué coño me ha pasado.

Recuerdo el momento en que volcó la botella. En una milésima de segundo dejé de estar bien y fue como si estuviera poseída. El ramalazo de terror que me invadió el cuerpo me asustó. Solo de pensarlo se me acelera la respiración. Cierro los ojos e inspiro hondo. No sé qué me pasa.

Cuando los abro, veo que Glen sigue en la puerta.

–¿Quieres hablar de lo que ha pasado? –me pregunta con una voz tan gentil que me dan ganas de romper a llorar–. A lo mejor te ayuda sacártelo de dentro.

Suspiro. No quiero hablar de ello. Quiero hacerme una bola y morirme de la vergüenza, pero sé que les debo una explicación a los chicos.

Recobro la compostura y asiento. Salgo de la cama y sigo a Glen hacia el salón. Kenta y Matt están en el sofá, hablando en voz baja frente a un ordenador portátil. Kenta sonríe al verme, pero Matt me dedica una mirada gélida.

Inspiro hondo y me cruzo de brazos.

–Matt –le digo con firmeza–. Siento mucho lo de tu amiga. La has traído para que me ayudara y me he portado fatal con ella.

–Bueno –responde, apretando los labios–. Me ha llamado y me ha dicho que te has ofrecido a pagarle un abogado. Así que supongo que gracias.

Asiento y me acomodo en uno de los extremos del sofá, lejos de los chicos.

–El modo en que has reaccionado no parecía propio de ti –comenta Kenta con tono cauteloso.

–¿Lo dices en serio? –respondo, riéndome por la nariz–. Porque yo creo que me he comportado justo como se esperaba de mí. Te recuerdo que estás hablando con la Zorra Suprema del Reino Unido.

–A nosotros no nos lo has parecido durante estos días –responde Kenta–. ¿Ha pasado algo para que te pusieras así?

Guardo silencio durante un buen rato. Oigo el latido de mi corazón en los oídos, porque en el fondo sé muy bien por qué he actuado como una loca, pero no quiero admitirlo.

–Ha sido por la crema –me obligo a decir al fin.

–¿Te has enfadado porque ha derramado la crema? –me pregunta Matt con la voz imperturbable.

–¿Puedes dejar de juzgarme durante diez segundos, joder? –le suelto, llena de rabia–. Ya tenías una idea preconcebida de mí antes de conocerme siquiera. Para ti no soy más que una villana.

Una zorra superficial. Eres incapaz de verme de otro modo. –Me froto los ojos–. Por el amor de Dios. Un desconocido se hizo una paja en mi cama, y yo luego di vueltas sobre las sábanas. Me pringué las piernas enteras. Me desperté en un charco de semen de un desconocido. –Se me cierra la garganta–. Jamás he tenido tantísimo miedo. Creía que me habían drogado y que me habían violado. Y, aunque ya ha pasado, no puedo dejar de pensar en ello. No me lo quito de la cabeza. Así que, cuando se le cayó la crema sobre mis piernas y las sábanas, una crema que parecía lo que parecía, fui presa del pánico. –Trago saliva con dificultad–. Y me dio tantísima vergüenza que me puse como una loca. Le eché la culpa de todo a ella. Fue un mecanismo de defensa, pero fue horrible, y no soporto que se disgustara tanto por mi culpa.

Transcurren varios instantes de silencio. No me atrevo a mirarlos.

–Y en cuanto a lo que ocurrió en la gala... –añado, con una mueca–. Lo siento. Hacía muchísimo tiempo que no tenía un ataque de pánico, así que no pensé en avisaros. La ansiedad se me dispara cuando no duermo.

–¿Y por qué no duermes? –pregunta Matt con la voz tomada–. ¿Hacemos mucho ruido por las noches?

Por algún extraño motivo, rompo a reír, y luego ya no puedo parar. Me río hasta que me saltan las lágrimas y me corren por las mejillas.

–No –respondo–. No es culpa vuestra. Para nada.

Inspiro hondo e intento contener el hipo, pero no puedo. Va a más hasta que ya no me estoy riendo y me echo a llorar. El terror que ha ido acumulándose durante esta última semana se apodera de mí y empiezo a temblar mientras lloro.

–Briar... –me dice Kenta con voz amable.

–No puedo más –susurro–. Me estoy viniendo abajo. Veo a gente por todas partes. Sombras en el espejo, entre los arbustos, detrás de los muebles. No me siento a salvo en mi habitación. Da igual cuántas veces lave las sábanas porque sigo sintiendo la cama sucia. Cada vez que salgo hay gente mirándome, lla-mándome por mi nombre, haciéndome fotos, siguiéndome, y no tengo modo de saber si X está ahí entre ellos. No puedo dormir. No puedo comer. Es como si las paredes se estuvieran estrechando a mi alrededor.

–Joder –murmura alguien. Siento que los cojines del sofá se hunden y, de repente, inhalo el perfume cálido de especias de Kenta. Me coloca una mano en la espalda, con cuidado. Cuando me apoyo en él, comienza a frotarme entre los hombros trazan-do círculos–. Briar –me dice en voz baja–. Lo siento mucho.

–¿Por? Pero si no habéis hecho nada.

–No es verdad. Briar, mírame. –Me coloca un dedo firme bajo la barbilla y me obliga a mirarlo a los ojos. Tiene la expresión seria–. Lo siento mucho –me repite–. Deberíamos habernos dado cuenta de que te sentías así. Un acosador puede afectarte mucho psicológicamente, y es lo más normal del mundo. Por el amor de Dios, ¡estudié Psicología! Debería haberme dado cuenta de que lo estabas pasando mal. –Trago saliva, y Kenta me da varias palmaditas en la espalda–. Como hasta ahora te has mostrado fuerte, creía que las amenazas no te estaban afectando.

Me quedo mirándolo como si estuviera hablando en otro idioma.

–Pero ¿cómo no van a afectarme las amenazas? –le susurro–. ¿A qué clase de persona no le afectarían?

Kenta niega con la cabeza y se mira el regazo.

–Lo siento. Ha sido una negligencia muy grave por nuestra parte. Tienes razón. Hemos dado por hecho cosas sobre ti basándonos en lo que dice la prensa, lo cual es una cerdada.

Me sorbo los mocos y cojo la caja de pañuelos de la mesita auxiliar.

–No os pago para que seáis mis psicólogos.

–Pero sí para que te mantengamos a salvo –insiste él–. Si te sientes tan desprotegida que hasta te afecta a nivel físico, es que no estamos haciendo bien nuestro trabajo. –Hace una pausa y piensa–. Tengo unos cuantos libros que a lo mejor te ayudan.

–No necesita libros, necesita un psicólogo –salta Matt, que tiene pinta de querer darle un puñetazo a algo.

–Ya lo sé –les digo, enjugándome las lágrimas de las mejillas–. Ya he pedido cita.

–Estupendo –responde Kenta con tono tranquilizador–. Pero ¿qué hacemos ahora? ¿Hay algo que esté en nuestra mano para que te sientas segura a corto plazo?

Dejo escapar un suspiro. Sí que lo hay, pero, joder, qué vergüenza.

–Sí... ¿Podría dormir alguno de vosotros conmigo?

Los tres se me quedan mirando. Los he dejado sin palabras.

Se me encienden las mejillas, pero no he llegado hasta donde he llegado sin pedir algo cuando lo quería. Me cruzo de brazos.

–A ver, dos vais a dormir en la casa de invitados del jardín, ¿no? Si uno de vosotros... pudiera dormir en mi habitación conmigo... No dejo de pensar que alguien va a colarse, y que no me despertaré y...

–¿A quién quieres? –pregunta Kenta firme–. ¿Quién quieres que duerma contigo?

Los ojos se me van a Glen.

–No tienes por qué hacerlo –le digo–. Lo que te estoy pidiendo no entra en el salario.

Pero entonces Glen se pone en pie y responde:

–Nos pagas para que te hagamos sentir a salvo –me dice con esa voz grave suya, y cruza la moqueta–. Vamos, entra.

Mantiene la puerta del dormitorio abierta y entro en él. La habitación está oscura salvo por los haces de luz lunar que se cuelan en ella, pero las sombras no parecen tan densas con Glen a mi espalda, como si fuera un perro guardián. Nos quedamos quietos durante un instante y entonces señalo la cama con la cabeza.

–Puedes quitarte la ropa si quieres –le digo–. No hace falta que duermas con pantalones.

Glen duda, pero luego, despacio, se desabrocha la camisa. Cuando se la quita, descubro más cicatrices en la parte superior de los brazos. Me giro hacia la cama justo cuando se lleva las manos al cinturón; levanto las sábanas y me meto bajo el edredón. Oigo tras de mí el sonido de una cremallera, y luego el frufrú de la prenda cuando los pantalones de Glen caen al suelo. El colchón se hunde cuando se mete en la cama conmigo. Me quedó allí tumbada varios segundos, con el corazón a punto de salírseme por la boca.

No recuerdo cuándo fue la última vez que dormí junto a un hombre. No me entusiasma el sexo y, cuando follo, lo último que me apetece es que el chico se quede a dormir cuando acabamos. Pero, ahora mismo, a oscuras, tenerlo a mi lado es mejor de lo que podría haber imaginado.

−¿Estás bien? −me pregunta Glen en voz baja.

Asiento y me pego a él. Estoy tan cerca que puedo olerlo. Su profundo aroma a bosque se cuela en mi interior y me recorre las venas. Me relaja muchísimo más que el Xanax. Es la primera vez en toda la semana que mi mente cede ante el agotamiento y se calma hasta detenerse. Me acurruco, apoyo la cabeza en su almohada y dejo que el sonido de su respiración me arrulle hasta que me duermo.

17
Glen

Permanezco tan quieto como puedo y observo el fino rayo de luz solar que se cuela en el dormitorio. Los minutos transcurren, y el haz amarillo se desliza despacio sobre la moqueta, luego llega a la cama y al final hasta la mejilla de Briar, donde le ilumina las hebras doradas del pelo.

Apenas he dormido en toda la noche. No he podido. Me sentía fatal.

Ayer la cagamos.

Recuerdo el miedo descarnado en el rostro de Briar cuando la encontré en el suelo del baño y tengo que contener un estremecimiento. Llevamos demasiado tiempo en el negocio como para no saber si nuestra clienta lo está pasando mal. Fue toda una conmoción verla anoche en un estado tan frágil; y fue una conmoción aún mayor cuando me pidió que durmiera con ella.

Di por hecho que escogería a alguno de los otros dos. Kenta era la opción más evidente; y, aunque Matt y ella se hayan peleado, es obvio que se gustan. No se me ocurre ninguna mujer que quisiera dormir con un Hulk cubierto de cicatrices. Pero me escogió a mí. No se lo pensó dos veces.

No lo entiendo.

Briar se retuerce en sueños. Entreabre los labios de color melocotón y su aliento suave le aparta un mechón de pelo de la mejilla. Poco a poco, va a abriendo esos ojos enormes que tiene y parpadea varias veces antes de mirarme.

—Buenos días —murmuro.

Se despereza despacio y un ruidito se le escapa de entre los labios cuando contorsiona los músculos tensos. Maravilloso.

Creía que una de las ventajas de pasarse la noche en vela sería que no tendría una erección mañanera, pero aquí estamos.

–Buenos días –murmura.

Se deja caer sobre la almohada y me mira. Me examina el rostro y, de repente, reparo en lo cerca que estamos. Tan solo nos separan unos centímetros. Veo hasta el último detalle de su rostro: la piel lisa y suave, las pestañas largas, las pequeñas pecas doradas que le cubren la nariz. Me quedo tan embobado que tardo un poco en darme cuenta de que ella puede verme con el mismo lujo de detalle.

Mierda.

Me giro y me quedo mirando el techo, pero de repente aparece su mano y me agarra de la mandíbula. Me quedo muy quieto cuando sus dedos me rozan la barba.

–¿Por qué haces eso? –me susurra con la voz ronca y grave porque acaba de despertarse.

–¿El qué?

Gira la cabeza y me muestra la mejilla.

–Lo de darte la vuelta. Siempre intentas ocultarme la cicatriz.

Frunzo el ceño, extrañado.

–No me había dado cuenta.

–A veces creo que no, pero ahora mismo sí. Se te ha notado.

Me encojo de hombros.

–Supongo que he dado por hecho que no querrías verla –respondo, encogiéndome de hombros.

Briar entreciera los ojos.

–Pues quiero verla –responde cortante, y me obliga a girar la mandíbula hacia ella. Me recorre la mejilla con la mano, a solo un milímetro de rozarla–. ¿Puedo tocarla?

Soy incapaz de hablar. Asiento levemente con la cabeza, y ella me acaricia la cicatriz y siente en los dedos las rugosidades.

–¿Te duele? –pregunta en voz baja.

–No, pero a veces me pica.

–¿Cómo te la hiciste? –Me pongo tenso, y ella niega con la cabeza–. Perdona, no debería habértelo preguntado...

–No pasa nada. En nuestra última misión estábamos luchando contra el terrorismo en... –Me muerdo el labio–. En un país extranjero.

Briar tuerce el labio.

–Es información confidencial, ¿no?

–Más o menos. Se suponía que estábamos en una misión de reconocimiento, pero nos capturaron, nos encerraron y nos torturaron para obtener información.

Briar toma aire y se pega aún más a mí. Luego me acaricia la cara con los pulgares y me pregunta:

–¿Te hicieron estos cortes?

–Y más cosas.

Un escalofrío me recorre el espinazo a medida que los recuerdos afloran en el fondo de mi mente; unos recuerdos oscuros y cargados de dolor.

Debe de notárseme en la cara, porque Briar cambia de tema.

–Matt me dijo que siempre llevabas contigo una foto mía.

Me quedo parado. Será hijo de puta. ¿Por qué coño se lo ha dicho? La verdad es que preferiría que siguiéramos hablando de cuando me torturaron.

–Sí, una foto –le confieso–. Perdona. Teniendo en cuenta todo lo que está pasando, seguro que te da mal rollo.

–No –me responde, susurrando–. Estas cosas no dan mal rollo cuando eres famosa. De adolescente tenía como veinte pósters de Justin Bieber en mi cuarto, y no me disculpé por ello cuando lo conocí. –Me recoloca un mechón de pelo tras la oreja. Lo llevo demasiado corto para que se quede ahí, de modo que se vuelve a escapar. Briar lo recoloca una y otra vez. Prácticamente me está acariciando el pelo. No entiendo qué está pasando–. ¿De dónde la sacaste?

Me froto la cara.

–Uno de nuestra patrulla, Damon, tenía una hermana que trabajaba de editora en una revista y le mandaba todos los números. Tú saliste en la portada de uno de ellos. Supongo que... me pareciste... guapa. No podía dejar de mirarte. Damon se fijó, le hizo gracia, arrancó la portada y la dejó sobre mi cama. Empezó como una broma, pero luego, cuando tuvimos que marcharnos, no... no pude deshacerme de ella. Así que me la guardé, como si fuera un amuleto de la suerte.

–Anda. –Me observa con gesto pensativo–. ¿Y qué hacías con ella? ¿Te hacías pajas o qué?

Me quedo boquiabierto.

–Eh...

–No pasa nada –añade, riéndose–. Se da por hecho que, cuando haces una sesión de fotos en lencería, la gente se va a hacer pajas con ellas. Y prefiero que se las haga un soldado solitario a que se las haga un acosador asqueroso.

–No me hacía pajas –le digo, y es en serio.

–¿Y eso?

–No... no hacía esas cosas, lo cual puede que vuelva toda esta situación aún más extraña. –Me paso una mano por el pelo. Se me dan fatal las palabras, y no hay forma de decir lo que quiero decir sin que parezca que me falta un tornillo–. No era una foto en ropa interior. Era una foto en la que salías en la playa con una camiseta blanca y una pamela inmensa. Tenías un helado en la mano y sonreías a la cámara. No sé... Estabas muy guapa. Y allí la situación era horrible. Algunos de los chicos tenían novias, hijos o familias por los que luchar, pero yo no tenía a nadie. Cuando veía tu foto, recordaba que existían cosas bonitas en el mundo: la luz del sol, los helados, chicas alegres que se ponían pamelas para ir a la playa... Me ayudaba a recordar el motivo por el que soportaba aquel infierno. Para que todas esas cosas pudieran seguir existiendo.

Briar se incorpora despacio, con los ojos muy abiertos. Pongo una mueca y noto que me pongo rojo. Parezco un bicho raro.

–Lo siento. Debe de parecerte...

–Creo que eres el hombre más guapo que he visto en mi vida –me interrumpe ella.

Me quedo mirándola. Qué ridiculez.

–No soy guapo –le digo.

–¿No?

–¡Claro que no! La gente se gira y se queda mirándome en la calle. Los bebés lloran al verme. No soy guapo...

Pero Briar me interrumpe con un beso.

Durante un segundo, su gesto me toma por sorpresa. Se pega aún más a mí y me pasa la lengua por el labio inferior. Me siento torpe, como si estuviera en desventaja, pero entonces Briar se relaja y su cuerpo se derrite contra mí y mi cerebro posterior toma el control. La cojo de las caderas, tiro de ella y me la subo al regazo. Gime cuando nuestras pelvis entrechocan y me envuelve la cintura con los muslos con fuerza.

Dios. Quería que pasara algo así desde que la vi por primera vez. Al besarla, me siento exactamente tal y como lo había imaginado. Sus besos saben a luz solar, a días de playa y a tardes de verano. La felicidad se apodera de mí y me ilumina. El beso se vuelve más intenso, brusco. Saltan chispas cada vez que nuestra piel se roza. Siento el roce de la camiseta de algodón contra la piel y la leve presión de sus tetas a través de la tela.

Briar desliza las manos por mi pecho desnudo y me acaricia el vello. Luego me agarra del cuello. Me araña la piel con las uñas y soy incapaz de contener el gruñido que se me escapa. Cada vez que mueve las caderas contra las mías, siento una palpitación entre las piernas. Me froto contra ella, y Briar suelta un gemido mientras lleva la mano hacia la goma de mis bóxers.

Mierda. Estamos yendo demasiado rápido.

–Briar –le digo, negando con la cabeza y obligándome a separarme de ella–. Briar, para.

Ella se sienta y me mira con las mejillas sonrosadas. Entonces pone los ojos en blanco.

–A ver si lo adivino –me dice, y entonces con la voz grave e imitando mi acento añade–: «No podemos hacerlo. Va en contra de la política de la empresa. Lo siento, pero mi ética no me permite hacerlo».

Se me curvan los labios.

–Creo que solo podría considerarse poco ético si nos aprovecháramos de tu vulnerabilidad.

Ella se ríe y responde:

–Buena suerte intentándolo. Te daría una patada tan fuerte en los huevos que se te saldrían por la boca. –Entonces hunde el rostro en mi cuello y comienza a mordisqueármelo. Todo mi cuerpo se estremece bajo ella–. Así que no le des tantas vueltas.

–No, si es porque... –Estiro el brazo y le acaricio el pelo–. No tengo condones.

–Mierda, yo tampoco –responde–. Es que hace mucho tiempo desde la última vez. –Aprieta los labios y medita, pero al final acaba encogiéndose de hombros–. Bueno, pues tendremos que tirar de creatividad –me susurra al oído–. Seguro que en el Ejército te enseñaron a improvisar, ¿no? Seguro que se te ocurre algo.

El corazón me da un vuelco.

Asiento, le coloco una mano en la cintura y la tumbo de espaldas, de modo que quedo encima de ella. Me palpitan los oídos. Me cuesta creerme que esto esté pasando. Briar grita cuando su cabeza aterriza en la almohada y luego gime cuando me arrastro por su cuerpo, hacia abajo, y meto la cabeza bajo el dobladillo de su camiseta.

18

Briar

—Dime que quieres hacerlo —me dice Glen con la voz rasposa, mirándome desde entre las piernas.

Su pelo alborotado me roza los muslos. Cierro los ojos e intento aliviar estas palpitaciones tan intensas que me recorren el cuerpo. Sí, quiero hacerlo. Tengo tantas ganas que hasta me sorprende un poco.

Normalmente no me apasiona el sexo. Jamás he tenido una relación seria. Sí he tenido un par de líos de una noche, pero al terminar siempre acababa sintiéndome triste y vacía. Acostarme con un desconocido no me satisface, solo hace que me sienta vulnerable. Y no me gusta sentirme vulnerable. Jamás.

Pero ahora tengo a Glen mirándome con esos ojos grises y amables, con las mejillas rojas de deseo, y me acaricia la cadera con el pulgar y me da un vuelco el estómago.

Estoy acostumbrada a que la gente se imagine cosas sobre mí. Cuando me ven actuar en una peli, o cuando leen cualquier historia sobre mí en alguna revista, se creen que me conocen pese a no haberme visto jamás en persona. Sin embargo, este hombre me ha dicho que durante muchos años fui un icono de felicidad para él.

Jamás me han cosificado de un modo tan tierno y extraño.

—¿No te da ninguna pista la situación? —le susurro, acercándole las caderas a la cara.

Glen cierra los ojos y se aproxima a mí para acariciarme la parte inferior del vientre bajo la camiseta. La punzada de deseo que me atraviesa casi me hace gritar. No puedo creerme que esto al fin vaya a suceder.

—Dímelo —gruñe él contra la tela de algodón, y juro que siento la vibración grave de su voz a través de la piel, rozándome bien hondo–. Por favor.

–Quiero acostarme contigo, Glen. Por favor. Por favor, por favor.

Glen sonríe para sí mismo y se lanza de cabeza. Traza una línea sensual con la lengua sobre la tela fina de la ropa interior y he de hacer un esfuerzo por no gritar. Cierro los muslos de forma instintiva, pero Glen me agarra de las rodillas y me las separa con firmeza para acercar aún más el rostro entre mis piernas. Siento su aliento cálido contra mí cuando pega otro buen lengüetazo, sin apresurarse, y me repasa la línea del tanga.

–Quítamelo –le digo, temblando.

Glen me dedica una mirada intensa y, entonces, mete un dedo grueso bajo la tela fina. Tira tan fuerte que la tela ejerce una presión maravillosa contra mi cuerpo. Mezo las caderas y me froto contra el encaje fino. Glen tira más y más fuerte, y al fin dejo escapar un chillido cuando me arranca el tanga. Lo aparta, desciende por la cama y me separa los labios con cuidado con sus gruesos pulgares. Me examina tan fijamente que me estremezco. Me mira una última vez y agita las pestañas plateadas... y entonces me mete la cara en el coño.

Casi salgo volando de la cama. Ay, Dios. ¡Ay, Dios!

Jamás me lo han comido así, como si estuvieran muertos de hambre. Glen me lame con fuerza y me repasa los labios con la lengua como si estuviera cartografiándome entera para averiguar cómo soy. Luego repite el gesto con mayor intensidad: lame, mordisquea, expulsa su aliento cálido sobre mí hasta que pierdo la cabeza.

–Ah. –No puedo decir nada más. Mi voz es tan jadeante que apenas la reconozco–. Ah, ah, joder...

Cierro los ojos. Comienzo a tener espasmos en las caderas, y Glen me agarra con fuerza mientras jadea, gime y, desesperado, intenta pegarse aún más a mí.

Apenas tardo un minuto en sentir que se me tensa el vientre. Tomo aire y extiendo los brazos para agarrarle del pelo con las manos y tirar de él hacia mí. Glen gruñe y me mete la lengua.

Siento el clítoris contra su boca y me pego a él, haciendo todo lo posible para que me lo frote. Glen se estremece, pega los labios al clítoris y chupa con fuerza.

Le tiro del pelo y me derrito al tiempo que me aferro a su cuello con los muslos. Cuando llego al orgasmo, me arqueo como un arcoíris y Glen no deja de devorarme en ningún momento.

Pasado un rato, las descargas cesan y yo me quedo jadeando, mirando hacia el techo hasta que recobro la visión. Le doy un empujoncito a Glen en la cabeza para apartarlo, pero él no para. Sigue comiéndome, bebiéndose mi excitación como si se muriera de sed. Tiemblo cuando siento otra oleada de placer alzándose en mi interior, poco a poco. Joder. Jamás me he corrido dos veces seguidas. No creo que sea posible, pero ahí llega la presión previa al orgasmo, en lo más hondo de mi vientre, tentándome. Me pego contra la barbilla de Glen y le digo:

—Glen, no voy a...

Pero él gruñe con desaprobación entre mis piernas, y la vibración de su boca contra mi cuerpo consigue que salten chispas por mis venas. Echo la cabeza hacia atrás y jadeo con fuerza. Me falta el aire. Quiero más. Necesito más. Lo agarro de la cabeza y me froto contra su cara. Ni siquiera pienso en lo que hago. Mi mente se ha sumido en una especie de bruma. Me froto contra él, con desesperación, en busca de la fricción que necesito. Estoy a punto. Casi puedo saborearlo.

—No pares —le suplico—. Por favor, ah, ah, joder, Glen...

Glen extiende la mano hacia arriba y me aprieta el muslo con fuerza, clavándome las uñas en la piel. Cierro los ojos, me muerdo el labio y me froto contra su cara por última vez...

Y, de repente, me siento como si volara. Extiendo las manos y me aferro al cabecero de madera cuando el orgasmo me atraviesa entera y casi me destruye. La mente se me queda en blanco a medida que las oleadas de placer me recorren el cuerpo, tan intensas y rápidas que hasta me cuesta respirar. Los ojos se me abren de par en par cuando las sensaciones me invaden y hacen que me tiemblen todos los músculos.

Glen me lame con delicadeza y no para hasta que las caderas se me mueven solas a causa de la sobrestimulación. Lo cojo de la cabeza y lo aparto, jadeando.

–¿Qué co...?

Glen se ríe. Parece contento.

–Llevaba mucho sin hacerlo. Me alegro de no haberla cagado.

–¡¿Cagado?! –exclamo–. ¡Me has destrozado para el resto de mis días!

Se ríe aún más fuerte. Tiro de él para que se ponga a mi lado y le acaricio el pecho musculoso y las cicatrices del bíceps con ansia. Después sigo por las líneas marcadas de los abdominales, atravieso los pelos rizados del torso y llego a la goma de los bóxers. Glen aprieta los dientes, tensa la mandíbula y me dice:

–No hace falta...

–Pero quiero. Por favor.

Glen gruñe y se relaja, y entonces me deja quitarle la ropa interior. La cabeza me da vueltas al verle la polla. Es gorda y gruesa. Le acaricio el vientre con los dedos y me acerco a ella.

Le hago cosquillas en el vello púbico, y él deja escapar el aire entre los dientes y se cubre la cara con la mano. Intento contener la risa y le agarro los huevos con firmeza. Un estremecimiento le recorre el cuerpo entero, y yo siento lo mismo en el vientre. Poco a poco, la envuelvo con la mano y comienzo a sacudirla, con tanta delicadeza que puede que hasta le haga cosquillas.

Glen cierra los ojos.

–¿Lo estoy haciendo demasiado fuerte? –le pregunto con voz inocente.

–Para nada –deja escapar, poniendo una mueca. Lo observo fascinada cuando tensa los músculos del pecho y de los hombros–. Por favor, Briar, haz algo, ya, me estás matando...

–Mmm...

Sigo acariciándolo con suavidad. Retuerzo la mano al llegar a la base, sin apenas tocarle la piel. Glen traga saliva y me fijo en su nuez.

–Briar...

–¿Cómo te gusta? –le pregunto, acelerando el ritmo–. ¿Más rápido?

–No. Me... joder, aprieta más.

Me acerco y le doy un beso en la puntita. Glen grita y me agarra del pelo.

–¡Hostia pu...!

Le da un espasmo contra mi boca, y yo sonrío y me aparto.

–Joder –murmura–. Eres horrible.

–¿Te esperabas algo distinto? Soy la Zorra Suprema del Reino Unido.

–No –responde entre dientes.

Vuelvo a agarrarlo, esta vez con más firmeza y le froto la base con el pulgar. Le gusta y se agita entre mis dedos cuando tensa los músculos.

En general, tampoco me gusta mucho hacer pajas. Pero, ahora mismo, al ver que a Glen se le encienden las mejillas y que los músculos se le tensan solos cada vez que lo rozo, al fin le veo el encanto. Ver cómo se va excitando mientras exploro su cuerpo me pone muchísimo; tanto que hasta me noto mojada de nuevo.

Me froto contra las sábanas. A Glen le brillan los ojos cuando repara en lo que ocurre, y entonces me agarra de las caderas y me sube a su muslo. Le rodeo la cintura con las piernas, y Glen gime cuando empiezo a mecerme contra su pierna al ritmo de la paja. Agacha la cabeza y su pelo suave me hace cosquillas en la mejilla. De repente me mordisquea el cuello y siento una descarga por todo el cuerpo. Aprieto el puño, me muevo aún más rápido, con más fuerza. Durante varios minutos no decimos nada, lo único que se oye en la habitación es el movimiento de las sábanas y el gruñido grave que nace en el pecho de Glen. Siento como si alguien estuviera tensando un muelle en mi interior.

–Joder. –Cierro los ojos–. Joder, estoy a punto. Voy a...

–Lo sé –me dice él con voz ronca.

Pues claro que lo sabe. Me siente retorciéndome y palpitando contra su piel. Me rodea con los brazos y me acerca a él, con lo que le mojo el muslo entero. Gimo, me froto contra él y lo agarro con fuerza mientras giro la mano y subo y bajo. Glen no deja de gruñir. Siento su corazón martilleándole el pecho mientras trata de tomar aire.

—Ya casi… —logra decir, y yo asiento con gesto frenético y me estiro para agarrarle los huevos.

Glen niega con la cabeza.

—Espera —me dice, estira la mano hacia la mesita de noche y agarra varios pañuelos.

Le aprieto los huevos por última vez, y ya no aguanta más. Deja caer la cabeza contra mi hombro y deja escapar un gemido ahogado al tiempo que se le tensan los músculos, se estremece y se corre en su mano.

Yo no tardo mucho, cuando alcanzo el orgasmo, lo siento como un rayo de sol que atraviesa una nube. Se me agitan los párpados. Tiemblo y me aferro a los hombros de Glen mientras contengo los gemidos y los suspiros contra su cuello. Si las dos primeras veces que me he corrido han sido una explosión de placer, esta última es lenta, maravillosa, de ensueño, como si el orgasmo se deslizara por mis venas.

Al final me tranquilizo y, poco a poco, abro los ojos. El cuerpo entero me vibra. Tengo calor y me siento suave como una nube.

—Ha sido lo mejor que he visto en toda mi vida —me dice Glen sin resuello, y me fijo en que se le marca el pulso en el cuello.

—Se intenta —le digo, y me dejo caer contra él mientras busco a tientas los pañuelos de su mano—. Bien pensado —murmuro—. Un poco deprimente, pero bien pensado.

Si ya con la crema me puse como loca, si se me hubiera corrido en la pierna me habría provocado un ataque de nervios.

El pensamiento me enfada. Que le jodan a X por inmiscuirse en mi vida sexual. Pienso hablarlo con mi psicóloga.

Ya me imagino la conversación. «Anda, porfa, arréglame la cabeza para que el buenorro de mi guardaespaldas escocés pueda correrse en mis tetas». Me parece una idea tan ridícula que se me escapa la risa debido al chute de endorfinas.

Glen tira los pañuelos y sonríe contra mi boca.

–¿Qué tal? –me pregunta.

–¿Qué tal qué?

–¿Te sientes mejor por que haya dormido contigo?

Se me escapa la risa, le beso el labio inferior y le respondo:

–Ha sido de lo más eficaz. Puede que tengas que mudarte aquí para siempre.

Glen me acaricia la mejilla con la nariz y confiesa:

–No me esperaba que la mañana acabara así. Para nada.

–Yo tampoco, pero me alegro.

Le acaricio el pecho. La verdad es que me siento mucho mejor. Quizá lo único que me hacía falta era una noche de sueño reparador. Puede que abrirme a los chicos me haya servido para calmar la ansiedad. O puede que la polla de Glen sea mágica y tenga propiedades curativas. Sea lo que sea, me vale.

–Gracias por quedarte conmigo –murmuro, retorciendo uno de sus rizos con el dedo.

–Cuando quieras.

De repente se oyen pasos en el pasillo y oigo la voz de Matt, clara y serena, mientras discute con alguien por teléfono.

Me encojo sobre mí misma y le pregunto a Glen:

–Joder, ¿nos habrá oído?

Él se ríe entre dientes y me acerca contra su pecho.

–No te preocupes –me susurra, y me da un beso en el pelo–. Tiene cosas mucho más importantes de las que preocuparse.

–¿Como cuáles?

–El estudio nos mandó anoche los detalles para el estreno. Matt está nerviosísimo intentando averiguar cómo meterte y sacarte de Estados Unidos sin que te peguen un tiro.

–Va a encerrarme en el hotel, ¿verdad? –protesto–. ¿Pondrá trampas en el pasillo e interrogará a las limpiadoras?

Glen sonríe.

–¿Te parece que está siendo sobreprotector? Pues esto solo acaba de empezar...

19

Kenta

Tardamos casi toda la semana en ultimar los preparativos del viaje a Estados Unidos. El estudio ya ha reservado las habitaciones del hotel y los billetes de avión del reparto, pero es evidente que no han adoptado medidas de seguridad. Escogemos un hotel para nosotros en las inmediaciones de donde se celebra el estreno. Reservamos la planta entera para que ningún ascensor se detenga en ella. Nos permiten instalar cámaras en el pasillo y acceden a que el servicio no pase por allí durante nuestra estancia.

También tenemos que cambiar los vuelos. No queremos que Briar se meta en un vuelo comercial, así que le pedimos un favor a un antiguo cliente y conseguimos que nos preste su avión privado.

Sorprendentemente, a Briar no le gusta la idea de volar en un avión privado. Es la primera famosa que conozco que se preocupa de verdad por las emisiones de carbono.

–Con lo perjudicial que es esto para el medio ambiente, ya podrían viajar cien personas en este vuelo –le dice a Julie en cuanto entramos en la cabina.

Ya he estado en varios aviones privados, normalmente para encargos relacionados con la política, pero este es impresionante. El pasillo es muy amplio y los asientos son prácticamente unos sillones de cuero acolchados agrupados en torno a unas mesas. Todo está decorado con muy buen gusto: el cuero es de color crema y la madera es oscura. Varias auxiliares de vuelo vestidas con faldas rojas cortas y chaquetas nos dan la bienvenida a bordo y nos entregan la carta de bebidas.

–Cien personas te digo –prosigue Briar–. Ahora mismo, la huella de carbono que estamos emitiendo cada uno de nosotros es equivalente a la de ciento cincuenta pasajeros de un tren. –Gesticula demasiado y se le cae el teléfono–. Mierda.

Se agacha para recogerlo, e intento no mirar la extensión blanca y suave de los muslos que aparecen cuando la falda de cuadros se le sube un poco. La ha conjuntado con una chaqueta rosa, unos calcetines que le llegan a las rodillas y unos tacones altísimos. He oído a Julie decir que llevaba un conjunto «muy *Clueless*», signifique lo que signifique eso. Yo lo único que sé es que los tacones le hacen unas piernas de infarto.

–Qué pena –responde Julie, que luego se dirige a la auxiliar–. Por favor, dime que este cacharro tiene wifi.

–Desde luego –responde la auxiliar, sorprendida.

Briar se yergue y fulmina con la mirada a su amiga.

–¿Es que no eres consciente de lo hipócrita que resulta por mi parte? Hala, todo el trabajo que hice con aquellas organizaciones ecológicas a la porra por montarme en un avión privado.

–Deja de quejarte –le ordena Matt, y luego observa la disposición de los asientos con los ojos entrecerrados–. Lo necesitas y punto.

Briar alza la mirada y una expresión de enfado le cruza el rostro, pero no le contesta.

Nos distribuimos en los asientos. Julie se acomoda cerca de la parte delantera del avión con el ordenador. Matt, Glen y yo nos sentamos por la zona intermedia, alrededor de una de las mesas. Al momento, Matt saca varios papeles y los extiende frente a nosotros, pero Glen no le hace ni caso, se encasqueta la gorra para taparse la cara y se prepara para echarse una siesta. Briar desaparece en la parte trasera del avión y corre las cortinas azules que hay en el pasillo para separarse de los demás y tener un poco de privacidad.

–Déjalas abiertas –dice Matt hacia atrás–. Necesitamos poder verte todo el tiempo.

–No te preocupes –responde ella desde el otro lado de la cortina–. Si alguna de las auxiliares de vuelo intenta apuñalarme, gritaré bien fuerte.

La auxiliar de vuelo que me está sirviendo un agua con gas

se yergue, alarmada, y yo le hago un gesto con la mano para que no se preocupe.

–No les hagas ni caso –le aconsejo, y ella me responde con una sonrisa insegura y se retira.

Espero a que se haya alejado lo bastante como para que no nos oiga y me giro hacia Matt, que aprieta la mandíbula con fuerza mientras repasa los planos del hotel.

–Estás siendo muy maleducado –le digo.

Matt frunce aún más el ceño y responde:

–No estamos aquí para hacer de niñeras, sino para protegerla.

–Pero seguro que puedes hacerlo sin comportarte como un capullo.

Matt sujeta la esquina de un papel con el pulgar y contesta:

–A esta chica la está acosando un perturbado, y estamos de camino a un país en el que cualquier pirado puedo conseguir un arma de fuego. Perdona si soy un poco brusco.

Se me escapa la risa.

–No necesitas que te perdone. Estoy acostumbrado a recibir órdenes de ti, pero ya no estás en el Ejército, y Briar es una civil. Deja de gritarle órdenes como si fueras un sargento.

–Creo que estás hiriendo sus sentimientos –murmura Glen bajo la gorra.

–¿Desde cuándo te preocupan los sentimientos de una clienta? –pregunta Matt, molesto–. Ah, ya, claro, desde que te acuestas con ella. De puta madre, oye. Seguro que la protegemos mejor si te pasas el día mirándole el culo cuando deberías estar pendiente del peligro.

Arqueo una ceja. Durante esta última semana, Glen ha dormido en la cama de Briar casi todas las noches, pero, hasta donde yo sé, solo se han acostado una vez. Es evidente que a él le gusta; se sonroja cada vez que Briar le sonríe.

Glen abre los ojos con gesto perezoso y examina a Matt durante un instante. Luego vuelve a cerrarlos.

–Deja de ser tan capullo –murmura, conciso.

Tiene razón. Matt se está pasando de la raya. No es normal

que se muestre tan taciturno. De hecho, en general, es un tío bastante encantador. Le pasa algo.

Cuando el cielo se oscurece, Matt se rinde con el trabajo y reclina el asiento para dormir. Prefiero no tener que sufrir el desfase horario, así que me obligo a mantenerme despierto y pongo YouTube en el ordenador. Quiero examinar las imágenes de algunas antiguas apariciones de Briar en público, a ver si veo algún rostro conocido.

Repaso varios vídeos y al final me meto en un pozo de fragmentos antiguos de *Hollywood House*, la serie en la que salió Briar de joven. Resulta muy obvio por qué la escogieron. Ya solo con trece años tenía un brillo y una chispa que prácticamente iluminaba todo el set de rodaje. En la serie interpreta a la hija adolescente de dos actores de tres al cuarto, y, aunque ambos le sacan como unos veinte años, Briar es tan graciosa y encantadora que, cada vez que aparece en escena, se los come a ambos.

Cuando termina el vídeo, le doy al siguiente que me recomiendan. Es de uno de esos programas de entrevistas que se emiten por la noche en el que participó Briar cuando tendría catorce o quince años. Arqueo las cejas cuando la veo salir al plató, sonriendo nerviosa a la cámara.

No reconozco a esa chica. No posee la garra de Briar, ni tampoco su agudeza. Parece tímida, asustada, dulce..., y esas no son palabras que asociaría a Briar. La observo mientras saluda al público y se sienta con cuidado en la silla del entrevistado. La presentadora, una mujer rubia con una sonrisa radiante, le estrecha la mano.

—Hola, Briar Saint —la saluda la mujer con una sonrisa de oreja a oreja—. Es un placer tenerte esta noche en el programa. Dime, ¿qué piensas de que te hayan nominado para los premios TV Excellence? ¿Crees que vas a ganar?

Briar se tira de la falda del vestido.

—Ay, no sé —dice con un tono de voz más agudo del que suele emplear—. Estoy contentísima de que me hayan nominado. El resto de los candidatos han hecho un trabajo estupendo.

–Qué mona –responde la presentadora, demasiado entusiasmada–. ¿Verdad que es mona? –Entonces se inclina hacia ella con aire de secretismo–. Te voy a decir una cosa, Briar, ganes o no, lo que sí has ganado es el premio al mejor cuerpo de la velada. Y te lo digo en serio. Mirad qué vientre más plano. ¿Cuál es tu rutina de entrenamiento, cielo?

Estoy flipando. A Briar se le encienden las mejillas. Se remueve en su asiento; seguramente esté incómoda porque todo el público se está fijando en su cuerpo y no la está mirando a la cara.

–Ay, pues... No hago mucho deporte. Me gusta nadar e intento comer de forma saludable.

–Ay, quien pudiera volver a ser joven. Además, este vestido te realza mucho la figura. Menudo acierto. –La presentadora suelta una risita–. Venga, levántate y date una vueltecita.

Briar pone cara de pánico.

–Ay, no... no sé, es que es más corto de lo que me suelo poner...

–Venga, solo una vuelta. ¿Verdad que queréis ver el vestido entero? –le pregunta la presentadora al público, y todo el mundo comienza a gritar y dar palmas.

Briar se pone aún más roja. Niega con la cabeza e intentar librarse de la situación sonriendo, pero la presentadora empieza a cantar: «¡Que lo enseñe! ¡Que lo enseñe!», y el resto del estudio no tarda en imitarla.

Briar está asustadísima. Como no se mueve, la presentadora la coge del brazo y tira de ella. Briar, obediente, gira sobre sí misma y el público enloquece.

Detengo el vídeo y me recuesto en el asiento para digerir lo que acabo de ver.

No era más que una niña, y desde entonces la gente la ha tratado como un trozo de carne. No me extraña que ahora se muestre distante después de haberse criado en un mundo en el que los adultos la manipulaban sin ninguna clase de disimulo. Me pongo enfermo solo de pensarlo.

Estoy a punto de ver el próximo vídeo cuando Matt se agita a mi lado. Lo observo con detenimiento: tiene la frente perlada de sudor y pone muecas. Vuelve a sacudirse, aún más fuerte.

–Matt –lo llamo, dándole una palmadita en el hombro–. Oye. –Normalmente no lo despertaría en mitad de una pesadilla, pero si empieza a sacudirse de un lado a otro, seguro que acaba dándole una patada a la mesa–. ¡Matt!

Se incorpora de repente y toma aire como si se estuviera ahogando. Espero mientras observa el avión (los asientos de cuero, las luces tenues...) con los ojos abiertos como platos. Cuando me mira, se abalanza hacia mí y me agarra de la cara.

–Ken...

–Estoy bien –le digo sin moverme–. Mírame. Estoy de maravilla, tío. Estoy a salvo. –Señalo a Glen con la cabeza, que ronca feliz en su asiento–. Todos estamos bien.

Matt al fin centra la mirada y se le ensombrece el rostro. Baja los brazos y se deja caer sobre el asiento.

–Estás cada vez peor –le digo mientras él toma una bocanada de aire.

Hacía años que no me agarraba así.

–¿No me digas? –salta él, aporreando el botón del asiento para llamar a las auxiliares de vuelo. Una de ellas se acerca y Matt se obliga a sonreírle–. Un *whisky* con hielo, por favor.

La chica asiente y se marcha. Matt yergue el asiento para ponerse recto y se mesa el pelo.

–¿Te pasa todas las noches? –le pregunto, cerrando el portátil.

–Y también en mitad del puto día –murmura.

Asiento. Así que por eso está que salta a la mínima.

–¿Y sabes por qué?

Matt niega con la cabeza, con fuerza, y se frota la nuca.

–¿Desde cuándo te pasa?

–Desde hace una semana.

–A ver si lo adivino... ¿Desde la gala benéfica?

–Puede ser –responde, y lo noto exhausto.

–Conozco a un psicólogo en Los Ángeles especialista en traumas. Si quieres puedo...

Cierra los ojos con fuerza.

—No —responde cortante.

Seguramente haya intentado que sonara como una advertencia, pero le ha salido un sonido hueco. La auxiliar de vuelo aparece a toda prisa con su copa. Matt le dedica una sonrisa tensa, la acepta y le pega un buen trago.

—Menuda forma de lidiar con las cosas —le digo con tono seco—. Seguro que no te falla jamás.

Me responde con un corte de mangas y yo me levanto para estirar la espalda. Lo más seguro es que le venga bien un rato a solas, y han pasado unas cuantas horas desde la última vez que comprobamos cómo estaba Briar.

Esperaba que estuviera durmiendo, pero, al apartar la cortina, me la encuentro despierta, hecha un ovillo sobre el asiento. Tiene una ensalada griega en el regazo y, sin mucho entusiasmo, va pinchando las aceitunas para comérselas.

Está guapísima y parece agotada.

—¿Briar? —la llamo y, cuando alza la vista, le señalo el asiento que tiene enfrente—. ¿Puedo sentarme? —Asiente y me acomodo—. Solo quería ver cómo estabas.

Tuerce la boca y responde:

—No me va a dar un ataque de nervios ni voy a gritarle al piloto. Te lo prometo.

—Vaya... Parece que la terapia te funciona.

Sonríe un poco, pero la sonrisa no se le refleja en la mirada.

—¿Estás bien? —le pregunto—. Estás como... hundida.

—¿Has probado el queso feta vegano?

—No.

—Pues te baja bastante el ánimo.

—Venga —le digo, inclinándome hacia delante y abriendo la boca. A Briar se le ensancha la sonrisa cuando clava el tenedor en un cubo y me lo mete en los labios. Pongo una mueca y me trago ese trozo de tofu pastoso—. Joder.

—¿Cómo te sientes?

—Un poco depre.

Aparta un poco de pepino y desentierra otra aceituna.

–Sigo esperando a que los científicos veganos sepan preparar queso –me dice con aire taciturno–. A la carne y a la leche ya le han pillado el punto, pero el queso aún tienen que currárselo.

Briar se come otra aceituna. Seguro que no está disgustada por la cena, así que pruebo con otra estrategia.

–Oye, he estado pensando... ¿Tienes familia en Estados Unidos? A Matt no le va a hacer gracia, pero, si quieres, podemos organizar alguna visita. A lo mejor para tu cumpleaños. –Según nuestros informes, Briar cumple veintinueve el día antes del estreno–. Es importante tener una buena red de apoyo.

Briar suelta un bufido.

–Vaya, pues qué pena. No tengo familia.

–¿Cómo? –preguntó con el ceño fruncido–. ¿Cero?

Ella niega con la cabeza.

–No sé quién es mi padre, y corté lazos con mi madre al cumplir los dieciséis.

–¿Cortaste lazos con tu madre?

Ella asiente.

–Cuando me echaron de *Hollywood House* y volví a casa, descubrí que casi todas mis cosas habían desaparecido de mi cuarto. La ropa, las fotos, los juguetes... Resulta que mi madre lo había estado vendiendo todo por Internet. –Pone una mueca–. También le vendió casi todas mis fotos de pequeña a la prensa, y tenía a medias un libro que estaba escribiendo en el que hablaba de mi infancia con todo lujo de detalles.

–Joder...

Ella se encoge de hombros.

–No fue para tanto. Me mudé a Los Ángeles cuando tenía trece años y apenas la veía. Desde entonces, llegamos a un acuerdo: yo le mando suficiente dinero para que pueda jubilarse en una mansión, y ella no se inventa historias sobre mí para la prensa.

Se me hace un nudo en la garganta. No soy capaz de imaginar una traición semejante, sobre todo por parte de un familiar. Mi madre aún nos exige a todos los hijos que la llamemos por

Skype una vez a la semana para que podamos cenar en familia. Y, en cambio, Briar está sola.

Se recoloca en el asiento y nos sumimos en un largo silencio.

—Mira —le digo con un suspiro—, ¿hay algo que te preocupe? Sé sincera.

Los ojos se le van a la cortina azul y se le endurece la expresión.

—Me está evitando.

—¿Matt? —No era esto lo que me esperaba—. A veces se pone así. Se le da fatal gestionar sus emociones.

Briar tensa la mandíbula.

—No me ha perdonado por lo que le hice a Nin.

—Sí que te ha perdonado —le digo, frunciendo el ceño y examinándola—. ¿Te ha contado lo que le pasó con la última famosa con la que trabajamos?

—Me contó que la chica lo acosó sexualmente.

Asiento.

—Le afectó más de lo que está dispuesto a reconocer. Ni siquiera él lo ha asimilado.

Recuerdo aquel encargo. Cada día estaba más cansado y nervioso. Como es evidente, jamás reconocería que una chica de diecisiete años pudiera perturbar a un soldado de élite.

—Ya, bueno. Me lo imaginaba. Si yo fuera a un plató y el director no dejara de meterme las manos por los pantalones y me obligara a sentarme en su regazo, yo también me quedaría tocada de la cabeza, joder. Que esté cachas no significa que las cosas no puedan afectarlo mentalmente.

—En general es agotador trabajar con famosas. Desde entonces se muestra precavido con los ricos y los privilegiados que usan su poder para aprovecharse de la gente.

—Mmm. —Medita durante un tiempo—. Entonces, si no es por lo de Nin, ¿qué le pasa? ¿Fue por lo del ataque de pánico? ¿Tanto le afecta presenciar una crisis nerviosa?

—No es eso, te lo aseguro. —Intento hallar las palabras adecuadas—. Le cuesta mucho ver sufrir a la gente —le digo con cautela—. Cuando le contaste cómo te sentías, le afectó muchísimo.

—Menuda tontería —responde ella, pinchando un tomate con fuerza—. No es culpa suya.

—Matt tiende a culparse del sufrimiento de los demás, pero, confía en mí: se preocupa mucho por ti. Más de lo que está dispuesto a reconocer.

Briar esboza una mueca de tristeza. Deja la ensalada y se pasa una mano por la cara.

—Es que me siento tontísima —murmura.

—¿Tontísima? ¿Por qué?

—Por haber perdido los papeles. Por haberme caído al suelo del baño y por ir a lloraros. Vosotros habéis vivido un auténtico infierno. Seguro que vuestros días eran así cuando erais soldados. Siempre mirando a vuestras espaldas y alerta.

—No es lo mismo —respondo, amable—. Nosotros estábamos trabajando. Era a lo que nos habíamos apuntado. Estábamos en peligro, pero teníamos armas. Podíamos devolver los tiros.

Briar se limita a fruncir el ceño y a bajar la vista hacia su regazo.

Sin pensármelo, estiro el brazo, la tomo de la mano y se la aprieto. Tiene los dedos suaves y calentitos. Briar arquea una ceja, pero no intenta apartarse.

—Sé que tienes miedo, pero también sé que puedes con ese cabrón. Eres muy fuerte y puedes con él.

Se queda mirándome durante unos instantes.

—Lo crees de veras, ¿no? —me pregunta en voz baja.

—Creo que puedes con cualquier cosa —respondo, y lo digo en serio.

Me mira con una expresión inescrutable, pero entonces se inclina hacia mí y me besa. Me quedo helado. Huele genial, como a caramelo, y el pelo rubio que le cae de la coleta me hace cosquillas en la cara. Es un beso breve y firme, que termina antes de que me dé tiempo a procesar lo que ha ocurrido.

Apoya la cabeza en el asiento y me observa. Me desafía con los ojos azules a que diga algo. Le sostengo la mirada, e intento olvidarme del doloroso latido de mi corazón.

—Gracias —me dice con voz queda—. Puedes irte. Voy a dormir.

20

Briar

Cuando aterrizamos en Los Ángeles, ya estoy de morros. El desfase horario me está matando, me duele la cabeza y me noto pegajosa de estar tanto tiempo en el avión. Y, por si fuera poco, el trayecto hasta el hotel se me está haciendo eterno.

Primero nos hemos quedado media hora en el aire porque un multimillonario imbécil ha ocupado nuestro sitio. Luego hemos tenido que esperar cincuenta minutos bajo el calor abrasador mientras Matt examinaba el coche que ha mandado el estudio, entrevistaba al chófer, lo mandaba a su casa porque no le daba buena espina y pedía otro coche. El tráfico de Los Ángeles es aún peor de lo que recordaba, y Julie se pasa todo el trayecto «poniéndome al día sobre la gente de la ciudad», lo cual se traduce en repasar las cuentas de Fotogram de otras mujeres y decirme quién se ha operado la nariz, como si me importara lo más mínimo. Cuando al fin llegamos al hotel, lo único que quiero es desplomarme sobre la cama, pedir comida al servicio de habitaciones y dormir doce horas seguidas; sin embargo, como era de esperar, no puedo hacerlo. Me toca esperar otros cuarenta minutos mientras los chicos comprueban el pasillo, la *suite*, la salida de incendios y puede que hasta el interior de los retretes. Cuando Kenta y Glen se ponen a comprobar el revestimiento de madera de las paredes, ya no lo soporto más.

–Por el amor de Dios, ¿puedo entrar de una vez? Llegados a este punto, prefiero jugármela y morir. Si X se colara por la ventana y me rajara el cuello mientras duermo, sería lo mejor que me ha pasado en todo el puto mes.

Kenta parpadea sorprendido, pero me abre la puerta. Entro

en la *suite* hecha una fiera. Es enorme; tres dormitorios, una sala de estar, una cocinita y un balcón con unas vistas impresionantes de Hollywood Hills.

Paso de todo y me voy directa al dormitorio principal.

—Tu habitación es la de la escalera de incendios —me dice Kenta, que me ha seguido, y tengo que contener las ganas de gruñirle.

O puede que sean las ganas de dar media vuelta, agarrarlo de la cara y besarlo hasta dejarlo sin aliento. Estoy hecha un lío desde que lo besé. No sé por qué lo hice; solo sé que es amable, está bueno y no dejaba de mirarme la boca, lo cual son unos motivos de mierda. Entro en la habitación, cierro de un portazo y me apoyo en ella.

Me siento fatal. Sé que me estoy portando como una zorra, y, en realidad, no estoy enfadada con los chicos, porque ellos se limitan a hacer su trabajo.

Estoy enfadada con X. Estoy enfadada por que mi vida se haya vuelto tan asfixiante. Estoy enfadada por que un desconocido tenga un impacto tan bestia en mi seguridad que necesite un avión privado y una *suite* especial. Estoy enfadada por que no dejo de mirar las redes sociales cada pocos minutos para ver si ha publicado algo y me ha seguido hasta Los Ángeles. Estoy enfadada. Y punto.

Alguien llama a la puerta y tengo que contener las ganas de gritar.

—Briar —me llama Matt—. Abre la puerta. Tienes que dejarla siempre abierta.

—Lárgate —le siseo.

No quiero hablar con él. Lleva una semana entera sin dirigirme la palabra salvo para darme órdenes. Me está sacando de quicio.

Se calla durante un segundo, y luego lo oigo murmurar algo que suena como «Putos famosos». Me froto los ojos y miro la habitación. Después me acerco a la cama y, agotada, me dejo caer encima. Me encantaría echarme una siesta, pero creo que ya no soy capaz de dormir sola.

131

Esta última semana he dormido con Glen. Nos hemos hecho unos cuantos arrumacos, pero no hemos vuelto a follar. Suele meterse en la cama después de mí, y siempre se levanta antes de que me haya despertado.

Espero que sea de los que madrugan. Aunque tampoco podría culparlo si hubiera perdido el interés. Yo no me acostaría con una chica tan pesada como yo.

Rebusco entre los bolsillos de la falda y sacó el teléfono para mirar X. Le doy a la función de «Buscar», tecleo mi nombre y pongo la palabra «ángel».

La actriz Briar Saint parece un ángel con
este traje de noche de Valentino.

Es cosa mía o Briar está preñada de este ángel?

De verdad se cree que sus rollos benéficos
van a venirle bien a su carrera? Todo el
mundo sabe que no es ningún angelito.

Al otro lado de la puerta oigo pasos y a alguien que alza la voz. Los ignoro y le doy a otro hilo. Es una respuesta a una imagen promocional de la película: en ella aparezco con los labios pintados de rojo, un vestido estilo años veinte, poniéndole morritos a la cámara, y con unos guantes que me llegan hasta el codo cubiertos de manchas de sangre. Alguien me ha escrito:

Briar, angelito mío, estás guapísima.

Al ver las palabras, se me tensa el pecho.

Alguien vuelve a llamar a la puerta. Pego un brinco y se me cae el teléfono.

—Briar —me llama Julie—. El director del estudio ha venido para hablar de tu horario.

—Dame un minuto —murmuro.

—Sal ya mismo —me ordena—. Antes de que tus ángeles lo asesinen.

—¿Qué?

—Ven a verlo tú misma.

Al abrir la puerta del cuarto, me encuentro a mi equipo de seguridad enzarzado en una discusión acalorada con Derek, el director del estudio. Se han agrupado en torno a la mesa del salón y tienen el rostro enrojecido y el ceño fruncido.

Todos me miran en cuanto llego al salón.

–¡Briar! –Derek se pone en pie y me estrecha la mano sudada–. Menos mal que estás aquí. ¿Te importaría hablarles a tus perros guardianes de tus obligaciones contractuales? –me dice, fulminándome con la mirada.

Le suelto y me limpio la mano en la falda.

–¿Qué pasa? –les pregunto.

–Este idiota no deja de insistir en que mañana tienes que asistir a una puta fiesta –salta Matt.

–¿Te refieres a la fiesta para la prensa? Pues claro, lo pone en el contrato.

–¡No nos dijiste nada! –exclama–. Llegábamos, íbamos al estreno y nos largábamos. Eso fue lo que acordamos.

–La fiesta forma parte del estreno. Es donde se conceden la mayoría de las entrevistas.

Matt niega con la cabeza y me dice:

–No vas a ir.

–¡Tiene que hacerlo! –grita Derek–. Si no promociona su propia peli, ¡la gente se va a pensar que es una mierda y que quiere desentenderse de ella antes de que se estrene siquiera!

Me trago un suspiro y me siento junto a Kenta. Esto nos va a llevar un rato.

La conversación estalla por encima de mí. Varios ejecutivos llaman o se unen por Skype para meter baza. El director de relaciones públicas del estudio, la directora de la peli, mi agente... Yo me siento en una silla y observo a toda esta gente que tiene unos sueldos impresionantes mientras deciden qué hacer conmigo.

Es rarísimo ser un producto. A veces siento que mi madre entregó mi vida a otras personas cuando me trajo aquí a Los Ángeles y me sirvió en bandeja a los productores de *Hollywood*

House. Desde entonces, siempre he pertenecido a otros. La gente se cree que los famosos tienen mucho poder, pero mi opinión es la que menos vale en esta mesa.

Pasado un rato, desconecto. Empiezo a mirar los mensajes directos de Facebook una y otra vez. Cada vez que veo un mensaje que termina con una X, se me encoge el estómago.

Pasa una hora. El sol resplandeciente de Los Ángeles se cuela por la ventana y me da en la cara. Siento la frente perlada de sudor. Kenta estira el brazo y me da una botella de agua. Me obligo a sonreír, quito el tapón y bebo. Kenta no me devuelve la sonrisa. Parece preocupado.

Intento volver a la conversación.

–Tenemos que usar limusinas –le dice Derek a Matt–. No hay alternativa. Tenemos un acuerdo comercial con la empresa.

Matt se recuesta, se pasa la mano por el pelo y exclama:

–Madre mía, ¿es que la gente de esta industria no se compra nunca nada?

–¿Y por qué no le preguntamos a Briar qué es lo que prefiere? –sugiere Kenta.

Abro la boca para responder, pero Matt me calla con un gesto de la mano.

–Lo que Briar prefiera da igual.

Me froto los ojos. Julie me hace señales desde el otro lado de la mesa y me señala la puerta de mi habitación. «Tengo que contarte una cosa», articula con los labios.

–Perdonad –murmuro, poniéndome en pie–. Vuelvo enseguida.

Regreso a mi habitación con Julie pisándome los talones. La discusión sigue, como si nadie se hubiera dado cuenta de que me he marchado.

Cierro la puerta y le pregunto:

–¿Qué?

Julie aprieta los labios. No está contenta.

–Malas noticias –me dice.

–¿Qué pasa?

Me tiende su teléfono.

–Parece que alguien le ha filtrado a la prensa que X se coló en tu casa. Estoy haciendo todo lo posible por acallar los rumores, pero...

–Dame eso.

Cojo el teléfono y miro el artículo de la pantalla al tiempo que se me revuelve el estómago.

¡BRIAR SAINT TIENE UN ACOSADOR QUE SE HA COLADO EN SU CASA Y SE HA MASTURBADO EN SU CAMA!

Se me seca la boca. «No es posible».

Justo lo que no quería. Ahora la gente va a pasar de la película y voy a tener a un montón de tíos siguiéndome por la calle y gritándome que si me acuerdo de cuando aquel tipo se corrió encima de mí mientras yo dormía. La peor noche de mi vida se venderá como portada en la prensa.

–¿Sabes quién puede haberlo hecho? –me pregunta Julie en voz baja, examinándome el rostro con una gentileza nada propia de ella.

–O la policía o Rodríguez.

Julie asiente.

–Lo averiguaré y conseguiré que retiren las declaraciones.

Inspiro hondo por la nariz. Me tiemblan las manos. No lo soporto. No soporto que la prensa gane dinero a costa de mi dolor. No soporto que haya varios hombres reunidos en torno a una mesa decidiendo cómo controlar mi vida. Aprieto los puños y me clavo las uñas en la palma. Estoy harta. ¡Harta!

Le devuelvo el teléfono a Julie e irrumpo en el salón hecha una furia. La discusión sigue igual de acalorada.

–Creo que no lo entiende –dice Matt–. ¡No puede salir de esta habitación! No va a asistir a ninguna cena ni a ninguna fiesta. No va a asistir a ninguna prueba de vestuario. No va a

135

salir de compras para que los paparazis le hagan fotos. No va a hacer nada.

Derek parece a punto de explotar.

–Qué tontería –escupe–. Briar no es solo una persona, es una marca entera. ¡Hay cientos de personas que ganan dinero gracias a su imagen!

–No es ninguna marca –replica Matt–. Es mi clienta. ¡Y no pienso hacer mi trabajo a medias para que podáis sacarle un puñado de fotos!

Carraspeo.

–¿Podríais callaros todos? –les digo.

La conversación cesa al instante.

–Vamos a ir al evento de mañana –le digo a Matt.

–¡¿Qué?!

–No os contraté para que me impidierais hacer mi trabajo –le digo con voz serena–. Os contraté para que me sintiera a salvo mientras lo hacía. Siempre cumplo con los contratos. –Me giro hacia Derek–. Estaré donde se me pida. Por favor, vete. Ya hablaremos sobre el horario por correo o por Skype esta noche. –Derek abre la boca–. Ahora –le ordeno.

Y se marcha a toda prisa.

Matt lo observa irse y luego se pone en pie de un salto.

–Briar, cuando nos contrataste, accediste a que tomáramos por ti las decisiones que tienen que ver con tu seguridad...

–Voy a asistir al evento –le increpo–. Y no quiero hablar más del tema.

–Puede que te cueste entenderlo, princesa, pero no siempre puedes hacer lo que quieres.

Me río, pero es una risa falsa, y alzo los brazos y le digo:

–Pues claro que no. ¿Por qué iba a poder? A fin de cuentas, estamos hablando de mi carrera, mi reputación profesional y mi vida. Pero claro, no soy una persona, ¿verdad? Soy una marca, una clienta, un encargo. Pensáis que soy una diva malcriada, pero la gente cuando me ve solo piensa en qué puede obtener de mí. Artículos en las revistas, acuerdos con marcas, autógrafos, fotografías en las que salga medio desnuda... –Observo los papeles desperdigados sobre la mesa–. No intento complicaros el trabajo y agradezco vuestro esfuerzo. Podéis escoger los coches, y daré el resto de las entrevistas a distancia. Os lo prometo. Pero pienso cumplir con mis contratos, y no vais a hacerme cambiar de opinión.

Matt me observa con la mandíbula tensa. Le devuelvo la mirada. Transcurren varios segundos, y entonces gira sobre los talones, se dirige al pasillo y cierra dando un portazo tras de sí.

21

Briar

—Esto..., voy a ver si puedo acabar con estas historias —dice entonces Julie, con lo que rompe el silencio incómodo en el que nos hemos sumido.

Yo asiento con desgana, y Julie sale por la puerta de la *suite* y la cierra con cuidado.

Me hundo en la silla; la rabia me ha dejado agotada.

Quizá las revistas tengan razón. Puede que sea la Zorra Suprema del Reino Unido, y, por lo visto, también la de Los Ángeles.

Kenta me llama con gentileza desde el otro extremo de la mesa:

—Briar...

Sacudo la cabeza.

—Lo siento —susurro, frotándome la cara—. He sido una maleducada. No quería ponerme así con vosotros.

Glen abre los brazos y me dice:

—Ven aquí.

Pero yo doy un paso atrás.

—No. No me mimes y me hagas arrumacos mientras me dices que no pasa nada. Sí que pasa. Soy horrible. —Me froto la cara—. Perdón por haber puesto fin a la reunión. Es que... Es que estoy harta de sentir que no tengo el control de la situación.

Me dejo caer en el sofá y saco el teléfono.

—Pero miradlo. —Entro en mi última publicación de Fotogram. Es una foto en la que salgo tumbada en bikini junto a la piscina. Como siempre, cada vez que enseño más de cinco centímetros de piel en redes, aparecen varios tipos con sus mierdas—. «Me da igual que sea una zorra —leo en voz alta—, yo me la tiraba». «Gracias por tu contribución a mis pajas, cielo». «¿Sabes que estoy escribiendo esto con una sola mano?». –Dejo el teléfono en el sofá con asco–. Es un no parar. Nunca. Jamás. Tengo acosadores que me hacen fotos a través de la ventana cuando me desnudo. Tengo equipos enteros de personas diciéndome qué puedo y qué no puedo hacer. Y ahora, por lo visto, la prensa se ha enterado de lo del allanamiento de morada, así que están ganando dinero debido a que me han acosado sexualmente. Solo quiero un poquito de control sobre mi puta vida y mi puto cuerpo, ¿lo entendéis?

–No –responde Kenta en voz baja–. No podemos entenderlo. Ni siquiera puedo imaginar lo que debes sentir.

Dejo escapar un suspiro, me giro hacia Glen cuando se sienta a mi lado en el sofá y le digo:

–Sé que solo nos hemos acostado una vez, pero ¿quieres repetir? Creo que me sentiría mucho mejor si me montara encima de ti.

Glen se atraganta.

–Esto... –responde, y yo me quedo mirándolo–. Es que estoy trabajando.

–Mierda.

Glen vuelve a separar los brazos y me tiro entre ellos. Comienza a masajearme los hombros. Qué gusto, pero me siento aún peor. Está portándose genial conmigo, y yo parezco una niñata malcriada.

–Lo siento –me susurra al oído.

–No lo sientas –le digo con una risita–. No tienes que acostarte conmigo cada vez que me pillo un rebote.

Aunque estaría muy bien, la verdad. Para sentir que retomo el control de mi cuerpo después de que toda esa gente me haya cosificado y degradado.

–Si tantas ganas tienes –me dice, mordisqueándome la oreja–, seguro que para Kenta sería todo un placer. Le gusta que le manden en la cama.

–¿Cómo? –pregunto con el ceño fruncido–. ¿A qué te refieres?

Glen se tensa bajo mi cuerpo.

—Perdón, no quería insinuar que quisieras.

Me vuelvo hacia Kenta y repito, despacio:

—¿A qué se refiere?

Kenta se relaja en el sofá, pone los ojos en blanco durante un segundo y responde:

—Significa que me gusta que... la mujer esté al mando.

—¿Perdón? ¿En serio?

No es que Kenta tenga un aire dominante, pero sí cierta autoridad que resulta más eficaz que el tamaño de Glen o los berridos cargados de testosterona de Matt. Aunque suele emplear un tono sereno, todo el mundo le presta atención y lo obedece.

Él se encoge de hombros.

—No me importe que una chica guapa me dé órdenes. Supone un cambio de aires después de pasarme todo el día empujando a chicas hacia el interior de un coche y encerrándolas todo el día en un hotel.

Me relamo.

—¿Quieres acostarte conmigo? —le pregunto, y siento la risa de Glen retumbándole en el pecho—. ¿Qué pasa? —le pregunto, fulminándolo con la mirada.

—Qué directa eres. Jamás nos lo han propuesto así.

—Soy una diva muy exigente, ¿os acordáis? Se me da muy bien pedir lo que quiero. —Después me giro hacia Kenta—. ¿Qué me dices?

A Kenta le brilla la mirada.

—No te diría que no.

—¿Ahora mismo?

Parece estar pasándoselo en grande. Alza la cabeza y me ofrece los labios. El deseo se apodera de mí con una intensidad que casi me lanza por los aires.

Nunca le he dado demasiadas vueltas a las dinámicas de poder en la cama. Sé que me gusta ponerme encima porque así me puedo tocar más fácilmente, pero ahora que tengo a un guardaespaldas fuerte y enorme mirándome desde abajo a través de las pestañas... Me pone muchísimo.

Sin levantarme del regazo de Glen, me inclino hacia delante, agarro a Kenta de la mandíbula y le beso. Los labios se le separan con un suspiro. Levanta una mano grandota y la extiende con cuidado sobre la zona baja espalda, pero yo me aparto.

—No me toques —le ordeno, y a él se le dilatan las pupilas—. Las manos en el sofá.

Obedece, y siento una agitación por todo el cuerpo.

Cualquiera que me oiga fliparía al oír que me pone que no me toquen, pero la gente me toca sin mi consentimiento todo el tiempo. No puedo salir de casa sin que los fans me agarren, me pidan abrazos, fotos, o sin que los paparazis se arremolinen a mi alrededor y me aplasten. Kenta no mueve ni un dedo hasta que se lo ordeno, lo cual hace que me arda el cuerpo entero.

Echo la vista hacia Glen.

—¿Te importa?

—¿Por qué iba a importarme? —murmura con una expresión inescrutable en el rostro—. A mí me da igual.

—No quiero generar mal rollo entre vosotros por acostarme con ambos.

—Estamos más que acostumbrados —responde Kenta, riéndose.

—¿Tan pocas chicas había en el SAS?

—Ni una sola. Empezaron a dejarlas entrar en el equipo cuando nos marchamos, pero no me refería a eso. —Sus ojos se posan en mis labios—. A veces Glen, Matt y yo nos acostamos con las mismas mujeres.

Lo dice como si nada, como si no fuera la frase más alucinante que podría haber pronunciado.

—¿Que hacéis qué? —le digo, mirándolo fijamente.

Él se encoge de hombros.

—Es una historia muy larga.

—Organizáis cuartetos. Con mujeres. A menudo.

—Lo de «a menudo» lo has dicho tú...

Me giro hacia Glen, que tiene las mejillas encendidas y me observa fijamente:

—¿Cuándo termina tu turno?

141

–En veinte minutos –responde Glen tras comprobar la hora.

–¿Quieres unirte?

Separa los labios.

–Sí.

Madre mía. Estoy a punto de hacer un trío. Sí que ha mejorado el día.

–Estupendo. –Agarro a Kenta del cuello de la camisa y lo obligo a levantarse–. Voy a jugar con él y a hacerle sufrir hasta que estés listo.

Kenta deja escapar un gruñido grave desde el pecho y prácticamente lo llevo a rastras hasta el dormitorio. Aparto las maletas de una patada, lo guío hasta la cama, le apoyo las manos en los hombros y lo empujo sobre el colchón. Él me mira desde abajo con esos ojos oscuros.

Glen se acerca para cerrar la puerta.

–¿Quieres un consejito? –me dice.

Me siento a horcajadas sobre la cintura de Kenta y me desabrocho los botones de la camisa.

–Sé en qué agujero tengo que metérmela, gracias.

Glen se ríe y me aconseja:

–Déjate los zapatos puestos. Eso le vuelve loco.

Me giro hacia Kenta, que no me quita los ojos de encima.

–¿En serio? –le pregunto, prácticamente ronroneando.

Kenta me acaricia la pierna sin apartar la mirada.

–Eres increíble –me dice con voz grave–. Siempre estás espectacular.

Hay tantísima sinceridad en su mirada que siento el corazón aleteándome en el pecho. Me estremezco y luego me deshago la coleta. Kenta hace amago de quitarse la camisa, pero le agarro las manos para detenerlo.

–No –le ordeno–. Voy a desnudarte yo.

Kenta se queda muy quieto y deja que le desabroche la camisa blanca y que se la quite por los hombros. Recorro su pecho musculoso con la mirada. Es un poco más esbelto que Glen, pero está igual de musculado y tiene la piel bronceada como el oro. Le acaricio los abdominales con los dedos y se encogen bajo mi roce. Después le tiro del hombro. Quiero observar de cerca el tatuaje de la espalda.

–Date la vuelta.

Kenta duda y pone una mueca.

Me detengo.

–¿Kenta?

Entonces se da la vuelta y me muestra la espalda. Me quedo boquiabierta.

Sí, el tatuaje es precioso. Es un fénix intrincado que se alza de una columna de humo. Los trazos son impresionantes: se ven cada una de las plumas de las alas del pájaro. Pero eso no es lo que me llama la atención.

Me inclino hacia delante y, bajo la tinta, veo que tiene la espalda cubierta por unas cicatrices espantosas que se le entrecruzan sobre la piel. Algunas son gruesas y tienen relieve, otras son tan finas como si estuvieran hechas con un cuchillo. Apenas ha quedado un milímetro de piel indemne.

Durante un instante me quedo helada y la rabia me revuelve el estómago. Quienquiera que hiriera a Glen, hizo lo mismo con Kenta. Le hicieron cortes. Le destrozaron la espalda. Estoy que echo chispas, pero me inclino y beso la llama que brota de la boca del fénix. Kenta se relaja debajo de mí.

–¿Hay algo que no deba hacer? –le digo con delicadeza.

Prácticamente lo oigo sonreír.

–Estoy bien, Briar. De verdad.

–Bien. –Lo agarro del cinturón y tiro de él–. Quítate los pantalones.

Kenta se ríe, se baja de la cama y se los quita. La boca se me hace agua al verle los muslos fuertes y la tela tensa y negra de la ropa interior. Vuelve a la cama, pero le apoyo la mano en los abdominales y lo empujo contra la pared.

–Quédate aquí –le ordeno; de repente se me ha puesto la voz ronca–. Quítate la ropa interior.

Se quita los bóxers en silencio y los arroja al suelo. La tiene enorme. Puede que no tanto como Glen, pero, aun así, siento los nervios punzándome el estómago.

–No te muevas –le susurro, tomándole la polla con los dedos.

Entonces le acaricio la piel delicada y sedosa. Kenta tuerce el gesto, pero no se mueve, y yo lo noto palpitante en la mano.

Alzo la mirada y me arrodillo. Kenta coge aire con fuerza entre los dientes. Yo me inclino hacia él y beso la perla de excitación que le resplandece en la punta. El calor se apodera de mí en cuanto su sabor masculino y embriagador me recorre la boca. No esperaba que supiera tan bien.

–Si hago algo que no te gusta vas a tener que decírmelo –le digo con dulzura, y después relamo una segunda perla de humedad que se ha formado–. Es la primera vez que lo hago. –Él se tensa, parece sorprendido, y yo me río–. Ya, ya. Todo el mundo se cree que soy la próxima zorra de Babilonia, pero, si te soy sincera... –añado, dándole un beso bajo la polla–. Hasta ahora, jamás me han dado ganas de arrodillarme ante un hombre.

–No creo que seas eso que dices –responde con la voz entrecortada.

Lo miro desde abajo. Tiene los ojos oscuros y confusos, y solo se fija en mí.

–Ya lo sé –le susurro, y entonces la envuelvo con los labios y me la trago tan hondo como puedo.

Kenta reacciona al momento. Deja escapar un gemido ahogado y se retuerce con desesperación contra mi lengua. Sorprendentemente, es agradable, dura y blanda al mismo tiempo, como una barra de hierro caliente envuelta en terciopelo.

Ronroneo, contenta, y empiezo a subir y a bajar por toda su longitud. A Kenta le tiembla el cuerpo entero debajo de mí. En la punta se le acumula más presemen y, en vez de lamerlo, lo chupo con fuerza.

Las manos se le van a mi cabeza, me agarra del pelo y le tiemblan las rodillas.

–¡Briar...!

–Shh... –le digo–. No te muevas.

Se le escapa un gemido ahogado del fondo de la garganta y se la chupo durante varios minutos, manteniendo los labios firmes. El ritmo constante de mi boca se vuelve más y más desesperado, y sus caderas comienzan a agitarse bajo mis manos.

–Briar, por favor, cielo... –Kenta me acaricia el pelo y alzo la mirada. Tiene el apuesto rostro tenso a causa del placer y la agonía–. Por favor, de... déjame tocarte –me suplica.

Siento una oleada de poder abrasador recorriéndome entera y le dedico una sonrisa. Ahora mismo soy yo la que tiene el control. Es una sensación maravillosa.

Me aparto un poco para susurrarle:

–Avísame cuando estés a punto de correrte.

Él asiente despacio y se le agita el pecho. Sigo mamándosela, la recorro entera con la lengua mientras me meto una mano entre los muslos.

Kenta baja la mirada y se da cuenta de que me estoy tocando. Por lo visto, ya no puede controlarse. Sacude las caderas, se estremece de pies a cabeza y me agarra con fuerza del pelo.

–¡Briar...! –grita–. ¡Para! Joder, cielo, voy a...

Me aparto con gentileza hasta sacármela de la boca. Tiene la polla reluciente, mojada. Kenta se agarra de la base jadeando, y yo lo miro desde abajo.

Está hecho un cuadro. Tiene las mejillas y los labios rojos, se le ha deshecho la coleta y una película de sudor le cubre el pecho dorado.

–Por favor –repite con voz grave y suplicante–, déjame tocarte.

Me lo pienso durante un instante, y entonces me levanto, le paso los brazos alrededor del cuello y pego mis labios a los suyos. Kenta gruñe, me besa con fuerza, me hunde la lengua en la boca. Tiemblo contra su cuerpo. Me siento como si estuviera en llamas. Kenta me desliza una mano por la espalda y me agarra del cuello de la camisa.

–¿Puedo quitártela?

Alzo los brazos y dejo que me quite la camisa con violencia. La arroja al suelo, hecha un gurruño, y me mira el sujetador en silencio. Menos mal que hoy me he puesto uno bonito: rosa, cubierto de flores pequeñas. Estira el brazo para tocarme, pero se detiene y retira la mano. El pulso se le marca en el cuello. Dirige los ojos oscuros hacia los míos y espera.

¡Dios, me encanta! Kenta es mucho más grande que yo, pero da igual. Soy yo la que maneja la situación. Hará solo lo que le ordene.

—Tócamelas —le digo.

Su rostro refleja alivio. Estira la mano de nuevo hacia mí, pero lo agarro de la muñeca justo antes de que me roce la piel con las yemas de los dedos.

—Pero solo con la boca —añado en voz baja.

Kenta gruñe y mete la cara entre mis tetas. Suspiro mientras me recorre la piel con la boca y expulsa el aliento cálido sobre mí.

—¿Hay algo que no quieras que haga? —murmura al tiempo que mordisquea el encaje de una de las copas.

—No te corras encima de mí.

—Joder. —Me da un buen beso entre las copas que hace que me sacuda entre sus brazos—. No hace falta ni que lo digas.

Me río y echo la cabeza hacia atrás, y a él se le ensancha la sonrisa. Tira de mí para darme otro beso. Su erección me presiona el estómago y estiro la mano para hacerle una paja. Se le tensan todos los músculos del cuerpo.

—Briar... —me dice—. Por favor, no puedo más.

Entonces se oye un chirrido y la puerta del dormitorio se abre a nuestra espalda. Me doy la vuelta y veo la silueta de Glen recortada contra la luz del pasillo. Carraspea, nos mira a ambos.

—Gracias por unirte —le digo con tono educado—. Te toca.

22

Kenta

Jamás me he alegrado tanto de ver a mi compañero de equipo. Glen está frente a la puerta y nos examina.

–¿Aún no ha terminado? –pregunta con tono despreocupado.

Briar me acaricia la polla hinchada y suelta una risita cuando las caderas se me mueven solas.

–Ya te lo he dicho –responde en un susurro, con el aliento haciéndome cosquillas en la cara–. Estoy jugando con él.

Glen se acerca y me mira el rostro.

–¿Todo bien, Li?

Cierro los ojos y se me escapa un jadeo cuando Briar retuerce la mano. Una gota de sudor me cae por la nuca. Apenas puedo responder.

–Que te jodan –logró decirle.

Briar sonríe y acerca mi rostro al suyo para darme un largo beso con lengua. Después se aleja y me señala la cama.

–Siéntate –me ordena, y yo me dejo caer, encantado, sobre la cama, acalorado y temblando al mismo tiempo. Después Briar se gira hacia Glen y le dice–: Quítate la ropa.

Glen me mira divertido.

–Me da a mí que no.

–¿Porfa? –lo intenta de nuevo–. Confía en mí, te lo vas a pasar mucho mejor si te desnudas.

Él se ríe, se agarra el dobladillo de la camiseta y se la quita.

–Menuda estás hecha –le dice, acercándose a ella–, pero me temo que yo no soy como Kenta, cielo. A mí no me gusta que me manden.

Briar abre la boca, pero, antes de que pueda decir palabra

alguna, Glen le pasa un brazo por la espalda y la acerca contra su pecho mientras, con la otra mano, le desabrocha el sujetador en un pispás. Briar suelta un gritito de sorpresa (de verdad, y me parece monísima), y después se derrite contra él con un suspiro mientras Glen le acaricia los pechos, los aprieta y los masajea con las manos. Está tan distraída que creo que ni siquiera se da cuenta de la velocidad con la que Glen le desabrocha la minifalda, que cae el suelo, junto a sus tobillos, y revela unas bragas blancas. Mis ojos van desde los tacones hasta el culo respingón. Esos tacones le hacen unas piernas tensas, suaves e increíblemente sexis.

Glen le da una palmadita en la nalga.

—A la cama —le dice al oído, y la empuja con delicadeza hacia el colchón.

Briar lo agarra del cuello y lo derriba con ella, de modo que ambos caen sobre el montón de sábanas.

Salgo de la cama rodando y voy a trompicones hasta la maleta de Glen, donde rebusco la caja de condones que metí mientras preparábamos el equipaje. No esperaba ser yo el que fuera a utilizarlos, pero estoy contentísimo con el curso de los acontecimientos.

Oigo gemiditos y jadeos a mi espalda. Cuando me giro, me encuentro a Briar sobre el regazo de Glen, agarrada a su cuello y frotándose contra su paquete. Se besan con tanta intensidad que prácticamente se están devorando mientras se aferran al cuerpo del otro.

—Te he echado de menos —le dice ella contra la boca y pasándole los dedos por el pelo—. Creía que ya no te ponía.

—Me pones muchísimo. Es que... —Se estremece cuando Briar le pasa la lengua por el cuello—. Es que imaginaba que no volvería a pasar.

—¿Por?

Glen se encoge de hombros.

—No soy la clase de hombre con la que las mujeres repiten.

Briar se aparta y frunce el ceño.

–¿Qué se supone que significa eso?

Pero Glen no responde y tira de ella para darle otro beso. Briar se recoloca y veo algo húmedo y reluciente en la cara interna de su muslo. De repente, es como si toda la sangre del cuerpo se me fuera a los huevos. No aguanto más. O me corro ya o exploto.

Abro el condón, me lo pongo y vuelvo a subirme a la cama. Glen asiente por encima del hombro de Briar.

–Móntate encima –le dice con voz ronca–. Quiero verlo.

Briar entrecierra los ojos al oír la orden, pero es incapaz de ocultar el rubor que le sube por el cuello.

–Qué suerte tienes de ser tan guapo –murmura ella, y Glen se pone rojo como un tomate.

Briar se sube a mi regazo y me agarra la cara con las manos. Sus ojos turquesa, del color del atardecer al reflejarse en el mar, se pierden en los míos. Me acaricia las mejillas con los pulgares, y no aparta la mirada cuando alza las caderas y me introduce en su cuerpo. El alivio es abrumador al hundirme en ese calor ardiente. Briar tensa el cuerpo y se me cierran los ojos.

–Hostia –grazno. Briar se aferra a mis hombros y comienza a mecerse con las caderas. Echo la cabeza contra el cabecero cuando una ráfaga de debilidad me atraviesa entero–. Joder.

Es maravilloso. Es suave, sedoso, caliente. Siento como se me sacuden todos los músculos del cuerpo cuando empiezo a embestirla y a adaptarme a su ritmo. La maravillosa fricción hace que todo mi cuerpo eche chispas.

Pasamos un minuto o así sin hablar, nuestra piel entrechoca a medida que follamos con mayor frenesí. Llevo tanto tiempo a punto de terminar que me cuesta no correrme. Aprieto la mandíbula tan fuerte que me crujen los dientes y siento una gota de sudor en la base de la nuca.

Briar se inclina hacia mí y tira de la goma que me sujeta la coleta, por lo que mi pelo queda suelto alrededor de mi rostro. Lo sacudo para quitármelo de los ojos, y ella entrelaza los dedos entre los largos mechones.

—Me encanta tu pelo –dice, jadeando.

–¿En serio? Hay a quien no.

—De adolescente me gustaba Legolas –me confiesa, y me tira con firmeza del pelo.

Una descarga eléctrica me recorre el cuero cabelludo. Las caderas se me van solas contra ella y nuestras pelvis chocan con fuerza.

—No lo llevo tan largo, mujer. Lo quería rollo Aragorn.

A Briar se le escapa la risa y mira hacia atrás por encima del hombro.

—¿Todo bien? –le pregunta a Glen–. Estás muy callado.

Miro a mi compañero. Glen está de rodillas encima de la cama, detrás de Briar, sin apartar la mirada de su culo.

—Tienes un culo precioso –murmura–. Parece un corazón.

—Se lo diré a mi entrenador personal –responde Briar.

Entonces se oye una cachetada, Briar grita y se inclina hacia mí. Alzo las caderas y cambio un poco el ángulo, y ella forma una «O» preciosa con los labios. Gime y frota las tetas suaves contra mi pecho.

—Kenta –murmura una y otra vez–. Kenta, joder.

—Así, cielo –le digo con voz ronca cuando los muslos le tiemblan–. Haz lo que quieras conmigo.

Briar suelta un gemido de agonía, se inclina hacia mí, de modo que nuestras frentes se pegan y nos mecemos juntos. La agarro de la nuca y la beso. Noto que se me tensan los huevos.

—Glen –le advierto–. Corre.

Si este es el primer trío de esta chica, ni de coña pienso correrme. Oigo el frufrú de la ropa, el chasquido del cinturón y, entonces, Briar suspira cuando Glen le rodea las manos con la cintura y le aprieta las tetas.

—Joder –suelta con los dientes apretados y arqueándose entre nosotros–. ¿Por qué la gente solo folla con un hombre a la vez? Esto es maravilloso.

Glen se ríe.

—¿Vas bien, Kenny?

–No aguantaré mucho más –logro responder, y Glen asiente.

–Dale la vuelta.

Le doy un último beso a Briar y le suelto las caderas para levantarla con cuidado. Gime, y a mí se me escapa un gruñido cuando la siento aferrándose a mí polla con ansia, como si no quisiera que saliera de ella.

–Pero...

–Shh.

La agarro de los hombros y le doy la vuelta, de modo que queda a cuatro patas.

–¿Y bien? –pregunta Glen, expectante.

–Tienes razón –le digo–. Es precioso. –Le acaricio una nalga temblorosa y luego le doy un apretón–. Aunque yo diría que se parece más a un melocotón que a un corazón.

Briar gruñe.

–No sabía que fuerais unos putos poetas –suelta de repente, y se frota contra mí.

Me inclino hacia delante y le paso la mano entre las piernas. Briar se estremece, y yo me relamo al sentirla mojada entre los dedos.

–Madre mía, cielo, ¡estás empapada!

A Glen se le oscurece la mirada. Al momento estira el brazo y me da la mano. Luego la acariciamos entre los pliegues, frotamos y la toqueteamos a la vez, y Briar gotea sobre nosotros mientras se retuerce y gime.

–Joder.

Se frota contra nuestras manos, desesperada por obtener auténtico placer. Al no hallarlo, gruñe, se lanza hacia delante y agarra a Glen de la polla. Abre la boca y comienza a darle besos húmedos y hambrientos.

–Madre mía, no hace falta que...

–Tú lo has dicho, no hace falta –responde ella, y abre la boca y se la mete.

A Glen se le escapa un fuerte gruñido, echa la cabeza hacia atrás y cierra los ojos mientras ella se la traga bien hondo.

Mientras se la mama a Glen y sacude la cabeza con entusiasmo, retuerzo la mano y le meto dos dedos en el coño húmedo y latente. Al instante cierra los muslos con fuerza alrededor de mi muñeca para que no me mueva.

–Más –murmura.

–Ahora voy.

En vez de meterle otro dedo, me sitúo a la altura de su coño palpitante y vuelvo a metérsela. Está muy apretada y caliente, pero se estira para acomodarme. Briar jadea y, en vano, echa la mano hacia atrás para intentar cogerme.

Me quedo helado, con media polla dentro de ella.

–¿Me he pasado? –le pregunto mientras intento no moverme.

Briar niega con la cabeza y se estremece entera.

–Es que... estás muy dentro –murmura–. Joder. No. Sigue, sigue.

Me inclino para darle un beso en la cintura y hago presión, esta vez con más cuidado. Briar gime y, finalmente, se la meto entera y le pego los huevos contra el culo. El calor me invade el rostro.

–No voy a tardar mucho –le digo, apretando los dientes, y ella asiente mientras busca a Glen con la mano y lo guía de nuevo hacia su boca para seguir mamándosela. Empiezo a darle–. Estás guapísima –murmuro–. Joder. Estás fantástica mientras se la chupas, cielo.

Briar no responde, tan solo sacude el cuerpo contra mí y retuerce los dedos alrededor de la base de la polla de Glen.

A Glen se le escapa un grito ahogado.

–Para, para. Voy a ...

–Puedes hacerlo en mi boca –murmura–. Me lo trago y ya.

Glen gruñe y Briar cierra el puño. Aprieto los dientes mientras sigo dándole. Tengo la espalda empapada de sudor, y mi piel se pega a la de Briar. Me queda tan poco que empiezo a ver borroso. No puedo respirar porque siento una tensión en el pecho. Estiro la mano, se la meto entre las piernas, le pellizco el clítoris y lo retuerzo entre los dedos.

Briar se desmorona.

Ocurre lentamente. Primero siento que se le tensan las piernas, luego el culo y los brazos. Sin dejar de chupársela a Glen, comienza a balbucear y a atragantarse mientras se corre. Es como una reacción en cadena. Mientras ella grita, jadea y gime, Glen gruñe por última vez, la agarra del pelo con fuerza y se corre en su boca. Al sentir las ondas y el agarre de su coño sobre la polla palpitante, pierdo el control. Le doy un manotazo a la pared y grito cuando al fin exploto y la adrenalina y el placer me recorren el cuerpo entero en forma de onda de calor.

No sé durante cuánto rato me corro. Es casi como una experiencia extrasensorial. Me pego aún más a ella y siento que Briar tiembla y se retuerce bajo mi cuerpo hasta que me deja seco.

Al final se me va el subidón que me nubla la mente y vuelvo a poner los pies en la Tierra. Glen se apoya con pesadez contra la pared y jadea. Briar está a cuatro patas entre los dos y aún tiembla un poco. Jadea, y yo la acaricio para intentar tranquilizarla.

Glen es el primero en reaccionar y se la saca de la boca. Se agacha y apoya las manos en las mejillas de Briar.

—¿Estás bien? —le pregunta en voz baja.

Briar asiente. Con cuidado, Glen le limpia una mancha de semen del labio inferior, hinchado, y luego se levanta y va al baño para limpiarse. Tras darle un último beso en la cintura, se la saco despacio y Briar cae sobre las sábanas como si fuera de goma. Hago un nudo en el condón y lo tiro a la papelera, y después le paso un brazo a Briar por los hombros y tiro de ella para que se apoye sobre mí.

—Ven aquí, cielo.

Briar se acurruca contra mí, bajo mi brazo. Aún se le encoge y se le sacude el cuerpo. Cuando le apoyo la mano sobre el pecho para pegarla aún más a mí, gime tan fuerte como si aún estuviera dentro de ella.

—¿Cómo estás? —le pregunto en voz baja.

—Mucho mejor —jadea—. Gracias.

—El placer ha sido todo nuestro, en serio.

Briar tararea contenta y se pega aún más a mí.

–Glen –grita entonces–. Ven aquí, tengo frío en la espalda.

Se oye una palabrota que llega amortiguada desde el baño.

–¿Pasa algo? –pregunto mientras le hago carantoñas a Briar en el pelo.

Glen vuelve al cuarto con el teléfono en la mano.

–Matt está inquieto por lo de mañana. Quiere inspeccionar a la prensa antes de que llegue.

Me río por la nariz.

–Pues lo lleva claro. Como mucho podrá conseguir que se identifiquen.

Glen frunce el ceño.

–Quiere que todo el mundo pase por un detector de metales.

–Seguro que todo sale a pedir de boca.

Glen teclea en el teléfono y este zumba a los pocos segundos. Después suspira, recoge los bóxers del suelo y vuelve a ponérselos.

–Tengo que hablar con él de todo esto.

–Cuando termines, puedes apuntarte a los mimitos poscoitales –murmura Briar–. No pensamos movernos de aquí.

Glen le da un beso en la mejilla, se pone la ropa, sale de la habitación y cierra la puerta tras de sí. Briar se retuerce contra mi pecho.

–Mmm... –murmura–. Date la vuelta. Me apetece abrazarte.

No me muevo, e inhalo el dulce aroma de su pelo. Briar frunce el ceño y me empuja por los hombros, pero yo la sujeto con fuerza contra mi pecho.

–¡Kenta!

Suspiro, la suelto y dejo que me dé la vuelta para que se pegue contra mi espalda y me pase los brazos por la cintura.

–Creo que nunca había hecho de cucharita pequeña –le digo.

–A mí también me gusta abrazar. –Retrocede un poco para colocarse mejor y se queda quieta. Un escalofrío me recorre el cuerpo entero cuando me acaricia el hombro y me roza la piel–. ¿Puedo tocarla?

–Claro. –Briar me desliza los dedos por la espalda, siguiendo los trazos de la tinta, y luego me acaricia las líneas escarpadas de las cicatrices. Cierro los ojos–. Imagino que debes de hacerte algunas preguntas –le digo en voz baja.

–Glen me contó lo que pasó la última vez que estuvisteis de servicio.

Vaya. No esperaba que Glen hablara con alguien sobre el tiempo que estuvimos cautivos. Ni siquiera habla conmigo del tema, y eso que estuve allí con él.

–Matt no tiene cicatrices –prosigue Briar. Su pelo sedoso me roza la piel y se me pone de gallina–. A menos que las tenga en el culo, claro. Lo vi en la piscina.

Titubeo.

–No. A él apenas le pusieron un dedo encima los secuestradores.

Deja de acariciarme.

–¿Y eso por qué?

–Consideraron que, como era el comandante de la patrulla, debía de ser el que más información poseía, de modo que nos torturaron a nosotros para que cantara. Lo obligaron a sentarse y mirar mientras nos hacían cortes, nos quemaban y demás.

–Ay, Dios...

Asiento.

–No me habría gustado estar en el pellejo de Matt. No es lo mismo soportar una tortura que ver cómo castigan a las personas que quieres por tus actos. Los secuestradores le hicieron creer que tenía la culpa de todo lo que nos estaba pasando. Ya se sentía culpable por haber dejado que nos capturaran, de modo que se aprovecharon de esa culpa y lo destrozaron.

Briar no dice nada y traza figuras con el dedo sobre mis brazos.

–Perdona –le digo, torciendo el gesto–. No es una conversación muy sexi para después de un polvo.

Se queda callada durante un instante y entonces suelta un largo suspiro y me dice:

–Vaaale.

–¿Vale qué?

–Que puedes abrazarme –me responde al oído, haciéndome cosquillas con los labios.

Soy incapaz de contener la sonrisa. Me doy la vuelta y la envuelvo entre mis brazos. Briar se acurruca contra mi pecho y cierra los ojos.

–Gracias –murmuro.

–Cállate –responde, y me da un pellizco en el muslo. Fuera, Matt y Glen comienzan a alzar la voz porque están discutiendo. Briar deja escapar un gruñido–. Mañana va a ser horrible, ¿verdad?

–No va a poner las cosas fáciles –respondo–. Ni por asomo.

23

Briar

Me despierto poco a poco en un nido calentito y cómodo, y tardo un par de segundos en recordar dónde estoy: en medio de dos guardaespaldas supersexis. Kenta está acurrucado delante de mí y Glen está detrás, con su aliento cálido rozándome la nuca. Durante un instante, decido no moverme y disfrutar de que estoy entre estos dos hombres.

Pero al final comienza a dolerme tanto la vejiga que no puedo seguir ignorándola. Me deshago con cuidado de las extremidades pesadas y me froto los muslos al ser consciente de lo dolorida que me siento entre las piernas. Creo que voy a tener que comprar lubricante. Hace tanto que no follo que no estaba nada preparada.

Voy al baño, me pongo el pijama y me dirijo a la habitación principal de la *suite*. Matt se ha sentado frente a la encimera de la cocina y se dedica a desmontar una pistola. Cruzo el salón hasta llegar a la cocina y cojo una taza de uno de los armarios.

—Buenos días —le digo.

Matt responde con un gruñido y se pelea con el mecanismo. Lo observo con detenimiento. Jamás he visto a los chicos empuñando un arma. Me parece surrealista, como si de repente estuviéramos en el plató de una película.

—Se me hace rarísimo verte con un arma.

—¿Te da miedo? —me pregunta sin alzar la mirada.

—No, porque sería desastroso para el negocio que le pegaras un tiro a tu clienta. ¿Te apetece un café?

Matt asiente levemente con la barbilla, así que cojo un par de cápsulas de café de un gran cuenco de cristal y pongo en marcha la cafetera. Mientras la máquina se agita y suelta vapor, observo a Matt, que se dedica a comprobar de forma metódica todas las partes de la pistola. Tras él hay un maletín lleno de armas; la mayoría son pequeñas, pero también hay algunas más grandes.

—¿De dónde las habéis sacado?

—De nuestra sede de Los Ángeles.

—¿Tenéis distintas sedes?

—Hollywood es un destino frecuente para nuestros clientes famosos, así que tenemos una aquí. —Se mete la mano en el bolsillo de los pantalones y se saca un aerosol estrecho—. Te he traído un espray de pimienta. Ojalá pudiera darte algo mejor, pero la mitad de los hombres de Hollywood estarían muertos si pudieras llevar armas.

—Anda, pero si ya me estás pillando el punto. —Sopeso la botellita en la mano. Es la primera vez que veo un espray de pimienta—. Apunto, disparo y ya, ¿no?

Matt asiente.

—Pero apunta a los ojos.

—Siempre lo hago —respondo, y con ese comentario al fin logro arrancarle una sonrisa ceñuda. La cafetera borbotea hasta detenerse y le paso una taza—. ¿Prefieres trabajar en Inglaterra o en Estados Unidos?

—Normalmente en Estados Unidos. Las armas hacen que el trabajo sea más interesante, aunque, en realidad, preferiría que este trabajo fuera lo más aburrido posible.

Lo observo en silencio mientras desmonta otra pistola, comprueba el interior y la vuelve montar. Esta es la primera conversación civilizada que hemos mantenido desde que charlamos la semana pasada junto a la piscina. Ahora que no andamos a la greña, puedo examinarlo con más detalle. No tiene buen aspecto. Aunque está moreno, se le notan la piel pálida y las ojeras. Cuando deja la pistola a un lado y coge la siguiente, reparo en que le tiemblan las manos.

—¿Estás bien, Matt?

Tuerce el gesto como si lo hubiera golpeado y luego me dedica una sonrisa amarga.

–Has estado hablando con Kenta, ¿no?

–No. Bueno, sí, claro, pero no te lo pregunto por eso. Pareces medio muerto.

–Es por el desfase horario –responde con un gruñido–. Ya se me pasará.

–¿Seguro? Si no estás bien, seguro que podemos encontrar a alguien que te releve...

Se pone en pie al instante y golpea la mesa con el arma.

–Te he dicho que estoy bien –me gruñe, y luego gira sobre los talones y se retira al cuarto de los chicos mientras yo me quedo ahí plantada, mirando fijamente el café humeante que ni siquiera ha probado.

Vaya, qué maleducado.

Oigo pasos a mi espalda y todo mi cuerpo se relaja cuando unas manos cálidas me rodean la cintura. El aroma dulce y picante de Kenta me inunda los sentidos mientras se adueña del café de Matt.

–Hola, cariño –me dice, y me da un beso en el cuello–. ¿Cómo estás?

–¿Matt se está poniendo malo? –le suelto a bocajarro.

Kenta se queda callado durante un buen rato.

–Ahora mismo está muy agobiado –me responde con tacto.

Me giro hacia él. Está guapísimo, se ha recogido el pelo largo en una coleta baja y tiene la mandíbula cubierta de sombra de barba. Tengo que resistir la tentación de acariciarla.

–Parece a punto de venirse abajo.

Kenta titubea, evasivo, y me pregunta:

–¿Estás preparada para la rueda de prensa de esta noche?

Suspiro y asiento.

–¿Sabemos algo de X?

–Nada. Tenemos a gente rastreando tus redes, pero no hay nada nuevo que encaje con su forma de hablar habitual. –Me da un apretón en el hombro–. Quizá haya perdido el interés.

–O a lo mejor está de camino hacia aquí –le señalo–. Puede que esté en un avión en este mismo instante.

–Oye –me dice, y me acaricia bajo la barbilla–. Nos pagas para que nos preocupemos. No hace falta que te angusties tú también.

Le da un sorbo al café y, entonces, reparo en el manchurrón rojo y reluciente que tiene en el cuello. Estiro el brazo para limpiárselo con el dedo y le digo:

–Te he manchado con el pintalabios.

Gira el cuello para facilitarme el acceso y me roza la coronilla con los labios. Durante un segundo se me tensa todo el cuerpo y un recuerdo de anoche brota ante mis ojos: estoy montándomelo mientras él entierra la cara en mi escote y me chupa las tetas con ansia. Siento el calor hormigueándome la piel.

Dudo durante un instante, pero entonces le apoyo la mano en la mandíbula y lo beso. Kenta tira de mí hacia su cuerpo firme y me devuelve el beso, intenso y lento, que sabe a café y menta. Me desliza la mano por la curva de la espalda y siento que, poco a poco, me derrito contra su pecho.

–¿Seguro que esto no infringe la política de la empresa? –susurro contra su boca. No sé por qué, pero se me hace raro, de un modo delicioso e ilícito, besarme con tanta pasión con mi guardaespaldas a la mañana siguiente de haberme acostado con él–. No quiero meterte en ningún lío.

Kenta se ríe.

–Nuestra jefa conoció a su esposa trabajando como guardaespaldas. Creo que no tardó en percatarse de que, cuando dos personas se gustan, tratar de reprimir los sentimientos puede distraer más que no hacerlo. –Me desliza una mano por la parte trasera de la camisa y me estremezco cuando me roza la columna con los dedos–. Puedo acostarme contigo cuando no esté trabajando, y puedo centrarme en el trabajo cuando llegue mi turno.

Suena el teléfono del hotel. Yo pego un bote y Glen casi se cae de la cama al tiempo que va a por un par de bóxers. Pasa corriendo por nuestro lado, me da un beso rápido en la mejilla y sale a trompicones por la puerta hacia el pasillo.

–¿Alguna emergencia? –pregunto mientras lo veo alejarse.

–El desayuno –responde Kenta, riéndose–. Es un pozo sin fondo. –Inclina la cabeza hacia mí y acerca la boca a mi oído–. Creo que ayer lo dejaste agotado.

–Eso a ti en todo caso. Te tuve al límite durante media hora. –Lo miro a través de las pestañas–. La verdad es que fui muy desconsiderada, perdona.

Kenta se ríe entre dientes.

–Cuando quieras, cielo. Me gustó muchísimo.

Glen irrumpe de nuevo en la habitación empujando un carrito dorado repleto de jarras, cubiertos y campanas de metal. Los chicos las levantan y revelan un sinfín de platos: croquetas de patata, hojaldres, huevos revueltos, tortitas... Hay un plato de torrijas para mojarlas en chocolate y una jarra entera de batido de frutas del bosque.

Y no puedo comer casi nada.

Dejo escapar un suspiro, me sirvo un poco de macedonia en un cuenco y un vaso de batido. Solo son un par de días. En un par de días, cuando pase el estreno, me pondré las botas.

Los chicos se llenan los platos, y yo me dejo caer entre ellos en el sofá mientras picoteo la fruta.

–Una cosa... ¿Cómo empezasteis con todo esto de los cuartetos?

Kenta se sirve un vaso de zumo y me dice:

–Cuando estábamos en el Ejército y teníamos que compartir tienda de campaña, Glen conoció a una chica en un bar de la zona, pero vivía con su padre, que estaba abiertamente en contra de nuestra presencia. Matt y yo le dijimos que, si a ella le parecía bien, a nosotros no nos importaba que se vinieran a la tienda de campaña.

–Qué sinvergüenza –le digo a Glen, dándole un codazo, y él se sonroja.

Kenta se ríe.

–A partir de entonces se convirtió en una costumbre. Si alguno quería traerse a una chica a la tienda, no pasaba nada. Los demás hacíamos como si nada y ya. Fue... –Frunce el ceño ante un trozo de beicon–. La verdad es que, llegados a ese punto, lo hacíamos más por la comodidad que por el sexo, por poder abrazarnos a alguien durante un rato después de pasarnos todo el día pensando en la muerte.

–No me debéis ninguna explicación –le digo, y me meto una uva en la boca–. Ya me imagino.

Kenta asiente.

–Una noche, una chica que se había traído Matt nos preguntó si nos apetecía unirnos. Era muy atractiva y nos sentíamos solos. Lo probamos y fue tan espectacular que seguimos haciéndolo. –Mira mi cuenco con el ceño fruncido–. ¿No vas a comer nada más, cielo? Hay un montón de cosas veganas: la avena, las torrijas... y creo que las tortitas también.

–¿Es que no has visto el vestido que tengo ponerme esta noche? Prácticamente es una banda gástrica. Solo puedo tomar líquidos durante el resto del día –añado, y Kenta parece alarmarse–. No te preocupes. Volveré a comer como una persona normal en cuanto pase el estreno.

–Vale –responde despacio–. ¿Y si te mareas o algo?

Me encojo de hombros.

–Me tomaré algunas pastillas de glucosa, beberé agua y me aguantaré.

–No me gusta la idea.

Se me escapa la risa por la nariz.

–Ni a mí, pero prefiero pasarme la noche con un poquito de hambre que tener que soportar rumores de que estoy embarazada. Y vosotros también –añado, pinchando un trozo de melón–. Cada vez que pasa, los paparazis me prestan el triple de atención que de costumbre. Lo hago para facilitaros el trabajo.

Kenta sigue sin parecer contento. Glen se acerca a mí, me roba una fresa del cuenco, la sumerge en el chocolate para las torrijas y me la acerca a los labios.

–Toma. Solo es fruta.

Pongo los ojos en blanco y le doy un mordisco a la fresa; el zumo dulce me estalla en la lengua y se mezcla con el intenso sabor del chocolate. Cuando me la acabo, chupo los restos de chocolate del pulgar de Glen y le araño la yema con los dientes. Los ojos grises se le encienden y ensombrecen.

Kenta, mientras tanto, deja el plato a un lado y estira el brazo hacia mí para apartarme el pelo del cuello. Se me cierran los ojos cuando sus labios cálidos me rozan la piel. Glen me saca el pulgar de la boca y me coge de la mejilla.

Me sobresalto cuando la puerta se abre de golpe. Alzo la mirada y me topo con Matt, que nos mira fijamente al tiempo que se pone rojo.

–¿En serio? –grita–. ¿Otra vez?

Le hago un gesto con el dedo.

–Si dejas de ser tan capullo, te puedes unir –le digo con mi amabilidad y mi encanto característicos.

La cara de asco que me pone es respuesta más que suficiente, y entonces vuelve al dormitorio de los chicos.

–Pues nada –murmuro.

A Glen se le escapa la risa.

–Está celoso.

Lo dudo mucho.

–Da igual. –Me estiro y compruebo la hora–. En veinte minutos tengo que ir al gimnasio. ¿Creéis que podemos corrernos los tres antes de que me vaya?

24
X

Descorcho una botella de vino tinto y sonrío mientras contemplo el salón. Hoy estoy de celebración. Por fin he terminado la casa.

Cuando mi madre murió, me dejó en herencia esta vieja granja en medio del bosque. Era pequeña y estaba en ruinas, así que me olvidé de ella durante mucho tiempo; sin embargo, hace unos años, caí en la cuenta de que podía ser un lugar perfecto al que traer a una chica.

Me sirvo otra copa y paseo por la cabaña para admirar mi obra. Creo que he sido muy pero que muy listo.

Primero he tapiado las ventanas y las puertas. Luego llamé a varios electricistas y fontaneros. Me hicieron muchas preguntas, pero, como es evidente, no respondí a ninguna y les pagué en metálico.

Después me centré en la decoración. Compré de todo en las tiendas de muebles de la zona: alacenas, una nevera, un sofá, una cama enorme... Los de la tienda quisieron mandármelo todo a casa, claro, pero no podía ser, de modo que me pasé un día yendo y viniendo para traerlo todo. Además, tuve que tomar el camino largo, rodear la ciudad y cruzar el bosque. No quería que nadie viera mi coche y se hiciera una idea de donde vivo. Nunca se es demasiado precavido. Hoy en día la gente es muy cotilla.

Mi mejor compra ha sido la puerta de entrada. Es de lo más especial... De acero reforzado, como las de los bancos, o eso es lo que me prometió aquel tipo tan chungo que me la instaló. Briar no podría con ella ni aunque se hiciera con un taladro. Si se lanzara contra ella con todo su peso una y otra vez, la puerta no cedería en lo más mínimo.

Supongo que hay quien se horrorizaría al ver este lugar. No les parecería bien que intentara traerme a una chica aquí, pero a mí sí me lo parece, y he aquí el motivo: las mujeres son superficiales. Solo les importa el físico. Quieren que los hombres tengan músculos, sean altos, guapos y ricos. Solo les interesa la fachada. Les da igual qué clase de personas sean. Por eso los chicos como yo jamás conseguimos a la chica, por más majos que seamos. Las chicas no nos conceden ninguna oportunidad de que las conozcamos.

Sin embargo, si traigo a Briar hasta aquí y la mantengo a mi lado durante un tiempo, no le quedará otra que conocerme y, entonces, se dará cuenta de que estamos hechos el uno para el otro. Como al final todo saldrá bien, no estoy haciendo nada malo.

Vuelvo a coger la botella de vino y me despatarro frente al ordenador. La rueda de prensa de *Players* va a empezar ya. La van a retransmitir en directo por Internet, y quiero relajarme y disfrutar cuando Briar se convierta en el centro de todas las miradas sobre la alfombra roja. Me pregunto si ese guardaespaldas de ojos azules volverá a ser su acompañante. No soy tonto, sé que solo finge que es su novio para que la gente no sepa que es su guardaespaldas. Aun así, me enfadé cuando vi las fotos en las que besaba a Briar en la gala benéfica.

Da igual. Estará muerto en cuestión de días, y Briar será mía. Se me escapa una risita solo de pensarlo. Se me está subiendo el vino, pero me da igual. Me siento de maravilla. De hecho, estoy tan contento que voy a mandarle a Briar una sorpresita para que sepa que ya casi ha llegado la hora. Debe de estar cansadísima después de volar a Los Ángeles, y me gustaría animarla.

Así que me bajo los pantalones y cojo el teléfono para hacerme una foto.

25

Matt

Los gritos inundan el aire. Los *flashes* de las cámaras atraviesan la noche como si fueran rayos. Los fans se pegan contra las vallas de metal y gritan e intentan abrirse paso entre ellos para acercarse a Briar.

Llevamos cuarenta minutos en la rueda de prensa de *Players* y aún no hemos entrado. Seguimos en la zona de los fans para que Briar pueda «dedicarles tiempo a sus fans e interactuar con ellos». Voy tras ella mientras avanza, se hace fotos y firma autógrafos. Glen y Kenta también han venido, pero se han quedado atrás y me vuelve a tocar a mí hacer el papel de acompañante, lo cual es bastante irónico teniendo en cuenta que soy el único de los tres que no se ha acostado con ella.

Me froto la frente. Estoy hecho una mierda.

Estoy agotado. Me he pasado la mitad de la noche despertándome empapado de sudor por culpa de las pesadillas y, la otra mitad, oyendo a Briar gemir al otro lado de la pared. A saber qué es lo que le hicieron los chicos, pero sonaba como si se hubiera corrido cincuenta veces. Es rarísimo tener *flashbacks* y una erección al mismo tiempo, pero resulta que no es imposible.

Examino a la multitud que se pega a las vallas y me encuentro con lo de siempre: gente que evita el contacto visual, gente que grita guarradas, gente con las manos en los bolsillos... Odio las alfombras rojas. Son trampas mortales. Todos actúan como si estuvieran mal de la cabeza mientras les gritan a los famosos como si quisieran asesinarlos. ¿Cómo se supone que voy a distinguir a los que de verdad quieren matarla?

De repente, un pelirrojo con el pelo rizado se asoma desde

la valla y casi le saca un ojo a Briar cuando le planta un boli en la cara.

–Quédate detrás de la barrera –le grito.

Pero no me hace caso, y se asoma tanto que me dan ganas de darle un empujón para echarlo al suelo. Entonces me fijo en la hoja que quiere que le firme. Es un dibujo de ella desnuda. Joder. Se lo arranco de las manos antes de que Briar lo vea y hago una bola con él.

El chico se queda mirándome con los ojos abiertos de par en par.

–¡Tío! ¡Eso era arte! ¡Te lo has cargado!

Paso de él, me giro hacia Julie y le digo:

–Se acabó. Nos largamos de aquí.

Julie me dedica una mirada gélida, pero nos hace un gesto para que salgamos de la zona de los fans. Han montado una enorme carpa blanca para los famosos. Allí, varios asistentes anotan sus nombres y preparan una gran entrada por la alfombra roja. Mantengo la mano en la espalda de Briar cuando entramos.

Dentro hay armado un buen revuelo. Hay hordas de famosas agrupadas con sus vestidos de noche, bebiendo champán y mirándose en espejos. Cada una de ellas viene acompañada de, como mínimo, un guardaespaldas, por lo que el pabellón está repleto de tíos enormes con traje negro y auriculares.

Briar se adueña de un vaso de agua y se retoca el pintalabios. Después Julie nos guía hacia la alfombra.

La prensa enloquece en cuanto aparecemos y grita:

–¡Estás impresionante, Briar! ¡Menudo vestido!

–¡Posa mirando por encima del hombro!

–¡¿Quién es el afortunado acompañante?!

–¡A tu izquierda, Briar! ¡Mira a tu izquierda!

–¡Sonríe para la cámara, cielo!

Los *flashes* destellan a nuestro alrededor mientras posamos delante del fondo con el logo de la película. Examino a Briar en busca de cualquier indicio de ansiedad, pero parece bastante tranquila. Esta noche está espectacular. Se ha puesto un resplandeciente vestido rosa y dorado que se le arruga a la altura de la espalda. Lleva el pelo suelto, que le cae, rubio y claro, en ondas, y un maquillaje ligero que la hace relucir. Tiene colorete en las mejillas y los labios húmedos y rosáceos.

En general, está increíble.

Briar se percata de que la estoy mirando y me da un tironcito del codo. Me acerco para que me hable al oído y tengo que apretar los dientes al inhalar la dulzura de su perfume. Huele a azúcar y vainilla. No es la clase de perfume que le pega a una mujer adulta, pero, por alguna extraña razón, eso me parece aún más dulce. Cuando viene a estos eventos y fulmina a la gente con la mirada como si fuera una zorra de hielo, el pelo le huele incluso mejor.

–¿Estás bien? –me susurra, y sus labios me rozan la piel.

–Sí. ¿Y tú?

Briar asiente.

–¡Venga, tortolitos! –grita uno de los fotógrafos–. ¡Un besito!

–¡Dale un beso! ¡Mira hacia aquí!

–¡Venga! ¡Queremos una buena foto de los dos!

Briar suspira contra mi cuello y me pregunta:

–¿Te parece bien?

–Claro –murmuro.

Y entonces ladea la cabeza y nuestros labios se rozan. Me quedo muy quieto. Los fotógrafos gritan, nos animan y hacen fotos. Yo intento ignorar la suavidad de sus pechos y su estómago cuando se pega aún más a mí.

Briar se aparta demasiado rápido y se vuelve hacia la multitud sin pronunciar palabra. Cierro los ojos durante un instante y me reajusto los pantalones para ocultar el problema creciente que tengo entre las piernas.

De repente, el auricular comienza a zumbar.

–Tenemos un problema –me murmura Kenta al oído.

Frunzo el ceño y me acerco corriendo a Briar. Ella me mira cuando nuestros cuerpos se juntan y se relame un poco.

–¿Lo has visto? –le pregunto.

–No, pero Colette acaba de avisarme de que X ha publicado una cosa en las redes sociales de nuestra princesa.

–Bueno, bien. Así el equipo informático tiene algo que hacer.

–No –responde Kenta, despacio–. Lo ha publicado desde las redes sociales de Briar. Ha hackeado dos de sus cuentas y ha subido la publicación haciéndose pasar por ella.

Mierda.

Briar se aleja un poco para que le hagan unas cuantas fotos solas, y yo me saco el teléfono del bolsillo para echar un vistazo a sus redes sociales. Entonces se me cae el alma a los pies.

–Pervertido de mierda... –gruño cuando veo esa polla achaparrada e hinchada en la pantalla.

Debajo de la foto viene un mensaje:

> Buenas noches, querida. Me encanta el pintalabios que te has puesto. Qué ganas tengo de metértela en esa boquita tan mona que tienes.

Vuelvo la vista hacia la alfombra. La mitad de los de la prensa ha sacado el teléfono. Veo que una de las reporteras se gira hacia su cámara y que señala a Briar. No me sorprende. Todas las cadenas deben de tener puestas alertas para no perderse las publicaciones que suban los famosos esta noche.

Se produce otro revuelo entre la prensa cuando sale la próxima famosa, y Julie aprovecha para sacarnos a Briar y a mí de la alfombra roja.

–Es X, ¿verdad? –me dice con la voz fría.

Asiento.

Se acerca a mí y se inclina por encima de mi brazo para ver el teléfono. Cuando lo aparto para que no lo vea, frunce el ceño y me fulmina con la mirada.

–Dime qué ha pasado. Estamos hablando de mi propia seguridad, de mi cuerpo. Tengo derecho a saber si estoy en peligro.

Carraspeo y le digo:

–X te ha hackeado la cuenta de las redes sociales y ha publicado... –Tuerzo el gesto–. Bueno, imagino que es una foto de su polla. Aunque parece más bien un hongo extraño con alguna clase de enfermedad.

Briar palidece bajo la capa de maquillaje.

–¿Qué? –susurra, y me coge el teléfono–. ¿Cómo es posible?

–No creo que quieras ver...

Briar hace un gesto con la mano para quitarle importancia.

–Me envían cientos de fotopollas al día –me suelta–. No creo que sea para tanto.

Me quita el teléfono de las manos y lee el mensaje. Se le tensa la mandíbula, y el cuello y las mejillas se le ponen rojos.

–Briar... –le digo con delicadeza, apoyándole una mano en la espalda.

–¡¿Que quiere que se la coma?! –grita–. ¡Ni de puta coña! ¡Se la voy a arrancar de un bocado y a escupirla! ¡Y después la aplastaré con un rodillo y se la pondré de lacito en los huevos!

Un par de reporteras se dan la vuelta y se quedan mirándola.

–Calla –le digo, mirando a nuestro alrededor–. Te van a oír, princesa.

–¡No pienso callarme! –me grita–. Si quiere humillarme en público, ¡no pienso cerrar la boca y sonreír! ¡Borrad eso! ¡Por el amor de Dios, pero si hay niños siguiéndome en esas cuentas!

Julie le apoya una mano firme en el brazo.

–Tranquilízate –le ordena en voz baja–. Pasa del tema. Te tocan las entrevistas y hay treinta y cinco medios de comunicación esperándote.

Briar cierra los ojos con fuerza e inspira hondo. Literalmente le tiembla el cuerpo al intentar contener las emociones.

De repente me acuerdo de cuando estuvo llorando en el sofá. Recuerdo lo que dijo aquella noche: «Da igual cuántas veces lave las sábanas porque sigo sintiendo la cama sucia... No puedo dormir. No puedo comer. Es como si las paredes se estuvieran estrechando a mi alrededor».

Mierda.

Briar suelta el aire despacio y abre los ojos.

–Vale –musita–, vale. No pasa nada.

–¿Puedes lidiar con la situación? –le susurro al oído.

Me mira irritada.

–Pues claro que puedo –me suelta–. ¿Crees que un pervertido me va a impedir hacer mi trabajo?

Y, dicho esto, sigue a Julie hacia la zona de la prensa.

26

Briar

Avanzo con las piernas temblorosas hacia donde me aguarda la prensa. Apenas siento la mano firme de Matt en la espalda. La cabeza me da vueltas. Voy a vomitar.

El primer periodista, un hombre con dentadura postiza, peluca y bronceado artificial, se inclina por encima de la barrera y me planta el micrófono en la cara. Clavo la mirada en la lente brillante que el cámara apunta hacia mí.

–Hola, Briar –me saluda–, esta noche estás espectacular.

Asiento levemente y aguardo a que prosiga. Lo último que me apetece ahora mismo es oír lo sexi que estoy. El reportero carraspea y me dice:

–Bueno, Briar. Estás a punto de cumplir veintinueve años, ¿no?

–Sí, mañana.

–Pues feliz cumpleaños por adelantado. Menudo año más movidito, ¿no? El estreno de *Players*, tu propia línea de cosméticos y, ahora, ¿un novio nuevo? –pregunta, mirando a Matt, que parece de piedra.

Asiento y sonrío con los dientes apretados.

–Sí, ha sido un año de lo más interesante.

–¿Dirías que ha sido una montaña rusa? –pregunta el reportero, acercándose más a mí–. Hemos estado siguiéndote la pista en las noticias y, por lo visto, parece que has captado cierta atención indeseada, ¿no?

–Yo no he captado nada –le suelto–. Esto no es culpa mía. No tiene nada que ver conmigo, ni con mi aspecto ni con cómo me visto.

Matt me apoya la mano en el brazo y me agarra con firmeza. El reportero parece un poco sorprendido y prosigue:

—Claro, claro —responde—. Hemos estado siguiendo tus redes y parece que hace apenas unos minutos tu acosador ha vuelto a actuar. ¿Te importaría explicarnos qué ha ocurrido?

—El caso sigue abierto —interviene Matt desde detras—. No hará ningún tipo de declaración hasta que no esté resuelto. Y solo lo hará si le apetece, evidentemente.

Julie frunce el ceño y nos mira a ambos.

—Bueno, no creo que haga falta que...

—No —la interrumpe Matt, y Julie guarda silencio.

Miro por detrás de Matt y veo a un par reporteros riéndose mientras observan el teléfono. Luego me miran a mí y susurran algo entre ellos.

La vergüenza me arde en el estómago. Se me emborrona la visión. Siento que el pánico se apodera de mí. Se me van los ojos de una cara a otra. No tengo ni idea de qué aspecto tiene X. Podría estar aquí mismo, listo para abalanzarse sobre mí.

Aprieto los dientes y aparto el miedo a un lado. Ya está. Se acabó. De pequeña, cuando era actriz, siempre había hombres adultos, más poderosos y mayores que yo, mangoneándome de un lado a otro. Me niego a que se repita la historia. Ni en broma. Si este tiparraco se cree que puede acosarme, intimidarme, arruinarme la vida, y que me esconda de él, lo tiene claro. No permito que los hombres me traten así. Nunca.

Así que hablo:

—En realidad —digo en alto—, sí que me gustaría hacer unas declaraciones sobre el hombre que ha estado acosándome.

Matt frunce el ceño y niega con la cabeza, pero el reportero parece encantado.

—¡Vaya! —Comprueba las tarjetas con sus preguntas y luego las arroja al suelo—. Dime, ¿qué piensas de este hombre?

—Pienso... —respondo, y hago una pausa para medir muy bien mis palabras— que es el ser más repugnante que existe sobre la faz de la Tierra.

Matt tuerce el gesto y el entrevistador deja escapar un silbido.

–Hala, no te has cortado un pelo, ¿eh?

–A ver, ya le he visto los genitales, así que yo diría que es él el que no se corta un pelo. No entiendo por qué tengo que ser educada cuando él es incapaz de no acosarme sexualmente.

–¿Te refieres a la foto que ha aparecido en tus redes sociales? Era su... O sea, era él, ¿no?

–¿Te refieres a esa babosa color carne de dos centímetros y medio? –le digo, y luego me encojo de hombros–. Mía no es.

–Briar... –me advierte Matt desde atrás–, para.

Paso de él.

–Sí, me refiero a ese hombre que lleva años enviándome asquerosas cartas de amor y que se masturbó encima de mí mientras estaba durmiendo. Por cierto, muchas gracias a quienquiera que filtrara aquella información a la prensa. Todo un detalle por tu parte, joder. Adoro que los peores momentos de mi vida se conviertan en entretenimiento sensacionalista para las masas.

El reportero mira de reojo a alguien que está a su derecha.

–Qué horror, Briar, pero me gustaría recordarte que estamos en directo. Si pudieras hablar con un lenguaje para todos los públicos...

–Y ahora acaban de informarme de que me ha seguido hasta Los Ángeles... –Frunzo el ceño–. Vamos a ver qué me ha puesto –añado, y sacó el teléfono para ver el mensaje–. Vaya, que quiere metérmela en la boquita. –Miro directamente a cámara y digo–: Mira, X, si tuviera la desgracia de meterme tu polla en la boca, jamás podrías tener hijos. Te la mordería tan fuerte que te la destrozaría. Quizá me desees, pero no sabrías ni por dónde empezar si tuvieras la oportunidad de acostarte conmigo. Te dejaría hecho papilla. Así que te sugiero que te des el piro y que salgas de ese mundo de fantasía propio de un perturbado en el que las mujeres desean a asquerosos como tú.

–Briar, basta –insiste Matt con tono urgente.

–¡No! –le digo, dándome la vuelta hacia él y alzando cada vez más la voz–. ¡No pienso aguantar nada más! ¡Esto no está bien! ¡Me da igual lo fan que se crea, si insiste en colarse en mi casa, que se vaya a la mierda! –Matt me agarra de la muñeca, pero me libero y me giro hacia la cámara–. Aunque, bueno, puede que me haya pasado un poco. Lo entiendo. Tiene que ser horrible que a las mujeres les den ganas de graparse el coño en cuanto te ven. Seguro que te sientes solísimo al ver que otros hombres tienen citas y que a ti no te queda otra que acosar a tus novias imaginarias desde lejos, esperando que no te vean la cara y llamen a la policía. Joder, tiene que ser superfrustrante ver que todas las chicas con las que hablas en las fiestas se cubren la copa de forma instintiva porque das putísimo asco y...

–Ya, se acabó.

Unos brazos me agarran de la cintura y grito cuando me levantan y me alejan del micrófono. El reportero se queda boquiabierto y el cámara sigue mi recorrido.

Pataleo e intento liberarme de Matt.

–¡Suéltame! ¡Estaba hablando!

–Pues ya no –me gruñe al oído–. Te he dicho que se acabó.

Me sube a su hombro y me aleja de la prensa, en dirección a la calle.

Le doy una patada en la espinilla y le clavó el tacón, pero ni se inmuta.

–¡Que me sueltes! –gruño.

Matt no me hace ni caso y se abre paso a la fuerza entre la multitud. Todo el mundo se da la vuelta para mirarnos. Los *flashes* de las cámaras centellean y la gente saca el teléfono para grabar cómo me llevan en volandas.

–¿Estás bien? –grita alguien desde atrás.

–¿Te está molestando este hombre?

–¿Quieres que llamemos a la policía?

–Intentadlo –les advierte Matt.

Le pego otra patada y le grito:

–¡Déjame en el suelo!

–¿Vas a volver a donde las cámaras?

—¡Pues claro! ¡Estaba hablando!

—Pues entonces no te suelto. Joder, ¡¿cómo puedes ser tan tonta?! —me pregunta, y lo noto agitarse debajo de mí.

—¡Me estaba defendiendo, gorila de mierda! ¡Suéltame!

Llegamos al bordillo, donde nos esperan Kenta y Glen junto al coche con expresión sombría. Matt me deja en el suelo y abre con fuerza la puerta de atrás.

—Entra —me ordena.

—¡No!

Se le congela la expresión. Tiene el rostro absolutamente impasible, pero soy consciente de la rabia que bulle en su interior. Me agarra con fuerza del codo y me dice:

—Entra antes de que te obligue yo.

—¡No he terminado de hablar!

Matt deja escapar un suspiro, me coge de la cintura, me levanta del suelo, me lanza hacia el asiento trasero y entra detrás de mí. Kenta y Glen hacen lo mismo y cierran de un portazo.

—Vaya por la ruta E —le ordena Matt al chófer.

El chófer frunce el ceño.

—Señor...

—¡Que arranques! —le ordena Matt.

—Pero... la autopista...

—No está a salvo. Ve por la ruta larga antes de que el pervertido que la acosa oiga toda las idioteces que Briar acaba de soltar en directo.

Estoy llena de rabia.

—¡No eran idioteces! —le suelto—. ¡Me estaba defendiendo! ¡¿Cómo te atreves a levantarme en volandas?!

—En el contrato que firmaste nos diste permiso para que empleáramos la fuerza para ponerte a salvo. Tú solita te estabas poniendo en peligro.

—¡Estaba respondiendo a una entrevista!

—¡No me has hecho ni caso! —me ruge, y un destello le cruza la mirada de ojos azules—. Te he dicho que dejaras de hablar con ese reportero, ¡y no me has hecho caso!

–¿Por eso te estás comportando así? ¿Te has enfadado porque no obedezco a ciegas todas tus órdenes?

Matt inspira hondo, pero le cuesta.

–Cuando firmaste el contrato, nos prometiste que dejarías que nos encargáramos de todo lo que respecta a la seguridad. Lo pusiste por escrito, joder. Pero, claro, a ti te importa todo una mierda, ¿no? Lo único que quieres es que la prensa te haga caso y tener la última palabra.

Estoy flipando.

–¿Te crees que lo he hecho para llamar la atención? ¡Lo he hecho porque estoy harta de que me acosen!

No me hace caso. Se gira hacia Kenta y le dice:

–Llama a la de relaciones públicas. Dile que mande un coche al hotel y que escriba una disculpa. Y que sea buena.

–Voy –responde Kenta, que se saca el teléfono y comienza a teclear.

Los miro a ambos, alucinada. No me creo que esto esté pasando.

–Pero ¿a vosotros qué coño os pasa? No pienso disculparme. ¡No he hecho nada! Es él el que se ha colado en mi casa, el que me ha seguido a otro continente y el que me ha hackeado las redes para publicar una puta foto de sus genitales...

–¡Da igual lo que haya hecho! –me grita Matt–. ¡Esto no tiene nada que ver con tu puto ego!

–No –respondo–, tiene que ver con que me está violando. ¿Cómo es posible que no veáis que tengo que tengo que defenderme? Matt...

Me acerco a él para agarrarlo del brazo, y Matt se gira hacia mí con el apuesto rostro deformado por la rabia y, de repente, se queda de piedra. Se le tensan todos los músculos del cuerpo. La mirada se le va, como si tuviera la mente en otra parte. Noto que tiembla un poco. El corazón casi se me sale por la boca al tiempo que el coche se sume en el silencio.

–Briar –me dice Kenta en voz baja–, suéltalo. Poco a poco.

27

Briar

Frunzo el ceño.

–¿Está...?

–Tú suéltalo –me ordena Kenta–, y retrocede con cuidado. Se moriría si te hiciera daño sin querer.

–No va a hacerme daño.

–No es probable, pero está teniendo un *flashback*, y nunca se sabe...

«Un *flashback*». La palabra me sacude entera y la culpa me inunda. ¿Es culpa mía? Intento retirar la mano, pero Matt me agarra de la muñeca y aprieta con fuerza. Sigue sin mirarme a mí, sino a algo que ve detrás.

–Matt –le dice Kenta con cautela–, suéltala.

La presión de sus dedos sobre mi muñeca disminuye. Giro la mano y los dedos sin soltarlo hasta que nuestras palmas se unen. No recuerdo la última vez que le sostuve la mano a alguien, pero sorprende lo natural que me resulta el gesto cuando le acaricio el dorso de la mano con el pulgar. Matt cierra los ojos y tiembla levemente. Noto el esfuerzo que le supone no moverse.

–No pasa nada –le digo en voz baja–. No pasa nada.

Poco a poco, abre los ojos y observa el coche, y luego se le hunden los anchos hombros. Kenta se inclina, saca una botella de agua de la neverita y se la tiende a Matt, que se queda mirándola como si no supiera qué hacer con ella.

–Está fría –le dice Kenta.

–Ya –murmura Matt–. Gracias. –Acepta la botella y se la lleva al cuello y a la mejilla–. Suéltame, Briar.

Obedezco, y separo los dedos cubiertos de sudor de los suyos justo cuando nos detenemos frente al hotel. Hay un grupo de paparazis esperándonos ante las puertas.

–Mierda –dice Kenta–, ¿cómo coño han averiguado dónde te alojas?

–Supongo que era cuestión de tiempo –comenta Glen con tono pesaroso.

Kenta se dirige a Matt y le pregunta:

–¿Crees que deberíamos irnos a otro sitio?

–No lo sé –responde Matt, que los mira con expresión imperturbable.

–¿Quieres que...?

Matt se pasa las manos por el pelo y se tira de él, nervioso.

–¡No lo sé! ¡No sé qué hacer, joder!

Kenta asiente.

–Vamos dentro –dice.

Glen y él me escoltan mientras cruzamos la acera entre los fogonazos de los *flashes* y los gritos molestos.

–¡Briar, estás guapísima esta noche!

–Briar, ¿hay algo más que quieras decirle a tu acosador?

–Briar, ¿por qué te has ido de repente de la rueda de prensa?

Me obligo a cerrar la boca, cruzamos las puertas de cristal del hotel y vamos directos al ascensor. Kenta utiliza una tarjeta especial para que nos lleve hasta nuestra planta (que está cerrada al público) y, mientras el ascensor sube, nos quedamos todos en silencio. Me encojo sobre mí misma. El ascensor parece demasiado pequeño para todos; me siento como si no hubiera suficiente oxígeno para los cuatro. Matt está en una esquina con el rostro imperturbable y tenso. Está más recto que un hilo, como un soldado.

Las puertas se abren y recorremos el pasillo enmoquetado hasta llegar a la *suite*. Cuando al fin estamos a salvo en el interior, inspiro hondo y me giro hacia Matt. Está apoyado con pesadez contra la pared y está descargando el arma. Tiene la frente perlada de sudor.

179

–Lo... –Me interrumpo. No sé cómo acabar esa frase. No lo siento, no del todo. No voy a disculparme por defenderme cuando me están acosando, pero lo siento por lo que sea que le haya pasado que le ha dejado esa mirada de terror. Lo siento si por mi culpa los recuerdos han aflorado.

–No es culpa tuya –me responde con la voz ronca–. No debería haberte dicho nada de la foto. –Tuerce el gesto–. Debería haberme imaginado que te pondrías así.

Cualquier simpatía que haya podido despertar en mí desaparece.

–Qué majo eres, Matt –le digo con los ojos entrecerrados.

–Duerme un poco –le aconseja Kenta–. Ahora le explico lo que ha pasado. –Matt duda y suspira–. Estás cansado por el desfase horario. Nosotros nos encargamos de todo. Redactará una disculpa.

No, ni de coña, pero seguramente ahora no sea el mejor momento para mencionarlo. Matt asiente con brusquedad y se marcha hacia el dormitorio que comparten los chicos.

Una vez que se va, es como si me quedara sin energía.

–No sé por qué estáis todos tan enfadados –murmuro, pasándome la mano por la cara.

Kenta asiente y responde:

–Lo sé, pero es culpa nuestra. Dimos por hecho que... que dejarías que nos encargáramos de tus declaraciones, pero, claro, es normal que quieras decir lo que piensas.

Parece agotado.

–Ya, bueno, es que soy una persona de carne y hueso que a veces habla –le digo.

Alguien llama a la puerta. Glen saca la pistola y observa a través de la mirilla. Después abre un poco la puerta y deja pasar a Julie.

Dejo caer los hombros. Estupendo, la cosa mejora.

Doy media vuelta y me dirijo hacia la nevera. La abro de par en par y examino el surtido de bebidas que nos ha proporcionado el hotel. Seguramente debería tomarme un vodka con agua o cualquier otra cosa igual de deprimente que no engorde;

sin embargo, ahora mismo me da todo igual, así que cojo un botellín de cerveza.

Julie aparece detrás de mí y cierra la nevera con fuerza.

–¿Qué coño te crees que estabas haciendo? –me pregunta hecha una furia.

Me encojo de hombros, abro el botellín con los dientes y paso de la cara de espanto que me pone. No sé si está más preocupada por los carbohidratos o las carillas dentales.

–Se lo tiene merecido. Si quiere mandarme fotos de su pito, que se prepare para que las comente. No es culpa mía que solo se haya ganado una estrella –respondo, pego un buen trago de cerveza y me desplomo en uno de los extremos del sofá.

–¡Les has dicho a tus fans que se vayan a la mierda! –me grita, rozando la histeria.

Le pongo los ojos en blanco. Vaya, así que eso es lo que le pasa, que he roto la regla número uno de las famosas: siempre tienes que parecer agradecida. Da igual que tus fans te están acosando por la calle, colándose en tu casa o masturbándose en tu cama.... Se supone que tienes que apretar los dientes y decirles lo mucho que los adoras y los aprecias. Estoy harta.

No adoro a mis fans. No los conozco. Me caen bien, me gusta que disfruten de mis pelis y no me importa firmar autógrafos o lo que sea, pero eso no me convierte en propiedad pública. Sigo teniendo límites. Soy un ser humano que debería poder decirle a su acosador sexual que se vaya a la mierda.

Julie bufa, se planta justo delante de mí y me coloca el teléfono ante las narices.

–He escrito una disculpa. Dale el visto bueno.

Observo la pantalla.

–¿Quieres que escriba una disculpa en la app de las notas? Sabes que todo el mundo se burla de esas cosas, ¿no?

Julie me fulmina con la mirada y me responde:

–No pienso cagarla, Briar. Ni el estudio ni el diseñador del vestido ni tu equipo de seguridad están contentos, así que dale el visto bueno para que pueda publicarla y todos podamos seguir con nuestras vidas.

Siento una punzada de culpabilidad cuando menciona al estudio. Me importa una mierda lo que piensen los chicos, pero hay gente que ha trabajado muy duro para que esta peli salga adelante. No quiero que el fin de semana del estreno gire en torno a mí, así que leo la disculpa.

> Sé que muchos habéis sido testigos de la crisis que he tenido esta noche en la rueda de prensa de *Players*. Quisiera disculparme por las palabras que he empleado. El desfase horario y el cansancio me están matando. Adoro a toda la gente que me apoya y pienso que todo el mundo merece amabilidad, empatía y una segunda oportunidad. Me gustaría pedirles educadamente a mis fans que respeten mi privacidad y espero que todos y todas vayáis a ver *Players* este fin de semana. Muchas gracias por vuestra comprensión. Os quiero.

—Menuda sarta de gilipolleces —le digo sin cortarme un pelo—. Cualquiera que lo lea sabrá que no son más que gilipolleces.

—Da igual —responde ella, que me vuelve a plantar el teléfono en la cara—. Dale el visto bueno.

—Hazlo, cielo —me aconseja Kenta—. En serio, tienes que disculparte.

Niego con la cabeza y siento la rabia creciendo en mi interior.

—¡No! ¡Todo lo que he dicho iba en serio! ¡Si me disculpo, tan solo lograré que ese tipo se crezca!

Julie resuella y responde:

—Entiendo que estés enfadada, pero tienes casi treinta años. ¿Tanto te cuesta comportarte con un poquito de decoro?

Cierro los ojos y le pego otro trago a la cerveza. Estoy que echo chispas.

Llevo en esta industria desde que era niña y he aprendido que, si no quieres que se aprovechen de ti, tienes que saber defenderte. Ni el equipo de relaciones públicas ni el de seguridad ni el director ni tu representante ni tu agente te van a ayudar, porque cada uno de ellos tiene sus propios intereses. Todos te miran como un producto que quieren vender. La única persona que de verdad puede cuidar de mí soy yo. Así que sí, cuando alguien me jode, me pillo un buen cabreo, y pienso que todas deberíamos hacer lo mismo.

–Me estoy enfadando de veras –le advierto–. ¡No pienso hacer ninguna declaración! No vuelvas a pedírmelo.

–Por favor –me suplica Glen en voz baja.

Me vuelvo hacia él.

–No me vengas con esas. Has permitido que tu compañero me levantara por los aires y me apartara de una entrevista que estaba concediendo solo porque no le gustaba lo que estaba diciendo. ¿Tienes idea de lo irrespetuoso que ha sido? Intentaba defenderme, y entonces G.I. Joe ha decidido que estaba siendo demasiado dura con el tipo que lleva semanas arruinándome la vida, que ha estado asustándome, amenazándome y que, además, se ha colado en mi casa. Todo el mundo quiere que me calle y sonría. Es lo único que quieren desde que cumplí los trece años. Ni uno solo de vosotros sabe lo que siente al tener que estar siempre... –No termino la frase. Noto que se me hace un nudo en la garganta por culpa de las lágrimas. Mierda. Niego con la cabeza–. Mirad, da igual –murmuro, y me dejo caer sobre los cojines del sofá–, pero no voy a hacerlo.

Se produce un breve silencio.

Kenta da un paso adelante, se sienta a mi lado en el sofá y se pasa una mano por el pelo. Se lo ha soltado y le cae alrededor de la cara. Está muy guapo, lo cual me enfada aún más.

–Creo que no estamos tratando todo este asunto desde el enfoque correcto –me dice con tono gentil–. Briar, ¿por qué crees que Matt te ha sacado de la entrevista?

–Porque creía que estaba montando un numerito –farfullo–, que no estaba siendo elegante.

–No. No ha sido por eso. –Me examina durante un momento y luego añade–: Creo que deberíamos hablar de la psicología del acoso.

Le doy otro trago a la cerveza.

—Te dije que ya iba a una psicóloga.

—No hablo de que te acosen, sino de la psicología de los propios acosadores. La gente como X tiene unos rasgos psicológicos muy marcados.

Cierro los ojos. Odio toda esta mierda. ¡La odio!

—Mira, me da igual que sea un alma torturada o que esté deprimido o lo que sea, ¿vale? Me da igual que tenga ansiedad social, que sea huérfano o que sus padres se divorciaran cuando era pequeño. Ninguna de esas putadas justifica que se comporte como se comporta. —Arranco la etiqueta de la cerveza—. Seguro que tiene algún tipo de trastorno psicológico, pero no soy su terapeuta ni su madre, soy su víctima. Y me parece muy feo pedirle a una víctima que empatice con alguien que le está haciendo daño. Tengo derecho a enfadarme con él.

Kenta deja escapar un leve gruñido.

—Joder, Briar, no iban por ahí los tiros. —Estira el brazo hacia mí y me da la mano. Este contacto inesperado me sorprende. Tiene la palma fría y suave—. Sé que estás enfadada —me dice—, y tienes derecho a estarlo. Y si quieres ir al gimnasio para liberar un poco de energía y hablar luego, por mí bien, pero créeme cuando te digo que no te culpo de nada de lo que está haciendo X —me dice, y veo la sinceridad en esos ojos marrones que me miran fijamente.

Me doy cuenta de que le creo. De veras.

Desde que tenía dieciséis años, la gente ha estado echándome la culpa de cosas sobre las que yo no tenía ningún tipo de control. Sin embargo, no creo que este hombre lo haga. Ni por asomo.

Inspiro hondo por la nariz y le digo:

—Nada de gimnasio. Vamos a comer algo y me dices hasta qué punto la he cagado.

28

Briar

Media hora más tarde, Kenta y yo estamos despatarrados en el sofá con ropa cómoda, inclinados frente a una pila de papeles. La mesita auxiliar está llena de platos de *sushi* vegano y tazones humeantes de miso. Glen se ha ido para hablar sobre los nuevos detalles de seguridad con el gerente del hotel, y Julie ha vuelto a su *suite*, que está al final del pasillo. No sé nada de Matt, así que imagino que aún está durmiendo.

Me he quedado sola con Kenta.

El hotel tiene un balcón y, aunque no me dejan salir (por lo visto, por riesgo a que haya francotiradores), las vistas desde las puertas de cristal son impresionantes. Se avecina una tormenta y el cielo adquiere un tono morado cada vez más intenso a medida que las nubes negras se concentran sobre Hollywood Hills. La luz extraña acaricia el rostro anguloso de Kenta y le tiñe la piel de plata y lila.

Lo observo mientras examina sus notas. El pelo, largo y oscuro, le cae alrededor de la cara. Me gusta cómo se mueve. Todos sus gestos y movimientos son firmes y fluidos. Son elegantes. Hasta tiene una letra clara y bonita. Observo la fuerza con la que sujeta el boli y un arrebato de anhelo me recorre el cuerpo. Recuerdo que anoche lo empujé contra la pared. Recuerdo su boca cálida contra la mía. Me imagino esos dedos fuertes dentro de mí.

—¿Briar? —me pregunta, y vuelvo de golpe a la realidad. Kenta me dedica una sonrisa amable, como si supiera exactamente en qué estaba pensando—. Imagino que estarás cansada. Intentaré ser breve.

–Perdón.

Carraspeo y cambio de postura. Nuestros brazos se rozan, y se le han tensado los músculos, así que él también lo nota, aunque no diga nada. Entonces señala el diagrama que ha dibujado en la libreta y me explica:

–Los acosadores como X, que tienen fantasías románticas obsesivas con desconocidos, son gente con muy poco poder para los estándares de la sociedad –me dice, y anota algo–. No suelen ser guapos ni ricos ni fuertes. No tienen muchas habilidades sociales y casi no tienen familia o amigos. A menudo no tienen empleo o, si lo tienen, están mal pagados.

No entiendo de qué manera eso podría justificar que alguien me esté acosando, pero me callo y dejo que hable.

–Para luchar contra esta sensación de indefensión –prosigue–, se montan películas mentales. Así se sienten importantes y creen que tienen el control en un mundo que, por norma general, no suele prestarles demasiada atención. Es evidente que X se ha montado una película en la que ambos estáis enamorados.

–Pero no es verdad, y debería dejarle las cosas claras.

Kenta niega con la cabeza.

–Si estuviéramos hablando de alguien normal, estaría de acuerdo con que lo rechazaras, pero los acosadores de este tipo suelen ser gente bastante inestable. No gestionan bien los rechazos. –Estira el brazo hacia una pila de papeles, saca un libro y me lo tiende. Leo el título: *Cuando el amor se convierte en obsesión: un estudio clínico de la conducta de los acosadores de famosos*. La imagen de la cubierta muestra la silueta de un hombre que acecha entre las sombras con una pistola en la mano–. Matt no quería que te diera esto –me dice Kenta–. Me dijo que te pondrías paranoica, pero creo que te vendrá bien saber a qué te estás enfrentando.

–Desde luego.

Kenta asiente.

–En el capítulo trece habla de un fenómeno que los psicólogos llaman «la devaluación». En resumen, X se ha obsesionado contigo porque toda la película que se ha montado es que tú vas a acabar queriéndolo; sin embargo, cuando lo has rechazado, le has destrozado esa fantasía y cualquier sensación de control o poder que cree tener. Esta noche, en la alfombra roja, le has dicho al mundo entero que X se equivoca, que no es fuerte, que no es importante y que no merece amor.

—No he dicho ninguna mentira —murmuro mientras paso las páginas.

Kenta asiente.

—Cuando alguien rechaza a un acosador que tiene una obsesión romántica, la obsesión no desaparece. Normalmente se produce un giro de ciento ochenta grados. Dejas de ser un ángel al que idealiza y te conviertes en lo contrario: un demonio.

—Entonces, ¿he perdido valor? —pregunto.

—Exacto, pero el problema es que sigues apareciendo en las revistas. Sigues ganando dinero. Sigues en la alfombra roja. Son cosas que podrían enfadarlo si cree que no te mereces todo ese reconocimiento. En su mente has perdido valor, así que puede que quiera que también lo pierdas para los demás. Podría hacerte daño o acabar contigo.

Entonces alzo la mirada.

—Creéis que podría asesinarme...

—No hay que descartar la posibilidad —me responde con el rostro sereno—. Mira a John Lennon, a Selena, a Christina Grimmie... Ocurre a menudo, más de lo que la gente cree. Por cada famoso al que asesinan, hay miles de intentos fallidos. ¡Miles!

Asiento. Lo sé. Los famosos más *top* que conozco tienen asistentes que llevan vendas de las que usan en el Ejército allá donde van. Trago saliva y vuelvo a observar la cubierta del libro. La silueta oscura de ese hombre parece estar mirándome.

Kenta me apoya la mano en la mí.

—Estoy intentando no asustarte —me dice con tono amable.

—Pero debería estar asustada, ¿no? Porque es lo que quiere. Dejo el libro, saco el teléfono y le mando un mensaje a Julie.

BRIAR: Publica la disculpa.

Julie responde al momento.

JULIE: Ya está.

Suspiro, suelto el teléfono y cojo los palillos.

—Hala, disculpa publicada. ¿De verdad crees que servirá?

Kenta se encoge de hombros.

—Nunca se sabe. Cuanto más reduzcamos los daños, mejor.

—Menuda gilipollez –murmuro–. Me ha tocado redactar una disculpa falsa para no herir los sentimientos de un cerdo. No lo soporto. –Intento coger un trozo de *sushi* de aguacate, pero me tiemblan los palillos y se me cae la mitad del arroz. Me llevo a la boca lo que queda del aguacate antes de que también se me caiga–. ¿Cómo sabes todas estas cosas de psicología? ¿Las aprendiste en el Ejército?

Kenta niega con la cabeza.

—En la universidad. Me gradué en Psicología a los veinte, pero no soportaba tener que pasarme el día hincando los codos. Me alisté en cuanto acabé el último examen. –Le da un sorbo a su bebida y me observa–. Seguí formándome en el Ejército y, cuando lo dejé, estudié un máster. Saber cómo funciona la mente de la gente es de lo más útil en este campo.

—Serías un buen psicólogo. Yo te pagaría para contarte mis problemas. –Cojo el arroz que se me había caído en el plato, pero se me vuelve a resbalar entre los palillos. Lo fulmino con la mirada y se lo clavo. Kenta no dice nada, pero me fijo en que me mira las manos y sonríe–. ¿Qué pasa?

—Nada –responde, agachando la cabeza–. No tienes ni idea de cómo se usan, ¿no?

—Lo he estado intentando mínimo dos veces por semana desde hace quince años –respondo con pesar.

A Kenta se le ensancha la sonrisa.

—Mira, así.

Se acerca a mí, me toma la mano y me recoloca los dedos con

188

cuidado. Su pelo me roza la mejilla y, cuando inspiro hondo para oler su colonia, siento calor en mi interior. Me inclino hacia él y me pego contra su costado, y, entonces, sus ojos oscuros se posan en los míos. No decimos nada durante varios instantes. Poco a poco, me suelta los dedos y se recuesta.

–Gracias –le digo.

–¿Por?

–Por dejar que me enfade, y por explicarme las cosas como a alguien normal y no como a una idiota, y por... –Bajo la mirada hacia los palillos–. No sé. Por tratarme como si estuviera a tu mismo nivel.

Una expresión de confusión le cubre el rostro.

–¿Qué quieres decir? Pues claro que lo estás.

Niego con la cabeza.

–Matt se cree que soy estúpida y Glen... Sé que solo está haciendo su trabajo, pero, por cómo me trata, cualquiera diría que soy de cristal.

Kenta tuerce el gesto.

–Ya, bueno. Los dos se ponen un poco cavernícolas cuando tienen que trabajar como escoltas. Les gusta tomar el control de los clientes para protegerlos.

–¿Y tú no?

Me mira. De repente se ha puesto serio.

–Eres inteligente, Briar. Conoces esta industria mejor que nosotros, y sabes apañártelas muy bien. No eres una damisela en apuros y es evidente que puedes defenderte por ti misma, al menos verbalmente –añade, y tuerce la boca.

–¿De verdad crees que soy inteligente?

Frunce el ceño.

–Pues claro. Eres una actriz y una diseñadora de productos que ha cosechado un gran éxito; además posees varias empresas y has fundado varias asociaciones benéficas con... ¿Cuántos años tienes? ¿Veintiocho?

–La mayoría de la gente cree que soy una rubia tonta del bote solo porque me tiño y me gusta hacerme la manicura.

Kenta arquea las cejas.

—No me había dado cuenta de que existiera una correlación entre la inteligencia que posee una persona y la asiduidad con la que se hace la manicura. Si es que ni siquiera sé hasta qué punto nos necesitas. Llevas años defendiéndote tú sola.

Se me seca la boca. De repente, me siento completamente desnuda. Es como si fuera la primera vez que alguien es capaz de ver más allá de mi personaje.

—¿A qué te refieres?

Kenta alza un hombro.

—A la ropa que te pones, a tu forma de comportarte... A que les haces un corte de mangas a los paparazis y a que te niegas a sonreír en las fotos. A las peleas. Venderte como una «diva famosa» es muy inteligente. No tienes que preocuparte por la opinión del público, puedes limitarte a hacer lo que más te conviene, ¿no? Tu mala reputación es parte de tu encanto. A la gente le chiflan las villanas.

Trago con dificultad. Siento el latido del corazón en los oídos. Al final, logro decirle:

—Cuando intentas gustarles a cientos de millones de personas, te controlan. Controlan cómo hablas, actúas y piensas. No lo soportaba más. Casi acaba conmigo.

Kenta me examina el rostro como si buscara algo.

De repente retumba un trueno, y pego un brinco cuando las gruesas gotas de lluvia comienzan a aporrear la ventana. Supongo que al fin nos ha alcanzado la tormenta.

—Joder. —Me llevo una mano al corazón desbocado—. Qué susto.

Kenta no aparta la mirada.

—No pasa nada —me dice en voz baja, acariciándome la barbilla con la mano.

Me quedo paralizada. Poco a poco, Kenta se acerca y nuestros labios se rozan en el mismo instante en que el resplandor blanco de un relámpago parpadea en la habitación.

Es el beso más dulce que me han dado nunca. Nuestras pieles

apenas se rozan, lo cual, por alguna extraña razón, me parece aún más sexi. Quiero más. Me acerco a él con delicadeza, pero Kenta se aparta y se mantiene lejos de mi alcance.

–No te muevas –me dice en voz baja.

Y no me muevo. Me quedo ahí sentada, con el pulso acelerado, y espero. Anoche era yo la que estaba al mando. Y me gustó. Mucho. Pero ahora... ahora quiero ver qué es lo que quiere él.

Y lo que quiere es ser delicado.

Se acerca a mí y me acaricia la clavícula con el dedo. Un cosquilleo me recorre la piel y se me cierran los ojos. Lo siento en todas partes: su brazo cálido roza el mío, el algodón suave de su camiseta me roza el pecho a través de la ropa. Nuestras bocas vuelven a encontrarse y saboreo la dulzura cálida del *whisky* que ha estado bebiéndose. Me da un beso en el arco de cupido, luego otro en el labio inferior y me repasa los labios a besos. Cuando la lujuria me invade, se me escapa un suspiro.

–Me gusta –musito, y Kenta me separa los labios con delicadeza y siento que sonríe contra mi boca.

–Creía que te iba el rollo duro –murmura, acariciándome el brazo. Una descarga me recorre entera y se me pone el vello de punta–. La otra noche me pareció que insististe bastante.

–Me gustas –le confieso–. Mucho más de lo que esperaba.

Se le escapa un ruidito y su boca se vuelve más exigente. Siento la urgencia creciendo en mi vientre, pero la ignoro y dejo que el beso siga siendo lento y apasionado. Me acaricia el rostro, me ladea levemente la mejilla y luego me muerde con cuidado el labio inferior y lo chupa hasta metérselo en la boca. Dejo escapar un grito ahogado y me acerco a él.

Un grito irrumpe en la estancia. Abro los ojos de par en par, me aparto y miro hacia el dormitorio de los chicos. Suena como si estuvieran matando a alguien ahí dentro.

¡Matt!

29

Briar

A Kenta se le escapa una palabrota, se levanta de un salto y echa a correr. Durante varios segundos, me quedo paralizada en el sofá. No sé qué hacer. ¿Habrá entrado alguien en la *suite*? ¿Debería esconderme?

El grito se interrumpe y Kenta murmura algo. No parece asustado, sino más bien... como si intentara tranquilizar a alguien. Me levanto del sofá y lo sigo hasta el cuarto. Al abrir la puerta, me encuentro con un dormitorio a oscuras. Tras las cortinas abiertas se ve el cielo tormentoso de Los Ángeles. Un relámpago centella e ilumina a Kenta, que está junto a la cama hablando en voz baja.

—No pasa nada, tío. Estás bien.

Oigo unos sollozos ahogados, y me siento como si acabará de tragarme un cubito de hielo.

—¿Qué le pasa? ¿Está herido?

Kenta mira por encima de su hombro.

—Está bien, Briar. No hace falta que veas esto.

Paso de él y entro en el cuarto. Matt está sentado en la cama, encorvado, y le cuesta respirar. Tiene a Kenta agarrado del dobladillo de la camisa, como si tratara de impedir que se fuera.

—¿Qué pasa? —pregunto de nuevo.

Kenta deja escapar un suspiro.

—Nada. Terrores nocturnos. Últimamente han aumentado. —Después tuerce los labios—. Es un bonito recuerdo del tiempo que estuvimos en el Ejército.

Matt suelta a Kenta y se pasa una mano por la densa mata de

pelo. Aún lleva los pantalones del traje y una camisa arrugada. Tiene la piel roja y cubierta de sudor.

—Briar... —me dice con voz ronca—, lo siento.

Me quedo mirándolo.

—¿Por? ¿Te has meado en la cama? No pasa nada, no me importa tener un guardaespaldas con incontinencia.

Me mira respirando fuerte. El rubor le trepa por el cuello y las mejillas. Parece que se siente humillado, y no entiendo el porqué. Kenta me mira incómodo, como si se avergonzara de que esté aquí.

—¿Qué pasa? ¿Por qué me miráis así?

Matt se traga otro jadeo y deja caer la cabeza.

—Perdona por que hayas tenido que verme así.

Me quedo boquiabierta.

—¿Como que perdón por haberte visto así? ¿Qué coño quieres decir? Verlo no me supone nada. Soy yo la que siente que tengas terrores.

Matt niega con la cabeza. La vergüenza le cubre el rostro.

La rabia se apodera de mí.

—Por el amor de Dios —murmuro, y avanzo—. ¿Me das un abrazo?

La pregunta lo pilla por sorpresa y se queda de piedra.

—¿Qué?

—¿Un abrazo? No creo que te hayan dado muchos, pero seguro que sabes lo que son. Dame uno.

Matt parece enfadarse...

—No me hace falta ningún...

—Me da igual. A mí sí. Tienes razón. Ver que tienes pesadillas me ha traumatizado tanto que necesito consuelo. Abrázame.

Se queda quieto durante un instante y, dudando, abre los brazos. Me subo a su regazo y me acurruco contra su pecho. Por el rabillo del ojo veo que Kenta sonríe y que cierra la puerta tras salir del cuarto. Escondo el rostro en el cuello sudado de Matt.

—No te disculpes, idiota.

—Creía que se suponía que eras una zorra —murmura, y me apoya una mano en la espalda con delicadeza.

—Y lo soy. —Apoyo la mejilla contra su pecho y frunzo el ceño—. Una chica maja no te habría llamado idiota, ¿no? —Matt me dedica una sonrisa tensa, pero parece que aún está avergonzado. Qué frustrante—. ¿Por qué te da tanta vergüenza? A mí me dio un ataque de pánico y me caí al suelo en un cuarto de baño delante de tus narices. Por lo que he podido averiguar sobre vuestro antiguo trabajo, lo raro sería que no estuvieras traumatizado. —Le agarro la mano y me la llevo a la cabeza—. Me estás abrazando como si fueras un maniquí. Acaríciame el pelo.

A Matt se le escapa la risa y empieza a acariciarme.

—En el Ejército no se habla de estos temas. La gente no se fía de que lleves armas si estás mal de la cabeza.

—Bueno, pero ya no estás en el Ejército. Ahora trabajas para mí, así que deja de ser tan raro. Es un incordio.

A Matt se le escapa la risa otra vez.

—¿Cómo consigues que todo gire en torno a ti?

—Soy una diva egocéntrica, ¿no?

Lo empujo y ambos nos tumbamos. Nos quedamos quietos durante un momento. Siento que el pulso se le calma a través de la camisa empapada.

No sé muy bien qué estoy haciendo. Sigo enfadada con Matt, pero puedo estar enfadada y preocuparme por que lo esté pasando mal.

—Perdona por gritarte —musita contra mi pelo—. De verdad, lo siento mucho.

—Kenta me ha explicado por qué la cagué, aunque podrías haberme tratado como a una persona normal y explicármelo en vez de sacarme de allí como si fuera una niña que se ha portado mal.

Matt asiente despacio.

—No ha sido culpa tuya. No lo sabías. Lo siento. No... —Se relame—. Me han mencionado que me pasa esto cuando me vienen los *flashbacks*. No soporto estar rodeado de gente, de modo que me pongo hecho un animal para que se alejen. No es mi intención, pero supongo que me abrumo.

–Espera. –Me separo de él para mirarlo–. ¿Me estás diciendo que no eres siempre tan capullo?

–No, sí que lo soy –reconoce–, pero desde que nos conocemos solo has visto mi peor versión. Lo siento –añade, trazando un círculo sobre mi espalda.

–No me pidas perdón. Me parece tierno. –Me pego a él–. Los dos tenemos mecanismos de supervivencia poco sanos. ¿No te parece adorable?

Matt se medio ríe. Fuera la tormenta ruge. Cada vez llueve más y las gotas azotan las ventanas, que van desde el suelo al techo.

–No es justo –comento, observando el horizonte gris–. Vuestro cuarto tiene mejores vistas. ¿Es que tengo que recodaros que aquí la importante soy yo? No vosotros, que sois gente normal que no le importa a nadie.

–La tuya da a la parte de atrás del hotel –protesta Matt–, para reducir las amenazas.

–Ah. –Un trueno retumba y Matt se sobresalta. Todo el cuerpo se le pone rígido. Le apoyo la palma en el pecho y le acaricio hasta que vuelve a relajarse–. ¿Qué es lo que desencadena los terrores?

Matt niega con la cabeza con un poco de brusquedad.

–En verdad no hay nada que puedas hacer. Es... –Se interrumpe y tensa la mandíbula–. Los lugares húmedos. Algunos olores. La voz de Glen, a veces, sobre todo cuando grita. Supongo que por eso no habla tanto últimamente. A veces basta con que divague un rato, pero no es como si le dieras a un botón. Puedo estar bien durante unos meses y, de pronto... –Enarca una ceja.

Intento procesar toda la información.

–Olores, ¿eh? ¿Hay alguno mío que te moleste?

Matt se ríe por la nariz.

–Sí, el Chanel N°3 me trae muy malos recuerdos –bromea–. No, princesa. Me pasa sobre todo con la sangre.

–¿La sangre? ¿Qué eres? ¿Un tiburón?

–Si hay bastante, la huelo con claridad. A veces es como si no pudiera desprenderme del olor. –Hunde la cara en mi pelo–. Tú siempre hueles a tarta –me dice con voz ronca.

Me adapto a su cuerpo y siento su aliento acariciándome el cuello.

–¿Hay algún detonante más?

–El... –dice, y tuerce el gesto porque no soporta la palabra– peor de todos es una sensación. Una emoción. Sentir que he cometido un error y que alguien va a salir mal parado por ello.

No digo nada.

Matt respira hondo.

–La última vez que estuvimos de servicio, fui el líder de la patrulla. Los demás seguían mis órdenes, y la cagué. Cometí un error. Nos atraparon, nos encerraron y nos torturaron hasta que llegó un equipo de rescate de rehenes. Sin embargo, nuestros captores solo torturaron a los otros. A mí no. Los... los mataban de hambre, y a mí me obligaban a comer delante de ellos. Si me negaba, les daban palizas. Los asfixiaban. Les hacían cortes. Mataron a Damon, mi compañero, ante mis propios ojos. Tardaron semanas en hacerlo. Jamás pensé que sentiría alivio al ver morir a un amigo.

El terror me invade. Ni siquiera quiero imaginarme lo que tuvo que ser para él. Hay cosas demasiado oscuras como para pensar en ellas siquiera.

–¿Cuánto tiempo os tuvieron encerrados? –le susurro.

La situación le supera. Abre la boca, pero entonces la cierra con fuerza y se le paraliza el cuerpo entero. Permanezco inmóvil entre sus brazos y respiro despacio hasta que Matt vuelve a tranquilizarse.

Tiene los ojos anegados de lágrimas. Está temblando.

–Lo siento –murmura mientras se enjuga las lágrimas–. Joder. Unos cuantos meses.

–¿Quieres que vuelva a llamarte idiota? –le propongo.

Matt cierra los ojos.

–Sí, por favor.

–Vale, idiota. –La palabra surge con demasiada dulzura. Me doy la vuelta y alargo el brazo para acariciarle las mejillas sonrosadas–. Kenta me ha dicho que estás peor que antes.

–Kenta debería callarse la boca.

–Se preocupa por ti.

Guarda silencio durante un rato, y entonces me dice:

–Durante los últimos cuatro años no he estado tan mal. Antes tenía un par de *flashbacks* al mes, pero esta última semana los tengo todos los días. Varias veces. –Se le rompe un poco la voz y carraspea–. No... no sé qué me pasa.

Un relámpago centella fuera y lo ilumina. Durante un instante no parece mi guardaespaldas, ese tipo grandote y fuerte, ni tampoco un exsoldado, sino un niño asustado. Se me parte el corazón al verlo y le acaricio el pelo.

–¿Y no quieres ir a terapia?

Matt coge aire entre los dientes.

–Joder, no me vengas tú también con esas. Kenta no deja de darme la brasa con el tema. No, no quiero.

–¿Por? Pero si es una maravilla. Yo voy cada dos por tres.

–¿Tengo que justificártelo? –me suelta–. Estamos hablando de mi cerebro, joder, y no quiero que nadie se ponga a hurgar ahí dentro en mis asuntos personales.

Habla con tono enfadado, pero no se separa de mí. Yacemos en silencio durante un rato. Me pesan los párpados. Siento su aliento cada vez más intenso contra el cuello, como si estuviera a punto de quedarse frito.

–¿Y si es por mi culpa? –le susurro.

–¿Qué? –responde él con una mueca.

–Creo que es culpa mía que los síntomas del trastorno de estrés postraumático hayan empeorado.

Matt se ríe por la nariz.

–A ver, explícame tu teoría. No te pareces a ninguno de nuestros captores, princesa –me dice, y estira la mano para acariciarme el pelo–. Bueno, de cara puede que un poco, pero ninguno era rubio.

–Qué gracioso. Pero las fechas encajan, ¿no? –Froto los dedos contra el dobladillo de su camisa–. Te pusiste peor después de conocerme.

–Seguro que solo es el estrés de tener que lidiar con alguien tan espantoso –me responde con tono seco–. Me pones de los nervios.

Me doy la vuelta para mirarlo a la cara.

–Pues claro, ¿no? A eso me refiero. Creo que, cuando te preocupas por mi seguridad, salta el detonante de que, si cometes un error, acabaré mal parada.

Matt niega con la cabeza.

–Lo que dices no tiene sentido. Jamás me ha pasado con ningún cliente, y llevo años en el negocio.

Sonrió contra su piel.

–Pues, entonces... –le digo con tono despreocupado–, debe de ser que te preocupas por mí.

Matt suelta un bufido.

–Te aseguro que no.

–¿No? Pues venga, explícame tú qué te pasa. –Le acaricio la clavícula con la nariz–. Creo que tengo razón, que te preocupas por mí.

–Que no.

Le acaricio el cuello con la nariz.

–Creo que te gusto.

Se le tensa la mandíbula y aprieta los dientes.

–No eres más que una clienta.

–Ah, ¿sí? Antes te has enfadado mucho –le digo, y le acaricio el pelo–. Casi como si sintieras algo por mí.

–Quedaríamos fatal si tu acosador te asesinara. Eres muy famosa. Jamás me quitaría esa mala reputación de encima.

Deslizo la mano por el cuello de la camisa y jugueteo con los botones.

–Creo que te pones malo solo de pensar que me pueda pasar algo –murmuro. Matt no responde y observa cómo le desabrocho el botón del cuello–. Porque, aunque digas que soy una mandona –prosigo y le desabrocho otro botón, con lo que revelo un triángulo de piel morena y firme–, una malcriada –continúo y desabrocho otro– y una diva –añado, deslizando la mano bajo la tela fina de la prenda y viendo cómo se estremece–, creo que en verdad te gusto –le susurro.

De repente estira el brazo y me coge de la mano. Observo nuestros dedos entrelazados y el corazón comienza a latirme con fuerza.

–Tienes razón –me dice con voz ronca y una mirada ardiente–. Me pongo malo solo de pensar que te pueda pasar algo, Briar.

Siento que algo se aligera en mi interior. Extiendo la mano sobre su pecho desnudo y le digo:

–Te prometo que intentaré no meterme en líos.

A Matt se le escapa la risa.

–No podrías hacerlo ni aunque te fuera la vida en ello.

–He dicho que lo voy a intentar.

Matt le da la vuelta a mi mano y me acaricia la piel delicada de la muñeca con el pulgar.

–¿Te he asustado? –me pregunta en voz baja.

–¿En el evento? No, lo que me has dado son ganas de sacarte un ojo con el tacón.

–Ya sé que lo estabas intentando con tus patadas. –Entonces niega con la cabeza–. Me refería a cuando he gritado.

Frunzo el ceño.

–Tú no. Me he asustado porque creía que alguien te estaba haciendo daño.

Matt tuerce el gesto.

–Anda, si parece que tú también te preocupas por mí.

Niego con la cabeza.

–Yo no lo tengo tan claro.

–¿Estás segura? Porque estás aquí, en mi cama, entre mis brazos, abrazándome porque he tenido una pesadilla. –Intento apartarme, pero Matt me agarra con fuerza–. No parece la clase de gesto que tendrías con alguien a quien odias.

–No te soporto –le informo con delicadeza.

Matt se acerca hasta que sus labios me rozan la oreja. El aroma dulce y tenue que emana de su ropa me abruma.

–Ya, claro.

–Te lo digo en serio. Eres un gilipollas...

–Y tú una diva –me responde como si nada.

–Pues tú eres condescendiente y un mandón.

–Tú también.

–No soy mandona –le digo con el ceño fruncido–, soy tu jefa, idiota.

–Eres caprichosa –prosigue–, exigente...

–No soy exigente, soy asertiva. Eres un puto machis...

Pero no termino la frase porque, de repente, Matt nos da la vuelta y me pega contra el colchón. Siento su calor y su fuerza sobre mi cuerpo. No puedo respirar. Los ojos se le van a mi boca e, inconscientemente, me relamo.

–Eres maleducada –añade en voz baja.

–Solo con la gente que se lo merece –le susurro–. También puedo ser maja.

Matt me acaricia el pelo y sus ojos azules resplandecen en la oscuridad. Después me acuna la cabeza con la mano y el calor me invade entera cuando me acaricia la mejilla con el pulgar.

–Creo que no me gusta cuando eres maja –murmura.

Entonces me introduce las manos en el pelo y me besa como nunca me han besado.

30

Briar

Matt me besa como si quisiera devorarme. Los truenos retumban al otro lado de la ventana cuando me sube a su regazo y me besa, me mordisquea y me muerde los labios. Apenas puedo seguirle el ritmo, y el corazón me late desbocado en el pecho cuando me chupa la lengua.

–Hace como... –echo la cabeza hacia atrás y Matt me besa el cuello– diez minutos que estaba besando a Kenta.

–Menudo cabrón con suerte –me murmura, y me lame el cuello–. No te preocupes, está acostumbrado a compartir.

–A mí también me gusta bastante.

–Esta noche no. –Me mete la mano por la goma de las mallas y me estremezco ante la anticipación cuando las yemas bruscas de sus dedos me recorren el abdomen–. Quítatelas.

Obedezco. Me quito la prenda gris y dejo al descubierto la ropa interior rosa de encaje. Matt me acaricia los muslos y sigue la curva de la pierna hasta llegar a las pantorrillas.

–Qué piel tan suave –me dice con los dientes apretados–. ¿Cómo puedes tenerla tan suave?

–¿Quieres que te cuente mi rutina de *skincare*?

Matt se arrodilla y me recorre el interior del muslo con la nariz. Tengo que resistir el impulso de cerrar las piernas cuando mete la cara en el encaje empapado e inhala profundamente. El gruñido que emite vibra a través de todo mi ser.

–¿Seguro que no podemos llamar a los demás? –le digo para provocarle mientras intento que no se me acelere la respiración–. Estoy segura de que a Kenta le encantaría apuntarse...

Un destello le cruza la mirada, y luego responde:

–No. Esta noche eres mía.

–¿Tuya?

Me observa durante un instante y aprieta la mandíbula mientras me recorre el rostro con la mirada. Después me coge de las caderas, me levanta de la cama y me da la vuelta para ponerme contra la pared. Se me escapa un jadeo cuando su cuerpo cálido se acomoda al mío, como una pared de músculos que me impide moverme mientras desliza el pulgar por la goma de la ropa interior.

–Cuando hayamos acabado –me susurra al oído al tiempo que observa cómo me retuerzo para frotarme contra el encaje–, querrás ser mía.

Abro la boca, pero antes de que me dé tiempo a decirle nada, Matt me pasa los brazos por debajo de los muslos, me levanta de la moqueta y me sostiene contra la pared con las caderas. Se me corta la respiración e, inconscientemente, me agarro a su cintura con las piernas mientras él me empuja y me pega contra el papel de pared dorado. Se me abre la boca. Creo que no se restregaban así contra mí desde que era adolescente. No recordaba que diera tanto gusto.

Los hombros se me sacuden, los dedos de los pies se me encogen y un cosquilleo me recorre el cuerpo entero.

–Bésame –le ordeno.

Y Matt me besa al ritmo de sus embestidas, y yo gimo y le agarro del pelo para acercar su cara a la mía. Qué boca tan perfecta. Podría besarlo hasta quedarme sin aliento. Moriría encantada entre sus brazos.

Pasado un rato se aleja entre jadeos, aparta una mano y me la mete entre los muslos. Juguetea con el lacito de mis bragas, y yo me estremezco cuando la sangre me retumba entre las piernas.

–Qué suave –repite en voz baja.

–Me alegro de que te gusten. Escribiré a la empresa con tu reseña, pero quítamelas ya –le ordeno.

–¿Que te quite qué?

Vuelve a sacudir las caderas y a mí se me escapa un gemido

cuando su paquete me roza entre los muslos. Me dan ganas de gritar.

–¿Eres tonto o qué te pasa? ¿No os hacen un test de inteligencia en el Ejército?

–Saqué un 145 –me informa–. Si fuera gilipollas, podría unirme a una asociación de superdotados.

–Que me quites las bragas, idiota –le digo, y sacudo las caderas contra las suyas para intentar quitármelas sola.

–¿Que te las quite? –pregunta, apuntándolas con el dedo. Agito las caderas, pero la fricción no es suficiente–. Me da a mí que no.

–¿Cómo que no?

–Son bonitas –responde, y desliza los dedos sobre la tela empapada y me retuerzo.

Se me escapa la risa y me estremezco entera.

–Te las puedes quedar si quieres.

–Pues, en ese caso, princesa... –Mete los dedos bajo las bragas y me las quita. Luego las sostiene en la palma de la mano y acaricia con el pulgar la humedad cremosa que empapa el encaje–. Las guardaré como un tesoro –añade con tono seco y las arroja sobre su mesita de noche.

Cuando voy a protestar, Matt estira el brazo y al fin me pasa los dedos entre los pliegues. Arqueo la espalda y se me oscurece la visión.

–¡Matt! –exclamo con un grito ahogado al tiempo que trato de tomar aire.

A él también le falta el aliento.

–Joder –murmura–. Me estabas volviendo loco.

–¿En serio?

–Desde que entré en tu cuarto y te pillé con aquel juguete, joder. –Pega la frente a la mía y jadea. Los músculos de los brazos le tiemblan y las venas le sobresalen mientras me mantiene erguida y me acaricia entre las piernas–. Creía... –Agacha la cabeza y me da un chupetón en el cuello–. Creía que se me pasaría con el tiempo, pero no. Cada día va a más. Apenas puedo pensar cuando te tengo cerca. –Me pega la boca a la oreja y me hace cosquillas en la piel sobrestimulada; y entonces me mete un dedo. Se me escapa un gemido y le clavo las uñas en el cuero cabelludo. Matt gruñe–. Ni siquiera me siento bien si no te tengo cerca.

No sé qué decir, así que me limito a darle un beso húmedo y el pecho se me agita con cada inhalación. Matt retuerce el dedo en mi interior. Me estoy desesperando. No dejo de frotarme contra él, de sacudir la pelvis contra su mano. Tengo la nuca cubierta de sudor. Noto el interior de los muslos caliente y pegajoso. Necesito correrme, joder. Noto que me queda poco cuando empiezo a sacudirme en torno a su dedo.

Matt me besa y, con un gruñido contra mi boca abierta, me pregunta:

–¿Vas a correrte?

Asiento, y Matt gruñe de nuevo y me alza aún más contra la pared. Presiona el cuerpo musculoso y cálido contra mí. Tuerce el dedo y me lo mete con fuerza, y entonces llego a mi límite. Se me fríen las terminaciones nerviosas y me sacudo entre sus brazos con un grito. El orgasmo me recorre entera, como una ola de calor abrasador que se me traga y que rompe contra mi cabeza. Jadeo como si me ahogara. Matt me envuelve con sus fuertes brazos y sigue frotándome el clítoris con fuerza con el pulgar. Me estremezco por culpa de la sobrestimulación y, con un jadeo, vuelvo a la realidad. Parece que le gusta mucho, porque entonces me mete un segundo dedo y sigue a lo suyo y me ignora por completo cuando lo agarro del brazo y le grito:

–¡Matt!

–¡Briar! –responde él, burlón.

Tengo que contener las ganas de darle una patada.

–Ya está bien –le digo–. Suéltame.

Pero pega la mejilla contra la mía y responde:

–Aún no hemos terminado.

Tomo una bocanada entrecortada de aire mientras sigue masajeándome el punto G. Siento un hormigueo en mi interior.

–¡Pero si acabo de correrme!

–Otra vez –me pide, y su aliento cálido me roza la oreja–. Venga, necesito que te corras otra vez.

–No... –No sé si puedo. Matt agita los dedos en mi interior y veo chispas tras los párpados. Arqueo la espalda y me pego a su pecho–. ¡Voy a matarte!

–No eres la primera que lo intenta. Córrete, Briar.

Antes siquiera de ser consciente de lo que ocurre, el cuerpo se me sacude con otro espasmo y me aferro a él, y entonces vuelvo a correrme mientras jadeo y tiemblo contra Matt. Escondo el rostro en su hombro y se me anegan los ojos de lágrimas cuando me mete un tercer dedo bien hondo y los retuerce para darme placer.

Pasado un tiempo, las contracciones cesan y todos los múscu-los de mi cuerpo se debilitan. Me giro para mirarlo, sin dejar de jadear, y Matt me besa en la boca abierta.

–Buena chica –me dice con tono brusco.

De repente, la rabia se apodera de mí.

–¿Qué coño acabas de decirme...?

Matt me agarra de los hombros y me empuja hacia la cama. Caigo sobre el suave edredón, y Matt se me pone encima, se desabrocha el cinturón y se quita los pantalones del traje. Sien-to la erección pesada contra el vientre cuando me agarra del dobladillo de la camiseta y me la quita. Durante un instante, se sienta sobre sus piernas y me come con los ojos al ver los pechos desnudos.

–Buena chica –repite en voz baja, y entonces agacha la cabeza y traza una línea con la lengua sobre mi clavícula.

–No soy... –respondo con un jadeo, acariciándole el paquete por encima de los bóxers–... un puto... –lo agarro de la cinta elástica e introduzco los dedos por ella–... perro.

Le arranco la ropa interior. La tiene durísima y gorda; es aún más grande de lo que me imaginaba. La acaricio entera con los dedos y siento la textura como de terciopelo de su piel. Cuan-do lo acaricio bajo el glande con el pulgar, Matt se retuerce y pega un bote bajo mi mano. Gruñe, me la aparta y me la sujeta contra la cama. Cuando voy a tocarlo con la otra, repite el gesto y se inclina hacia delante para que nuestros pechos desnudos se rocen.

—No, princesa —me dice con voz brusca, haciéndome cosquillas con la nariz—. Eres una chica muy buena, y muy dulce.

Le muerdo la mejilla, y Matt se echa hacia atrás sin dejar de reír, dejando al descubierto sus dientes blancos y resplandecientes. Puede que sea la primera vez que lo oigo reírse de verdad. Es una risa cautivadora. Se le ilumina el rostro entero, como si estuviera repleto de neón. Soy incapaz de apartar la mirada.

—¿Tienes condones? —le pregunto con la voz ahogada.

Matt se arrodilla, saca su maleta negra de debajo de la cama y rebusca en su interior. El alivio me invade cuando veo que saca un cuadradito de aluminio. Menos mal.

—¿Te los llevas a todas partes? —le digo, intentando parecer aburrida para que no se me note lo aliviada que estoy—. Qué desesperado estás.

—Creo que es muy importante protegerse —responde, poniéndose el preservativo.

Se me escapa la risa y un grito cuando vuelve a cogerme en volandas y me lleva a la otra punta del cuarto.

—¿Por qué le tienes tanta manía a las camas, idiota?

Matt me besa en los labios y me pega contra las ventanas que llegan hasta el techo. El cristal helado choca contra mi piel ardiente y se me escapa un grito ahogado.

—Has dicho que te gustaban más estas vistas —me comenta, haciéndome un chupetón en el cuello.

—Me van a detener por exhibicionista —murmuro, inclinando la cabeza para facilitarle el acceso—. Este cristal...

—Es solo de una cara. No puede vernos nadie.

Gimo mientras él se frota contra mí.

—¿A qué clase de persona le gusta follar contra una ventana? ¿Es algún fetiche? —pregunto, rebuscando en mi cerebro—. ¿O es la tormenta lo que te gusta? Seguro que es eso, tormentofilia.

–Fulgarofilia –me corrige sin apartarse de mi cuello–. Y no, no la tengo.

–¿Y cómo es que sabes el nombre?

–Porque tengo un cociente intelectual de 145 –me recuerda, agarrándome de la cintura mientras me empuja más fuerte contra la ventana.

–Admítelo –le digo, riéndome–. Los truenos te la ponen dura. No pasa nada, no voy a burlarme. Joder, seguro que las pelis de *Thor* te ponen a mil, ¿eh?

–Cállate –murmura, guiando el glande hinchado contra mi vagina.

Me muerdo los labios cuando juguetea con ella entre mis piernas.

–Por favor, si querías a una que se quedara calladita y fuera obediente, tendrías que haberte buscado a otra.

Matt gruñe, me besa en la frente y me la mete.

No debería haberme preocupado por que fuera demasiado grande. Estoy tan desesperada que entra sola y me llena entera. Apoyo la cabeza contra el cristal y cierro los ojos.

–¡Ah!

Matt apoya la frente contra la mía durante un segundo y respira con dificultad. Los truenos sacuden las ventanas.

–¿Te pone? –le susurro cuando el sonido se desvanece–. Ese ha sonado fuerte.

Matt se ríe y me embiste, y sisea entre dientes:

–Necesitaba hacer esto.

–Yo también –respondo, tomo aire y vuelvo a besarlo.

La habitación se llena de luz cuando comenzamos a mecernos al mismo tiempo. Se me escapan ruiditos que suenan como si estuviera llorando contra sus anchos hombros. Matt me mordisquea el cuello y cambia de ángulo. Una sensación tirante que me hace cosquillas despierta en lo más hondo de mi vientre. Me froto contra él más rápido, pero no basta. Matt sigue sacudiendo las caderas bien hondo, con mano hábil. Con cada una de sus embestidas, el cosquilleo se vuelve insoportable.

Me froto aún más fuerte contra él, pero no llego al orgasmo. Me tiene sujeta con los brazos contra el costado, pegada a la ventana fría. Necesito tocarme.

–Matt... No puedo.

–¿El qué no puedes? –jadea, y siento su aliento cálido sobre el cuello.

–No puedo correrme si solo me pe... ¡Ah! –Me muerde el labio inferior con fuerza y me arqueo bajo su cuerpo–. Si solo me penetras –le digo con un jadeo y dándole una patada en la pierna–. Tienes que tocarme, gilipollas. ¿Qué pasa? ¿Es la primera vez que te acuestas con una chica?

–Sí –me responde impasible–. Soy virgen. ¿No te habías dado cuenta?

Me retuerzo contra él y la sensación del vientre no deja de crecer. Matt deja una mano libre, me desliza la mano por el estómago para provocarme y me hace cosquillas con los dedos sobre los rizos húmedos. Me sacudo contra él, pero no baja.

–Pues venga –lo animo–. Tócame.

La luz blanca vuelve a inundar la habitación. A Matt se le ilumina el rostro, y a mí se me abre la boca de par en par. La luz y las sombras le marcan los contornos de la cara y está guapísimo.

Entonces me mira fijamente y me dice:

–No. Creo que paso.

31

Matt

La sorpresa le cubre el rostro.

—¿Qué? —farfulla—. ¿Por qué no?

Sigo embistiéndola con fuerza, sin perder el ritmo.

—Creo —le digo despacio— que tienes que aprender la lección.

La rabia le cubre los preciosos rasgos y me responde:

—Que te jodan. Quería follar, no que me soltaran un sermón.

—No. —La cubro con mi cuerpo y nuestras frentes se rozan—. Soy el que está al mando, ¿te queda claro?

Briar agita las caderas.

—Que te jodan.

—Princesa... —le gruño.

—Idiota —responde ella, sacudiéndose de nuevo.

El movimiento hace que me hunda aún más en ella. Aprieto los dientes mientras se me agita la polla. No voy a recular. Tiene que metérselo en la cabeza de una vez. Me aterra pensar en lo que puede ocurrir si no lo hace.

Esta noche casi me ha dado un infarto cuando se ha puesto delante de la cámara para decirle de todo a X. Durante un instante, me he planteado si estaba pasando de verdad o si era una pesadilla que estaba conjurando mi mente atormentada. Sin saberlo, Briar ha multiplicado por cien el riesgo que plantea X en un país en el que no tendría ningún problema para comprarse todas las armas que quisiera para matarla. Y no he podido hacer nada al respecto. No me sentía tan inútil desde que nos hicieron prisioneros. Sí, me sabe mal haber tratado así a Briar, pero no habría hecho ninguna falta si me hubiera prestado atención.

Me pego aún más a ella, y se la he metido tan hondo que se me aplastan los huevos contra su pelvis.

—Cuando te diga que confíes en mí, confías en mí. ¿Me oyes?

Briar pone los ojos en blanco.

—Venga ya. Pues claro que confío en ti.

—Es evidente que no...

—En lo que respecta a mi imagen pública, pero, en cuanto a mi cuerpo, sí. Oye, he estado ejercitando el suelo pélvico, ¿quieres verlo?

Aprieta con fuerza y no puedo contener el grito que se me escapa cuando sus músculos me atrapan.

—Tócame —susurra, rozándome el cuello con los labios— Tócame, Matt. Haz que me corra.

Niego con la cabeza y me giro para mirar por la ventana. Los Ángeles se extiende por debajo de nosotros y se ilumina como una placa de circuito impreso.

Briar suspira.

—Si no confiara en ti, ahora mismo no estarías dentro de mí.

Con la siguiente embestida, Briar vuelve a hacer presión hacia abajo. Me va a reventar la polla.

—No me basta —respondo entre gruñidos.

Briar se frota contra mí como un animal y le tiemblan los muslos. Está a punto. Dejo de moverme, pero no salgo. Siento el sudor chorreando por la nuca. Tengo las mejillas encendidas, el corazón me late desbocado, me pesan los huevos y necesito terminar ya.

Estiro el brazo y le acuno la mejilla. Briar, desesperada, sacude las caderas contra mí.

—Dilo —le ordeno.

Mi mano desciende desde su mejilla hasta su pecho. Le acaricio las tetas y mis dedos bailan alrededor de esas curvas pesadas.

—Que te de den —me dice Briar, entrecerrando los ojos.

Inclino la cabeza y empiezo a chuparle las tetas. Briar jadea, se retuerce y se sacude, desesperada por que esto termine, por correrse. Pero no voy a consentirlo. Le chupo el pezón despacio y la miro mientras ella aprieta los dientes y se estremece entre mis brazos. Es como si estuviera conteniendo las ganas de gritar.

–Dilo, Briar –le digo en voz baja y firme–. Di que confías en que cuide de ti, di que la próxima vez que te diga que hagas algo, lo harás. Sin cuestionarme.

–No es lo mismo –responde, jadeando.

Le paso la lengua por el pezón y Briar pone una mueca como si le doliera.

–En esto sí. Dilo.

–Joder, Matt. No puedo.

Tiene la respiración entrecortada y su pecho se sacude contra mi cara. Siento a Briar agitándose y contrayéndose, en vano, en torno a mí, en busca de esa estimulación que tiene fuera de su alcance. Aparta una de las manos desde mis hombros y me agarra de los huevos. Dejo escapar un sonido ahogado y pego la cara contra su suave clavícula.

–Mierda, Briar –musito sin aliento–. ¿Qué coño estás haciendo?

–Déjame correrme –me ordena con la voz débil.

Niego con la cabeza y me pego aún más contra el cristal. Somos como dos lobos que luchan por dominar al otro, que se muerden el cuello, que pelean por convertirse en el alfa. El cristal se sacude con los truenos y Briar cierra los ojos.

–Me prometí... –me confiesa entonces–. Me prometí que j-jamás permitiría que alguien volviera a controlarme.

–¿Por? –le pregunto.

–La gente... –Se le escapa un grito ahogado y me muevo un poco. Una expresión de placer tortuoso le cruza la expresión–. La gente me manipula a diario. Llevan haciéndolo desde que tenía trece años. El director. El estudio. Los fans, los representantes, los agentes, las marcas. De pequeña me convencieron para hacer cosas que no quería hacer.

–¿A ti? –le pregunto sin apartar la mirada.

Briar se ríe.

–No siempre he sido como soy ahora, Matt. De pequeña, me

211

encantaba complacer a la gente. No era más que un felpudo. Te juro que no ha existido una niña que estuviera más desesperada por caer bien que yo. Hacía todo lo que me pedían.

Se me revuelven las tripas.

–¿Y qué te pedían?

Briar no responde al momento, de modo que sacudo las caderas un poco y ella cierra los ojos con fuerza.

–De todo. Cualquier cosa. Son demasiados ejemplos.

–Escoge uno.

Briar traga saliva, y entonces me dice:

–Mi primer beso fue ante una cámara. Yo no quería. No podía dejar de llorar, pero los productores me obligaron a repetirlo una y otra vez, en una sala llena de hombres, hasta que la toma quedó bien. Tardamos un día entero. No era más que una niña, y no había adultos a mi lado que quisieran protegerme. –Siento su corazón desbocado contra mi pecho–. Así que aprendí a protegerme. Me prometí que jamás volvería a ser esa niña, que jamás permitiría que volvieran a manipularme.

Siento que se me relaja la expresión del rostro.

–No intento manipularte, Briar –le susurro–. Intento protegerte. Solo quiero que estés bien.

Briar se queda mirándome con la respiración pesada. Otro relámpago irrumpe en la habitación y la luz le tiñe el rostro de un blanco resplandeciente. Los ojos se le tornan de un azul pálido sobrenatural y veo un miedo espantoso en ellos.

–No voy a hacerte daño –le prometo–. Confía en mí.

–Lo intentaré –responde en un susurro–. Lo intentaré. Es lo único que puedo prometerte por ahora.

El relámpago se desvanece y su rostro se cubre de sombras. Poco a poco, muy poco a poco, me yergo y acerco los labios a los suyos.

Y entonces me muevo. La agarro del culo y la embisto con fuerza. Briar grita y siento que el edificio entero tiembla cuando un trueno ruge y golpea el cielo. Escucho el estrépito ensordecedor de mis latidos en los oídos. Solo necesito unas pocas embestidas más antes de que sienta que Briar se desmorona.

Pego la boca contra su cuello sudado y gruño con desesperación cuando ella se corre. Sacudo las caderas, la embisto y exploto en su interior. Es una sensación embriagadora. Casi pierdo el conocimiento. No puedo pensar. No veo. Lo único que puedo hacer es sostener a Briar mientras ella se agarra a mí, falta de aliento y temblando. Es como si mi alma se estuviera perdiendo en su interior.

Al final el resplandor comienza a desvanecerse. Cuando abro los ojos, me encuentro a Briar temblando contra mí, con la cabeza apoyada en mi pecho.

—Déjame en el suelo —me dice, jadeando—, antes de que me dejes caer.

La llevo hasta la cama sin salir de ella y nos desplomamos sobre las sábanas. Nos quedamos así durante más o menos un minuto, jadeando, cubiertos de sudor. Briar se acurruca contra mí e inspira como si quisiera olisquear mi aroma.

Le apoyo la mano en la mejilla e inclino su rostro hacia mí. Luego le acaricio los pómulos y observo su expresión.

—¿Estás bien? —le pregunto en voz baja.

Briar asiente como adormilada. Le doy un beso en la frente y, poco a poco, salgo de ella, me levanto de la cama y camino torpemente hasta el cuarto de baño. Me lavo las manos y luego me giro hacia Briar, que está despatarrada sobre las almohadas y me mira el culo sin cortarse un pelo. Me apoyo en el marco de la puerta del baño, le devuelvo la mirada y le pregunto:

—¿Qué pasa?

—Vuelve a la cama —me dice, levantando la esquina del edredón.

—¿En serio? —No puedo contener la sonrisa. Me meto bajo las sábanas y vuelvo a abrazarla—. No esperaba que te gustaran los arrumacos —murmuro.

—Llevo una semana usando a Glen como osito de peluche.

—¿Y te tranquiliza?

Briar asiente contra mi hombro, me pego a ella y se me hincha el pecho. El ruido de Los Ángeles se filtra a través de la ventana, y la habitación se llena del sonido ahogado de las bocinas de los coches, las sirenas y los gritos.

Briar me coge un mechón de pelo y comienza a darle vueltas en torno al dedo.

—¿Qué sientes cuando te dan los *flashbacks*?

Otra vez con el tema. La fulmino con la mirada y ella se encoge de hombros.

—Lo siento —se disculpa—. Soy una entrometida. No hace falta que respondas.

Aprieto los labios. No me apetece contárselo, sobre todo ahora, pero me ha prometido que va a confiar en mí, así que lo justo sería que yo también confiara en ella.

—No es siempre igual —le digo en voz baja—. A veces veo cosas, pero, en general, tan solo siento las mismas emociones que sentí en ese momento.

—Pero, entonces —me dice, frunciendo el ceño—, ¿estás charlando y de repente te sientes como si...?

Briar no termina la frase y a mí se me revuelve el estómago.

—Como si estuviera viendo cómo asesinan ante mis ojos a uno de mis compañeros, sí. —Le beso un lunar del hombro—. Durante una época creía que me estaba volviendo loco. Al principio fue... horrible.

—No estás loco —me dice con gentileza—, a menos que ser un puto peñazo sea una enfermedad.

Se me escapa la risa y estiro el brazo para tocarle el pelo.

—Deberías dormir con los otros.

—¿Estás intentando librarte de mí? —me pregunta, dándome un pellizco en la cadera—. No puedes delegar en otro los achuchones que vienen después de un polvo.

—No quiero —le confieso—, pero teniendo en cuenta cómo estoy, seguramente te despierte gritando.

Me toma la mano que tengo libre y presiona la palma contra la mía.

—¿Y cómo te ayudo cuando te pongas a gritar?

Es lo último que me esperaba que preguntara. Durante un instante me quedo sin habla porque no sé qué contestarle. Briar guarda silencio y respira tranquila contra mí.

–No lo sé –respondo al cabo de un rato–. No creo que puedas hacer nada.

–Ya se me ocurrirá algo –dice, y a mí se me escapa un gemido. La pego aún más a mí, pero ocurre algo. No está relajada.

–¿Qué pasa? –le pregunto con el ceño fruncido.

–¿Qué pasa de qué?

–Estás tensa. –Le doy un apretoncito en el culo–. Relájate.

–Es que me parece imposible que no creas que eres un mandón –murmura, pero me hace caso y relaja el cuerpo contra el mío. Me invade la felicidad, y Briar se ríe y me acaricia el pecho–. Estás haciendo ruiditos.

Entierro los labios en su pelo y le pregunto:

–Dime, ¿qué ocurre?

Briar pone una mueca.

–¿Crees que X responderá a lo que he dicho ante la prensa?

–¿Quieres que te diga la verdad?

–No, por favor, dime la mentira más gorda que se te ocurra.

–Sí. –Le doy un beso en la oreja–. Creo que sí.

Briar suelta una maldición entre dientes.

–¿Y crees que responderá muy mal?

–No lo sé, pero ya nos encargaremos de ello mañana. Te protegeremos, princesa, siempre que nos lo permitas.

Briar deja escapar un suspiro y se asoma por el borde de la cama. La observo con los ojos medio cerrados mientras rebusca entre la ropa hasta que encuentra el teléfono. Vuelve junto a mí, abre X y escribe un hilo. Miro por encima de su hombro y veo que solo son dos palabras.

Lo siento.

Lo publica y deja el teléfono con una mueca de asco.

–Que no se diga que no lo he intentado –murmura, acurrucándose contra mí–. Ahora le toca a él.

32

X

Preparar un cóctel molotov es facilísimo. La verdad es que me preocupa un poco lo fácil que es; cualquier criminal de tres al cuarto podría fabricar uno.

Después de que Briar se haya ido del encuentro con la prensa me he pasado un buen rato enfadado. Me he tirado horas dando vueltas de un lado a otro de la cabaña llorando, gritando y rompiendo cosas, intentando decidir qué hacer.

En mitad de la noche tomo una decisión.

Conduzco hasta la gasolinera más cercana para comprar gasolina, tela y un refresco en una botella de cristal.

Estoy muy pero que muy enfadado. Reconozco que no pienso con claridad. Tengo la mente nublada. Estoy enfadadísimo con Briar. Me he esforzado por construirle una casa. Me he pasado años enviándole regalos y mensajes. Y así me lo agradece...

Va a enterarse de lo que es bueno. Sé dónde se aloja, así que creo que voy a hacerle una visita.

Mientras pago la compra, veo a un par de adolescentes deambulando por el pasillo de los caramelos. Me quedo mirándolos con asco, y el chico se agacha para darle un beso en los labios a la chica. De repente, empiezan a liarse en mitad de la tienda.

La furia se apodera de mí, y es tan intensa que casi suelto la compra. ¿Cómo es posible que un chaval de quince años consiga novia y yo no? Me da tanta rabia que podría matar a alguien.

Me llevo los materiales a casa y fabrico la bomba. Justo cuando la termino, me vibra el teléfono. Lo miro, y veo que Briar ha publicado otro hilo. No es esa gilipollez que ha publicado la de relaciones públicas esta noche. Esto me lo dedica solo a mí.

Lo siento.

Vaya.

El calor abandona mi cuerpo a medida que leo el mensaje varias veces. Se me escapa un gemido. Joder. Me está hablando. A mí. Me está hablando a mí.

Noto que me mareo, que se me acelera la respiración. Me siento en el sofá y me sonrojo, y me obligo a tranquilizarme y comportarme de manera racional.

He malinterpretado la situación.

Briar es una buena chica. Sé que no diría esas cosas sobre mí si no se viera obligada a ello. Las famosas son como marionetas. Tienen representantes, agentes de relaciones públicas. Todo el mundo les dice qué tienen que hacer y decir. Están manipulando a mi angelito. Por eso me ha escrito disculpándose en cuanto ha podido. Me la imagino tumbada en la cama, escribiendo antes de que la gente de su entorno se dé cuenta de lo que hace.

Mi pobre niña... Recuerdo la cara que ha puesto cuando el guardaespaldas se la ha llevado del encuentro. Es el mismo que la obliga a besarlo ante las cámaras. ¡La están controlando!

Pronto la liberaré. En dos días estará aquí conmigo. Le proporcionaré una nueva vida.

Miro el cóctel molotov. Supongo que debería usarlo ya que lo he fabricado. En un mundo ideal, haría estallar por los aires a ese horrible escolta, pero se aloja en el mismo hotel que ella, y Briar podría resultar herida.

Compruebo la hora. Ha pasado la medianoche. Técnicamente ya es su cumpleaños. Una idea va tomando forma en mi mente. Voy a usar la bomba a modo de regalo de cumpleaños.

Mi angelito siempre ha odiado a un hombre. Es el hombre que le ha hecho más daño, que puso a todo el mundo en su contra y que dijo mentiras maliciosas y espantosas sobre ella. Seguro que a Briar le encantaría verlo muerto.

Así que voy a encargarme de él, para demostrarle que no estoy enfadado con ella y a modo de regalo de cumpleaños.

Me levanto y cojo las llaves del coche. Le va a encantar.

217

33

Matt

Me despierto con un zumbido incesante bajo la almohada. Tuerzo la cabeza y observo con los párpados entrecerrados esta habitación a la que no estoy acostumbrado. Algo calentito se agita contra mí. Al darme la vuelta, veo a Briar acurrucada contra mi brazo. Tiene los labios rosados entreabiertos y sacude las pestañas mientras sueña. Cuesta creer que esté tan mona mientras duerme.

Joder. En realidad, cuesta creer que pueda ser tan mona en general. Recuerdo vagamente que ayer por la noche me dio la mano en el coche. A pesar de que estaba enfadada y frustrada, fue amable conmigo.

Seguro que anoche quedé como un idiota.

El teléfono vuelve a vibrar. Lo saco de debajo de la almohada y frunzo el ceño al ver el número porque es del FBI. Acepto la llamada y apoyo el móvil en el cabecero para poder acariciarle el brazo a Briar.

—¿Diga? —pregunto en voz baja.

—Hola, Matvey. Me han dicho que has vuelto a Estados Unidos.

—¡Anfisa! Me alegro de oírte.

Conocí a Anfisa hace quince años. Su marido trabajaba en el equipo de rescate de rehenes del FBI y, en su día, entrenaron junto al SAS británico. Kenta, Glen, Damon y yo fuimos a su boda. Y también al funeral de él.

Anfisa es una de las mejores agentes del FBI que he conocido nunca. Es listísima, tan analítica que da hasta miedo. Hemos colaborado en un par de proyectos en Estados Unidos y siempre ha logrado impresionarnos.

—Ojalá fuera en mejores circunstancias —responde, escueta—. Colette me ha llamado para informarme de un lío que tuvo una clienta tuya hace unos días y me he puesto a ojear el caso por encima, por curiosidad.

—¿Y? ¿Se te ocurre quién puede ser su acosador?

—No, pero tengo a varios agentes investigando otro caso desde hace unas horas, y creo que podría estar relacionado con el acosador de la señorita Saint.

—¿De qué estás hablando? —pregunto, frotándome los ojos—. ¿Está buscando otros objetivos? ¿Ha ido a por otras chicas?

Anfisa duda y me dice:

—¿Podrías pasar por mi despacho? Quiero que me des tu opinión sobre las pruebas que hemos recogido.

—Claro. ¿Cuándo quieres que vaya?

—Si puedes, ya.

Miro a Briar. Ha cambiado de postura y uno de sus mechones rubios y sedosos se retuerce contra mi pecho y se agita cada vez que ella respira.

—Mándame la dirección.

Me ducho y me visto a toda prisa. Cuando salgo al salón de la *suite*, me encuentro a Kenta sentado frente a la encimera leyendo un libro, con el arma junto al codo. Alza la vista cuando cojo la chaqueta y la cartera.

—¿Te vas?

—Me ha llamado Anfisa. Cree que han encontrado un rastro.

Kenta asiente y pasa la página del libro.

—Trae café cuando vuelvas.

He trabajado varias veces con el FBI, sobre todo cuanto protegíamos a políticos estadounidenses. Todas sus oficinas son bastantes parecidas: paredes grises, moquetas grises y escritorios demasiado pegados entre sí. Los empleados llevan camisas y trajes baratos y están jorobados frente al ordenador.

A pesar de que aún es temprano, la sede de Los Ángeles está abarrotada y nadie me presta atención porque todo el mundo está centrado en su trabajo.

–¡Matvey!

Al darme la vuelta me encuentro a Anfisa con dos cafés para llevar. Está tal y como la vi la última vez: con cara de cansancio, el pelo recogido en un moño y vestida con un traje negro.

–¡Anfisa! ¿Solo tienes un conjunto de ropa?

–Creo que no eres el más indicado para criticar mi estilo –responde cortante. Pasa junto a mí y abre la puerta del despacho con la cadera–. Pasa. Creo que te va a interesar mucho lo que hemos encontrado.

Al entrar examino el despacho. No hay nada. Un escritorio cubierto de papeles, estanterías vacías y paredes desnudas. La única decoración de la habitación es una foto de su marido que cuelga de la puerta con una chincheta. Tomo asiento.

Anfisa me dedica una sonrisa tensa y me entrega uno de los cafés.

–Sabe a barro –me advierte.

–Estoy acostumbrado. Dime, ¿qué habéis encontrado?

Anfisa se acomoda en la silla de su escritorio y me pregunta:

–¿Conoces a Thomas Petty?

–Sí, y ya lo he investigado. Estoy bastante seguro de que no es él.

Anfisa aprieta los labios.

–Yo diría más bien que podemos descartarlo del todo. Anoche a las dos de la mañana lanzaron un cóctel molotov a la primera planta de su casa aquí en Los Ángeles.

–Mierda. –Me froto la nuca–. ¿Está bien?

–La vivienda ha quedado bastante destrozada, pero él está bien. –Abre una carpeta, saca una fotografía en tamaño A4 y me la pasa–. El agresor huyó antes de que llegáramos, pero dejó esto en el parabrisas del coche del señor Petty.

Examino la foto. Se trata de la portada de una revista de la prensa rosa con un titular enorme.

¿AÚN ESTÁN PELEADOS?

Varias fuentes afirman que, tras trece años,
Briar Saint y Thom Petty siguen sin llevarse bien
tras el escándalo que supusieron aquellos cuernos.

Abajo viene una foto ampliada en la que se ve a Briar hablando incómoda con Thom en la gala benéfica. A él le han dibujado con rotulador unas cruces sobre los ojos.

–Joder...

Anfisa me pasa otra foto. Se trata de la contracubierta de la revista, donde han escrito con rotulador negro «Le hiciste daño».

–Es la letra de su acosador –le digo al instante.

–Son casi idénticas –responde ella–. La letra es más descuidada, lo cual nos da a entender que tenía prisa o que había consumido alguna sustancia, pero está claro que es él. –Se recuesta contra la silla–. Me puse en contacto con Angel Security y he hablado con un compañero del equipo de ciberinteligencia. Dos minutos antes de que se produjera la agresión, la página de Facebook de Briar recibió otro mensaje de una cuenta anónima. –Los ojos se le van a la carpeta–. «Aquí tienes mi regalo. Feliz cumpleaños, angelito». ¿Hoy es su cumpleaños?

–Desde las doce de la noche.

Anfisa asiente.

–Thomas y Briar han tenido varias rencillas, ¿no?

–No conozco la historia entera. Salieron de adolescentes, y él afirma que ella le puso los cuernos, pero ella lo niega.

–No es la primera vez que un acosador hiere o agrede a quienes creen que pueden ser enemigos del famoso con el que se obsesionan con la esperanza de ganarse así su favor. Conoces el caso de Jodie Foster, ¿no?

–Un acosador intentó asesinar a Ronald Reagan por ella, ¿no?

A Anfisa se le ensombrece el rostro.

–Quizá estemos ante un caso parecido, pero también tengo buenas noticias. En esta ocasión, ha sido menos precavido a la hora de ocultar su identidad. Las cámaras de seguridad del señor Petty lo han pillado, y también hemos conseguido varias huellas de la revista. Seguimos procesando los resultados, pero te informaré si encontramos alguna coincidencia con tus posibles sospechosos.

–Gracias, Anfisa.

–Dale las gracias a Colette por mandarme la información del caso –responde ella, tras encoger los hombros–. Si averiguamos que estos hechos están relacionados, te aseguro que el FBI cooperará en todo lo posible. Quizá así se adelante un poco vuestro proceso de búsqueda.

Gracias a Dios. Me pongo en pie, le estrecho la mano y salgo del despacho.

Vuelvo a las nueve a la *suite* cargado de bolsas. Briar está despatarrada en el sofá con una bata de seda rosa, besando a Glen. Tiene los pies apoyados en el regazo de Kenta y gime mientras él le hunde los pulgares en el talón. Me detengo en la puerta para observar la escena.

Parece contenta. Muy muy contenta. Parece una joven sin preocupaciones que está celebrando su cumpleaños. Me siento un poco sucio por cargar con un secreto que podría hacer que toda esta felicidad estallara por los aires. Briar se separa de la boca de Glen y me mira con los párpados pesados.

–Es de muy mala educación salir corriendo a la mañana siguiente de acostarte con una chica –me reprende en susurros y con voz ronca–. Me he sentido superofendida.

–Tenía que encargarme de unos recados –respondo. Saco una caja inmensa de dónuts de una de las bolsas de la compra y la dejo sobre la mesita auxiliar–. Feliz cumpleaños, princesa. Son veganos, así que no te preocupes.

Briar gruñe y se acerca a la caja abierta. Los ojos se le abren como platos al ver los dulces.

–Vale, no pasa nada. Te perdono.

Contengo una sonrisa y rebusco en la bolsa la caja de velas de cumpleaños que he comprado.

–No sabía si te gustarían. A lo mejor te quejabas de que luego no cabrías en el vestido.

–Se supone que tengo que alimentarme todo el día a base de líquidos, pero me rindo. –Pone una mueca cuando dejo las velas sobre la mesa–. Por lo visto, los hombres van a acosarme sexualmente haga lo que haga, así que no sé por qué tendría que matarme de hambre para estar aún más sexi para ellos. Si pudiera, me plantaría en el estreno con un traje de astronauta, a ver si así pueden hacerse una paja pensando en mí.

Lo dice todo con tono despreocupado, pero percibo la amargura de sus palabras. Kenta le aprieta los hombros, estira el brazo y coge un dónut de fresa con forma de corazón. Le clava una vela y se lo entrega a Briar. Glen se saca un mechero del bolsillo y se inclina para encender la mecha. Briar sonríe entre ambos.

–Gracias, chicos –nos dice en voz baja–. Qué maravilla.

Kenta le da un beso en la mejilla, y Briar apaga la vela y le da un buen bocado al dónut.

–Comed lo que queráis –farfulla, señalando la caja–. Si me los como yo sola, me muero.

Aprovechando que están todos distraídos con la comida, me saco el teléfono y les resumo por mensaje a Kenta, Glen y Colette la reunión que he tenido con Anfisa. Los chicos fruncen el ceño al leerlo. Kenta me mira y ladea levemente la cabeza hacia Briar, como queriendo preguntarme algo.

Miro a Briar, que está repantingada contra Glen y le acaricia el brazo. Él está tan concentrado en el teléfono que no parece percatarse de los mimos. En la otra mano sostiene un dónut de chocolate. De repente, Briar le dedica una mirada cargada de maldad y levanta la cabeza y le roba un mordisco. Como no reacciona, le pega otro bocado, y luego saca la lengua y lame la crema de chocolate como un gato. Es monísima, y entonces caigo en la cuenta de que jamás la he visto tan tranquila.

Le digo que no a Kenta con la cabeza, con sutileza. No. Aún no quiero decírselo. Esperaremos a que el FBI confirme la identidad de X. Tarde o temprano acabará enterándose, y, joder, es su cumpleaños. Quiero que disfrute del día antes de que descubra que su acosador ha pasado a usar armas incendiarias.

Kenta aprieta los labios en una mueca de disgusto, pero asiente. Glen comienza a escribir un mensaje para responder e, inconscientemente, se lleva el dónut a la boca, pero se sorprende al descubrir que no le queda casi nada y fulmina con la mirada a Briar.

—¿Qué pasa? —le pregunta ella, mirándolo con inocencia. Después le vibra el teléfono y lo mira—. Uf.

—¿Alguna novedad? —pregunta Kenta, apoyando la barbilla en su hombro.

Briar niega con la cabeza y se desplaza hacia abajo por la pantalla.

—Thom no para de mandarme mensajes.

Me quedo de piedra.

—¿Thom Petty? ¿Y qué te dice?

—Poca cosa. —Observa la pantalla y frunce los labios carnosos—. Quiere que nos veamos. Y está insistiendo mucho. —Se le escapa la risa—. Claro que sí. No me tomaría un café con él ni aunque fuera el último hombre en la Tierra. Será imbécil...

Responde tecleando con fuerza, y luego pone el móvil en modo silencio y lo tira al otro lado del sofá.

Dudo, y luego me acerco y lo recojo.

—¿Te importa?

—Creía que ya habíais llegado a la conclusión de que él no era X —responde, examinándose las puntas del cabello hasta que encuentra una que está abierta.

—Me gustaría asegurarme de nuevo. Es mejor ser precavido.

—En serio, no es él. Thom es demasiado... tranquilo. Es muy dócil. Además, no le gusto.

—Aun así...

Briar me hace un gesto con la mano, como para indicarme

que le da igual, y se acerca a Glen para lamerle el glaseado de los labios. Introduzco la contraseña y abro el chat.

Joder con Thom. Tiene que estar desesperado. Le ha enviado veinte mensajes en los últimos diez minutos.

> **THOM:** Quiero contarte una cosa.
>
> **THOM:** No es nada malo.
>
> **THOM:** Porfa. Es importante.
>
> **THOM:** Solo quiero pedirte perdón.

Ella ha contestado.

> **BRIAR:** Paso, gracias. Gilipollas.

Frunzo el ceño al recordar el mensaje que venía tras la portada de la revista: «Le hiciste daño».

Aquí hay dos escenarios posibles: o Thom está enfadado y quiere echarle en cara a Briar lo de su fan loco, o está cagado y quiere volver a llevarse bien con ella para que el acosador no vuelva a por él.

No me gusta ninguno. Decido llamarlo y me acerco el teléfono a la oreja. Thom responde tras el segundo timbre.

—Menos mal, B. Gracias por llamarme. Estaba pensando que a lo mejor podíamos salir a tomar un café o algo...

—Soy Matthew Carter —le digo para cortarlo—. Quizá me recuerdes de la gala benéfica que organizó Briar en Londres.

Thom farfulla hasta quedarse en silencio.

—¿El tío de las armas?

—Buena memoria. Deja de intentar ponerte en contacto con mi clienta. No quiere hablar contigo.

—¡Pero...!

Cuelgo y le devuelvo el teléfono a Briar, que parece estar pasándoselo bien.

—Vale, pues... —Se sienta y rueda los hombros—. Esta noche hacemos algo, ¿no? Por favor, decidme que no voy a pasarme mi cumple encerrada en la habitación de un hotel.

Al oírla me tenso.

–Es mejor que no corramos riesgos innecesarios.

Briar deja escapar un suspiro.

–No voy a pasarme el día aquí encerrada solo por que un hombre pueda mandarme otra foto inapropiada. No quiero salir de fiesta ni nada. Con un paseo me conformo.

–¿Y si salimos a cenar? –sugiere Kenta–. A lo mejor encontramos un restaurante seguro. Glen tiene la noche libre, así Matt y yo podemos protegeros mientras cenáis.

Lo fulmino con la mirada, y Briar deja escapar un suspiro y juguetea con el dobladillo de la bata.

–Supongo que no podéis cenar los tres conmigo, ¿no?

Kenta niega con la cabeza, como disculpándose.

–Estaremos allí, pero en una mesa cercana. Puedes hablar con nosotros si quieres.

Se lo piensa y luego se gira hacia Glen y le pregunta:

–¿Tú qué dices, grandullón? ¿Listo para llevarme a una cita?

Glen se pone rojo como un tomate y una expresión de miedo le cruza el rostro.

34

Glen

Esa misma noche, cuando entramos en el restaurante, Briar se queda boquiabierta, gira sobre sí misma y observa el local con cierto brillo en la mirada.

—Madre mía —susurra, girándose hacia mí—. ¡¿Lo has escogido tú?!

Asiento con gesto incómodo.

He tardado casi todo el día en encontrar un restaurante lo bastante seguro para ella. Al final, los de seguridad del hotel me recomendaron esta joya escondida en un rincón de West Hollywood. Por lo visto, es el lugar preferido de los famosos que quieren comer sin que los acosen los fans o los paparazis. Es perfecto. El local es una sala amplia en la que no hay recovecos ni rendijas en los que se pueda esconder alguien. Hay poco personal, y es discreto. Además, el edificio cuenta con sus propios seguratas y un buen número de cámaras de vigilancia.

Aunque dudo que la emoción de Briar se deba a las cámaras.

El local es precioso. Lo han ambientado como si fuera un jardín griego. Las paredes son de piedra blanca y las han decorado con mosaicos turquesas y hiedra. Hay helechos exuberantes y limoneros chiquititos alrededor de cada mesa; además, cuelgan guirnaldas de flores por todas partes y cubren las sillas y el suelo. Las velas que titilan en faroles de cristal y le confieren al local un ambiente de ensueño y tranquilo. Normalmente hay que reservar con medio año de antelación, pero en cuanto he mencionado el nombre de Briar por teléfono, han quedado libres varios huecos.

Briar me coge de la mano cuando el *maître* nos guía hasta

un par de mesas que están en la esquina del local, de cara a la puerta. Briar y yo tomamos asiento en una, y Matt y Kenta se quedan con la otra, que está a tan solo unos pasos. Desde aquí podemos vigilar todo el local sin problema.

Un sumiller aparece de la nada y Briar le dedica una sonrisa.

—¿Cuáles son los mejores vinos dulces que tenéis?

El hombre medita su respuesta antes de contestar:

—Si a la señorita le gusta el Sauternes, tenemos un Château d'Yquem de la subregión de Graves, de Burdeos. Está elaborado con uvas sauvignon blanc, semillon y muscadelle. Es de una calidad excelente.

Briar me mira y yo me encojo de hombros.

—Me da igual —le digo, porque no tengo ni puta idea de vinos.

Briar pide una botella y el hombre se aleja. Después se apoya en mí y observa el restaurante sin dejar de sonreír.

—¿Te gusta? —le pregunto.

Estoy un poco nervioso. No he tenido una cita como tal desde que dejé el Ejército. De vez en cuando, Kenta y Matt me obligan a invitar a alguna chica a tomar algo, pero las pobres se pasan la mitad del tiempo intentando no mirarme a la cara. Normalmente le pongo fin a la situación después de tomarme una cerveza y me voy a casa.

No recuerdo la última vez que salí a cenar con una chica. Briar me mira con incredulidad.

—¿Estás de coña? Es el restaurante más bonito al que me han llevado nunca. Y ni siquiera lo estáis haciendo para sacarme la pasta.

—Ya que lo mencionas, la verdad es que a los tres nos gustaría que nos subieras el sueldo —respondo, y Briar se ríe y me coge de la mano para besarme los nudillos.

—Ya quisierais. Sois vosotros los que deberías pagarme por haberme puesto este vestido.

Le recorro el cuerpo con la mirada. Lleva un modelito ajustado, brillante y cubierto de lentejuelas rosa pálido. La tela se pega a su figura y las lentejuelas le proyectan reflejos iridiscente sobre los brazos y el cuello. Creo que también se ha puesto un poco de purpurina corporal, porque la piel le reluce bajo el haz dorado de las lámparas. Parece el hada más sexi del mundo.

–Estás preciosa –le digo, y a ella se le ensancha la sonrisa.

Joder, me encanta verla sonreír. La primera semana creo que no la vi sonreír ni una vez. Siempre eran muecas tensas y sarcásticas. Ahora me dedica una sonrisa de oreja a oreja y le brilla la mirada, y a mí se me hace un nudo en la garganta.

–Tú también estás muy guapo –me dice. Alza un dedo cubierto de purpurina y me acaricia la nuez de Adán. Cuando trago saliva de forma inconsciente, se ríe–. Te queda muy bien el gris.

El camarero vuelve con el vino. Aparto un poco la silla para dejarle sitio y, al ver mi reflejo en la ventana oscura, mi buen humor se desvanece al instante.

Lo suyo sería que tras cinco años ya me hubiera acostumbrado a verme la cara, pero no. Siempre me impresiona. Siempre. Esta noche me parece más espantosa de lo habitual. La luz tenue del local que hace que Briar brille como un ángel proyecta sombras sobre las rugosidades de mi cicatriz, por lo que parece que tengo la mejilla destrozada.

Odio estas mierdas.

No me considero vanidoso. Por eso jamás me planteé arreglarme la cara. Normalmente, me da igual ser feo. No estoy en este mundo para ser guapo. No soy modelo, joder.

Lo que me preocupa no es mi aspecto, sino los recuerdos que me trae. La gente se gira por la calle y se queda mirándome. La gente me mira la cicatriz cuando me habla. Todos los días veo un destello de repulsión en las miradas de los desconocidos; y entonces me vienen los recuerdos.

Examino el local y se me cae el alma a los pies en cuanto reparo en que los de las otras mesas nos están mirando. Pues claro que nos miran. Toda la industria del cine gira en torno a la belleza, por lo que doy la nota. Veo que una actriz que me suena de algo nos observa a Briar y a mí. Después saca el teléfono y se pone a mandar mensajes a velocidad de vértigo.

Mierda.

Ni siquiera se me ha pasado por la cabeza al escoger este restaurante, pero, claro, si es el lugar de moda de los famosos, va a estar lleno de gente importante de esta industria y de cotillas. El pánico se apodera de mí. La he cagado. Las portadas de las revistas de mañana estarán plagadas de fotos de Briar con un gigante canoso y cubierto de cicatrices, y entonces correrán los rumores.

Inquieto, cambio de postura para bloquear el campo de visión de la mujer con parte de las plantas que cuelgan alrededor de la mesa. Ella se inclina hacia delante y, por el ángulo en el que ha puesto el teléfono, diría que acaba de hacernos una foto.

—¿Por qué te escondes detrás del helecho? —La voz de Briar se abre paso a través de mis pensamientos—. No puedes, eres mucho más grande.

—No me escondía —murmuro con las mejillas encendidas.

—Sí que te escondías.

Niego con la cabeza y bajo la vista hacia la carta.

—¿Por qué tienen aperitivos y *entrées*? ¿Cuál es la diferencia? ¿Es cosa de los ricos?

—Los estadounidenses llaman *entrées* al plato principal. ¿Por qué te escondes?

—No tiene ningún sentido —comento, frunciendo el ceño y pasando el pulgar por los bordes dorados de las hojas.

—¡Glen!

Suspiro, dejo la carta y le hago un gesto con la mano para señalarle el restaurante.

—¿Conoces a algunas de estas personas?

—Sí, son peces gordos de esta industria, ¿por?

—Porque... —Me encojo de hombros, incómodo—. La gente habla, ¿no? A lo mejor no quieres que la gente te vea en público conmigo.

—¿Lo dices por las fotos en las que salgo besándome con Matt? —pregunta, riéndose—. No te preocupes, la gente ya piensa que soy una fresca, así que me aprovecho de la situación para besuquearme con quien quiera.

–No es por eso –respondo de manera brusca–, sino por...

Se le abren los ojos de par en par y varias emociones la cruzan el rostro: rabia, tristeza, compasión, lástima...

–¿Por qué? –me suelta–. ¿Crees que me gusta acostarme contigo en privado, pero que luego soy demasiado superficial como para que me vean en público contigo? Que te jodan, Glen. ¿De verdad te crees que soy tan horrible?

Me paso una mano por el pelo. Estoy gestionando la situación fatal.

–No decía eso. Solo que... No pego mucho con tu marca.

La he cagado. Briar se yergue y un destello de rabia le cruza la mirada.

–Maldita sea. No soy ninguna marca, joder. ¡Y yo que pensaba que empezabais a verme como una persona de carne y hueso!

–¡No era lo que quería decir! –le digo, alzando las manos–. ¡Es solo que no quiero hacer nada que dañe tu imagen pública! Nada más.

Qué vergüenza, joder. Briar entrecierra los ojos.

–¿Crees que eres tan horrendo que mi imagen pública va a salir perjudicada solo por estar sentada contigo? ¿Quién te crees que eres, joder? ¿El puto fantasma de la ópera?

Voy a responderle, pero, antes de que pueda hacerlo, Briar me agarra de la corbata (se ha hecho la manicura) y tira de mí hacia ella para darme un beso.

Nuestros cuerpos chocan. Briar no se contenta con un piquito, sino que me mete la lengua. Siento un gemido en el interior de mi pecho cuando le devuelvo el beso, apasionado y desesperado. Briar se arquea y pega el cuerpo contra mí.

Esta clase de besos no están bien vistos en público. No es la clase de beso que le das a alguien en un restaurante de lujo en el que te ponen seis tenedores de distinto tamaño ni en el que los precios de las botellas de vino tienen cinco cifras.

Pero a Briar le da igual. Me agarra del cuello de la camisa para acercarse más y hundirse más. Es como si intentara volcar en un solo beso varias semanas de anhelo, frustración y tensión sexual.

Al final nos separamos. A mí me zumban los oídos. Siento las miradas escandalizadas de todo el mundo, pero soy incapaz de quitarle los ojos de encima a Briar. Sigue agarrándome con fuerza del cuello de la camisa, y veo rabia en sus ojos azules.

—Pues ya ves lo horripilante que me resultas —me dice con un jadeo.

Antes de que me dé tiempo a responder, se acerca a mí para darme varios besos, como si fueran mordiscos. Me acaricia el pelo con la mano y el corazón me da un vuelco. Creo que jamás me ha gustado tanto una chica como para que se me acelere el pulso con ella, pero los besos que me da en los labios me llegan directos al vientre.

Al final para y, con los labios pegados a los míos, me roba el aliento. Briar está sonrojada y tiene los ojos brillantes, anegados en lágrimas. Parpadea con fuerza para contenerlas.

Mierda. ¿Está llorando por mi culpa?

—Briar... —le digo.

Pero ella me fulmina con la mirada y me coge el rostro con las manos.

—¡Glen! —Se acerca a mí y me da otro beso en los labios—. ¿De verdad te preocupan estas tonterías?

—Es que eres preciosa —le digo con dificultad—. No sé si sabes lo guapa que eres.

—Pues claro que lo sé. Tengo espejos. Estoy buenísima. —A Matt se le escapa la risa a lo lejos—. Yo no me estoy engañando a mí misma. —Me acaricia la mejilla con el pulgar y repasa la piel brillante y dañada de la cicatriz. Cierro los ojos y me obligo a no apartarme—. Tú también eres muy guapo.

Me río sin una pizca de humor.

—Soy horrendo. No hace falta que me mientas.

—¿Quién dice eso? —me pregunta—. Joder, si casi mojo las bragas en cuanto te he visto esta noche en tu cuarto con el traje.

—A mí me pareces guapísimo, tío —me dice Kenta, y yo le hago un corte de mangas.

Briar pasa de nosotros.

–Joder, ni que fueras un Quasimodo musculado. Eres un hombre muy atractivo con una cicatriz impresionante. Y punto. ¿Te queda claro?

Me relamo.

–Pero...

–¡Que me respondas que sí!

–Vale, vale.

Briar se cruza de brazos de forma airada y vuelve a su asiento justo cuando el camarero aparece con los entrantes. Espera a que deje los platos y, entonces, coge mi silla para intentar acercarme a ella. Desconcertado, me levanto y dejo que la arrastre hasta ponerla a su lado. Después me fulmina con la mirada hasta que vuelvo a sentarme.

–Estupendo. Ahora pásame el brazo por los hombros y dame de comer pasta, como haría una buena cita.

Como no reacciono, Briar suelta un bufido, me coge la mano y se la coloca encima de los hombros.

–Joder –se queja, y se acurruca con fuerza contra mi pecho–. ¿De verdad me va a tocar a mí hacerlo todo?

Entrelazo mis dedos entre sus rizos suaves del color de la miel.

–Jamás me han abrazado de una forma tan violenta.

–Pues ve acostumbrándote.

Nos acomodamos y nos centramos en la comida. Está increíble, pero ni siquiera la comida de un chef al que le han concedido tres estrellas Michelin podría distraerme de lo que siento al tener a Briar acurrucada contra mí. Apoya la cabeza en mi brazo mientras come y, de vez en cuando, les dedica miradas asesinas a quienes se giran para mirarnos. Matt y Kenta también comen, aunque por turnos, porque, mientras uno da varios bocados, el otro examina el local. Briar se termina el vino, de modo que me inclino hacia delante para coger la botella.

En cuanto sacó el tapón, Briar deja caer la mano por debajo de la mesa y me acaricia el paquete.

35

Glen

Pego un bote y bajo la mirada. Briar me sonríe y le brillan los ojos. Antes de que me dé tiempo a decir nada, el camarero aparece con un molinillo de pimienta enorme.

—¿Pimienta, caballero?

—Eh... —Briar me aprieta el paquete, que no deja de crecer, y una onda de calor me recorre el cuerpo. Aprieto los dientes y me obligo a sonreírle al camarero—. Claro.

—Dígame cuánto quiere —me dice, y comienza a echar pimienta molida sobre mi plato.

Intento concentrarme, pero Briar aprieta y me masajea con firmeza, y se me queda la mente en blanco. Después me roza la erección con la palma de las manos y se me tensan los muslos por el esfuerzo que supone no moverme.

Como no digo nada, el camarero para.

—¿Bien, señor? —me pregunta.

—Sí, sí —respondo con la voz rota.

—¿Se encuentra bien, señor? —me pregunta con tono amable.

—De maravilla.

—Mmm... ¿Quieren que les traiga un poco más de agua?

—Sí, por favor —responde Briar con una sonrisa.

El camarero asiente y gira sobre los talones. Yo me dejo caer en la silla y me paso la mano por la cara.

—Briar...

—¿Qué pasa? —Clava el tenedor en un ravioli con una mano y le da un bocado como si nada—. ¿Quieres que pare?

—No. —Se me ha escapado, y Briar se ríe y me recorre el pene con la uña. La sangre me trepa al rostro y se me sacuden las caderas al tiempo que me agarro al mantel–. Joder, Briar, no...

–No te preocupes. –Briar me da una palmadita en la mejilla y luego me susurra–: No voy a hacer que te corras.

Y se me escapa un sonido agónico cuando retira la mano para coger la copa de vino.

El resto de la comida es una especie de tortura diseñada por un pervertido. Comemos despacio un plato tras otro de comida tan refinada que hasta resulta ridículo. Apenas me sabe a nada. Briar tiene la mano sobre mi regazo, acunando mi erección con delicadeza y, cada vez que me relajo, comienza a acariciarme de nuevo. Me lleva al límite, me aprieta, me da con la palma y me frota hasta que me aferro a la mesa con los nudillos blancos y noto sacudidas en la ropa interior. Justo cuando estoy seguro de que voy a explotar, retira la mano y me deja jadeando y hecho un cuadro.

Va a acabar conmigo. Además, a juzgar por las sonrisitas que nos dedican Matt y Kenta, seguro que saben perfectamente lo que está pasando.

Cuando llega el postre, Briar se distrae con su pastel de chocolate fundido y me concede una tregua. Justo cuando estamos terminando, vuelve a colocarme la mano entre las piernas.

Tengo que tragarme un gruñido.

–Briar...

–¿Qué? –Coge una fresa y lame el chocolate–. ¿Pasa algo?

La fulmino con la mirada. Tiene el labio inferior manchado de chocolate, de modo que me acerco para lamerlo. De repente, Kenta, que está a cierta distancia, carraspea y dice:

–Ha venido alguien a verte, Briar –dice con una voz gélida.

Sorprendido, me aparto de ella y miro por encima de la cabeza de Briar. Ahí está Thom Petty, observando a Matt y a Kenta. No tiene buen aspecto: tiene ojeras y la piel pálida.

Briar deja de mover la mano y se gira para mirarlo. Aprovecho para coger el vaso de agua y beberme la mitad de un trago, aunque no hace mucho por aliviar el calor que siento bajo la piel.

–Hola, B –la saluda Petty con una sonrisa tímida.

Briar suspira y, a regañadientes, me quita la mano del regazo.

–Mira, con un acosador me basta. No necesito empezar una colección.

Petty se remueve incómodo.

–Ya... Algo me habían contado. Lo siento.

–¿Cómo has sabido que estaba aquí? –le pregunta Matt de malas maneras.

Petty se sobresalta y lo mira.

–Les he preguntado a los paparazis, tío –responde, señalando la puerta–. Tenemos el contacto de algunos para que nos den información.

Matt echa chispas por los ojos.

–¿Hay paparazis ahí fuera?

–Sí –responde Petty con tono confundido–. Unos cincuenta o así. No ha sido muy complicado encontrarla.

Kenta se frota las sienes.

–No tiene ningún sentido –murmura–. Hemos buscado rastreadores en el coche. No nos ha seguido nadie.

Por lo visto, a Briar le dan igual los paparazis.

–¿Qué quieres, Petty? –le suelta–. Estoy en mitad de una cita.

Me pongo rojo como un tomate. Petty abre los ojos de par en par y exclama:

–¿Cómo? –Se gira y señala a Matt, que le devuelve la mirada con el rostro imperturbable–. ¿La otra vez no estabas saliendo con ese?

–Me gusta tener a varios a mano. Soy un zorrón, ¿no? ¡Llevo siéndolo desde que tenía dieciséis años! –responde con amargura.

Petty tuerce el gesto.

–Justo de eso quería hablarte –responde, y vuelve a mirar a su alrededor, como si esperara que alguien que acecha entre las sombras fuera a abalanzarse sobre él.

Tanto nerviosismo me está inquietando. Meto la mano en el bolsillo de la chaqueta y agarro la culata del arma.

–¿Quieres hablar de la reputación sexual que tuve en mi infancia? –le pregunta Briar con tono cortante.

Petty suspira y se agita incómodo.

–¿Puedo sentarme?

–No –respondemos Matt y yo al instante.

Briar pone los ojos en blanco y nos dice:

–Traedle una silla.

Kenta se levanta, acerca su silla hasta nuestra mesa y le hace un gesto para que se siente. Thom obedece y asiente nervioso para darle las gracias. Kenta espera a que se acomode y luego deja las manos en el respaldo de la silla, apoyándose como si nada sobre ese hombre más menudo que él.

Thom se relame los labios y examina el mantel blanco.

–Solo quería disculparme –murmura–, por lo que pasó cuando teníamos dieciséis años. Lo... –Inspira hondo y clava los ojos marrones en Briar–. Lo siento muchísimo.

Briar no responde durante un instante, pero luego se recuesta en la silla y le dice:

–Querrás decir que lo sientes por lo que hiciste, ¿no?

Thom parpadea sorprendido.

–¿Perdón?

–No por lo que pasó, porque eso implica que no fue culpa tuya. –Briar coge una cereza y la arranca del tallo mientras lo examina con detenimiento–. Quieres disculparte por lo que hiciste, ¿no?

–Sí –responde Petty en voz baja–. Sí. La cagué. Quiero arreglar las cosas.

–¿Por qué? –pregunta Briar.

–Porque... –Thom parpadea, sorprendido–. Porque te hice daño.

–Me arruinaste la vida. Eras mi mejor amigo, y me hiciste tanto daño que me pasé años medicándome y yendo a terapia para que se me fueran las ganas de arrojarme delante de un coche. La verdad es que me sorprende que no me matara. –Siento que la sangre me abandona el rostro. Acabo de enterarme de todo esto–. Pero parece que te ha dado igual durante los últimos trece años. Así que dime, ¿por qué te has animado ahora a pedirme perdón?

A Petty se le encienden las mejillas y baja la mirada. Tras él, Kenta se aferra al respaldo de la silla y desprende rabia silenciosa por los cuatro costados.

–¿A qué viene esto? –insiste Briar–. ¿Tu equipo de relaciones públicas quiere limpiar tu pasado? ¿Necesitas que invierta en tu nueva marca de colonia? ¿Los de *Hollywood House* están preparando una temporada de reencuentro o algo por el estilo?

–No quiero nada de ti –responde en voz baja–. Solo que me perdones. Sí, he tardado bastante en pedírtelo, pero, después de vernos en la gala benéfica, me di cuenta del daño que te había hecho.

Para ser actor, la verdad es que miente de pena. Briar lo estudia con la mirada.

–¿Estarías dispuesto a declarar públicamente que mentiste?

Thom duda durante un buen rato.

–Sí –responde al fin–. Si es lo que quieres, sí.

Briar le sostiene la mirada durante varios instantes, el tiempo suficiente para que Thom se revuelva incómodo en la silla, pero ella acaba riéndose y cogiendo su copa de vino.

–Es broma –le dice–. No voy a joderte la carrera. Acepto tus disculpas.

Thom abre mucho los ojos y se queda serio.

–Siempre has sido mejor persona que yo –le dice.

Briar pone los ojos en blanco.

–Lo que me hiciste fue una mierda, pero eras un crío. No éramos más que críos. No creo que podamos volver a ser amigos, pero te agradezco que te hayas disculpado.

Thom asiente con el rostro cargado de alivio. Entonces transcurren varios segundos.

–¿Te vas ya? –le dice entonces–. Estaba intentando hacerle una paja por debajo de la mesa a mi novio *du jour*.

Me quedo boquiabierto, pero Thom se ríe porque es evidente que no se lo cree.

–Vale –responde, y se pone en pie arrastrando la silla–. Te dejo que sigas. –Después nos dedica a Kenta, Matt y a mí una sonrisa incómoda que ninguno le devolvemos–. Esto... Pasadlo bien.

Lo observamos en silencio mientras se da la vuelta y desaparece entre las plantas y las mesas.

–Qué raro –menciona Briar.

–Tenemos que irnos de aquí –dice Matt, poniéndose en pie–. Voy a por el coche.

Kenta asiente.

–Lo siento, Briar, pero si los paparazis te han encontrado, tenemos que sacarte de aquí antes de que llamen la atención de quien no deben. No queremos que nadie te siga de vuelta al hotel.

Pero a Briar no le importa.

–No pasa nada. Ya habíamos terminado de cenar. –Me da un beso en los labios y me acaricia el pecho–. Creo que ya podemos volver al dormitorio.

–Vas a acabar conmigo –murmuro, y ella se ríe, animada, se acaba el resto del vino de un trago y coge su bolso de mano.

–Venga, vámonos.

En cuanto salimos a la calle, nos topamos con un fogonazo de luz blanca. Cientos de *flashes* centellan en la noche. Suelto una palabrota. Hay un montón de paparazis que se agitan nerviosos. Agarro a Briar del hombro, Kenta se pone al otro lado y nos lanzamos como un rayo a la carretera. Los paparazis no dejan de gritarnos en cuanto nos ven.

–¡Feliz cumpleaños, Briar!

–¡Briar! ¡Acabamos de ver salir a Thom! ¿Vais a volver?

–¿Sabes algo de tu acosador? ¿Lo han capturado ya?

Empujo a un par de tipos que intentan agarrarla.

—Apartaos —repito una y otra vez mientras los examino y les miro las manos—. ¡Que os apartéis, joder!

Esto es imposible. Cualquiera podría llevar un arma, y ni siquiera la vería por culpa de los *flashes* que me ciegan. La gente se apelotona por todas partes y se acerca mientras tratamos de abrirnos paso entre la marabunta de cuerpos calientes y sudados. Briar mantiene la expresión de chica fría que pone para la prensa, esa misma cara por la que la llaman «estirada» o «mala». Claro, como que va a sonreír cuando la acosan por la calle. Un fotógrafo se abalanza hacia ella y la agarra.

—¿Te ha perdonado Thom por que le pusieras los cuernos?

—No la toques —le advierto, y lo aparto de un empujón.

El chico tropieza y cae al suelo. No se levanta, sino que se da la vuelta y estira el brazo con el que sostiene la cámara. La rabia se apodera de mí al darme cuenta de que intenta fotografiar a Briar por debajo de la falda. Me agacho para levantarlo, pero Briar se me adelanta y le quita la cámara de una patada. Luego le da un pisotón y rompe la lente con el tacón.

—¡Oye, no puedes hacer eso! —le grita—. ¡No puedes destruir mis cosas! ¡Me has agredido! ¡Voy a demandarte!

—Inténtalo —le responde ella, cortante—, y verás lo que pasa.

El hombre se queda mirándola con la boca abierta. Agarro a Briar del brazo y avanzamos deprisa.

—¡Zorra! —grita el hombre tras ella, y Briar le responde con un corte de mangas.

Matt detiene el coche en el arcén, y Kenta abre la puerta y se coloca ante ella para mantener a raya a los fotógrafos mientras Briar y yo entramos. Kenta entra por la otra puerta y cierra tras él. El clamor de fuera queda ahogado al instante y Matt arranca el coche.

—¿Estás bien? —le pregunto a Briar, palpándole el cuerpo. Está despeinada y falta de aliento—. Mierda, debería haber mantenido alejado a ese tipo...

—Cállate —me ordena, y me coge del cuello de la camisa y tira de mí para darme un beso.

Yo la agarro de la cintura y se lo devuelvo.

–Casi acabas conmigo esta noche –le susurro al oído.

Briar se encoge de hombros, como indiferente.

–¿Y qué vas a hacer al respecto?

Me giro hacia Kenta y le digo:

–¿Quieres echarme una mano?

–Desde luego –responde con una sonrisa.

Matt se mete en un carril, y Kenta y yo metemos las manos debajo del vestido de Briar y la agarramos cada uno de un muslo.

–Por fin –murmura–. Llevo todo el día esperando mi polvo de cumpleaños.

Subo la mano hasta que rozo con los dedos los rizos suaves y húmedos. Se me abren los ojos de par en par.

–No llevas...

Ella se encoge de hombros.

–No quería que se me marcara la ropa interior por debajo del vestido.

Recuerdo al fotógrafo que estaba en el suelo y se me tensa el cuerpo entero.

–El tío de la cámara...

–Lo han grabado intentando cometer un crimen –me responde, terminando mi frase–. Y te aseguro que voy a denunciarlo. Así que deja de preocuparte tanto y méteme algo de una vez.

–Ya has oído a la señorita –murmura Kenta, que le quita los tirantes del vestido con los dientes.

Agacho la cabeza para besarle el cuello y la acaricio entre las piernas con los dedos. Está empapada y le palpita todo. Aprieto el dedo contra el clítoris y doy vueltas sobre la piel húmeda. Briar se gira hacia mí y pega la mejilla cálida contra la mía mientras me besa el cuello. Se le tensan los músculos al tiempo que se le acelera la respiración. Kenta le baja el escote del vestido y le pega un lametón desde la clavícula. Briar se sacude y se arquea contra mí mientras gime con desesperación.

–Nos siguen –dice Matt de repente.

Los tres nos quedamos helados.

–¿Qué?

Matt no responde y mira a través del retrovisor. Kenta se da la vuelta para observar por el parabrisas.

–El Sedan azul –le indica Matt.

–Frena un poco –le ordena Kenta, y Matt levanta el pie del acelerador–. Vale, cambia de carril.

Matt obedece, Kenta suelta una palabrota y yo tengo que contener las ganas de girarme para ver qué pasa ahí detrás. No queremos que se dé cuenta de que hemos reparado en él. Briar vuelve a estremecerse y le abrocho el cinturón de seguridad con delicadeza. Luego se agarra a mi camisa.

–¿Cuál es la matrícula?

–No la veo –responde Kenta–. Lleva puestas las largas.

–A lo mejor solo son los paparazis –sugiere Briar.

Le apoyo la mano en la cabeza y la acerco a mi pecho mientras saco el arma.

–Sea quien sea, no queremos que nos siga hasta el hotel.

–¿Lleváis los cinturones? –pregunta Matt–. Puedo darle esquinazo, pero voy a tener que conducir como un loco.

–Sí –respondemos al unísono.

–Pues venga, princesa –murmura, y acelera a fondo.

36

Briar

Cuando al fin llegamos al hotel, todos estamos con el ánimo por los suelos. Matt le ha dado esquinazo al coche bastante rápido, y el conductor dejó de seguirnos en cuanto se dio cuenta de que nos habíamos percatado de su presencia, lo cual me preocupa. Si no fuera más que un paparazi, le habría dado igual que lo viéramos. Ninguno dice nada, pero todos sabemos lo que significa.

Era X, que sabía exactamente dónde estaba, que me ha seguido.

En cuanto entramos en la *suite*, me quito los zapatos de tacón con los pies y me dejo caer en el sofá mientras me peleo con el cierre del bolso de mano. La mente me va a mil por hora.

—¿Una copa de vino? —me sugiere Glen.

—Sí, gracias.

Kenta se quita la chaqueta del traje, la deja sobre el sofá y se sienta a mi lado.

—Siento que este problema te haya estropeado la velada.

—No ha arruinado nada —le digo con una sonrisa—. Es el mejor regalo de cumpleaños que me han hecho desde que era niña.

—¿En serio? —pregunta, sorprendido.

Apoyo la cabeza en los cojines del sofá y lo observo mientras se desabrocha el cuello de la camisa y se afloja el nudo de la corbata.

—¿De verdad te sorprende? —murmuro, y se me van los ojos a sus antebrazos cuando se arremangan.

¿Los chicos saben lo sexis que están cuando hacen eso? No hay nada más sexi que un hombre que se ha quitado parte del traje.

Kenta me dedica una sonrisita.

—Creía que las mejores fiestas del mundo las organizaban las veinteañeras con pasta.

Respondo encogiéndome de hombros. La verdad es que no me apetece contarle que no he tenido ni un solo amigo de verdad desde que volví a esta industria. Son los desagradables efectos secundarios de ser una zorra con mala fama: las únicas personas que quieren ser mis amigas son peligrosas. Me paso la mayoría de los cumpleaños trabajando o viendo pelis tras pedir comida a domicilio.

Me acurruco contra Kenta y le cojo la mano para que me pase el brazo por encima de los hombros.

—Así, porfa.

Kenta sonríe y se agacha para darme un beso en la cabeza.

—¿Puedo preguntarte una cosa? —me murmura contra el pelo.

—Ni en broma —respondo, altiva, jugueteando con sus dedos—. No permito que mis empleados me dirijan la palabra.

Glen me pasa una copa de vino blanco, le tiende una cerveza a Kenta y se sienta a mi lado. Matt se deja caer a su lado. Me estiro entre ellos con una sonrisa de alegría. Así, acurrucada entre tres guardaespaldas musculosos, esa inesperada persecución en coche no me parece para tanto.

—Vale —cedo—. Estoy de buen humor, pregunta.

—Antes has dicho que Petty te arruinó la vida —dice Kenta—. Estuvisteis trabajando en la misma serie, ¿no? —Asiento y le doy un trago al vino—. ¿Qué te hizo?

Me dispongo a responder como hago siempre, con algún comentario burlón sobre que le puse los cuernos a Thom porque tenía la polla diminuta y llena de hongos, pero, por alguna extraña razón, las palabras mueren antes de que escapen de mis labios. Guardo silencio durante varios segundos e intento pensar qué decir.

—No hace falta que respondas —se apresura Kenta.

—No, si no... —No termino la frase y jugueteo con el tallo de la copa—. Nunca hablo de ese tema. Jamás.

He guardado bajo llave los recuerdos de mi adolescencia desde hace más de una década. Supongo que, si no hablo sobre esos temas, las revistas del corazón no pueden vender esas historias.

Pero sé que estos chicos no les van a vender mis secretos a la prensa. Me dan ganas de reírme solo de pensarlo. Lo único que quieren es que esté a salvo. Me han confiado sus secretos, de modo que voy a hacer lo mismo.

De repente, me muero de ganas de contárselo todo.

Examino el vino y aprieto los labios antes de darle un buen trago.

—Cuando entras en esta industria —les explico—, los de relaciones públicas te crean una marca. ¿Sabéis cuál era la mía cuando firmé mi primer contrato con trece años?

Los tres se encogen de hombros.

—«La Dulce Adolescente» —les digo enunciando cada palabra.

A Matt se le escapa la risa.

—¿Verdad? Ahora cuesta creerlo, pero por aquel entonces tenía trece, catorce, quince... Era una niña buena. Inocente. Además, era muy tímida y extremadamente educada. Quería caerle bien a todo el mundo. Los de relaciones públicas jugaron con eso y me convirtieron en un angelito amable y delicado. Como Taylor Swift cuando empezó.

Los chicos intercambian una mirada de incomprensión.

—Mmm... Como Lady Di. Mi representante de relaciones públicas decidió que siempre debía ir de blanco o de rosa y que tenía que ponerme el mínimo maquillaje posible. No podía ir a fiestas ni publicar nada en redes. Tenía terminantemente prohibido hacerme selfis. Me animaron a que participara en un montón de galas benéficas. Al menos eso lo he conservado —comento, observando la copa—. Esa fue la versión de mí que conoció la gente durante muchos años. La niña buena. Y a la gente le gustaba. Fui una de las niñas actrices más famosas de esta industria. Tenía una buena carrera por delante una vez que cumpliera los dieciocho. Y entonces Thom Petty lo arruinó todo al decirle a la gente que le había puesto los cuernos.

–¿Mintió? –pregunta Glen.

–Ni siquiera éramos novios. Thom era mi amigo. A decir verdad, era mi único amigo. Nos conocimos en el set de *Hollywood House*, y era como yo: un niño británico al que habían sacado de secundaria para meterlo en un vuelo a Hollywood. Nos aferramos el uno al otro, y la prensa comenzó con sus teorías de que estábamos saliendo. Pero no fuimos novios –les digo, examinándome las uñas–. A los dieciséis tuve una cita con un chico. Los paparazis nos acosaron por toda la ciudad y nos hicieron una foto besándonos. Era el primer beso de verdad que me daban fuera de cámara, y me moría por contárselo a Thom al día siguiente.

Siento náuseas en el estómago, por lo que dejo el vino. Hacía mucho que no pensaba en todo esto. Casi había olvidado lo muchísimo que me dolió.

–Al despertar a la mañana siguiente, me topé con los titulares: «Briar Saint le rompe el corazón a Thomas Petty tras ponerle los cuernos». Thom afirmaba que éramos novios desde hacía dos años y que había besado a escondidas a ese otro chico. La prensa se ensañó conmigo. Fui a su a casa para suplicarle que dijera la verdad, pero se negó a verme.

–Joder... –murmura Glen.

Aprieto los labios y prosigo:

–La verdad es que fue una jugada maestra por su parte. Paso de ser un niño actor del montón a un pobre chico al que habían rechazado. Se pasó meses ante los paparazis con aire alicaído y los ojos llorosos, lo cual hizo que la gente me odiara más aún, como cabía esperar.

–¿Lo pasaste muy mal? –me pregunta Matt.

Inspiro hondo.

–Fue horrible. Los fans se enfadaron tanto que comenzaron a boicotear la serie. Los directores me echaron del proyecto porque la audiencia bajaba por mi culpa. *Hollywood House* era mi vida entera. Conocía a aquellos actores y actrices mejor que a mi propia familia. Pero dio igual –les digo, encogiéndome de hombros–. Así nació la malvada bruja del oeste. Aunque yo no dejara de decir la verdad, la gente me odiaba.

–Tuvo que ser terrorífico –me dice Kenta en voz baja.

Me río, aunque no me haga ninguna gracia.

–Jamás he pasado tanto miedo. Solo era una niña, y sentí que todo el mundo se volvía en mi contra. La gente que antes me idolatraba comenzó a mandarme amenazas de muerte. Todo lo que hacía estaba mal: si me hacían una foto junto a un hombre, era una puta; si parecía disgustada en público, lo estaba haciendo para ganarme la simpatía de la gente. Si pasaba de los paparazis, era una zorra estirada que se creía mejor que nadie. Quise desaparecer de la faz de la Tierra.

–¿Y qué hiciste? –me pregunta Matt con voz grave.

Suspiro y le doy otro trago al vino.

–Desaparecí. Me compré una casa en Devon y viví allí sola durante varios años. Hacía la compra por Internet, pedía comida a domicilio y me negué a ver a nadie. –Cojo una lentejuela que se ha soltado del vestido–. Me pasé muchos años deprimida. No entendía cuál era el sentido de seguir viviendo. No podía salir de casa sin que gente que no conocía me insultara y sin que la prensa me acosara. Llegué a la conclusión de que jamás tendría amigos, pareja o familia. La gente me odiaba muchísimo... Mi vida se había arruinado, ¿para qué iba a seguir viviendo?

Me sorprendo cuando una lágrima me surca la mejilla y aterriza en la tela pálida del vestido. Suelto la mano de Kenta, me cruzo de brazos y me encojo sobre mí misma. Alguien me pasa un pañuelo.

–Gracias –digo, enjugándomela–. Fueron años muy oscuros. Y luego cumplí los veinte. Estaba viendo una peli, y apareció Thom. Lo miré bien, y me sorprendí al ver el éxito que había cosechado. Le iba muy muy bien. Había actuado en pelis, tenía acuerdos con marcas, estaba componiendo música... Por el amor de Dios, ¡hasta tenía su propia línea de colonias! Y entonces algo hizo clic. Dejé de estar triste; estaba enfadadísima. –Rechino los dientes–. Era él el que había mentido, era a él a quien deberían haber castigado, no a mí. Echaba muchísimo de menos actuar, así que decidí que ya me había compadecido bastante de mí misma y que intentaría volver a esta industria.

Glen cambia de postura, pero nadie dice nada.

—Decidí que, en vez de intentar reparar mi reputación, me apropiaría de ella. Si la gente quería que fuera una zorra, pues en eso me convertiría. Me mudé a Los Ángeles y volví a trabajar. —Sonrío con satisfacción—. Mi primera audición fue para una peli de mi antiguo estudio. Esperaban toparse con el animal herido que era cuando me fui: una ratoncita que lo único que quería era caer bien y que la aceptaran entre ellos, pero se toparon con la que soy ahora —digo, señalándome con el pulgar—. Como era de esperar, no me dieron el papel, pero salí del *casting* como si fuera... como si fuera una leona. —Tomo otro trago de vino y le doy vueltas al líquido dorado dentro de la copa—. Es de lo más curioso. Antes me aterraba que la gente creyera que era mala, una estirada o una maleducada. Y ahora me da miedo que la gente se crea que soy simpática. Soy más fuerte cuando no le caigo bien a nadie. Me siento más a salvo cuando soy una zorra.

—Pero no lo eres —me dice Kenta en voz baja.

—¿Qué? —le pregunto, alzando la vista.

—Que no eres maleducada, ni estirada ni nada. Por dentro sigues siendo una niña buena. —Vuelve a tomarme de la mano—. Haces muchas obras benéficas. Te preocupas por la gente, por nosotros. Esa bondad sigue estando ahí.

—Lo sé —respondo—. Ahí está la clave del asunto, ¿no? Si en público me comporto tal y como soy y la gente me odia... ¿Qué hago? La terapia llega hasta donde llega. Pero ahora —añado, agitando una mano ante mí— interpreto un papel: el de una *celebrity* capulla. No critican a quien soy en realidad, sino mis acciones, y eso lo gestiono mucho mejor.

—Lo hiciste para protegerte —responde Kenta al entenderlo—. No querías convertirte en una persona fría, tan solo lo hiciste para proteger tu parte más vulnerable del resto de las personas.

–Sí, supongo que sí. –Me inclino hacia delante. De repente arde un fuego en mi interior–. ¿Y sabéis qué? Ahora la gente me presta atención. Sabe que no soy un felpudo. Saben que, si me joden, no me pienso callar. –Miro a Matt–. Hace tiempo me preguntaste por qué iba a intentar arruinarle la vida al asqueroso de Mario Vázquez solo porque no me caía bien. La verdad es que todos los días, la gente de esta industria se pone en contacto conmigo para decirme que, hace tiempo, alguien poderoso abusó de ellos, que les engañó para quedarse con su dinero o que les acosó sexualmente, pero que no pueden decir nada porque sería como ponerse una diana en la espalda. Yo puedo asestar los golpes que quiera sin que me pase nada. No formo parte de los juegos de poder en los que está metido el resto de Hollywood. La gente me tiene miedo, y con razón.

–Creo que eres la mujer más fuerte que he conocido nunca –me dice Glen en voz baja.

Lo miro y asiento.

–Gracias. –Carraspeo, cojo la copa de vino y me la acabo de un trago. Luego la dejo sobre la mesita auxiliar y los miro a los tres–. Bueno, se acabó seguir contando mi pasado dramático. ¿Follamos?

Glen rompe a reír.

–Creía que no ibas a preguntarlo nunca.

Matt se levanta despacio y se dirige al dormitorio.

–Esta mañana he ido a por una cosita –me dice mientras se va.

Enarco una ceja. Oigo un frufrú de plástico en el cuarto, y Matt vuelve con algo en el regazo. Lo cojo y examino el envoltorio de plástico. Me pongo roja como un tomate al ver qué es el regalo.

Una bala vibradora rosa.

–No te creo –le digo con los ojos resplandeciente.

–Llevo toda la semana imaginando que te corres con uno de estos, princesa –me dice con una sonrisita–. Así que créetelo.

Abro el envoltorio y le doy vueltas al juguete en la mano. De repente mi cuerpo se enciende por completo.

Matt se agacha ante mí y extiende la mano. Le paso la bala y le da a un botoncito. Los cuatro nos quedamos viéndola vibrar entre sus dedos.

–Gracias por contárnoslo –me dice Matt en voz baja, mirándome a los ojos.

–Dije que intentaría confiar más en vosotros. Y eso he hecho. –Ladeo la cabeza y pregunto–. ¿Me llevo algún premio?

–Sí. Li, bájale el vestido.

Kenta obedece y me quita el tirante del vestido por el hombro izquierdo. Cierro los ojos, y Matt me acerca la punta del juguete a la curvatura del cuello.

37

Matt

Briar exhala despacio mientras le acaricio el cuello con el juguete, que no deja de vibrar. Le rozo la clavícula y doy vueltas en torno a la curvatura blanca del pecho izquierdo. Cuando se lo acerco al pezón duro, Briar se sacude hacia mí y me agarra de los hombros.

Kenta comienza a masajearle el cuello. Yo aparto la bala y se la introduzco por debajo del vestido para acariciarle, poco a poco, los muslos temblorosos. Los pliegues se le humedecen, y tengo que contenerme para no pegarme a ella y beberme hasta la última gota. Ya habrá tiempo de eso. A Briar se le cierran los ojos cuando me acerco al centro y humedezco el juguete con sus fluidos.

—¿Te gusta? —le pregunto con una voz mucho más grave de lo que esperaba.

—Quiero más —murmura.

Glen se acerca a ella, y Briar le apoya la mejilla caliente en el hombro. Obedezco, aumento la intensidad del juguete y la provoco acercándoselo a la vagina. Briar se estremece, se sonroja y murmura algo para sí misma mientras las vibraciones la recorren entera. Voy cambiando las velocidades, más, menos, y Briar comienza a mecerse y a sacudir las caderas para aumentar la estimulación.

—Quiero más —me ordena de nuevo.

—¿Estás segura de que puedes aguantarlo? —le pregunto, sonriendo.

Briar asiente, falta de aliento, retorciéndose sobre mi mano, y me dice:

–Quiero más, Matt.

–Pues venga.

Vuelvo a darle al botoncito y pongo el juguete a máxima potencia. Vibra con rabia sobre mi mano, y entonces se lo meto, tan hondo como puedo. Sé que he dado en el blanco cuando Briar echa todo el cuerpo hacia delante con una sacudida. Me aseguro de haberlo colocado bien, y entonces saco la mano y me chupo los dedos.

Briar abre los ojos de par en par.

–¿Qué haces? –me susurra, y las caderas se le sacuden solas.

–¿Qué pasa?

–Que... –Otra sacudida, y la vibración frenética la golpea en el lugar indicado. Se aferra a mis hombros con los dedos–. ¿Vas a dejarla ahí dentro?

–No se me ocurre un lugar mejor –le digo, encogiéndome de hombros.

Briar jadea, sin saber qué decir.

–Pe... pero...

Vuelven a sacudírsele las caderas y se le escapa un gemido de sufrimiento. Yo le acaricio el muslo con los labios y luego me aparto.

–Creo que deberíamos ir a otro sitio –le digo a Kenta–. ¿Vamos a la cama?

Él asiente y le da un beso en un lunar de la clavícula.

–Menos mal –dice Briar, y levanta los brazos–. Llévame.

–No, princesa –le digo sonriendo–. Tienes piernas, así que camina.

–¿Cómo quieres que camine con esto ahí metido? –pregunta con el ceño fruncido.

–Te has enfrentado a retos mucho más difíciles.

–¿Vas en serio? –me pregunta, patidifusa.

–Y tan en serio.

A Briar se le enciende el rostro airado. Me fulmina con la mirada, se pone de pie y da varios pasos decididos hacia nuestro dormitorio. Cuando llega a la puerta, tropieza.

–¡Ah! –Sacude los párpados. Se apoya con pesadez contra la pared y se lleva la mano al vientre. El pecho se le sacude mientras jadea y las mejillas se le han tornado de un rojo intenso–. Joder –murmura, apoyando la cabeza contra la pared–. ¿A qué velocidad lo has puesto?

–¿Te molesta? –pregunta Glen.

–Sí –responde Briar con un gemido–. No... no puedo caminar con esto ahí metido, joder.

Y los tres nos quedamos mirándola boquiabiertos mientras se mete una mano entre las piernas y, desesperada, comienza a tocarse.

–A la mierda –murmura Kenta, y cruza la habitación y se arrodilla al lado de ella.

Briar estira el brazo y lo agarra del pelo. Cuando Kenta le separa las piernas y mete la cara entre los muslos, gime y comienza a restregarse contra su cara mientras él la agarra de los muslos y gruñe. En solo veinte segundos, Briar se agarra al marco de la puerta y el cuerpo entero se le tensa entre sacudidas. Cae sobre la cara de Kenta y las rodillas entrechocan entre sí mientras se corre, falta de aire.

–Joder –repite Briar una y otra vez mientras Kenta le da lametones–. Joder... –Vuelve a llevarse la mano al vientre, con los ojos azules abiertos de par en par–. Aún necesito...

Kenta se levanta, le da un beso la boca, y después le pasa el brazo bajo las rodillas y la levanta del suelo para llevársela al cuarto.

Glen y yo los seguimos. Kenta se sienta al final de la cama y se coloca a una temblorosa Briar entre las piernas. La desnuda metódicamente, la besa en el cuello mientras le quita la ropa con cuidado hasta que solo le deja los pendientes, que cuelgan con delicadeza de las orejas. Briar lo mira, con el pelo rubio despeinado.

–Por favor –le pide con voz ronca mientras se mece levemente contra el edredón.

–Túmbate –le ordena Kenta, guiándole la cabeza hasta el regazo. Y Briar obedece, de forma que queda frente al paquete de Kenta, que no deja de crecer bajo el pantalón del traje.

Kenta le aparta la cara con delicadeza.

—No. No te preocupes por eso,

—¿Por qué? ¿Por tu polla? —Briar extiende la mano y la acaricia—. No estoy nada preocupada.

Kenta aprieta la mandíbula.

—Smith —grita entonces—, colócate en tu puesto.

Se me escapa la risa, y Briar se retuerce.

—Soy una chica —nos recuerda—, no una maniobra de guerra.

Glen se arrodilla sobre la cama, entre sus piernas y le dice mientras le separa los muslos:

—Lo sé.

—Pues entonces tratadme como a una chica y no como una...

Kenta se acerca a ella y la coge de la cara para que no se mueva. Glen, mientras, agacha la cabeza y comienza a devorarla como si se estuviera muriendo de hambre. Briar abre mucho los ojos. Se le escapa un grito ahogado y arquea la espalda. Yo me siento en el borde del colchón y me desabrocho la camisa poco a poco mientras disfruto del espectáculo.

Entre el juguete, la boca de Glen y las manos de Kenta, que se deslizan por su cuerpo para acariciarle los pechos, Briar se está volviendo loca. Aprieta los muslos alrededor del cuello de Glen y se retuerce bajo sus labios mientras, desesperada, intenta aliviar las sensaciones que le provoca la bala vibradora. Entre gemido y gemido, oigo el zumbido.

—¡Ah! —gime, y estira la mano para agarrar a Glen de la cabeza. Arquea la espalda, trata de apoyarse con los pies contra las sábanas de seda. Está a punto de correrse—. Ah, ¡joder!

Glen se aparta de golpe y se limpia la cara húmeda. Tiene las mejillas sonrojadas y, cuando me mira, me hace un gesto con la mano, como guiándome para que lo releve y me coloque entre las piernas de Briar.

Briar levanta la cabeza con la mirada enfurecida.

—¡¿Por qué paras?! —grita—. Estaba a punto de...

Me preparo y me apoyo en las rodillas para enterrar la cara entre sus piernas y beberme cada una de esas perlas de excitación. Están calientes, saben dulces y un poco ácidas. Siento la bala vibrando dentro de ella mientras se lo como todo.

Glen le ha dado duro, marcando un ritmo castigador con la lengua. No me sorprende lo más mínimo teniendo en cuenta cómo lo ha provocado ella durante la cena. Yo voy más lento. Me tomo mi tiempo y meto la nariz entre los rizos húmedos hasta que Glen me da un toquecito en el hombro y me aparto.

Nos vamos turnando, cada uno contamos con más o menos un minuto entre sus muslos y, durante ese minuto, la colmamos de atenciones hasta que volvemos a cambiarnos. Cuando al final llega a su límite, tengo la lengua bien dentro de ella y Briar se mueve sobre mi cara mientras le falta el aire.

De repente se queda helada y se cubre los ojos con el brazo. El coño le palpita, se inunda y termina en mi cara. Briar gira la cabeza y muerde a Kenta en el muslo para contener los gritos contra la tela del pantalones mientras se corre a chorros. El orgasmo parece no tener fin, y yo me bebo con ansia los jugos que gotean de ella. Cuando al fin se tranquiliza, se deja caer sobre la cama, agotada y sin dejar de temblar.

–¿Mejor? –le pregunto, y le doy un último lametón.

Briar niega con la cabeza.

–Siento que aún tengo que correrme –murmura, retorciéndose y jadeando flojito.

Tardo un segundo en caer en que, con la bala ahí metida, Briar no puede aliviarse de ninguna manera. Sonrío y le meto los dedos, torciéndolos nada más entrar. Briar vuelve a sacudirse y un pequeño orgasmo le recorre el cuerpo casi al instante.

Una lágrima le surca la mejilla, y Briar se agarra débilmente a las sábanas mientras jadea y solloza. Con la mano que me queda libre le acaricio el vientre tembloroso y sigo tocándola hasta que guarda silencio y se mece un poquito bajo un charco cada vez más grande que cubre la cama. Nos mira a través de las pestañas cubiertas de lágrimas.

—Creo que me va a dar algo —murmura Kenta, acariciándole el pelo.

—Ya está bien —gimotea ella, y se incorpora retorciéndose—. Necesito que alguien... —Entrecierra los ojos y clava la mirada en Glen—. Tú. Ven, voy a follarte hasta que te suba la autoestima.

Glen comienza a desnudarse al instante.

—Yo tampoco tengo autoestima —le digo, intentando sonar lo más patético posible—. Es imposible tenerla con lo feo que soy.

A Briar se le escapa la risa.

—Mira, Carter, si te dejara solo en una habitación con un espejo, cuando volviera te encontraría chupándote la polla.

—A lo mejor podríamos dejar la bala ahí dentro —sugiere Glen mientras se quita los bóxers y se pone un condón—, para ver hasta dónde podemos metértela.

—Joder, no —responde Briar, abriendo los ojos de par en par—. ¡Sácala primero o de verdad que me matas!

Glen contiene una risa.

—Era broma, cielo.

La besa y le mete los dedos para sacarle la bala. Nos quedamos mirándola. Está empapada y cubierta de flujo. Nadie dice nada durante un instante.

Entonces Briar se abalanza sobre Glen, casi como si fuera atacarlo, se sube a su regazo y se mete su polla de golpe. A Glen apenas le da tiempo a cogerla de las caderas antes de que ella comience a montarlo a toda velocidad, con desesperación. La piel sudada entrechoca, las tetas de Briar rebotan, y ella aprieta los dientes mientras sacude las caderas con fuerza.

Me mira de reojo y me ordena:

—Tú, aquí.

—¿Sí, princesa? —le digo, acercándome a ella.

Briar extiende la mano hacia mi cinturón y se pelea con el cierre. La observo divertido mientras la hebilla se le escapa entre los dedos.

—¿Te ayudo? —le pregunto, educado.

Briar protesta entre dientes.

–Quítatelos y métemela en la boca ahora mismo –me ordena.

Ignoro la palpitación desesperada de los huevos y le digo:

–Esta noche estamos a tu servicio, princesa. Olvídate de nosotros.

Briar se ríe.

–¡Ah, bueno! Entonces, ¿vais a hacer que me corra en diez posturas distintas para luego pajearos juntos en las duchas? ¿Y qué gracia tiene? –Sin dejar de cabalgar a Glen, se estira hacia mí y me frota el paquete y lo aprieta con los dedos–. Me gusta hacer que te corras –me dice con voz queda–. Igual que a vosotros os gusta que me corra yo; así que, por el amor de Dios, haz lo que te digo. Es mi regalo de cumpleaños.

38

Matt

No hace falta que me lo diga dos veces. Me bajo los pantalones y la ropa interior en lo que pestañeo. Sus ojos azules se oscurecen, hambrientos, y me agarra de la polla y tira de mí para que me acerque a ella.

—¡Joder! ¡Que no es una correa!

Briar sacude las pestañas y luego se mete la mitad en la boca.

Grito, tanto por sorpresa como por placer. Tiene la boca ardiente y húmeda mientras desliza los labios hasta llegar a la base, milímetro a tortuoso milímetro.

—¿Sabes que acaba de aprender a hacerlo? —me dice Kenta, que se arrodilla en la cama a nuestro lado—. Aprende rápido.

Briar responde con un corte de mangas y enrosca la lengua a mi alrededor. Quiero hablar, pero no puedo. Creo que soy incapaz de formar ninguna frase coherente. Briar sacude la cabeza y las mejillas sonrosadas se le hunden cuando me la chupa. Se me escapan jadeos que juro que jamás he emitido mientras ella monta a Glen y me la chupa, atrapada entre nuestros cuerpos.

De repente, Briar pega un grito. Bajo la vista, y veo que Kenta se ha arrodillado junto a la cama, que le ha separado las nalgas y que le ha pegado la cara contra el culo.

—¿No te gusta? —murmura, acariciándole la nalga con los labios.

—¿Sí? N... —Jadea sin aliento—. No lo sé.

Kenta vuelve a pegarse y le pasa los labios por la raja. Briar se estremece.

—¿Y esto?

Kenta estira el brazo y tantea con la mano hasta que encuentra la bala vibradora. Lame la punta, le da al botoncito de la base para que vibre un poco y, sin apartar la mirada de Briar, le pega la puntita contra el culo apretado.

Briar pega un bote entre los brazos de Glen, con lo que me meto aún más dentro de su garganta. La agarro del pelo e inspiro hondo.

—Creo que le gusta —comento.

Briar asiente gruñendo, y luego se saca la polla de la boca y se oye un pop.

—Ven —le ordena a Kenta, y lo agarra de la mano y tira de él para que me sustituya.

Kenta da un paso delante y, al momento, Briar se mete su polla en la boca. Él le acuna las mejillas y le acaricia los pómulos con delicadeza. Me siento y disfruto de las vistas. Briar lleva a Kenta al límite y espera a que mi amigo jadee y la agarre del pelo, pero entonces se aparta y vuelve a chupármela a mí.

Seguimos un buen rato con esa dinámica: se la chupa a uno hasta que está a punto de correrse y luego se la chupa al otro, y todo ello sin dejar de sacudir las caderas encima de Glen, que jadea flojito mientras la embiste.

Intento contenerme, pero al final, mientras me la chupa con ansia, no puedo más. Estoy cubierto de sudor y me cuesta respirar mientras ella me masajea los huevos. Si por mí fuera, haría que este momento durara eternamente, pero entonces se me hincha en su boca.

—Briar —le digo, murmurando—, voy a correrme.

En vez de sacársela de la boca, me agarra con fuerza y se la mete aún más hondo. Frunzo el ceño y me paso una mano por el rostro.

—¿Estás segura? —le pregunto, porque recuerdo el ataque que le dio cuando Nin volcó la crema sobre la cama.

Briar responde algo ininteligible.

—¿Qué?

—Dice que le gusta tragárselo —me dice Kenta, que pega la mejilla a la espalda de Briar.

–Joder... –respondo, y pierdo el control.

Su garganta se relaja en torno a mí y termino dentro de ella con un rugido, llenándole la boca de semen caliente. Se traga hasta la última gota y se arquea contra Glen mientras se mece sobre sus caderas. Después se le escapan varios gemidos y se estremece contra mí. Le peino el pelo con los dedos y le doy tironcitos a esos mechones rubios y sedosos.

–Cielo –murmuro.

Briar se aparta y se relamo los labios hinchados.

–Cielo, ¿eh?

Estoy demasiado contento como para que me dé vergüenza.

–Se me ha escapado.

–Ya. –Se inclina hacia mí y me da un beso en el estómago–. Me gusta más cuando me llamas «princesa» –me susurra, y me da un beso en la puntita antes de acercarse a Kenta, que está hecho un cuadro, con el largo pelo suelto alrededor del rostro.

–Estoy a punto –le advierte, y ella asiente y se lo mete en la boca, rodeándolo con sus preciosos labios.

Estoy bastante seguro de que llevaba pintalabios al comienzo de la noche, pero ya no queda ni rastro de él después de tantos besos y lametones. La miro sin vergüenza mientras se la chupa a Kenta, y su cuerpo, sonrojado por el polvo, rebota entre él y Glen hasta que Kenta echa la cabeza hacia atrás y grita mientras se corre en su boca.

Creo que verla tragarse el semen de Kenta es lo que hace que Glen no pueda más.

–Briar –le dice, y ella asiente y se gira temblorosa hacia él.

Comienzan a darse cada vez más rápido, a un ritmo casi inhumano. Glen tiene el rostro cubierto de sudor, y Briar se inclina hacia él y le pega un lametón en la mejilla, con lo que le roza la cicatriz con los labios. Glen la mira a los ojos y traga saliva mientras Briar le acaricia y le besa la piel rugosa.

–Dios –murmura Briar, pegando el rostro al de él, apretando los muslos temblorosos mientras arquea la espalda–, estás tremendo.

Glen se sonroja. Briar estira los brazos y se agarra al cabecero porque va a correrse. Se le tensan todos los músculos del cuerpo. Kenta vuelve a adueñarse de la bala vibradora, la enciende y se la pega a Briar contra las tetas justo cuando ella llega al orgasmo.

El cabecero se sacude de un modo alarmante contra la pared. Briar echa la cabeza hacia atrás, con los labios entreabiertos, y yo soy incapaz de contenerme y le doy un beso mientras grita en mitad del orgasmo. La beso entera, me bebo sus gemidos y sus jadeos mientras se agarra con fuerza al cabecero y deja las marcas de las uñas sobre la madera cara. Debajo de nosotros, creo que Glen se tensa, grita y la agarra de los muslos mientras se corre dentro de ella. No le hago caso. Solo puedo pensar en esta chica que se está corriendo contra mi cuerpo. La pego aún más a mí y le acaricio la piel temblorosa mientras se estremece y suspira.

Pasado un tiempo dejan de moverse. Los besos de Briar se detienen y se acurruca contra mi cuello y se deja caer sobre mí.

—Me muero —murmura—. Me habéis matado. Tenéis que huir, chicos. La prensa llegará en menos de una hora.

—Joder —murmura Kenta, enterrando la cara en sus caderas—. No podemos permitir que nos acusen de haber matado a una famosa. Sería nuestro fin.

Briar gruñe y se aparta con cuidado de encima de Glen. Antes de caer derrotada sobre la cama, le da un beso en el pelo. Tiene los muslos brillantes a causa de la excitación, así que me acerco a ella y le paso un dedo entre los labios para después metérmelo en la boca. Briar se estremece y me fulmina con la mirada.

—Venid aquí ahora mismo los tres —nos ordena.

Me dejo caer sobre la cama mientras Glen se va al baño cojeando para limpiarse. Cuando vuelve, Kenta y él se tumban al otro lado de ella, por lo que queda atrapada entre nosotros.

—Aparta la pierna, tío —le dice Kenta a Glen—. No quiero hacer la cucharita contigo, joder.

—Yo también te quiero, Kenny —responde Glen, que le lanza un sonoro beso al aire.

Briar suspira de felicidad.

Mi teléfono vibra sobre la mesa. Compruebo los mensajes y veo que Glen nos ha mandado a ambos un enlace a la web de una joyería.

GLEN: Deberíamos comprarle un regalo de verdad.

—Sí —respondo en alto—. Mañana lo hacemos.

—Algo de plata —murmura Kenta.

—¿De qué estáis hablando? —pregunta Briar, que gira sobre sí misma para mirar por encima de mi hombro.

—De planes de seguridad —le digo, apartando el teléfono.

—¿De plata?

—Es un mensaje en clave.

—¿De qué?

—Si te lo dijera, ya no sería en clave.

—Mira, me da igual —responde, bostezando—. Sois unos pésimos mentirosos. —Entonces echa la cabeza hacia atrás y pide—: Tócame el pelo, porfa.

Kenta obedece y comienza a peinarle las ondas rubias.

—Mira que eres exigente —murmuro.

Briar se limita a sacudir las pestañas y me pega a ella.

Nos quedamos así un rato. Poco a poco, Briar se va quedando dormida encima de mí; la respiración se le calma y su cuerpo se va volviendo cada vez más pesado. Le acaricio el pecho despacio y siento su corazón latiendo bajo mis dedos. Tras las costillas, siento una gran emoción ardiendo en mi interior.

—¿Es que aquí nadie trabaja? —murmura Kenta—. Smith, tú te has ido a cenar con ella. Levanta.

Glen protesta y sale de la cama.

—¡No! —se queja Briar, que se levanta y estira los brazos hacia él, pero Glen le da un empujoncito en el pecho para que vuelva a caer sobre la cama.

—Me toca vigilar.

Briar inclina la cabeza para que la bese. Glen le desliza la mano baja la barbilla y le da un buen beso. Luego se aparta y le da un segundo beso en la mejilla.

–Llama si necesitas algo –le dice, y luego va hacia la puerta.

–¡Espera! –grita Briar cuando Glen roza la manilla. Glen se queda quieto–. Te necesito. Estoy cachonda.

A Glen se le escapa la risa.

–Buen intento. Carter, dale un beso de mi parte.

Tiro de ella y nuestros labios se encuentran. Briar suspira, se acurruca contra mí y vuelve a dormirse al instante.

–Matt.

Despierto jadeando en una habitación calurosa y brillante. Tengo el cuerpo cubierto de sudor, el corazón me late como si acabara de correr dieciséis kilómetros y me ha dado un calambre en los músculos.

–¡Matt! –insiste alguien.

Parpadeo, tengo la vista borrosa. La lamparita de noche está encendida y Briar está sentada a mi lado, mirándome con atención. La melena rubia le cae alrededor del rostro.

–¿Matt? –repite, y entonces me doy cuenta de que me está apretando el hombro–. ¿Estás despierto? ¿O estás soñando y me estás mirando con cara de mal rollo?

Parpadeo con fuerza. Tengo los ojos húmedos.

Joder.

Me incorporo y me paso las manos por la cara.

–Princesa...

–Hola –me saluda mientras me acaricia el pelo sudado–. Estabas teniendo una pesadilla, pero me alegra informarte de que nada de lo que has soñado es real y que estás en una cama junto a una mujer despampanante y desnuda. Mucho mejor, ¿no?

–Mierda –murmuro con los hombros hundidos–. Te he despertado.

–No pasa nada –responde ella, encogiéndose de hombros.

–Mañana es un día importante para ti. Debería...

Hago amago de salir de la cama, muerto de vergüenza. Justo esto era lo que me temía.

–Venga, vuelve a la cama, idiota –me dice, poniendo los ojos en blanco y tirando de mí–. Quiero abrazarte más. Así, ven. –Me coge de la mano y se la lleva al pecho–. Tócame las tetas, seguro que así te sientes mejor.

Estoy demasiado cansado para ponerme a discutir, así que la acerco a mí y pego la cara contra su clavícula. Kenta, medio dormido, se mueve al otro lado de la cama y estira la mano hacia mí para darme unas palmaditas en la cabeza.

–No pasa nada, tío –me dice, arrastrando las palabras, y Briar contiene una risita.

La puerta se entreabre. Glen echa un vistazo con el arma en la mano.

–Está bien –le susurra Briar.

–Ya veo, ya –murmura al ver que estoy enterrado en su pecho–. Yo diría que está en el puto cielo. Si tengo pesadillas, ¿me dejarás dormir así? Voy a empezar a ver pelis de miedo antes de irme a la cama.

Le respondo con un corte de mangas, con pocas ganas, y me pego aún más a Briar.

A ella se le escapa una risita y me peina con los dedos.

–No te pongas celoso. Mañana, si quieres, te dejo que metas la cara entre mis tetas –le promete a Glen.

No lo veo, pero casi oigo cómo se sonroja. La puerta se cierra con un clic y Kenta estira el brazo para apagar la luz.

Cuando tengo pesadillas, normalmente tardo horas en volver a dormirme, pero al sentir el latido del corazón de Briar contra la mejilla, caigo rendido en cuestión de minutos.

39

Matt

Briar suelta un leve suspiro y estira el cuerpo esbelto y desnudo ante mí mientras le enjabono y le masajeo las tetas.

–Dios –exclama con un gemido, ladeando la cabeza sobre mi hombro–. Joder, Matt...

Se muerde los labios cuando le acaricio los pezones y tiro de ellos. Trago saliva mientras ella se retuerce contra mí.

Está siendo una buena mañana. Briar no tiene que ir al estreno hasta las cinco, así que hemos dormido hasta tarde y hemos desayunado en la cama. Kenta y yo la hemos dejado acurrucada con Glen para ir al gimnasio y, cuando he vuelto para ducharme, Briar se ha colado en el baño detrás de mí y ha bajado al pilón. Ya ha pasado el mediodía, y Briar está inmersa en un largo y complicado tratamiento de belleza. Tiene que ponerse mascarillas en el pelo, cremas exfoliantes, hacerse la cera y un montón de cosas más. Me ha arrastrado aquí para que le prepare un baño de burbujas revitalizante y lleva media hora a remojo en la bañera.

Ya se ha corrido tres veces, pero no parece que quiera parar. Briar vuelve a frotar el culo contra mí.

–Venga, Matt... –murmura.

–Eres insaciable –le digo, e introduzco un dedo en su interior.

A pesar de estar bajo del agua, noto lo caliente y mojada que está. Briar aprieta los muslos y se retuerce contra mí mientras comienzo a moverme dentro de ella.

–Antes no me gustaba el sexo –me dice, gimiendo, y alarga la mano para tocarme el pelo.

–Ah, ¿no? ¿Y qué ha cambiado? –Retuerzo el dedo dentro

de ella y se le escapa un gemido de felicidad–. Porque parece que ahora te gusta mucho.

–Supongo que es porque confío en vosotros. Tengo... –Añado un segundo dedo, Briar gime y se mece contra mí–. No tengo un buen historial de hombres. Les gusta aprovecharse de mí. –Me quedo helado bajo el agua, y ella frunce el ceño–. No. No lo decía en ese sentido. A la gente le gusto porque puedo conseguirles contactos, dinero o fama. La popularidad de un hombre puede dispararse en solo una noche si lo ven conmigo en público.

–¿Como Thom Petty?

–Exacto.

–Mmm...

Estiro el brazo por encima de la bañera, cojo su vaso de agua helada y le paso el cristal frío por el pecho. Briar se estremece y deja escapar un gemido. Una perla de sudor le cae por el cuello.

–Pe... pero confío en vosotros, y así el sexo se disfruta más.

–Qué honor.

Briar asiente.

–Además, estoy en la parte del ciclo en la que me sube la libido.

–¿Eso existe de verdad? –le digo, riéndome–. No me suena de las clases de biología.

Briar se retuerce contra mi pecho.

–Pues claro, pero es un incordio. Me pongo cachonda en cero coma. –Me mira a través de las pestañas–. Y entonces me paso el día empapada.

Ya me he corrido esta mañana, pero me empiezan a doler los huevos, así que tengo que recolocármelos, incómodo, sobre la superficie dura de la bañera.

–Eres un peligro.

Briar me dedica una sonrisa (una sonrisa de las de verdad, amplia, brillante, blanca) y, durante un instante, me quedo anonadado. Sigo sin creerme que esta chica sea de verdad. Que bajo la fachada de princesa consentida, el dinero y la ropa haya una joven amable, dulce y, sobre todo, normal.

Le meto un tercer dedo y le froto la cara interna, rugosa y

nervuda. Briar comienza a gemir con desesperación y se mece contra mí cada vez más rápido. Está a punto. A puntísimo. Sigo dándole mientras sacudo los dedos, y Briar entierra el rostro en mi hombro y me muerde. En cuanto siento que comienza a contraerse alrededor de mis dedos, me suena el teléfono.

Suspiro, saco los dedos con delicadeza, me levanto y salgo de la bañera. Briar me coge y me mira con los ojos muy abiertos.

—¡Oye! Pero...

—Seguramente sea algo importante, princesa.

Compruebo el número. Es Anfisa.

—¿Y? —me dice, tirándome de la mano—. Puedes hablar aquí mismo.

—Haces demasiado ruido —respondo, dándole una palmadita en el hombro—. Sé que estás acostumbrada a salirte con la tuya, pero seguro que puedes esperar un poco. Te vendrá bien.

Mete la mano en el agua, coge un puñado de espuma y me lo tira a la cara.

—Me da igual. ¿Por qué te crees que os contraté a los tres? —Y entonces grita hacia la *suite*—: ¿Hola? ¡Soy la estrella del año y exijo que alguien haga que me corra!

Tras varios segundos, Kenta llega al baño con una enorme sonrisa que no le veo desde hace años. Se apoya en el marco de la puerta, se queda mirándonos y pregunta:

—¿Pasa algo, Briar?

—El inútil de tu compañero no quiere terminar lo que ha empezado —protesta muy alto—. Métete aquí conmigo.

Y Kenta ya se está desabrochando la camisa.

Voy al dormitorio y oigo el chapoteo de la bañera cuando Kenta se mete. Se oyen varias risas y luego un largo gruñido. Intento no sonreír y respondo a la llamada.

—Hola, te...

—¡Lo tenemos!

La sorpresa se apodera de mí.

—¿Lo habéis arrestado?

—No, pero sabemos quién es. Hemos encontrado una coincidencia en la huella que dejó en la revista. Tenías razón, es uno de los sospechosos que escogiste basándote en su actividad en redes.

–A ver si lo adivino... Es Daniel F.

–Justo –responde Anfisa, que suena agotada–. Tienes que venir a verlo. No pinta nada bien.

Treinta minutos más tarde me encuentro en la sede del FBI, sentado frente a Anfisa en su despacho siniestro y minimalista. Tiene la cara pálida y el traje arrugado; puede que se haya pasado toda la noche en vela.

–Aquí tienes a X –me dice, al tiempo que me entrega una fotografía–. Se llama Daniel Filch, tiene cuarenta y un años y se crio en Anaheim. Su madre era una inmigrante británica que jamás se casó. Murió cuando Daniel cumplió veinte años.

Examino al hombre en cuestión. Parece poca cosa: pelo castaño y ralo, ojos acuosos y una sonrisa insípida sin gracia. Cuesta creer que este es el hombre que ha estado dándonos esquinazo todo este tiempo.

–A los dieciséis dejó el instituto –prosigue Anfisa–, y ya no retomó los estudios. No tenemos muy claro a qué se dedica ni tampoco que trabaje, pero de joven iba encadenando curros de mierda. No duraba mucho en ellos. Llamamos a una cafetería en la que trabajó cuando tenía diecisiete y, por lo visto, lo echaron por acoso sexual: no dejaba de tocarle el culo a las camareras.

–Menuda sorpresa.

–Mmm... También trabajó de limpiador en una gasolinera, pero lo echaron porque pillaron instalando cámaras en el baño de mujeres.

–Joder... ¿Lo habéis localizado?

Anfisa aprieta los labios.

–Más o menos. Nuestros agentes han buscado por toda la ciudad y han dado con un motel en el que afirman que un hombre que encaja con su descripción se hospedó en una de sus habitaciones hace varios días. Se registró con un nombre falso, pero la descripción física y la letra encajan. Solo se quedó una noche y pagó en efectivo. No tenemos ni idea de adónde fue después.

Asiento y le examino el rostro: parece preocupada; más de lo que me gustaría.

–¿Qué es lo que no me estás contando?

–Hemos tomado muestras de la habitación del hotel –responde con una mueca.

Se me hace un nudo en la boca del estómago.

–¿Y?

–Hemos encontrado restos de pólvora.

–Joder –exclamo, pasándome la mano por la cara–. ¿Creéis que está fabricando explosivos?

–A ver, no son restos de un arma porque sería como si nos estuviera llamando con señales de humo.

Cierro los ojos.

–Esta noche es el estreno.

Anfisa asiente con gesto solemne.

–Enviaremos agentes al evento y les entregaremos la foto de Daniel. Si aparece por allí, lo arrestaremos sin llamar la atención.

Frunzo el ceño. No me parece suficiente.

–Briar no va a ir al estreno.

–Estás en tu derecho de impedírselo, pero no tenemos ni idea de para qué pueden ser los explosivos, así que te recomiendo que examines vuestros coches a fondo y que le entregues esta foto a los de seguridad del hotel. Puede que Briar ni siquiera sea su objetivo. La última vez no lo fue.

–No estoy dispuesto a correr el riesgo –respondo, y me levanto arrastrando la silla. No me gusta estar tan alejado de ella. Tengo que volver al hotel–. Gracias por todo, Anfisa. Mantenme informado.

Anfisa asiente, y yo me doy la vuelta para marcharme.

–Oye, Matvey –me llama. Me giro hacia ella y veo que me dedica una sonrisa carente de humor–. Ten cuidado. Agredió a Petty porque estuvo saliendo con Briar, y a ti se te ha visto varias veces muy cómodo con ella.

–No estoy preocupado por mí –murmuro, y ella asiente y se despide de mí.

La cabeza me da vueltas mientras vuelvo al coche. No sé qué hacer.

Siendo realista, sé que no debería decirle a Briar que hemos logrado identificar a X. Es una idea espantosa. Si una fotopolla hizo que se pusiera hecha un basilisco frente a miles de espectadores, a saber lo que hace cuando descubra que su acosador ha estado fabricando bombas en un motel. Ya me lo estoy imaginando: si le digo todo lo que sabemos sobre X, insistirá en ir al estreno. Seguramente quiera hacer de cebo para atraerlo, e intentará enfrentarse a él. Le gritará, lo humillará y, entonces, X la volará por los aires.

Como guardaespaldas, mi trabajo no solo consiste en proteger a nuestros clientes de las amenazas externas, sino también de ellos mismos. Por eso a veces tenemos que callarnos algunas cosas. Estoy bastante seguro de que Briar se pondrá en peligro si le cuento las novedades de X, por lo que mi trabajo consiste en no contárselo.

El problema es que, cuando descubra que le he mentido, me odiará. Y me sorprendo a mí mismo al descubrir lo muchísimo que me aterra esa situación solo de imaginármela.

Aprieto los dientes, abro la puerta del coche y me meto en el vehículo. Es ridículo. El único motivo por el que estoy en esta encrucijada es por haberme pillado de Briar. No pienso permitir que lo que siento por mi clienta se interponga en mis obligaciones para protegerla. Nunca. A pesar de que con ello destruya el frágil vínculo que estamos creando. No pienso ponerla en peligro. No pienso permitir que muera, aunque me odie por ello.

La quiero demasiado como para permitir lo contrario.

40

Briar

—¿Qué te parece? —pregunto, y me giro frente al espejo para ver el vestido por detrás—. ¿Muy exagerado?

Julie alza la mirada desde la cama. Lleva dos horas hecha una bola en mi cuarto, respondiendo como una loca a correos y mensajes mientras yo me preparo para el estreno. Cuando me mira, se le cae la pajita del café con hielo que se está tomando.

—Madre mía de mi vida —me dice despacio.

—Ya, a mí también me lo parece —respondo con una sonrisa.

En principio había pensado ponerme un traje pantalón para esta noche. No me entusiasmaba la idea de desfilar con un vestido revelador y que X se imaginara que se la chupo, pero, en cuanto me lo he puesto, me he sentido derrotada. Débil. Como si estuviera escondiéndome. Así que he llamado a mis estilistas de Los Ángeles y me han entregado este modelito.

Es un vestido *bodycon* rojo sangre de licra gruesa y elástica. La tela se me pega a las caderas y la cintura como si fuera celofán. Lo más impresionante de este vestido es las tetas que me hace: el escote es bajo, cuadrado, y, gracias al soporte para el pecho me hace unas tetas tremendas.

Me siento genial con él. Sexi, fuerte, poderosa... Me muero por que lo vean los chicos.

En cuanto el pensamiento me cruza la mente, llaman a la puerta y Glen entra en el cuarto con una bolsita de una tienda. Se queda plantado en la puerta y me recorre el cuerpo con la mirada; se detiene al llegar a la altura del pecho.

—Joder —exclama, pasándose una mano por la cara—. ¿Vas en

serio? ¿Cómo quieres que nos concentremos mientras trabajamos si vas con eso?

No soy capaz de contener la sonrisa.

—Ya eres mayorcito, Glen. Seguro que puedes sacarte las manos de los pantalones y tener los ojos fijos en la multitud.

Glen traga saliva con dificultad y se acerca a mí. Siento escalofríos en la piel cuando me mira las tetas. Se planta a mi lado y me acaricia la clavícula con las yemas de los dedos, con delicadeza.

Ignoro el calor de mi piel y señalo con la cabeza la bolsita que sujeta con la cabeza. Está más que claro que es de una tienda pija, porque las letras son doradas y las asas son unos lazos de seda de color crema.

—¿Qué es eso?

Glen carraspea.

—Te hemos comprado una cosa. Lo compramos por Internet, y Kenta ha ido esta mañana a buscarlo a la tienda. Es un regalo de cumpleaños atrasado.

—¿En serio? —pregunto con los ojos muy abiertos.

Glen asiente y me entrega la bolsa. Con cuidado, aparto las distintas capas de papel brillante hasta que doy con una cajita plana.

Miro a Glen, que se sonroja.

Abro la caja y, en su interior, alrededor de un cojincito de terciopelo, encuentro un collar. Lo cojo con cuidado. Es un colgante con forma de rosa en una cadenita de plata y que resplandece bajo la luz del dormitorio. Los pétalos son de cristales rosa claro y están rodeados de espinos retorcidos y delicados.

—No hace falta que te lo pongas esta noche. Sé que no pega con el vestido, e imagino que ya te habrán seleccionado las joyas que se supone que tienes que llevar, pero...

—Es precioso, Glen. —Giro la rosa sobre sí misma y proyecta varios puntitos de luz sobre mi piel—. Es una rosa salvaje, ¿no?

No recuerdo cuándo fue la última vez que alguien me hizo un regalo solo porque pensó que podía gustarme y no porque quería que promocionara su producto o porque quería hacerme la pelota para que firmara un contrato o simplemente acercarse a mí. Tengo que parpadear varias veces para contener las lágrimas.

Me pongo de puntillas y lo beso en los labios.

—Gracias. ¿Me lo pones?

Julie frunce el ceño y teclea algo en el teléfono.

—Excalibur Jewellery te ha enviado su nueva colección de rubíes. Creo que esperaban que...

—Pues que se esperen al próximo evento —la interrumpo—. No soy una valla publicitaria en las que las empresas pueden pegar sus anuncios.

—Están valorados en veinticinco mil dólares —me espeta.

—Pues mándaselos de vuelta. No quiero que se eche a perder todo ese dinero.

—Pero...

—Oye, Julie, estoy en mitad de un momento romántico. ¿Te importa trabajar fuera?

Julie suelta un sonido de indignación y se pone en pie.

—Seguro que ahora estás encantada de que te encontrara a este equipo de seguridad, ¿eh? —me dice, y sale del cuarto dando un portazo.

—Pues sí, ¡gracias! —digo, y luego dejo el colgante sobre la mano de Glen—. ¿Me lo pones, porfa?

—¿Estás segura? —me dice, apretando los labios—. No cuesta veinticinco mil dólares.

—Para mí, vale muchísimo más.

Deja escapar un suspiro y, con cuidado, me lo cuelga del cuello. Para lo grandes que tiene las manos, Glen echa el cierre con mucha delicadeza y me estremezco cuando la cadena me roza la piel.

La puerta se abre de repente.

—Madre mía. —Al darme la vuelta, veo a Kenta, que me mira de la cabeza a los pies—. Madre mía —repite.

—Gracias —le digo, halagada—. Y gracias por el colgante. Es precioso.

Kenta me sonríe.

–Glen quería que te lo diéramos juntos, pero he pensado que te gustaría ver cómo se sonroja.

–Me ha encantado.

Kenta se acerca a mí y me da un buen beso.

–Feliz cumpleaños, cielo. –Desliza las manos por mis caderas y luego vuelve apoyármelas en la cintura–. Madre mía... Va a ser imposible no tocarte esta noche.

–Podéis tocarme todo lo que queráis en cuanto termine el estreno –les prometo–. ¿Dónde está Matt? Quiero darle las gracias.

Los chicos se miran entre sí, y Glen responde:

–Se ha ido a hablar con el FBI hace unas horas. Aún no ha vuelto.

Qué raro...

–¿Pasa algo?

Ambos se encogen de hombros.

–No lo sabremos hasta que vuelva –me dice Kenta, que me acaricia la cintura y me separa la tela de la piel.

Sacudo las pestañas y los ojos se me van a la cama. La tentación tira de mí.

–Deberíais iros –les digo con un suspiro–. Si me distraigo, no me dará tiempo a prepararme.

Kenta se ríe y me da un beso en los labios.

–Sí, señora. Será mejor que nos pongamos los trajes también.

–Luego nos vemos –le susurro.

Los chicos se marchan y vuelvo al vestidor para mirarme en el espejo. Normalmente tengo a un equipo entero que se dedica a peinarme y a maquillarme, pero los chicos no querían correr el riesgo de que un grupo de personas entrara en la *suite*, de modo que cojo la plancha rizadora y la enciendo para que se caliente.

Me paso una hora y media arreglándome el pelo y maquillándome. Opto por un estilo *pin-up*, con la raya del ojo y los labios rojos, y me he recogido el pelo, dejándome unos rizos sueltos por detrás. Cuando termino, ya casi es hora de que nos vayamos. Me retoco el pintalabios y luego lo guardo en el bolso de mano, junto a unos pañuelos, un coletero y unas pastillas de menta. Tras meditarlo durante un segundo, cojo el espray de pimienta que me dio Matt y también lo meto en el bolso. Más vale prevenir que curar.

La emoción que siento en el vientre estalla cuando alguien llama a la puerta.

—Pasa —digo; la puerta se abre y Matt entra en la habitación—. Espera un segundo —le pido mientras me pongo los zapatos de tacón— Ya casi estoy...

—No vas a ir —me interrumpe, y se cruza de brazos.

—¿Qué? —le pregunto horrorizada.

Matt se encoge de hombros.

—Que no vas a ir al estreno —me dice—. Quítate ese vestido. Voy a pedirle a Kenta que pida comida a domicilio.

Estoy alucinando.

—¿Te has vuelto loco? ¿Cómo no voy a ir al estreno de mi propia película?

—Es un evento demasiado público. Cualquiera podría averiguar a qué hora y dónde se celebrará.

—¿Y? Para eso estáis vosotros, ¿no? Matt, hemos venido hasta Estados Unidos solo por este evento.

—Estoy a cargo de tu protección y he cambiado de idea. No vamos a llevarte.

—¡Pues vale! —exclamo, alzando las manos—. Ya me buscaré a otro que me lleve. No entiendo para qué quieres que te contrate si te niegas a hacer tu trabajo, pero da igual. En Los Ángeles hay un millón de guardaespaldas.

Estiro el brazo hacia la cómoda para desenchufar el teléfono, pero Matt me coge de la muñeca y me dice:

—Que no. No vas a ir. Por favor, confía en mí.

Me libro de él.

—¡No tengo elección! He firmado contratos, el estudio necesita que vaya para...

—¡Pues rompe el contrato! —me grita con las mejillas encendidas—. ¡No te hace falta el dinero! ¡Estás forradísima!

–¡No lo hago por dinero! Si el estudio se enfada, no querrá volver a trabajar conmigo. Mi reputación ya es mala, no me hace falta que todos los directores de Hollywood se pongan de acuerdo en que es muy difícil trabajar conmigo. –Cojo una botella de perfume y me echo un poco en las muñecas–. No entiendo a qué viene todo esto. Va a haber seguratas en el estreno. No es más peligroso que cualquier otro evento en el que haya estado. Además, hasta ahora, lo único que ha hecho X ha sido mandarme mensajes y fotos de su polla. –Me abrocho la otra sandalia, me levanto y me dirijo a la puerta–. Voy a ir, y me da igual que vengáis conmigo o no –le digo cuando apoyo la mano en el pomo.

–No me creo que seas tan egoísta –susurra Matt a mi espalda.

–¿Perdona? –le espeto, girando sobre mí misma.

–Esto no te afecta solo a ti. Kenta y Glen también estarán en la alfombra roja. ¿Es que quieres ponerlos en peligro? Son mis hombres, ¡y no pienso permitir que corran ningún riesgo solo porque a ti te apetece ir a una puta fiesta!

–¿Estás intentando que me sienta culpable? –le pregunto, boquiabierta–. ¡Os comprometisteis a esto! Además, lo dejamos muy claro desde el principio: vuestro trabajo no me iba a impedir que yo llevara a cabo el mío, que ibais a protegerme mientras lo hacía.

–¡Tu trabajo da igual! –me suelta con el rostro rojo de rabia–. ¡Da igual todo!

Doy un paso atrás. Me siento como si acabara de golpearme en el pecho.

–Ya –le digo–. Claro que da igual. Eso es lo que crees, ¿no? Que mi trabajo no vale nada.

–No era eso lo que quería decir –murmura, pasándose una mano por el pelo–. Pues claro que tiene valor, pero no tanto como tu vida. No merece la pena ponerte en peligro solo para que te pasees durante unas horas antes las cámaras. Ningún contrato vale eso, princesa.

–Mira –le digo, anegada de rabia–, quizá no sea soldado del

Ejército. Quizá no esté por ahí salvando vidas, pero se me da bien mi trabajo, me enorgullezco de lo que hago, y lo hago muy bien. Al menos mis películas permiten que la gente se olvide de que vive en un planeta de mierda durante un par de horas. ¡Pues claro que tiene valor!

Matt sacude la cabeza lentamente.

–Briar, si pones las cosas en perspectiva, no vale nada de nada.

Trago saliva y los ojos se me anegan de lágrimas.

–Lo que te conté anoche no te importa una mierda, ¿verdad? –le digo con la voz rota–. Creía que me entendías, pero no. No quieres. Crees que no soy más que una niñata famosa y malcriada a la que siempre se lo han servido todo en bandeja. Te da igual todo lo que he sufrido por haberme criado así. Te da completamente igual.

Matt no dice nada durante varios segundos. Tiene la expresión imperturbable. El pecho se le agita y respira superficialmente.

–Por favor, hazme caso y quítate el vestido –murmura, y entonces se da la vuelta y se marcha.

Me llevo una mano al pecho. De repente, no me siento sexi con este vestido, sino asfixiada. Todas las horas que me he pasado maquillándome, arreglándome el pelo y las uñas me parecen una pérdida de tiempo egoísta; porque así es como me ve Matt.

Qué tonta he sido, joder.

Irrumpo en el baño, cierro la puerta y echo el pestillo, y me siento sobre la tapa del retrete. El colgante me arde contra la piel. Estiro la mano y abro el cierre, por lo que cae al suelo. No significa nada.

Me he sentido sola durante toda mi vida. Durante un instante, creía que al fin habían cambiado las cosas, que había encontrado a tres hombres que eran capaces de ver más allá de la fama, el dinero y mi reputación de mierda, que me veían a mí, tal y como soy. Creía que les gustaba tal y como era; pero no, claro que no. Eso no pasará nunca.

Hacerte famosa es como firmar un pacto con el diablo. Pierdes el derecho a tener una vida normal, a tener amigos y pareja, a poder pasear por la calle sin que te acosen. Supongo que es lo justo si lo que te interesa es la fama y el dinero, pero no fui yo quien entregó mi vida. Pienso en mi madre, que me ignora de forma intencionada mientras toma el sol en el yate que le compré, y la pena se apodera de mí. Sigo estando completamente sola.

Alguien llama a la puerta del baño.

—Dejadme en paz —respondo.

—He llamado a una empresa de seguridad —me dice Julie, cuya voz me llega ahogada desde el otro lado de la puerta—. El chófer te está esperando abajo.

Abro la puerta de un tirón y me encuentro a Julie con los brazos cruzados sobre el pecho y los labios rojos torcidos en una mueca de determinación.

—¿Qué? —le digo.

—Que vas a ir ese estreno, y me da igual a cuantos soldados gilipollas tengamos que enfadar para que llegues. —Me entrega el bolso de mano de cuentas rojas—. Esta es tu noche. No tienen ningún derecho a joderte la carrera. Ese idiota narcisista quizá no crea que tu trabajo se merece su tiempo, pero no es verdad. Y lo sabes.

Cojo el bolso y la sigo despacio hacia el dormitorio. Oigo a los chicos en el pasillo dando vueltas de un lado a otro y hablando en voz baja.

—¿Cómo voy a bajar a la calle? No van dejarme.

En cuestión de minutos, he pasado de ser su clienta a su prisionera.

—En realidad —me dice con una sonrisa, mirando hacia la salida de incendios—, han sido de lo más amables y te han dejado una de las salidas de emergencia.

Examino la puerta durante varios segundos. El dolor, la rabia y la frustración se arremolinan en mi interior.

—Ve a por mis sandalias de tacón —murmuro.

Julie deja escapar un gritito de emoción y aplaude.

41

Kenta

Bajo a la recepción para mostrarle a los de la seguridad del hotel la foto de X, y luego peino rápido las zonas públicas. Cuando vuelvo a la *suite*, me encuentro a Matt sentado frente a la mesa del comedor, con una botella de agua con gas delante, frunciendo el ceño mientras mira el móvil.

–Los de seguridad del hotel han accedido a poner un guardia nocturno para supervisar las cámaras de seguridad esta noche –le informo mientras cuelgo la chaqueta–. Y van a comprobar los documentos de identidad de todo el mundo que entre y salga. –Le echo un vistazo a la habitación–. ¿Dónde está Briar?

–Enfurruñada en su dormitorio –murmura Matt.

Miro hacia su puerta. Tiene la luz encendida, y oigo el leve murmullo de la televisión.

–No sé qué esperabas. Si no le dices por qué no puede asistir al estreno, es normal que se moleste. La estás tratando como a una niña.

Se le tensa la mandíbula.

–Nos contrató para que la protegiésemos. ¿Qué sentido tiene contratar a un equipo de seguridad si al final no sigue mis consejos?

Me río por la nariz.

–¿No querrás decir tus órdenes?

Alza la mirada hacia mí con unos ojos gélidos.

–¿Acaso importa?

–Estamos hablando de su vida; de su carrera. ¿De verdad piensas que va a dejar que venga alguien y lo ponga todo patas arriba sin motivo aparente? –Sacudo la cabeza y me dirijo hacia la puerta de Briar–. Cuando se lo contemos, seguro que lo entiende todo perfectamente.

Matt me agarra de la muñeca.

–No podemos decirle lo de la pólvora.

–¡¿Cómo que no?! –Sacudo el brazo para zafarme de él–. ¡Tiene que saberlo! ¡Es su vida la que está en peligro!

Matt respira con dificultad.

–No podemos controlarla. Nos desobedeció como quiso la última vez que ocurrió algo así. Si se lo decimos, solo se enfadará y lo empeorará todo. –Se frota el rostro–. Estamos hablando de bombas, Kenta. No de munición, sino de bombas, joder.

Frunzo el ceño.

–Creo que la estás subestimando. La última vez reaccionó mal porque así es como ha aprendido a lidiar con el acoso en esta industria. Pero, ahora que le hemos explicado las diferencias psicológicas de los acosadores, no cometerá el mismo error una segunda vez. En todo caso, fue error nuestro por no informarla como es debido.

Matt da un golpe en la mesa con la palma de la mano.

–¿Cómo sabes que no va a reaccionar igual?

Me encojo de hombros.

–Lo sé y ya. La conozco.

–¿Y estás dispuesto a ponerla en peligro? –me pregunta con una mirada frenética–. ¿Estás dispuesto a arriesgar las vidas de todo el mundo que acuda al estreno? ¿De cada fan, de cada famoso, de cada trabajador, de cada fotógrafo y de cada niño?

De pronto me doy cuenta de lo que está sucediendo. No es capaz de ver la realidad. Mentalmente, sigue estando en aquella cueva. La última vez que puso en peligro nuestras vidas, acabamos siendo torturados durante meses, por lo que no me sorprende que prefiera pasarse de precavido.

No me sorprende, no, pero eso no quiere decir que tenga razón.

–Dejaría sus vidas en manos de Briar sin pensármelo dos veces, sí. Es una buena chica, Matt. No haría nada que pudiera poner en peligro a gente inocente.

–Pero...

Alzo las dos manos, exasperado.

–¿Y qué se supone que vamos a hacer durante el resto del viaje? ¿Retenerla aquí en la *suite*, encerrada, y no decirle el motivo? Tarde o temprano, acabará despidiéndonos y haciendo lo que le salga del coño. No es justo que se lo ocultemos todo. –Niego con la cabeza–. Voy a contárselo.

Matt se levanta y me corta el paso con su cuerpo.

–Ni se te ocurra.

–Ya no eres mi comandante –le respondo, apretando los dientes–. ¡Voy a contárselo! Tiene que...

Me interrumpe un pitido del *walkie-talkie*. Me lo desengancho y me lo acerco a la boca.

–¿Hola?

–Enciende la tele –me ordena Glen sin más preámbulo. Respira con dificultad, como si estuviera corriendo–. Canal 17.

–¿Qué? –contesto, confundido–. ¿Necesitas refuerzos? ¿Por qué parece que te falta el aliento?

–Acabo de salir del gimnasio. Canal 17.

Matt coge el mando de la televisión y va pasando de un canal a otro.

–¿A qué viene esto? –le pregunto–. ¿Qué está ocurriendo?

–Están informando del estreno en la tele. Briar está...

–Está allí –dice Matt con una voz cargada de terror.

Levanto la vista hacia la pantalla ancha de plasma y se me cae el alma a los pies. Aparece un plano general con treinta y tantas famosas recorriendo la alfombra roja, sonriendo y firmando autógrafos. Hay cientos de fans pegados contra los cordones de terciopelo rojo que los separan de las estrellas. Resulta fácil distinguir a Briar por el vestido rojo intenso que lleva y su pintalabios escarlata. Está sonriendo a una chica adolescente que lleva un bebé en brazos, asomando el cuerpo sobre el cordón de seguridad para hacerse una foto con ellos. Detrás de ella, hay un hombre con gafas de sol y un pinganillo, mirando el móvil e ignorando por completo a la multitud. Creo reconocerlo de una empresa de seguridad muy conocida de Los Ángeles.

Mierda.

Se abre la puerta de la *suite* e irrumpe Glen con la bolsa del gimnasio colgada del hombro y la parte delantera de la camiseta toda sudada. No dice nada; tan solo coge de inmediato su pistola de la funda que está junto a la puerta.

—Nos vamos. Ahora mismo.

Antes de que pueda ir a coger mi propia pistola, me suena el teléfono. El número de Anfisa aparece en la pantalla. Lo cojo y lo dejo con fuerza sobre la mesa mientras me ajusto las correas del arma.

—Soy Kenta Li. Te he puesto en altavoz. Estoy con Matt y con Glen.

—Mejor. Tenéis que ver esto —dice Anfisa con una voz entrecortada—. Es un mensaje privado que ha recibido hace escasos minutos. Acaba de detectarlo nuestro equipo de investigación.

Suena una notificación en el móvil que me indica que he recibido una imagen. Se trata de una captura de pantalla de uno de los perfiles de redes sociales de Briar.

Me muero de ganas de verte esta noche, cariño.
Estaré allí para recogerte y llevarte a casa.
Si vienes armando jaleo, morirá gente. X

Debajo de la imagen hay una fotografía de mala calidad de un montón de tubos cortos plateados amontonados en forma de pirámide. Cierro los ojos, les paso el móvil a los demás y vuelvo a coger la pistola.

—Son bombas caseras —dice Glen en voz baja.

—Briar se ha escapado —le digo a Anfisa—. Está en el evento.

Anfisa permanece en silencio durante un momento y después una ráfaga de insultos en ruso sale del teléfono como un torrente. Entiendo algunos de ellos: «inútiles», «británicos», «imbéciles».

–Ya lo sabemos –le espeta Matt mientras se dirige a la puerta. Lo acompaño y me pongo los zapatos–. ¿Qué pensáis hacer?

–Voy a doblar el número de agentes de policía y a llamar a los artificieros de la policía de Los Ángeles para que vayan para allá. Vamos a intentar evacuar la zona tan pronto como sea posible, pero, con tantos medios de comunicación, será complicado. Al estudio no le va a hacer gracia, y a los famosos tampoco –dice, y suena agotada.

–Haz lo que tengas que hacer –responde Matt–. Nosotros nos ponemos en marcha. La sacaremos de allí.

Anfisa suspira.

–No me gusta nada de esto. Nos lleva ventaja durante toda la investigación. Es evidente que es lo bastante inteligente como para evitar que lo identifiquemos. Y el hecho de que haya contado lo de las amenazas de bomba significa que ya no le importa una mierda nada.

No sé cómo responder a eso.

–Te vemos allí, Anfisa –balbuceo, y ella cuelga. Me giro hacia Matt, cabreadísimo–. Buen trabajo –le digo con frialdad–. Ahora Briar está justo donde la quiere X, y ni siquiera sabe que el cabrón ese ha amenazado con hacerla saltar por los aires.

El rostro de Matt palidece por completo.

42

Briar

El estreno es precioso. El estudio no se ha cortado un pelo con el presupuesto. Como la peli va sobre un asesinato en los años veinte, han decidido proyectarla en un cine antiguo en el centro de Los Ángeles. También han acordonado una plaza frente al cine con cordones de terciopelo. Allí han colocado unos focos cegadores que iluminan varios carteles en los que se ve a los distintos personajes de la película con un arma en la mano y cubiertos de sangre. Los acomodadores llevan el típico uniforme rojo y entregan bolsas llenas de *merchandising*. El olor a palomitas con mantequilla y algodón de azúcar flota en el aire desde los puestos de comida. Una música antigua y repleta de estática suena a través de unos altavoces ocultos.

Es uno de los estrenos más *cool* en los que he estado, pero, en cuanto me alejo de la zona de las fotografías y me dirijo hacia la prensa, me siento abrumada. Respondo a las preguntas como una autómata, sin apenas ser consciente de lo que me rodea.

Estoy muy dolida.

Lo de anoche fue muy importante para mí. No suelo abrirme a la gente. Jamás. Odio hablar de lo que supone crecer en esta industria. No soporto confesar que me destrozó. Anoche fue como si les revelara todas las grietas de mi armadura, pero lo hice porque, durante un instante, creí que les importaba de veras. Pero no, claro que no. Si les importara, estarían aquí, haciendo su trabajo.

Cuando me despido del reportero y me dirijo al siguiente, alguien me agarra por detrás. Contengo un grito, me doy la vuelta y veo a un hombre con una sudadera negra con capucha que sostiene una camiseta arrugada en la mano. Se me cae el alma a los pies.

Es X. Me ha encontrado.

—Por favor —susurro como si un trozo de hielo me bajara por la garganta—, suéltame.

El hombre me coge aún más fuerte y me araña el brazo.

—Ay, Dios, Briar, soy tu fan número uno —me grita, y varios escupitajos se le escapan de la boca.

Me obligo a respirar hondo y a mirarlo bien. Es imposible que sea X. Recuerdo las imágenes de la cámara de seguridad: el tipo que tengo delante es más bajito y grueso que el hombre que aparecía en la imagen.

—Porfa, porfa, porfa, fírmame un autógrafo —farfulla—. No me creo que estés aquí. ¡No me creo que te esté tocando!

—Ni yo tampoco —respondo, cortante—. Suéltame. —Intento desasirme de él, pero no me suelta, así que le agarro de los dedos y se los retuerzo con fuerza hasta que grita y me suelta—. Vuelve a tu sitio.

—¡Por favor, Briar! —me dice, y le tiemblan los labios.

—No, ponte a la cola con los demás. No te voy a tratar mejor porque te abalances sobre mí. —Me giro y miro con asco las marcas rojas que me ha dejado en el brazo—. Y haz el favor de cortarte las putas uñas. ¿Qué te pasa?

—P-pero...

Miro a mi guardaespaldas temporal, Chris, que está enfrascado en su teléfono.

—Oye —le digo con tono serio—, perdona que te moleste, pero ¿puedes quitarme a este tipo de encima?

Chris alza la mirada, como sorprendido, y mira a su alrededor con gesto serio. Después aparta al fan y hace amago de desenfundar el arma.

—Pero ¡no le dispares, joder! —le grito—. Sácalo de la puta alfombra roja.

Joder, qué inútil. Julie me dijo que es de una de las mejores agencias de protección de Los Ángeles, pero a mí me parece que se ha pasado toda la noche jugando al Candy Crush para superar su propio récord.

Me siento nerviosa al no tener a los chicos aquí conmigo. Echo de menos la mirada serena y vigilante de Kenta, la silueta de Glen pisándome los talones. Hasta echo de menos tener la mano de Matt apoyada en la espalda mientras me guía entre los reporteros.

Matt ha mencionado que creían que X podía estar aquí esta noche. Como se ha negado a explicarme por qué lo creen, doy por hecho que lo que quería era asustarme. Pero, si estaba en lo cierto, puede que la haya cagado. Chris no se enteraría si alguien se abalanzara sobre mí desde la multitud y me apuntara con una pistola en la cabeza.

Sacudo el cuerpo para despejarme, vuelvo a sonreír y me giro hacia el próximo entrevistador. Tiene muy mala pinta: lleva el pelo grasiento cubierto con una gorra de béisbol del revés y unos vaqueros tan caídos que le veo la ropa interior.

Intercambiamos las palabras amables de costumbre y luego me hace las mismas preguntas que todos: «¿Cómo ha sido trabajar con una directora? Sales guapísima en las fotos promocionales, ¿qué dieta seguiste? ¿Cuentas con un entrenador personal? ¿Besa bien tu coprotagonista?».

Lo mismo de siempre.

El entrevistador va pasando una tras otra las tarjetas con sus preguntas y se acerca a mí. El aliento le huele a cebolla.

—El reparto de la película está formado en su mayoría por mujeres. ¿Cómo ha sido la experiencia? ¿Ha habido alguna pelea?

Me fijo en que el cámara me está enfocando al escote y tengo que contenerme para no partirle la cara con el bolso.

—Bueno, solo cuando se nos sincronizó a todas la regla.

El hombre me dedica una amplia sonrisa y no percibe el sarcasmo de mi voz.

—Ya, imagino que aquello tuvo que ser una pelea de gatas.

—Un auténtico baño de sangre —le digo—. Oye, ¿tienes alguna pregunta que no sea machista? Son las que más me gustan...

Una mano se cierra en torno a mi brazo y pego un bote. Al darme la vuelta, veo a Matt mirándome desde arriba. No se ha arreglado mucho: lleva el traje arrugado y la corbata torcida, pero sigue siendo mucho más guapo que todos los hombres de la alfombra roja. Durante una milésima de segundo, me invade una sensación felicidad. «Ha cambiado de idea. Ha venido».

Pero entonces me fijo en la rabia que le tiñe los rasgos angulosos y me dice en un murmullo:

–Nos vamos ahora mismo.

–¿Qué haces aquí, Matt?

Matt me ignora y me aleja del periodista en dirección a la salida. Intento librarme de él, pero me sujeta como si sus manos fueran de hierro.

–¡Suéltame! ¡No tires de mí!

El resto del elenco de la película dejan de lado sus entrevistas y me miran con cara de preocupación. Liam, el malo de la peli, se aleja del reportero para acercarse a mí.

–¿Estás bien, Briar?

–Fuera de aquí –le grita Matt.

Liam frunce el ceño y levanta las manos.

–Mira, tío, no parece que a Briar le apetezca irse contigo...

Matt se limita a clavarme los dedos aún más fuerte en el brazo y me saca a rastras.

–¡Ay! –Clavo los talones con fuerza–. ¡Para! ¡Vas a dejarme marca y luego la gente pensará que soy víctima de violencia doméstica! ¿Se puede saber qué coño te pasa? ¡Que me sueltes!

–Me prometiste... –murmura con la mirada al frente mientras avanzamos entre la multitud. Está que echa chispas. La rabia sale de su cuerpo en forma de calor–. Me prometiste que ibas a confiar en mí.

–Te prometí que lo intentaría –le siseo–. ¿Cómo coño quieres que confíe en ti si no dejas de menospreciar mi trabajo? No me tratas como a una igual, me ocultas cosas sobre mi propia seguridad... –Tropiezo con los tacones, y Matt me sujeta y me endereza con cuidado. Lo aparto de un empujón–. No has hecho nada para ganarte mi confianza. ¡Lo único que haces es menospreciar mi profesión y darme órdenes! ¡Estoy harta! Quizá mi contrato no sea importante para ti, pero voy a entregarme a este trabajo «inútil» te guste o no, así que ve...

Matt dobla una esquina y me empuja contra la pared de ladrillo del cine.

–Briar, ¡X ha fabricado bombas! –me suelta entonces–. Está aquí y tiene bombas. Esto no tiene nada que ver con tu trabajo, y como digas una sola palabra más al respecto...

Sigue hablando, pero yo solo oigo un zumbido. Me quedo helada. Durante un segundo me falta el aire.

–¿Qué? –le pregunto, interrumpiendo su monólogo.

–Ha amenazado con volar por los aires el estreno entero si no puede tenerte –me dice, clavándome los ojos azules–. Tenemos que salir de aquí ahora mismo.

Doy un paso atrás y casi me tropiezo por culpa de los tacones. El terror se apodera de mí.

–¿Ya lo sabías?

–Esta mañana el FBI ha encontrado restos de explosivos en la habitación del motel en el que se hospedaba –me dice, tenso.

–¿Esta mañana?

Matt vuelve a acercarse a mí, pero lo aparto de un empujón. La cabeza me da vueltas.

–¿Y por qué no me lo has dicho? –Miro hacia la alfombra roja. Los fans gritan y se pegan a las vallas mientras agitan los móviles y los carteles que quieren que les firmen. Deben de haber invitado a unas trescientas personas al estreno. Una náusea me trepa por la garganta al ver a un grupo de jovencitas–. Aquí hay niños –le digo con voz ahogada. Matt dice algo, pero no lo oigo. El pánico me anega–. Sácame de aquí –le susurro. Al ver que no se mueve, me lanzo contra él y me pego contra su pecho–. ¡Sácame de aquí ahora mismo, joder!

Matt me pasa un brazo por los hombros y me guía por los extremos de la alfombra roja hacia una de las salidas. Pasamos junto al director del estudio, que nos mira con los ojos como platos y nos persigue.

–Briar, cielo, no te vas, ¿no? La proyección empieza en quince minutos, ¡te necesitamos para que pronuncies tu discurso!

Pasamos completamente de él.

–Te odio –le susurro a Matt–. ¿Cómo te atreves a hacerme esto? ¡¿Cómo me pones en esta situación en la que hay gente que podría resultar herida sin que yo sea consciente de nada?!

–Puedes despedirnos en cuanto te hayamos sacado de aquí –me dice con los dientes apretados y mirando alrededor.

El *walkie-talkie* suena con la voz de una mujer que dice una serie de números que no entiendo. Parece una especie de código.

–Pues claro que voy a despediros. ¿Qué coño os pasa? –digo, sacudiendo la cabeza–. Cuando lleguemos a casa, no quiero volver a veros nunca.

Matt me agarra con fuerza de la muñeca.

–Muy bien.

Ni siquiera me doy cuenta de que estoy llorando hasta que las lágrimas me corren por las mejillas. Llegamos a uno de los extremos de la alfombra y Matt me obliga a detenerme y me esconde tras un cartel colgante.

–Quédate aquí –me dice, y después coge el *walkie-talkie*–. Tengo a la princesa. ¡Traed el coche a la salida dos ahora mismo!

Tiro de él para que me suelte la muñeca y me cruzo de brazos.

–¿Por qué coño no me lo habías dicho? –le pregunto.

Matt inspira hondo.

–Porque tienes un historial espantoso. Te preocupa más tu orgullo que tu seguridad –dice, fulminando el *walkie-talkie* con los ojos, como si así el coche fuera a llegar antes.

–¡Que te jodan! –le digo, con las lágrimas formándome un nudo en la garganta–. Siempre me defiendo, pero jamás pondría a nadie en peligro solo por una cuestión de orgullo. ¿Por qué coño has...?

Algo cambia en él, porque se gira hacia mí y me grita:

–¡Porque moriría por ti!

Una sacudida me recorre el cuerpo entero.

—¿Perdona?

—Moriría por ti —repite mientras se le sacude el pecho. Las farolas lo iluminan desde atrás y lo cubren de destellos cegadores y sombras oscuras—. Haría lo que fuera por mantenerte a salvo. Cualquier cosa. Siento que no te guste cómo hago las cosas, pero ¡todas las decisiones que tomo, las tomo para que estés a salvo porque perderte me aterra, joder!

—¡Eso no significa que puedas mentirme! —le grito—. ¡No tienes excusa, Matt! ¡No puedes ocultarme algo así! ¡No puedes permitir que ponga en peligro a cientos de personas solo porque no confías en mí lo suficiente como para contarme la verdad!

Abre la boca, pero entonces ve algo por detrás de mis hombros y abre mucho los ojos. Me coge de la cintura y tira de mí hacia él.

—Que no —le digo, intentando separarme—, que no te perdono. Quítame las manos de...

Y entonces me quedo sin aliento. Matt me arroja al suelo y me cubre con su cuerpo, justo en el mismo instante en que se produce una explosión en la plaza.

43

Briar

Durante varios segundos reina el caos.

Los fans gritan tras las vallas. Algunos se agachan, otros retroceden. Oigo gritos cuando se produce una estampida. Por el rabillo del ojo veo al elenco de la peli agachándose y tosiendo. La mayoría de los reporteros se quedan de pie y mueven las cámaras de un lado a otro por encima del pánico.

Un humo gris, denso y apestoso se extiende por la plaza. Me irrita la garganta y toso en cuanto me llena la boca y los pulmones. No puedo respirar. El miedo se apodera de mí y se me escapa un sollozo de terror mientras clavo las uñas en el suelo de asfalto.

Matt me toca la cara y oigo que habla por el *walkie-talkie*:

—Está aquí conmigo —dice, y luego se dirige a mí y me acaricia la mejilla para tranquilizarme—. Shh... No respires hondo, princesa. No pasa nada. Intenta no dejarte llevar por el pánico. Estoy contigo.

Entrecierro los ojos para ver a través del humo, pero cada vez es más denso y apenas veo más allá de un metro.

—¿Dónde están Kenta y Glen? —le pregunto, pero no creo que me oiga entre tanto grito.

—¡Sospechoso localizado! —dice una voz femenina a través del *walkie-talkie*, que entonces empieza a toser mientras añade—: En el cuadrante cinco, junto a la entrada.

Matt suelta una palabrota.

—Agáchate —me ordena, diciéndomelo al oído, y entonces se levanta.

—¡No! —le grito mientras estiro el brazo hacia él y le rozo el dobladillo de la chaqueta.

Una segunda explosión atraviesa a la muchedumbre.

Esta me ha parecido peor que la primera. Se oye el sonido espantoso de algo que se rasga y luego se rompe. Alzo la mirada y me fijo en que la estructura que sujetaba los carteles de la película ha cedido y que las pesadas barras de hierro han caído sobre la multitud.

—¡Matt! —grito, pero no responde.

Se ha ido. ¡Se ha ido!

De repente, una mano me coge del cuello y tira de mí contra su pecho. Es un hombre.

—¡No! —grito, y le doy un codazo en la barriga. Oigo un gruñido, pero nada más. El hombre comienza a alejarme de la alfombra roja a través del caos. Logro liberar una mano, busco en el interior del bolso y saco el espray de pimienta. Quito el tapón, me giro y disparo hacia donde creo que está la cara de X—. ¡Suéltame!

El hombre maldice y me suelta, y yo me alejo tambaleándome.

La capa de humo es tan densa que no veo nada. Es completamente opaca. Ni siquiera sé hacia dónde voy. Se produce otra explosión a lo lejos y me encojo sobre mí misma sin dejar de correr mientras una tos seca me sacude todo el cuerpo. Choco contra alguien que estira los brazos hacia mí para agarrarme, pero me libro de él sigo adelante. Necesito salir de aquí. Me quito los zapatos de tacón y corro, pero, tras dar tres pasos, tropiezo y me caigo de morros contra algo cálido y suave. Noto un mechón de pelo sedoso bajos los dedos, y me aparto como si me hubiera quemado.

Joder. Es un cadáver.

—¡Briar! —grita alguien a través del humo, y el calor brota en mi pecho al reconocer el acento escoces y la voz ronca de Glen.

Me pongo en pie y me giro hacia la voz...

Me colocan algo contra la nariz y la boca. Un paño húmedo que desprende un olor químico me llena las narinas. Toso e intento apartarlo, pero la mano que sujeta el paño aprieta aún más y me obliga a inhalar. Un brazo grueso me rodea la cintura para que no me mueva. Los ojos se me llenan de lágrimas y empiezo a marearme.

Joder, me están noqueando con cloroformo. Qué típico. Qué vergüenza. El hombre me saca a rastras e intento asestarle patadas para que me suelte, pero no le alcanzo. Como no funciona, giro la cabeza e intento morderle la mano, pero solo le pego un bocado al paño húmedo.

Una ráfaga de tiros se abre paso entre el humo, y grito cuando una bala me pasa por encima de la cabeza.

–¡No disparéis! –oigo que grita Kenta desde lejos. Parte de la tensión que siento en el pecho desaparece. Está bien. No le han herido–. ¡Podríais herir a Briar!

Abro la boca para llamarlo, para gritar, pero no me sale la voz. Las náuseas me cubren el pecho y me fallan las piernas. Parpadeo con fuerza y las formas del humo comienzan a girar y a distorsionarse. La mano que me agarra de la cintura me sujeta con fuerza.

–Ya está. No pasa nada, angelito –me dice una voz al oído–. Tranquila. Tengo algo que enseñarte.

–¡Te voy a arrancar las pelotas y te las voy a meter en la boca hasta que te atragantes! –le grito, o al menos lo intento.

Noto la boca tonta y las palabras no me salen. Lo único que puedo hacer es gemir. Pierdo la visión. El corazón me late desbocado y me duele. Se acabó. Voy a morir.

Me roza la oreja con los labios y me dice:

–No pasa nada. Sé que tienes miedo, pero tenemos que sacarte de aquí. Tranquila, estás conmigo.

Vuelvo a gemir e intento apartarme, pero los brazos se me contraen. Abro mucho los ojos. No puedo moverme. Estoy paralizada. X me coge en brazos y me saca de allí. El humo cambia, se disipa, y, durante un instante, veo a Kenta. Lleva el arma y examina la multitud con nerviosismo.

Nuestras miradas se encuentran, y Kenta abre la boca, horrorizado, al ver que me están llevando a rastras.

–¡Briar! –grita, corriendo hacia mí. Intento llamarlo, pero el mundo entero se desvanece ante mis ojos.

44

X

Casi se me había olvidado lo guapa que está Briar cuando duerme.

Ahora mismo está dormida en el sofá del salón y respira suavemente. Lleva el pelo suelto y le cae sobre los cojines. Tiene un color dorado precioso. Además es muy suave. Lo sé muy bien. Cuando la he metido en el coche, la he amordazado y he tenido ocasión de acariciarle el pelo con los dedos. Supongo que he hecho trampas, porque me había prometido que no la tocaría hasta que despertara, le hubiera dado de cenar y nos hubiéramos dado un beso. Ese es el orden en el que hay que hacer estas cosas, pero no he podido refrenar el impulso de acariciarle el pelo mientras la amordazaba.

Ha estado muy tranquila durante todo el trayecto. No tenía muy claro cuánto iban a durar los efectos del cloroformo, así que he echado un poco sobre la mordaza y le he tapado la boca. También le he atado las muñecas con bridas por si se despertaba. Cuando las he comprado en la tienda (junto con varios cúteres, cinta americana y materiales de aislamiento para las paredes), la dependienta me ha dicho que ya lo tenía todo para convertirme en un asesino en serie. Me he largado pitando. No quería que se acordara de mi cara. A lo mejor estoy paranoico, pero he estado preocupadísimo las últimas semanas. He tenido pesadillas en las que la policía me descubría y me arrestaba antes de que tuviera ocasión de traerme a Briar a casa.

Resulta que al final he estado preocupándome sin motivo. Esta noche ha salido todo a pedir de boca. Las bombas han funcionado a las mil maravillas. Cuando las he lanzado hacia la multitud, las explosiones han hecho que la policía y los de seguridad corrieran hacia donde han estallado. Ha sido muy fácil noquear a Briar y salir de allí.

Briar se agita en sueños. Una sonrisa inmensa se me dibuja en el rostro. Se va a despertar. Qué emocionante poder hablar al fin con ella. Llevo años soñando con este momento.

Briar se agita de nuevo, más fuerte, y entonces gruñe.

—¿Angelito? —le digo, poniéndome en pie—. ¿Estás despierta?

Briar gruñe de nuevo y, de repente, le da una arcada.

Corro hacia ella para ayudarla cuando se dobla por la cintura y se asoma por el borde del sofá. No expulsa nada, pero tiene una pinta horrenda, con la cara blanca como la tiza y cubierta de sudor.

Se me tensa el pecho.

—Ay, angelito, lo siento. Es por el cloroformo, ¿no? —Me siento a su lado en el sofá y le apoyo la mano en la espalda desnuda. Briar se estremece y tose—. Lo siento —repito—. Lo probé primero para asegurarme de que no te sentaría mal, pero supongo que tu reacción ha sido distinta a la mía.

Briar suelta aire y entonces me coge de la mano con debilidad. Se me para el corazón. Intento respirar y le aprieto los dedos.

—Qué mareo... —murmura—. Kent...

Frunzo el ceño. ¿Kent? ¿Qué nombre es ese? ¿O es que está diciendo tonterías?

Se inclina hacia mí y solloza.

—No me encuentro... No... Ayuda...

—Estoy aquí, cielo —le susurro, acariciándole la espalda con la mano. Tiene la piel de satén, pero es cálida y cobra vida bajo las yemas de mis dedos—. Estoy aquí. Estás a salvo.

Briar sacude la cabeza y le da otra arcada. La suelto y voy corriendo a por una papelera que coloco ante ella de una patada justo cuando empieza a vomitar. Se tira un buen rato. A lo mejor no ha sido buena idea lo del cloroformo en la mordaza...

—Lo siento —me disculpo una y otra vez—. Lo siento muchísimo. Ay, pobre. Enseguida te sentirás mejor.

Me siento fatal. No quería que nos conociéramos así. No quería hacerle daño. Pero ¿cómo podía imaginarme que el cloroformo le iba a sentar tan mal?

Al final se incorpora y se apoya con pesadez contra el respaldo del sofá. Tiene la cara palidísima y la mirada confundida. Parpadea con fuerza varias veces e intenta mirarme.

–¿X? –pregunta despacio.

–Hola, cielo –le digo con una sonrisa–. Llámame Daniel, porfa. –Briar no responde, y eso me preocupa. A lo mejor prefiere seguir llamándome «X». Supongo que suena más sexi y misterioso que «Daniel»–. Bueno, X también me vale –añado a toda prisa–. Lo que tú quieras, cielo.

Briar examina la estancia y luego se mira las manos.

–Desátame –me dice con voz ronca.

–Aún no, cielo –le respondo, dándole una palmadita en las manos–. Primero quiero asegurarme de que has recobrado las facultades. Aún estás bajo los efectos del cloroformo y podrías cometer alguna imprudencia.

Me mira y respira con dificultad. No sé si habrá entendido lo que acabo de decirle.

–¿Puedo lavarme los dientes? –me dice, susurrando pasado un tiempo.

–¡Pues claro! –respondo animado.

Corro al baño y cojo el cepillo rosa con purpurina que tengo al lado del mío, que es azul, y le echo pasta de dientes. Normalmente la compro de marca blanca, pero he comprado una muy buena con efecto blanqueador para ella; la más cara que tenían. Cojo un vaso para que escupa y se lo llevo. Briar sigue en el sofá con los ojos vidriosos.

–Mira, es tu color preferido –le digo, enseñándoselo–. ¡Rosa! –Me arrodillo a su lado y le digo–: Deja que te ayude.

Briar intenta apartarse, pero le sujeto la cabeza para que no se mueva y le cepillo los dientes. Es la primera vez que le cepillo los dientes a alguien. Briar me mira con rabia todo el tiempo. Cuando termino, le ofrezco el vaso para que escupa.

—Mucho mejor, ¿no?

Se queda quieta durante un instante, sin dejar de mirarme ni temblar.

Y entonces se levanta tambaleándose y sale disparada hacia la puerta. Maldigo en voz alta y voy tras ella. Briar golpea el metal y busca una manilla en vano. No podría salir de esta habitación ni aunque tuviera un mazo. La cojo con los brazos y me la llevo de ahí. Está en forma, pero sigue débil por el cloroformo. La levanto del suelo y la arrastro de vuelta al sofá. Briar se retuerce e intenta darme patadas; yo me sonrojo al sentir su cuerpo frotándose con el mío.

Dentro de poco...

—Vale, vale, se acabó –le digo, y la dejo contra el respaldo del sofá. —Escúchame –le digo con tono firme–. Soy muy majo, pero tienes que portarte bien y seguir mis normas, ¿vale?

—¿Cómo que me tengo que portar bien? –salta, incrédula–. ¿Hay algo de esto que te parezca que esté bien?

Me agacho junto al sofá para mirar esa cara tan bonita.

—Portarse bien significa no escapar, ¿vale? No vas a poder. He preparado la casa para que no puedas salir. Además, está insonorizada, por lo que nadie podrá oírte.

Le recoloco un mechón de pelo tras la oreja, pero Briar sacude la cabeza para que me aparte. Me estoy enfadando... Así que la agarro del pelo y la sujeto con mucha fuerza.

—Voy a portarme bien contigo –le digo, tirándole del pelo–. No tienes de qué preocuparte. Te traeré todo lo que necesites, pero tienes que recordar que aquí mando yo, ¿vale?

—Si me sueltas, no llamaré a la poli –me dice con voz temblorosa–. Nadie tiene por qué enterarse de lo que ha pasado. Volveré al hotel. Podemos fingir que huí y me escondí cuando estallaron las bombas, y que luego me fui a casa.

—Ay, angelito –le digo con una sonrisa–. Eso no te va a servir de nada. No es lo que quiero.

—¿Y qué quieres? –me dice, inclinándose hacia mí–. ¿Dinero? Te lo daré todo. Me da igual.

–Ya sé que te da igual el dinero. Es una de las cosas que más me gustan de ti. –Me levanto y me sacudo los pantalones–. No quiero tu dinero. Quiero que seas mi invitada.

–¿Tu... invitada? –repite ella, despacio.

–Quiero que vivas conmigo. Quiero comer contigo. Ver la tele contigo. Quiero... –Me encojo de hombros y me pongo rojo–. Quiero estar contigo.

–Quieres tenerme aquí encerrada –me dice con tono cortante.

–Quizá te lo parezca –respondo con amabilidad–, pero estarás muy cómoda. Tengo mucho dinero, aunque no tanto como tú... –Frunzo el ceño–. Lo siento, ganaré más; pero puedo conseguirte todo lo que quieras. Además, no estaremos aquí para siempre.

–¿En serio? –pregunta, enarcando una ceja–. ¿Cuándo me liberarás?

–Cuando te hayas enamorado de mí –le respondo–. Cuando accedas a casarte conmigo, saldremos de aquí e iremos a donde tú quieras. De compras, al cine, a... a... –pienso en cosas que les gustan a las chicas–, a hacerte la manicura. No podrás trabajar, claro. Si pudiera, borraría hasta la última copia de los vídeos y las películas en los que apareces. Quemaría todas las revistas y todos los carteles. No me gusta que los demás te miren.

Briar no responde.

–No –digo, sacudiendo la cabeza–. Se acabó el trabajo. Pero, como sé que te gusta actuar –le digo, relamiéndome–, si quisieras hacerlo para mí en privado, me encantará. Sin embargo, primero tienes que acceder a casarte conmigo, y tengo que creerme que lo quieres de veras, así que imagino que, como mínimo, estaremos aquí unos meses.

Me mira en silencio durante un buen rato y me examina con esos ojos gélidos. Al final, se recoloca el pelo, niega con la cabeza y me dice:

–No te querré jamás.

Me está enfadando... Ha decidido que no va a quererme sin concederme una oportunidad siquiera. Las mujeres siempre me han tratado así. Quiero quererlas, pero ellas son crueles y creen que no soy digno de ellas.

–Tienes que entender –salto de repente– que estoy solo, que no tengo a nadie.

–¡¿Y solo por eso tienes que tenerme a mí?! –me recrimina.

–¿No crees que todo el mundo se merece a alguien?

–Claro, pero no es un derecho. Hay que ganárselo.

–¡Pues yo me he ganado que estés conmigo! –le grito, porque he perdido los papeles–. Me he esforzado mucho. Mira todo lo que he hecho por ti –le digo, señalando a nuestro alrededor. Briar no aparta la mirada. Respira con dificultad y las tetas se le sacuden y tiemblan bajo ese vestido tan corto. Me muero por mirárselas, pero sé que así solo conseguiré que se enfade aún más–. Jamás podrías entenderlo –le digo–. Ahora mismo, debe de haber un montón de gente buscándote. Tu agente, tus guardaespaldas, tus fans... Todos quieren que vuelvas. Si yo desapareciera, no le importaría a nadie. Nadie se daría cuenta. –Inspiro hondo–. Así que creo que me merezco ser feliz con la mujer a la que quiero.

–No me quieres –susurra ella–. Ni siquiera me conoces.

Frunzo el ceño. Menuda tontería.

–Pues claro que te quiero. Eres lo único en lo que pienso. Todo lo que hago lo hago por ti. –Me mira impasible–. Me encanta cómo caminas –le digo–. Me encanta tu voz, tu sonrisa, tu pelo... Toda tú me gustas. –Trago saliva–. Creo... creo que estoy loco por ti, que me has vuelto loco.

Pero es que el amor es eso, ¿no? Te vuelve loco.

–Así que sí –le digo tras aclararme la garganta–, te quiero y te conozco. He estado estudiándote desde que nos conocimos. Sé qué ropa te gusta, dónde haces deporte, qué te gusta picotear y muchas cosas más.

–¿Nos conocemos? –pregunta sorprendida.

–Quizá no me reconozcas –responde con una sonrisa–. Tenías dieciséis años y fui a una convención en la que diste una charla. Se te cayó el bolso y te lo recogí, y tú me sonreíste. –Inspiro hondo al recordar ese momento–. Me sonreíste, y sentí cuanto te importaba. Sentí una conexión entre nosotros.

–Pues no sé qué sentiste tú –me dice, torciendo el gesto–, pero por mi parte no sentí nada. Te montaste la película tú solo.

Es como si me hubiera dado una patada en el pecho.

–Mientes –le digo, dando un paso atrás.

–No –me responde, mirándome fijamente–. En esa clase de eventos, sonrío a miles de personas.

–No, mientes. Tienes que estar mintiendo. No... –Pero no termino la frase y me paso una mano por el pelo. Estoy muy nervioso y disgustado–. Estás hiriendo mis sentimientos –le advierto.

–¿En serio? –responde, abriendo mucho los ojos–. ¡Ay, lo siento! No era mi intención.

Está siendo sarcástica. La fulmino con la mirada. No me gusta esta faceta suya. No era así como tenían que ir las cosas.

–Creo que necesitas descansar un poco –le digo–. No sé qué te pasa, pero me estás enfadando de veras...

Cojo la mordaza de la mesa y me voy al baño. Allí, me agacho bajo el lavabo y saco el cubo sellado de cloroformo que tenía preparado. Mojo la mordaza y luego vuelvo al salón mientras la agito para que se seque.

Briar abre los ojos de par en par al ver lo que tengo en la mano. Intenta levantarse de nuevo, pero la agarro del hombro y la empujo contra el sofá. No tenía intención de hacerlo con mucha fuerza, pero se golpea la cabeza contra la pared y suelta un grito mientras intenta apartarse.

–Por favor, X, no...

Le ajusto la mordaza a la cara.

–No, no... Creo que te hacía falta un poquito más. Ahora no me apetece hablar.

Sujeto la tela con fuerza contra su boca hasta que gruñe y se queda muy quieta. No sé muy bien qué hacer ahora, así que me preparo una taza de té e intento no llorar.

45

Matt

Miro a mi alrededor. No queda nada del brillante glamur del estreno. Hace diez minutos, la plaza estaba llena de hombres y mujeres atractivos que saludaban a unos fans que los adoran, pero ahora parece el escenario de una película de terror. Hay cámaras sobre la alfombra roja con las lentes resquebrajadas, mujeres que se agrupan y lloran. Cerca de mí hay un hombre que yace inconsciente en el suelo. Le sale sangre de las orejas.

Los técnicos de emergencias sanitarias, nerviosos, van de un lado a otro entre la multitud: se arrodillan para hablar con algunas personas o para subirlas a una camilla. Los artificieros de la policía de Los Ángeles peinan el área y alejan a los invitados de posible restos de explosivos. Las luces azules y rojas tiñen toda la escena y, a cada segundo que pasa, aparecen más y más coches patrulla en la calle.

Sacan a una niña llorando, de unos diez u once años, de una pila de escombros. Siento un vacío inmenso en mi interior.

Todo esto es culpa mía. Esto ha ocurrido por mi culpa. Fui yo quien le ocultó a Briar la amenaza de X y también quien no estuvo atento para que no saliera de la habitación del hotel.

Y ahora puede que esté muerta. Por mi culpa.

A pocos pasos de mí, suben a una mujer que lleva un vestido cubierto de diamantes en una camilla. Estoy bastante segura de que es la directora de la película. No deja de llorar, y el maquillaje le corre por las mejillas.

¿Acaso es esto lo único que hago? ¿Herir a la gente?

Una mano aterriza sobre mi hombro.

—Para —me ordena Kenta. Cuando lo miro, tiene el rostro serio—. Deja de fustigarte y céntrate. Así no ayudas a nadie.

Asiento. Tiene razón. No hay tiempo para reflexionar ahora mismo. Tenemos que ponernos en marcha.

—Carter. —Me giro y veo a Anfisa haciéndonos señales. Ha venido un grupo de agentes del FBI y, tras colocar los portátiles y el equipo sobre el maletero de uno de los coches de los agentes, han improvisado un puesto de operaciones—. Tenemos las imágenes de la cámara de vigilancia —nos dice en cuanto nos acercamos.

Da un paso atrás para que podamos ver los portátiles. Cada una de las pantallas está dividida en cuatro secciones que muestran las imágenes de las cámaras que están revisando los agentes. Me encorvo para verlas.

Glen, que estaba hablando con uno de los artificieros, se acerca a nosotros y nos dice:

—Parece que ha usado granadas aturdidoras y bombas caseras.

—¿Ha muerto alguien? —pregunta Kenta.

Glen niega con la cabeza.

—De momento no. Hay un par de huesos rotos y unas cuantas heridas causadas por la metralla, pero nada serio. Aunque los técnicos aún no han podido atender a todo el mundo. Se están centrando en la gente que estaba cerca de la explosión.

Intento no prestarles atención para centrarme en las imágenes de las cámaras. De momento no he visto nada útil, solo al típico trabajador que se mueve entre bambalinas sujetando el equipo de la cámara o con una bandeja de bebidas. Me fijo en una de las pantallas cuando se produce la explosión y una de las camareras suelta la bandeja, se tira al suelo y se cubre las orejas.

Alguien me da un golpecito en el hombro.

—Perdone, caballero —me dice un hombre con tono educado. Me giro. Es uno de los técnicos, que me sonríe—. ¿Estaba en la zona de la explosión?

—Evidentemente, sí —murmuro sin apartar la mirada de las cámaras.

No me he revolcado entre la metralla por gusto.

–Permítame examinarle para...

–Estoy bien.

–Quizá se sienta bien, señor, pero esta clase de bombas pueden provocar un sangrado interno por la presión de la onda que emiten y quizá no sienta ningún daño fi...

–Ya sé cómo funcionan las bombas, joder –le suelto–. He lanzado unas cuantas.

El técnico nos mira ligeramente preocupado.

–Somos exsoldados –le explica Kenta a toda prisa–. Estamos trabajando y ahora mismo no tenemos mucho tiempo.

–Gra-gracias por su servicio –farfulla el técnico.

A Anfisa se le escapa la risa. Yo me olvido de ellos y me pego a la pantalla para examinar las imágenes. Una de las cámaras capta un destello rojo y congelo la imagen.

–Esta. La cámara seis –digo tras comprobar la etiqueta–. La entrada B para empleados.

–Voy a comprobarla –dice un agente, y se aleja corriendo.

Amplio la imagen y el estómago me da un vuelco al ver a un hombre con una sudadera gris con capucha que se dirige hacia un coche azul con una mujer rubia e inerte en brazos. Es una zona oscura, tan solo iluminada por una farola, pero, en cuanto el hombre se da la vuelta para mirar tras él, se le ve la cara perfectamente.

Es él. No cabe la menor duda. Daniel Filch. Está exactamente igual que en la foto: tiene la mandíbula pequeña, la cara hinchada, los ojos pequeños, pálidos y brillantes bajo las gafas de montura de metal.

Cuando se da la vuelta y abre la puerta del coche, se me forma un nudo en la garganta. Briar aparece en la imagen. Su cuerpo yace inerte, como el de una muñeca, y los rizos desordenados le cubren el rostro.

–Comprueba la matrícula –murmuro con los ojos entrecerrados.

Kenta teclea en el teléfono al momento.

–Lo ha alquilado. Pertenece a la empresa Blue Lotus.

–Llámalos por teléfono y averigua si tienen alguna forma de rastrear el vehículo.

–Voy.

Se lleva el teléfono a la oreja y se aleja de nosotros.

No dejo de ver el vídeo. X le acaricia la mejilla, se saca un trapo y la amordaza con él. Luego le ata las manos con unas bridas. El miedo se apodera de mí cuando veo que se lleva la mano al bolsillo y se saca algo. El filo afilado de una navaja resplandece bajo la luz de la farola.

Me noto cubierto de sudor. Siento la espalda mojada. Una navaja resplandece bajo la luz. Kenta me mira con ojos aterrorizados.

«Dinos lo que queremos saber. No hace falta que les pase nada a tus amigos».

–Matt.

Noto las palabras en la punta de lengua, pero no puedo soltarlas. Sé que no puedo decírselo.

–Matt, mírame.

No puedo decírselo. No puedo decírselo. No puedo decírselo.

–Matt, te estoy apretando el brazo y lo estás sintiendo. Venga, tío, te necesitamos.

Aprieto los ojos con fuerza. No es real. Sé que no es real. Logro escapar de mis recuerdos, y es como si emergiera con dificultad de un estanque profundo. Kenta me mira fijamente con sus ojos oscuros.

–Buenas noticias –me informa–. Tiene un rastreador. Por lo visto, hoy mismo les han ofrecido una gran suma de dinero para que lo desconectaran.

–Les daremos el doble para que vuelvan a encenderlo.

–Ya me he encargado yo –me dice Anfisa, que me mira con una compasión que no creo haberle visto jamás–. Nos están conectando a la señal del GPS –añade, y señala con la cabeza a un agente que teclea a toda velocidad en uno de los portátiles.

De repente, aparece un mapa en la pantalla con un puntito rojo que parpadea e indica la posición del coche.

Frunzo el ceño. Debe de tratarse de un error. No está en ninguna carretera y no hay casas cerca.

A Glen se le escapa una palabrota.

–¿Eso es...?

–Parece que está en medio de un bosque.

Me falta el aire. Se la ha llevado a un bosque. No a su casa, sino a un bosque. ¿Qué va a hacerle allí? Varias imágenes me cruzan la mente. La va a herir, la va a desnudar, la va a matar...

–Respira –me murmura Kenta al oído mientras me agarra del hombro. Luego pregunta en voz alta–: ¿Hay alguna propiedad por la zona?

–La casa –responde Anfisa detrás de mí.

Vuelvo la cabeza hacia ella.

–¿Qué?

–Leímos el testamento de su madre. Lo tienen archivado en el tribunal de sucesiones y es de acceso público. Daniel heredó una propiedad que parece que está por esa zona.

Da varias órdenes a través de la radio y, al momento, le dan un código postal. Kenta lo comprueba con las coordinadas del GPS. Los puntos rojos casi se sobreponen sobre el mapa.

Enderezo la espalda y me invade el alivio.

–Lo tenemos. Iremos en nuestro coche. Mandad a una ambulancia para que se reúna allí con nosotros.

–Vais a venir con nosotros en nuestros coches –responde Anfisa–. Puede que hayan manipulado el vuestro, y no queremos que entréis en la escena si llegáis primero.

Asiento impaciente y Kenta prepara el GPS del móvil.

–Son buenas noticias, ¿no? –pregunta un agente de policía con tono nervioso–. Se la ha llevado a su casa, no a un granero abandonado. A lo mejor lo único que quería era... llevársela.

Nos quedamos mirándolo como si fuera idiota.

–Ya habéis visto los mensajes –añade, y se encoge de hombros con actitud defensiva–. Dice que la quiere, que quiere que sea su esposa o lo que sea.

–No la quiere –le responde Kenta a malas–. La ha drogado y

305

la ha secuestrado. Está obsesionado con ella, y cuando Briar no actúe como él se imaginaba, la película que tiene montada en la cabeza se irá a la mierda y...

No acaba la frase, pero no hace falta. Estamos hablando de un hombre que no tiene problema alguno en poner bombas en un evento lleno de gente. Es evidente que es violento.

–Es actriz, ¿no? –pregunta Anfisa. Yo asiento, y ella aprieta los labios–. Pues recemos para que actúe hasta que lleguemos allí.

46

Briar

Cuando abro los ojos, lo primero en lo que me fijo es en que huele a carne. Me quedo muy quieta mirando el techo. El corazón me late desbocado y noto la boca seca. Es como si tuviera la peor resaca de mi vida. Pese a la bruma que me nubla los pensamientos, enseguida sé dónde estoy.

En casa de X.

No tengo ni idea de cómo he llegado hasta aquí. Lo último que recuerdo es que estaba en el estreno cuando todo se cubrió de humo y que este gilipollas casi me asfixia con un trapo cubierto de cloroformo. El miedo se apodera de mí al recordar las explosiones, los gritos, que Matt desapareció entre la multitud... Tengo que apretar los labios para contener un sollozo. Ay, Dios. ¿Estará bien? ¿Resultó herido? ¿Murió gente en el estreno por mi culpa?

Me obligo a inspirar hondo. Ahora no puedo venirme abajo, o podría acabar muerta. Tengo que mantener la calma. Vuelvo a cerrar los ojos e intento apaciguar la respiración. Necesito un plan.

—Sé que estás despierta —me dice X con la voz cargada de irritación—. Deja de fingir.

Tuerzo el gesto y me incorporo. Sigo en el sofá en el que me dejó, y menos mal que ha apartado el cubo en el que he vomitado y que también me ha cortado las bridas que me sujetaban las muñecas. El hecho en sí hace que el miedo me recorra el espinazo. Si me ha desatado, debe de estar seguro de que no tengo forma de escapar.

Examino la habitación, aún adormilada. Estoy en una especie

de cabaña. Estoy en un salón con cocina americana, sentada en un sofá rosa. Frente a mí hay unos fogones, un horno, una nevera con congelador y una mesa de comedor con un mantel de cuadros rojos. En las paredes hay unas gruesas láminas de espuma, que sin duda sirven para aislar el sonido.

Giro la cabeza. No hay ventanas, pero en el pasillo de la derecha hay varias puertas. Sé que una conduce al baño, pero no tengo muy claro adónde llevan las demás. Debe de haber una salida en alguna parte.

Oigo un estrépito y me giro hacia X. Está en la cocina con un delantal rosa, sacando un pollo asado del horno.

No es para nada como lo imaginaba. Me esperaba un monstruo musculoso y aterrador, un villano de película, pero no es más que un hombre normal de mediana edad con el pelo castaño ralo y unos ojos pequeños y lacrimosos bajo unas gafas de metal. No es ni alto ni bajo. Ni guapo ni feo. Tiene un acento medio estadounidense medio británico. Es... un hombre normal y corriente. Me resulta ridículo que alguien tan normal pueda cometer un acto tan terrible.

–Espero que tengas hambre –canturrea–. He preparado la cena. –Deja la bandeja con el pollo con fuerza, enfadado, y cierra la puerta del horno con el muslo–. Va a ser maravilloso.

Necesito ganar tiempo. La última vez que me desperté, se mostró amable conmigo al principio. Me estremezco al recordar cómo me acariciaba la espalda mientras yo vomitaba. Tenía unas manos horribles, sudorosas, blandas..., pero prefiero unas manos asquerosas a unas manos peligrosas.

–X –le digo con delicadeza. No responde, levanta la tapa de la cacerola y mira el interior–. X.

–¿Qué? –responde de malas maneras.

–Lo siento –le susurra–. Perdóname por ser tan maleducada. No quería que te disgustaras.

Se gira hacia mí con un destello en la mirada de esos ojos pálidos.

–¿Lo dices en serio o solo lo haces para que te libere?

–Lo siento –repito, encorvándome–. Creo que ha sido por culpa del cloroformo. No pensaba con claridad y no sabía qué estaba pasando.

X gruñe y vuelve a girarse hacia los fogones.

–Estaba... desorientada –le digo, relamiéndome los labios–, pero me acuerdo de ti.

–Ah, ¿sí? –responde burlón–. ¿Dónde nos conocimos?

–No me acuerdo del sitio, pero recuerdo... –tengo que contener las ganas de vomitar–... recuerdo un hombre guapo de mirada amable que me recogió el bolso.

X no responde y le clava un tenedor de trinchar al pollo. Decido probar otra táctica.

–Cuando me he despertado, creía que querías hacerme daño. Los hombres siempre se aprovechan de mí.

El cuerpo se le crispa. He captado su atención, pero no alza la mirada mientras separa la carne de los huesos.

–Pero... –trago saliva con dificultad–, pero ahora me doy cuenta de que no eres como los demás, de que quieres cuidarme.

–¿Y qué pasa con el otro? –me dice mientras sirve el pollo en el plato–. El guardaespaldas.

–¿Quién?

–Vi cómo lo besabas. Salió en todas las revistas. Quise ofrecerte el beneficio de la duda. Pensé que quizá se hacía pasar por tu novio para protegerte, que quizá el estudio te estuviera obligando a sacarte esas fotos; sé que son cosas que pasan en esta industria. Pero, ahora... –aprieta los labios–, ya no sé qué pensar.

Debe de estar refiriéndose a Matt. Trago saliva. Los pensamientos me van a tanta velocidad que me cuesta saber qué pensar. «¿Qué es lo que quiere oír?».

–Me obligó –le susurro con la voz rota–. Es... mucho más grande que yo.

Respuesta correcta. A X se le relajan los hombros. El cuchillo cae con un clanc en el fregadero y viene corriendo hacia mí y se arrodilla a mi lado.

–Lo sabía. Ay, cielo –me dice con tono cariñoso. Cierro los ojos y varias lágrimas me surcan las mejillas. A X se le escapa un gemido–. No pasa nada, cielo. Estás a salvo. Ya no puede tocarte. Te lo prometo. Te protegeré. –Me enjuga una lágrima–. Eres perfecta... Pues claro que te obligó. Siento mucho haber pensado lo contrario. He sido un idiota –se fustiga, dándose una palmada en la frente.

–Gracias por creerme –le susurro.

X inspira hondo, y entonces dice:

–Voy a matarlo.

–No –le digo, negando con la cabeza–. No le hagas daño. ¿P-puedes llamar a la policía? A mí me daba mucho miedo hacerlo, y quiero denunciarlo.

Me acuna las mejillas, y su aliento, caliente y amargo, me azota el rostro.

–Me encantaría hacerlo, angelito, pero entonces la policía querría venir a verte. Y aún no confío lo suficiente en ti como para que eso pase. –Me da un toquecito en la nariz con el dedo, como si fuera una niña pequeña, y a mí se me revuelven las tripas–. De todos modos, la policía debe de estar buscándome por lo de las bombas. Será mejor que pasemos desapercibidos durante una temporada. –Entonces me sonríe–. Podremos pasar el tiempo juntos, solos tú y yo. Es lo que quieres, ¿no?

Me fallan las palabras, así que me limito a asentir, y él me dedica una sonrisa radiante.

–Pues venga, angelito.

Se levanta, me pasa un brazo por la cintura y me ayuda a incorporarme. Intento no estremecerme bajo el roce de sus manos mientras me conduce a una mesa de comedor pequeña. Me retira la silla con una floritura y me siento despacio al tiempo que observo la mesa. Parece sacada de una película romántica cursi: el mantel de cuadros, las servilletas dobladas para que parezcan cisnes, la rosa en un jarrón alto, velas de mentira que funcionan a pilas cuya luz se refleja en los cubiertos...

X va a la encimera y vuelve con dos platos humeantes.

–Toma, angelito –me dice mientras coloca uno ante mí–. Come.

Me quedo mirando el plato. Ha preparado un asado entero: pollo, patatas, coles de Bruselas y zanahorias, todo cubierto en salsa *gravy*. Quizá sea por la luz o por los efectos de las drogas, pero la comida parece de mentira, como de plástico, como esa que no nos podemos comer en el set de rodaje.

–No como carne.

X suelta un suspiro.

–Imaginaba que protestarías. No quiero que sigas con esas dietas tontas que se ponen de moda durante una temporada para perder peso. No es sano. Los seres humanos tienen que comer carne. Es cuestión de biología. –Me acaricia la mano y cierro los ojos para obligarme a quedarme quieta–. Creo que te han comido la cabeza con este estilo de vida que os inculcan a las famosas, cielo.

–La verdad es que no tengo hambre –respondo, relamiéndome.

–Tienes que comer.

–Aún tengo la tripa revuelta por el cloroformo.

–Lo siento –se disculpa, y se le relaja la expresión de nuevo–. Lo siento muchísimo, pero tienes que comer. Forma parte del plan.

–¿Qué plan?

–Es lo que me enseñó mi madre –me dice con orgullo–. Primero siempre tienes que invitar a la chica a cenar.

–¿Primero? –Es como si un trozo de hielo se me deslizara por la espalda–. ¿Y luego qué?

–No te burles de mí –me dice, entrecerrando los ojos–. Lo sabes de sobra. Mira. –Acerca la silla a la mía–. Siempre nos he imaginado cenando así. –Corta la comida, la pincha con el tenedor y me la acerca a los labios–. ¡Abre la boquita! –me ordena con tono alegre.

Tengo que hacer un esfuerzo tremendo para no escupirle en la cara. Abro la boca despacio y dejo que introduzca el tenedor.

Mastico, mastico y mastico, absolutamente consciente de que tengo su cara a solo unos milímetros y, al final, consigo tragar.

–Qué rico –grazno, y me responde con una sonrisa de oreja a oreja.

–Ya sabía yo que te gustaría. Mi madre me enseñó a cocinar de pequeño. No quería aprender, no me parecía cosa de hombres –sirve un poco de vino en las copas–, pero ella insistió en que un buen hombre debería ser capaz de alimentar a su mujer. Supongo que tenía razón, ¿no?

Asiento sin levantar la vista del plato.

–¿Puedo tumbarme un rato? Me duele la cabeza.

X niega con la cabeza.

–Hasta que te lo hayas comido, no. También he preparado el postre. Quiero hacer las cosas bien.

–Ya.

X estira el brazo y me da un apretoncito en la mano.

–Me alegro tanto de que estés aquí –me dice en voz baja–. Te quiero, Briar. Sé que puede que aún no me creas, pero dame la oportunidad de demostrártelo.

Me obligo a sonreír y vuelvo a centrarme en el plato de carne.

Y como. Me lo como todo. Cuando dejo los cubiertos, noto la tripa revuelta.

–¡Y ahora el postre! –anuncia X, contentísimo–. Es un poco tarde, pero ¡te he preparado una tarta de cumpleaños! ¡Es de tu sabor favorito: chocolate! –Va hasta la nevera y saca un plato tapado. Lo coloca ante mí y levanta la tapa con una floritura, con la que revela un grueso pastel cubierto de chocolate que tiene mi nombre escrito con una letra temblorosa–. ¿Te gusta? –me pregunta, ansioso–. He tenido que hacer cuatro hasta que me ha salido el postre perfecto.

Pienso en Kenta, en cuando me dio aquel dónut con forma de corazón, en que Glen encendió la vela con el mechero, y noto lágrimas en los ojos.

–Gracias –le susurro–, pero es que estoy llena.

X se queda callado durante un segundo y me sonríe.

–Bueno, no pasa nada –afirma entonces–. Supongo que podemos tomarnos el postre luego.

Me toma de la mano y me ayuda a levantarme de la silla. Yo me llevo una mano a la tripa.

–¿Y ahora qué?

Suelta una risita tan espeluznante que siento escalofríos en la columna.

–Ven, siéntate en el sofá conmigo.

Tomo asiento, rígida, a su lado. X se acerca a mí y me pasa un brazo por los hombros con torpeza. El vestido me deja la espalda al descubierto y X me la acaricia con las yemas de los dedos. Soy incapaz de contener un espasmo cuando roza la cremallera.

X deja escapar un suspiro.

–Vaya, sí que te ha hecho daño ese segurata, ¿no? –murmura con admiración–. Pobrecita, mía. No te preocupes. No soy como él. Jamás te haré nada que tú no quieras. –Deja la cremallera y me acuna la cara. Yo cierro los ojos–. No te pongas nerviosa –me susurra–. Iremos despacio.

–¿Qué hora es? –le pregunto.

X se detiene y se mira el reloj.

–Las nueve menos cuarto, ¿por?

–Por nada –respondo en un susurro.

Tres horas... Llegué al estreno a las cuatro y media, y no creo que estuviera allí más de una hora antes de que estallaran las bombas. Lo cual quiere decir que llevo tres horas secuestrada y que nadie ha venido a por mí.

¿Cómo es posible? ¿Cómo es que los Ángeles no me pueden encontrar? ¿No se supone que en eso consiste su trabajo?

Si aún no han podido localizarme, es porque ha pasado algo. Se me cae el alma a los pies. Dios. Deben de estar heridos. O muertos. No sé qué pasó después de que X se me llevara. Quizá detonara más bombas. Hasta donde yo sé, puede que volara todo el lugar del estreno por los aires...

Haya pasado lo que haya pasado, ya he ganado todo el tiempo posible. X desliza la otra mano por mi muslo y tengo que morderme el carrillo.

No puedo. Parece que hacerme la inocente y la sumisa está funcionando, pero no estoy dispuesta a todo. Preferiría morir a que me violara. No puedo seguir esperándolos. Voy a tener que hallar yo sola el modo de salir de aquí.

X se acerca aún más a mí y me acaricia los labios con el pulgar.

–Llevo años esperando este momento –me susurra–. Me lo he imaginado un millón de veces por la noche, cuando estaba en la cama.

Su aliento me acaricia la mejilla. Huele a vino y carne. Me mete la mano por el vestido y me acaricia el muslo.

Pero entonces lo agarro de la muñeca.

–Tócame –le advierto, alto y claro– y te saco los putos ojos.

47

Kenta

El trayecto hasta la ubicación es una pesadilla.

A Matt se le está yendo la cabeza. Hacía muchísimo tiempo que no lo veía tan perdido en los *flashbacks*. Es como si llegaran a oleadas. Cada pocos minutos, aprieta los puños, solloza e intenta quitarse el cinturón o le da un puñetazo a la puerta del coche. Intento hablar con él para que vuelva en sí, pero cada vez me cuesta más. Sé que se siente atrapado aquí dentro, así que le pido a Glen que abra el techo del coche, pero lo tiene que cerrar al instante cuando Matt se agarra al borde como si estuviera dispuesto a salir y a saltar del vehículo.

El agente que va en el asiento del acompañante lo mira, aterrorizado. No deja de echar la vista hacia atrás para mirar a Matt, como si temiera que estuviera a punto de sacarse una pistola y matarnos a todos a tiros.

—Va a... —dice, justo cuando Matt le arrea un puñetazo a la puerta del coche y jadea.

—Deja de mirarlo —le digo, y el agente abre mucho los ojos y se da la vuelta.

Compruebo el GPS. Estamos a doce minutos. Solo doce minutos. Juro por Dios que cada segundo parece una hora. La carretera está oscura, vacía, aunque más bien diría que es un camino de tierra. La vegetación es tan densa que los faros del coche tan solo iluminan unos pocos metros. Nos vemos obligados a conducir despacio para no chocar. Aprieto los dientes. Estamos tardando demasiado. Tenemos que llegar ya.

Matt se sacude en su asiento y yo suspiro.

—Venga, Matt, tío. No pasa nada.

Le apoyo una mano en el hombro, y Matt se gira y me intenta dar un puñetazo un poco torpe. Lo esquivo, lo agarro de la muñeca y entrelazo mis dedos con los suyos para darle la mano. Le estoy dando la mano. Si cualquiera de los del cuartel general nos viera, nos haría una foto y se la mandaría a todo el personal como correo urgente. Luego la enmarcarían y la colgarían en todos los despachos. Contratarían a un artista para que la convirtiera en la felicitación de Navidad de la empresa. Pero es que no sé qué hacer si no.

Cuando Briar lo hizo, funcionó.

–Venga –murmuro–. No te pasa nada. Te estoy apretando la mano. Lo notas, ¿no? Apriétame.

Matt mira nuestras manos entrelazadas y traga saliva.

–La quiero –me dice de repente.

–Ya me había dado cuenta.

Me agarra con fuerza, y siento que casi se me rompe el corazón.

48

Briar

–¿**C**ómo? –X me dedica un amplia sonrisa y sacude la cabeza como si tuviera agua en los oídos–. Lo siento, angelito, creo que no te he oído bien. ¿Qué acabas de decir?

–Creo que me has oído perfectamente –le digo, abandonando de una vez por todas el tono dulce–. Suéltame antes de que te arranque el intestino, lo hinche y lo retuerza como un globo mientras miras. ¿Te parece un numerito privado lo bastante bueno, puto machista psicópata?

X abre los ojos de par en par.

–¿Q-qué?

–Que me quites las manos de encima.

Como no se mueve, le apoyo las manos en el pecho y lo empujo con tanta fuerza que se cae al suelo. Me mira con las gafas torcidas, los ojos muy abiertos y mirada herida.

–No –murmura–. No, no, no. No... –Se pasa una mano temblorosa por el pelo sucio–. No lo entiendo.

–Ya imaginaba yo que no –le reprocho–. Mira, te lo voy a explicar como si fueras tonto. –Me pongo en pie y avanzo despacio hacia él–. ¡No quiero follar contigo! –Señalo la puerta–. Se acabaron tus jueguecitos. Déjame salir ahora mismo.

–¿Por qué tienes que estropearlo todo? –protesta, dando una palmada en el suelo–. Me he imaginado esta situación un millón de veces, pero no dejas de hacer las cosas mal. ¿Por qué? Sé muy bien cómo tendría que estar sucediendo todo. –Me fulmina con la mirada–. Llevo meses mandándote regalos. ¡Meses!

Si lo está diciendo en serio, tengo que limpiar a fondo el cuarto en el que guardo los paquetes de correo.

–Ay, mierda, se me había olvidado que podías comprarme con regalos. Supongo que soy tuya entonces. Le pediré a mi agente que te pase el recibo. –Niego con la cabeza–. Pero ¿a ti qué coño te pasa? ¿De verdad tienes tantas ganas de echar un polvo que tienes que inventarte una relación entera? ¿De verdad eres tan coñazo que no tienes amigos que te paren los pies?

Mira de reojo el trapo empapado de cloroformo y lo taladro con la mirada.

–Tú inténtalo –le advierto–, te arrancaré la cabeza y te vomitaré encima.

X se pone en pie de un brinco y yo retrocedo hasta la mesa del comedor. Sin dejar de mirarlo, busco a tientas el cuchillo del pan.

–¡Vete a la mierda! –me grita–. ¡Lo he hecho todo bien!

Se me escapa una risa burlona.

–Ah, ¿sí? ¿Quién te ha dado todos estos consejitos para ligar? Sabes que *You* es una serie y no un manual para locos, ¿no? –Mi mano aterriza en el plato lleno de salsa fría y tengo que contener una mueca–. Escúchame bien. Jamás te querré. Si fueras el último hombre en la Tierra, cruzaría el océano entero para alejarme de ti. Y lo mismo haría cualquier otra mujer, ¡te huele el aliento!

Joder, ¿dónde está el puto cuchillo de los cojones?

–¿Sabes qué? –me dice con la mirada encendida–. ¡La gente tenía razón! ¡Eres una zorra! ¡La mayor zorra de este mundo! –Niega con la cabeza–. ¿Por qué eres tan cruel? ¿Por qué me haces daño?

Rozo los cubiertos, los platos, los vasos..., pero no encuentro el cuchillo.

–¿Que yo te estoy haciendo daño? –le digo, alzando la voz–. Pero ¡si has sido tú el que me ha atacado con bombas, drogado, secuestrado y atado!

–¡Para que estuviéramos juntos! –insiste–. Llevo toda mi vida amándote, y a ti te da igual, ¿verdad? Te doy completamente igual.

Al fin encuentro el mango grueso y frío del cuchillo. X no deja de soltar burradas.

–¿Cómo he podido ser tan estúpido, joder? Me has mentido. ¡Estabas fingiendo que me querías!

–¡No he fingido nada, idiota! ¡Te has montado la película tú solo!

Poco a poco, alzo el cuchillo e intento que mis movimientos sean sutiles.

X da un paso adelante, jadeando como un perro, y me dice:

–¡Deja de mentir!

–No miento. Eres tú el que se engaña a sí mismo.

Giro el cuchillo tras la espalda, de modo que la hoja quede hacia arriba. Se oye un clinc y, para mi espanto, oigo que uno de los vasos cae y rueda sobre la mesa. Cierro los ojos cuando cae al suelo y se rompe en pedazos.

Mierda.

X mira a mi espalda y se le endurece la expresión. Me agarra de la muñeca y la retuerce para que suelte el cuchillo.

–¡Serás zorra! ¿Ibas a apuñalarme? ¿Después de todo lo que he hecho por ti? –Tiene fuego en la mirada. Da auténtico miedo–. Te he querido durante años, y ahora me has rechazado. He desperdiciado un montón de tiempo. –Se acerca a mí y baja la voz. El miedo me atenaza la garganta–. No entiendo por qué todas queréis hacerme daño. –Levanta el cuchillo, cuyo filo resplandece bajo las luces de la cabaña–. Vas a pagar por esto –me dice entonces–. Yo también quiero que sufras.

Mierda. Doy un paso atrás sin apartar la mirada de la punta del cuchillo.

–X...

–Que te jodan –me grita, y me apuñala.

Grito al notar el cuchillo rajándome la cadera. Dios mío. No pensaba que fuera a atreverse a hacerlo. X extrae la hoja, y yo grito cuando el borde serrado me raja la piel. La sangre brota y me empapa el vestido rojo. Antes de que me dé tiempo a reaccionar, alza el cuchillo para atacarme en la cara, pero lo esquivo en el último segundo y el filo solo me corta la mejilla. X echa el brazo atrás por tercera vez y, al fin, recuerdo las técnicas de combate que aprendí hace tiempo. Me giro sin pensar y lo golpeo en el cuello con el hombro. Es un buen truco para pillar a la gente desprevenida porque todo el mundo se espera que pegues con las manos.

Con X funciona; retrocede agarrándose el cuello.

Asiento para mí misma. Vale. Bien. No es una pelea del todo injusta. Me noto desentrenada, pero recuerdo gran parte del entrenamiento de artes marciales. Él no tiene ninguna clase de habilidad, pero es mucho más fuerte que yo. Supongo que estamos más o menos igualados. Voy a tener que ponerme creativa.

Me abalanzo hacia la mesa, arranco el tenedor de trinchar que está clavado en el pollo e intento darle a X en los ojos. No controlo mucho el golpe, pero no quiero apuñalarlo, sino distraerlo. Los ojos se le van al cuchillo, y entonces aprovecho para darle un rodillazo en los huevos.

—¡Zorra! —me grita, y cae de rodillas al suelo.

Paso corriendo por su lado, en dirección a la puerta principal. Me lanzo contra el panel de metal, pero no cede. Ni siquiera logro sacudir la manilla. Intento golpearlo con el hombro y grito tras el impacto. A mi espalda, oigo que X intenta ponerse en pie, así que cambio de estrategia. Giro sobre los talones y corro hacia el pasillo. Me meto por la primera puerta abierta que encuentro, me giro y la cierro tras de mí. Después miro a mi alrededor, frenética, buscando algo con lo que bloquearla. En un rincón hay una silla de madera vieja, así que la cojo y la coloco bajo la manilla de la puerta. ¿Funciona? No lo sé, pero he visto que lo hacen en las pelis, y tampoco es que tenga muchas opciones.

La habitación está a oscuras, así que tanteo las paredes hasta encontrar el interruptor. Cuando se encienden las luces del techo, me apoyo en la pared para examinarme la herida de la puñalada. La tela que me cubre la cadera izquierda está empapada en sangre. Con una mueca, me levanto el dobladillo del vestido para examinar el corte. Es amplio, pero no sé cómo es de profundo por culpa de toda la sangre. Miro a mi alrededor, en busca de algo con lo que detener la hemorragia... y casi vomito.

Estoy en una especie de santuario.

Hay fotos mías por todas partes. Literalmente. Carteles, portadas de revistas, fotografías que se tomaron en el set de rodaje... Hay varias fotos que seguro que las ha hecho X. Cubren la pared y se superponen hasta formar dos o tres capas. En uno de los rincones de la habitación hay una puerta que conduce a un baño con muy mala pinta. En el otro, hay un colchón manchado contra la pared. Bajo las sábanas asoma una almohada larga y roñosa en la que hay dibujado con rotulador permanente el monigote de una mujer desnuda. A juzgar por el pelo amarillo y brillante, estoy bastante segura de que soy yo. Contengo un sollozo.

Llaman a la puerta.

—Angelito —me llama X, y un segundo sollozo me brota del pecho—. Abre la puerta, angelito, o te dispararé a través de ella.

Cierro la boca y los ojos.

Y entonces las oigo: sirenas. Suenan lejísimos, pero deben de venir a por mí, ¿no? Sí, seguro que sí.

Se me alivia parte de la tensión del pecho. Tomo una bocanada de aire, y juraría que hacía varios minutos que no respiraba hondo. Sin embargo, ese descanso de un milisegundo se ve interrumpido cuando la puerta cede y la silla de madera se rompe en pedazos. Grito, retrocedo y X aparece por la puerta. Ya no parece el hombre raro y apacible que era cuando lo conocí. Se le sacude el pecho, tiene la cara enrojecida y uno de los laterales de la camisa cubierto con mi sangre. Parece un monstruo. Y lleva una pistola en la mano.

Estoy jodida.

Me libro del pánico creciente. Necesito un arma. Miro a mi alrededor, pero no veo nada. Me abalanzo hacia la silla rota, que yace en el suelo, cojo una de las patas y la levanto como si fuera un bate al tiempo que retrocedo contra la pared.

Las sirenas suenan más fuerte. Vienen a por mí. Lo único que tengo que hacer es distraer a X para que les dé tiempo a entrar en la casa.

–Te he mentido –le provoco–. Me estoy acostando con Matt.

–¿Qué? –pregunta; lo he pillado por sorpresa.

–Mi guardaespaldas –le aclaro, y me obligo a dedicarle una sonrisa burlona–. No me obligó. De hecho, me estoy acostando con mis tres guardaespaldas. Son unos máquinas en la cama. Y tienen una pollas enormes.

A lo mejor no estoy siendo muy lista provocándolo, pero, ahora mismo, lo único que necesito es que siga hablando.

A X se le tuerce el gesto.

–¡Eres una puta! –me grita.

–Ya. Supongo que debo parecértelo, teniendo en cuenta que eres incapaz de echar un polvo.

–¿Por qué? ¿Por qué? ¿Qué tienen ellos que no tenga yo? –Se pasa una mano por el pelo y tira con fuerza–. Te abres de piernas para cualquier gilipollas solo porque es guapo, pero ¿para mí no? ¡Me lo he currado! ¡Soy listo! ¡Soy simpático!

–Ah, ¿sí? –le digo con la respiración entrecortada–. Pues entonces yo no debo de ser muy maja.

Me apunta con el arma y aprieta el gatillo. Grito y me agacho justo a tiempo: la bala pasa por encima de mi cabeza y se incrusta en la pared.

–¡Cobarde! –le grito–. ¡Si quieres pelea, que sea una pelea justa!

–No quiero que nos peleemos, estúpida.

Se abalanza sobre mí y me aplasta contra la pared con todo su peso. En cuanto siento el cañón del arma contra el muslo, me quedo helada.

–¿Y qué es lo que quieres? –le pregunto con la voz entrecortada.

Me coge la cara y me obliga a acercarme a él. Nuestras narices prácticamente se rozan. Los ojos del color del barro le arden.

–Poseerte –me responde con un gruñido–. Quiero que seas

mía. Y me da igual si no vas a ponerme las cosas fáciles. –Intento liberarme, pero es demasiado fuerte y vuelve a tirar de mí hacia él. Su aliento caliente me roza la cara–. Moriremos juntos –susurra entonces–. Viviremos juntos en el infierno. Para siempre.

Cierro los ojos. Las sirenas suenan mucho más cerca. Puede que esté alucinando, pero oigo gritos fuera de la casa. No sé qué tipo de insonorización ha usado X, pero es una mierda.

–Vienen a buscarme –le digo, jadeando–. ¿Lo oyes? Vienen a por mí.

X echa la cabeza hacia atrás y se ríe.

–Ya, me lo imaginaba. No te preocupes, me encargaré de ellos.

Frunzo el ceño, pero, antes de que llegue a preguntarle a qué se refiere, una explosión sacude el suelo. Cae polvo del techo y miro de un lado a otro, en busca del origen del estallido. En cuanto caigo en que el ruido viene de fuera, noto hielo cayéndome por la columna.

–¿Qué ha sido eso?

–¿Qué pasa? ¿Te creías que no iba a proteger este lugar? –me dice, y me aprieta la mandíbula con fuerza con sus sucias uñas–. Sabía que vendrían a buscarte. No podía permitirlo.

–¿Qué has hecho? –le susurro con los ojos abiertos de par en par.

–He colocado explosivos alrededor de la casa, y me da a mí que uno de tus amigos acaba de pisar uno.

49

Briar

Una segunda explosión sacude el suelo y cierro los ojos con fuerza. Se oye un fuerte grito, y luego otro grito de dolor.

Joder, joder... Va a matarlos. El pulso se me acelera hasta tal punto que la cabeza comienza a darme vueltas. Intento ser racional. Glen es experto en explosivos. Sabrá que se dirigen a una trampa, ¿no? ¿Será capaz de adivinarlo?

Otra explosión. Otro grito. Las sirenas suenan más alto. Se me sube la sangre a la cabeza. No puedo respirar. Sostengo con fuerza la pata de la silla y se me clava la madera astillada. Tengo que alejarme de X antes de que vuelva a dispararme. La única puerta que hay en el cuarto es la que conduce al baño. Podría encerrarme ahí dentro y meditar mis próximos pasos. Quizá encuentre algo en los armaritos que me sirva de arma.

No tengo tiempo para pensar. Reúno fuerzas, y le doy en los huevos con la pata de la silla sacudiéndola hacia atrás. X chilla, me suelta un poco y yo me alejo a trompicones hacia el baño. Me pisa los talones, pero logro entrar y cerrar de un portazo. X golpea la puerta desde el otro lado con todo su cuerpo y consigue abrirla un poco.

—No seas tonta, angelito —me dice con tono cariñoso a través de la rendija.

La puerta se abre un poco, y luego un poco más. Me arden los brazos. Miro el baño, desesperada, y encuentro un cubo que huele fatal, a lo mismo a lo que olía la mordaza.

La puerta se abre otro centímetro y me duelen los brazos a morir. No puedo seguir así. Suelto la puerta y me hago un lado, X entra en la habitación y casi se cae. Mientras intenta recuperar el equilibrio, cojo el cubo y se lo echo por encima, cubriéndole la cara con ese brebaje espantoso que ha preparado, sea lo que sea. El grito que pega casi me deja sorda. Cae de rodillas al suelo y se lleva las manos a la cara. Toso, y vuelvo a sentir las náuseas en la garganta. Tengo los ojos cubiertos de lágrimas y no veo nada. Toso una y otra vez, me doblo por la cintura y salgo tambaleándome del baño, en dirección al pasillo y al salón. A mí espalda, oigo que a X le dan unas arcadas.

Que pruebe su propia medicina.

La cabeza me da vueltas, llego a trompicones hasta la puerta y me arrojo contra ella, pero no cede y golpeo el panel de metal grueso con las palmas. Mierda. Mierda. Mierda.

Miro a mi alrededor y lucho contra la debilidad que se apodera de mis músculos mientras busco algún lugar por donde escapar. No hay ventanas ni más puertas que den al exterior. Ni siquiera hay una chimenea por la que pueda trepar.

Pero oigo voces fuera de la cabaña; estoy segura. Oigo un sonido metálico y me doy cuenta de que alguien intenta derribar la puerta desde el otro lado. Retrocedo para dejarles espacio, pero me doblo por la mitad por un arranque de tos que me destroza la garganta. Al final las piernas me ceden y caigo al suelo.

–Briar –me llama X con voz ronca, y yo me giro hacia él.

Se arrastra por el pasillo hacia mí, parece sacado de una película de terror. Tiene los ojos rojos con lágrimas y la camisa desgarrada y ensangrentada. No ha soltado la pistola.

Busco la pata de la silla, pero entre las drogas, el pánico y toda la sangre que he perdido, estoy fatal y ni siquiera me siento los dedos. Me arrastro por el suelo hacia atrás, para alejarme de él.

Se oye un golpe al otro lado de la puerta. X la mira confundido, alza el arma y dispara. La bala atraviesa el metal y oigo un grito al otro lado.

–¡Apartaos de la puerta! –intento gritarles, pero noto la voz débil y aguda–. Tiene... –Toso–. ¡Tiene un arma!

Tras una pausa, oigo la voz de Kenta.

–¿Briar?

«Gracias a Dios» pienso, inundada de alivio.

–¿Estás bien, Briar? –pregunta Kenta con voz frenética.

Voy a responder, pero X dispara de nuevo y grito cuando la bala me roza la oreja.

–No van a llevarte con ellos –murmura sin dejar de arrastrarse hacia mí–. Si no puedes ser mía, no serás de nadie. –Estira el brazo y me coge del tobillo–. ¡Voy a matarla! –les grita a los de fuera–. ¡Habéis llegado demasiado tarde!

–¡Traed la sierra! –grita alguien desde fuera.

X me tira de la pierna hacia él. Grito, me retuerzo y le asesto un talonazo en la nariz. X grita, me suelta y aprovecho para alejarme de él. Tengo que levantarme. Me arrastro hasta la mesa de la cocina, me agarro a una pata y me apoyo en ella para levantarme. Se me oscurece la visión cuando la sangre me baja de la cabeza, pero me aferro a la mesa hasta que se me pasa.

Un zumbido muy alto atraviesa la estancia cuando la hoja comienza a serrar los bordes de la puerta de entrada. Del metal saltan chispas.

–¡Policía! –grita una voz–. ¡Apártese de la puerta!

Como a cámara lenta, X se da la vuelta en el suelo y me apunta con la pistola. Observó el agujero negro del cañón y las piernas me fallan. No puedo seguir corriendo. No puedo apartarme. Cierro los ojos con fuerza y espero a que la bala me atraviese.

Pero no ocurre nada.

Abro los ojos de nuevo, y X aprieta el gatillo una y otra vez mientras mira la pistola con cara de tonto. Se ha quedado sin balas.

Es el cliché más típico que uno se pueda imaginar en una película de acción, y acaba de salvarme la vida.

–¡Ja!

El alivio me invade y me devuelve un último ramalazo de fuerzas. X me mira con los ojos muy abiertos mientras me obligo a erguirme y me planto a su lado con la pata de la silla en la mano, que no deja de temblarme.

–Se acabó –le digo, y apenas me lo creo–. Se acabó. ¡Has perdido!

Y entonces alzo la pata de la silla y le golpeo en el costado. X grita de dolor.

–Vas a pudrirte en una celda –le digo, y vuelvo a golpearlo–, durante el resto de tu puta vida. –Lo miro con desdén y añado–: Además, no creo que hagas muchos amigos en la cárcel. Aquí fuera no has hecho ni un solo, ¿no? Te van a odiar, igual que te odia el resto del mundo.

Me agarra del tobillo y tira de mí para intentar arrojarme al suelo, pero me libro de él con una patada. Me siento como un animal salvaje, como si tuviera la garganta cubierta de espinos y el corazón fuera a salírseme del pecho. Este hombre ha tenido poder sobre mí durante mucho tiempo, pero ahora, por fin, soy yo la que se alza ante él con un arma. Me siento de maravilla. Quiero hacerle daño. Quiero hacerle tanto daño que jamás pueda volver a hacerle daño a otra mujer.

–Eres patético –le digo con desdén–. Todo este numerito de jugar a seducirme era patético. Que me hayas secuestrado como si te creyeras el puto malo de las pelis de James Bond es patético. –Niego con la cabeza–. ¿Qué pasa? ¿Que eres incapaz de conquistar a una chica como la gente normal y por eso decides secuestrarlas? ¿Es eso lo que pasa? ¿Que tienes que tener a una chica porque estás en tu derecho?

–Me merezco... –balbucea.

Alzo la pata de la silla y se la clavo como una estaca en los huevos. X grita, pero yo casi ni lo oigo.

–¡No te mereces nada! ¡No tienes derecho a acostarte conmigo! –le grito–. Eres ridículo, un ser humano despreciable y una puta cucaracha.

Suelto el bate improvisado y cojo el cuchillo de sierra ensangrentado de la mesa de la cocina y lo señalo con él. X se queda muy quieto.

La cabeza me da vueltas y los dedos que sujetan el mango del cuchillo me tiemblan. Podría hacerlo. Podría ponerle fin a todo este asunto ahora mismo.

X me mira desde abajo. Está hecho papilla. Tiene un ojo hinchado, las gafas rotas y le brota sangre de la boca. De mi corte de la mejilla me cae la sangre hasta el cuello y me empapa el vestido.

—Angelito —me dice en voz baja, con la mirada implorante.

Suelto el cuchillo, que cae con un estrépito, y me inclino hacia él y le escupo en la cara.

Se oye un golpe ensordecedor, y la inmensa puerta de metal cae hacia dentro. La luz entra por el hueco y veo varias siluetas que se aproximan. La cabaña se llena de gritos, y la adrenalina me abandona y caigo al suelo.

Lo he conseguido. Lo he logrado. Me he mantenido con vida hasta que han venido a buscarme.

Lo he logrado.

Con la vista nublada, veo a los hombres que entran en la cabaña. Es como si estuviera soñando. X gira sobre sí mismo para coger la pistola. Un grupo de agentes que dirige Kenta se abalanza sobre él para que no se mueva.

Matt y Glen examinan la estancia desde la puerta con cara de locos. Matt me ve y tiene fuego en la mirada. Me observa y, de repente caigo en que estoy cubierta de sangre, que me cubre el vestido, la piel y el pelo.

Durante un instante, todo parece quedarse muy quieto. Y entonces Matt se acerca corriendo a mí. Me encojo sobre mí misma. Si me quedaran fuerzas, me levantaría y correría, pero lo único que puedo hacer es quedarme quieta mientras él se arrodilla a mi lado y me coge.

—Te estás desangrando —me susurra—, te estás... —empieza a decir, con aire frenético, mientras me pasa las manos por el cuerpo para intentar tapar las heridas.

—No —le digo, atragantándome—. Quita.

Pero no responde y me mira con auténtico horror.

«Es Matt —me dice una voz en mi interior—. Solo es Matt. Es Matt».

Intento no olvidarlo, pero al ver al hombre nervioso que tengo delante, no veo a Matt, sino a otro hombre violento que intenta atacarme.

–¡No! –le grito, apartándolo de un empujón–. No, no, no, no, no...

–¡Matt! –le grita Kenta–. ¡Para, tío! ¡La estás asustando!

Tras él se oye de repente una ráfaga de tiros. X grita, yo me quedo helada y Matt se queda inmóvil encima de mí y vuelve a poner los pies en la tierra con una sacudida. Bajo su cuerpo, el corazón me amartilla el pecho. Matt jadea y respira con pesadez.

–Matt. –Extiendo la mano y se la doy, de modo que nuestros dedos se entrelazan–. Estoy bien.

Un resplandor le cruza la mirada.

–Briar –susurra, y me acaricia la mejilla con la mano.

Traga saliva con dificultad y, entonces, baja la mano y se yergue. Quiero ir tras él, pero alguien me abraza desde atrás y me recuesto contra un pecho firme.

–Estoy aquí, no pasa nada –me susurra Glen al oído. Siento que estoy a punto de romper a llorar–. No pasa nada. Joder, estás sangrando. Tu carita... –Me abraza aún más fuerte–. ¿Estás bien, cielo? ¿Te estoy haciendo daño?

Niego con la cabeza y entierro el rostro en su hombro.

Glen no deja de hablar y me mece.

–Ha sido increíble –me dice–. Deberíamos dejar que te unieras al equipo. Serías un Ángel de lo más convincente. –Me da un beso en la coronilla–. Ni siquiera nos necesitabas, has podido con él tú solita. Deja que te vea la cara, cielo. ¿Qué coño te ha hecho?

Intenta separarme del hueco de su cuello, pero yo niego con la cabeza.

–No –le pido.

–¿No quieres que te vea? –Me acuna la mejilla y se mancha los dedos de sangre–. No será tan fea como la mía, cielo, ni de lejos. Bu... Buscaremos al mejor cirujano del país. Te prometo que no te quedará marca.

–Que te calles –le digo con un gruñido.

Todo me da vueltas. El pulso se me acelera cada vez más, me aferro a Glen e inhalo su aroma oscuro y a tierra. Lo único que quiero es esconderme donde nadie pueda verme. Intento tomar una bocanada de aire, pero no puedo, y me echo a temblar.

—Briar —me llama Glen, y me acuna la cabeza—. Briar, respira.

No puedo. Intento tomar aire, pero tengo demasiada tensión acumulada en los pulmones. Lo intento aún con más ganas, y mi respiración se convierte en una sucesión de jadeos ruidosos, pero no me llega el aire.

—Joder. —Glen me desliza las manos por el cuerpo y me comprueba la cintura y la caja torácica—. No te ha apuñalado en el pecho, ¿no?

Niego con la cabeza.

—¿Te está dando un ataque de pánico?

Asiento y me abraza con delicadeza.

—No pasa nada, cielo, es normal. No te resistas. Siéntelo. Ya estás a salvo. Estás a salvo.

Rompo a sollozar y me agarró a él. Noto que le araño, pero no puedo parar. Me estoy viniendo abajo entre temblores, convertida en una bola de energía incontrolable. Seguro que le estoy haciendo daño al aplastarlo y al clavarle las uñas, pero, de ser así, no dice nada al respecto. Permanece en calma mientras me abraza, respira sereno y exuda ese aroma tan reconfortante a hierba y árboles. A mi alrededor oigo el parloteo de los *walkie-talkies*, el ruido de las sirenas que se aproximan y la voz grave de los inspectores y de los agentes de policía.

Varios pasos se acercan a nosotros.

—Perdone —dice una mujer—, nos gustaría hablar con la señorita Saint para...

—Ahora no —le ordena Glen con voz grave, y la mujer se escabulle.

Yo sollozo y me aferro a su camisa.

—No pasa nada —me susurra al oído—. Ya no está. Se ha ido, pero yo sigo aquí.

No deja de acariciarme la espalda, el pelo y la cara y me susurra palabras tranquilizadoras hasta que el pánico al fin se desvanece y me quedo inerte contra su pecho.

50

Glen

Aunque la ambulancia llega casi al momento, la policía no deja entrar a los de emergencias hasta que comprueba que el lugar es seguro, por lo que Briar yace en mis brazos y se desangra lentamente sobre mi camisa y no puedo hacer nada.

No está bien. Para nada. En cuanto la primera oleada de pánico se ha desvanecido, Briar se ha quedado sin fuerzas. Ahora yace inerte contra mí, fría, con los ojos vidriosos, sin dejar de sujetarse a mi camisa. Espero que se deba solo a la conmoción. Por lo que he podido comprobar, la han apuñalado en el costado y le han rajado la cara. La herida abdominal es la que me preocupa. No parece muy profunda, pero seguro que ha perdido medio litro de sangre y, sin alguien que la examine, no hay modo de saber el alcance de los daños. X podría haber dañado algún órgano vital.

Hago presión contra el costado e intento que hable.

—¿Estás bien, cielo? ¿Puedes decirme algo, cariño? ¿Te has dado en la cabeza?

No responde.

—Por favor, Briar —le suplico y la sacudo un poco—. No te duermas, cielo. Tienen que examinarte primero, ¿vale? La ambulancia llegará en cuestión de unos minutos. Quédate conmigo hasta que lleguen.

Me mira, no parece adormilada, para nada, pero tiene los labios firmemente sellados.

—Por favor —repito, acariciándole la mejilla.

—¿Cómo está? —me pregunta Kenta por encima del hombro cuando se aleja del inspector con el que estaba hablando.

Como viene siendo habitual, ha sido el más responsable de los tres. No sé cómo, pero ha conseguido no abalanzarse directo hacia Briar en cuanto hemos abierto la puerta y ha ayudado a los agentes a esposar a X.

—Está consciente —murmuro—, pero, en general, no responde.

Kenta se arrodilla a nuestro lado y le dice:

—Briar, cielo. ¿Puedes mirarme?

Briar no reacciona. Kenta suspira y le da un beso en la mejilla, pero entonces ella se aparta y entierra el rostro en mi pecho.

—No pasa nada, cielo —le dice con voz amable—. Perdona. Enseguida viene alguien a ayudarte, ¿vale? —Kenta yergue la espalda y me apoya una mano en el hombro—. Voy a hablar con Matt.

—¿Está bien? —le pregunto.

Kenta tuerce el gesto.

—Se está viniendo abajo. Casi se abalanza sobre una agente. Menos mal que se ha mostrado comprensiva...

Suelto una maldición y acerco a Briar contra mi cuerpo.

—Ve a por él.

Sé exactamente qué le está pasando a Matt: que hayan secuestrado a Briar y que le hayan rajado la cara se parece demasiado a lo que me ocurrió.

Ojalá pudiera superarlo de una vez. Kenta, Damon y yo sabíamos dónde nos metíamos cuando nos apuntamos a nuestra última misión. Sabíamos que había bastantes posibilidades de que nos atraparan. No fue culpa suya, ni tampoco nuestra; pero no puede superarlo y, tarde o temprano, la culpa lo destrozará.

Cuando Kenta se va, Briar comienza a temblar con fuerza, así que la envuelvo con mi chaqueta e intento no apretarla demasiado. No sé qué decirle, así que nos quedamos escuchando las sirenas y esperamos.

Cuando al fin dejan que las ambulancias se acerquen, la mayoría de los técnicos de emergencias sanitarias se apelotonan alrededor de X, y solo una mujer sonriente que lleva el pelo rubio recogido en una coleta se arrodilla junto a Briar. En su chapa identificadora pone que se llama Amanda.

–¿En serio? –le suelto–. ¿Todo el mundo va a hacerle caso a él? ¡Nada de esto habría ocurrido si no fuera un puto pervertido!

–Es el protocolo –responde Amanda con una sonrisa de compasión–. Nuestro trabajo no es juzgar a los pacientes, sino mantenerlos con vida. –Después se dirige a Briar con una sonrisa radiante y le dice–: Oye, campeona, vamos a cuidarte, ¿vale?

Briar no responde y mira por encima de mi hombro. Al darme la vuelta, veo que los técnicos colocan el cuerpo inconsciente de X sobre una camilla. Tiene las muñecas y los tobillos esposados, y la cabeza le cae hacia un lado.

–No –le susurro al oído, y le acuno la mejilla y le giro la cara hacia mí–. Mírame solo a mí.

Nuestras miradas se encuentran, y entonces se le van los ojos hacia mi cicatriz. Tuerce el gesto.

Mierda. Con la raja que le cubre la mejilla, mi rostro destrozado debe de ser lo último que le apetece ver ahora mismo.

–Ya, supongo que las vistas no son mucho mejores –le digo, e intento bromear con el tema–. Si quieres le decimos a Kenta que venga para que lo mires a él.

Briar frunce el ceño y se agarra aún más fuerte a mí.

Amada comienza a preparar a Briar para subirla a la ambulancia. Kenta vuelve a la cabaña hablando con un agente. Le hago un gesto con la mano para que se acerque y le digo en voz baja:

–A lo mejor deberías acompañarla tú al hospital.

–¿Eh? –pregunta, frunciendo el ceño–. ¿Por qué?

–Creo que la está afectando –le explico, señalándome la mejilla–. Seguro que por eso le ha dado el ataque de pánico.

Kenta me mira como si fuera idiota.

–Ya, supongo –responde despacio–. Puede que tu cara la haya asustado, o puede que sea porque la han drogado, secuestrado, apuñalado y pegado un tiro. En realidad, ambas opciones son igual de probables, así que a saber...

–Creo que estaría más tranquila contigo –le digo, apretando los dientes.

Kenta observa a Briar durante un buen rato y luego retrocede.

–No.

–¿Cómo que no?

–Que no duerme abrazada a mí todas las noches como si yo fuera su osito de peluche, Smith. Ahora mismo te necesita a ti.

–Pero ¡tú eres psicólogo! ¡Puedes ayudarla!

–Ahora no necesita un terapeuta –me dice con el rostro serio–, necesita apoyo. Así que déjate de historias y cuida de ella. Nos reuniremos contigo después de hablar con la policía.

Y dicho esto se larga, y yo me quedo mirando a la chica que tengo en el regazo.

«Te necesita a ti».

Jamás seré lo que necesita Briar. Ni siquiera concibo esa idea, pero, cuando le acaricio el pelo, se pega a mí y el corazón me estalla de amor.

Hace tiempo que renuncié al amor. Acabé traumatizado tras nuestra última misión. Tenía cicatrices, me habían hecho tanto daño que ni siquiera concebía la idea de recuperarme lo bastante como para abrirme a otra persona. Di por hecho que jamás me casaría, que no tendría hijos ni una casa cercada por una valla blanca. Por eso me uní a Angel Security. Jamás sería feliz, pero al menos protegería la felicidad de los demás, de la gente normal.

Le rozo la mejilla a Briar. Nunca seré lo que necesita. Jamás. Pero, joder, la quiero tantísimo que hasta me duele.

Briar no dice nada en todo el trayecto en ambulancia hasta el hospital. Está consciente, y asiente o niega con la cabeza a las preguntas que le hacen los técnicos, pero no separa los labios por nada del mundo. Le cortan el vestido rojo para quitárselo y retiran con delicadeza todas las joyas para guardarlas como pruebas en bolsas de papel. Reparo en que se ha quitado el colgante que le regalamos. Seguramente sea lo mejor, pero duele de todos modos.

Le cubren la nariz y la boca con una máscara de oxígeno, pero Briar se la arranca a los pocos minutos para vomitar en un cuenco de cartón.

–Ay, cielo. –Le aparto el pelo mientras se le sacuden los hombros delgados–. Mierda. ¿Crees que puede tener heridas internas? –le pregunto a Amanda.

A Briar se le escapa un gemido de pánico, y yo le acaricio la espalda.

Amanda niega con la cabeza.

–No puedo asegurarlo, como es obvio, pero la herida del costado parece superficial. Seguramente los vómitos se deban a lo que sea con lo que la ha drogado. Parecía cloroformo. Vi una botella de lejía en el baño.

–¡Joder! –exclamo, y me paso la mano por la cara–. ¿Puede tener efectos a largo plazo?

–No tiene convulsiones ni ha entrado en coma, así que imagino que se pondrá bien. Hace falta mucho para provocar daños severos. Las náuseas se deben seguramente a las drogas, el dolor, la conmoción y la ansiedad.

Briar se incorpora y le paso un trozo de papel para que se limpie la cara. Luego me agarra la mano y me la aprieta con fuerza.

El resto del viaje es una tortura. A pesar del estruendo de las sirenas, el tráfico de Los Ángeles avanza a paso de tortuga. Matt y Kenta no dejan de mandarme mensajes al móvil. Briar vomita cada pocos minutos y, cuando no, se sienta y apoya la cabeza en mi pecho mientras respira despacio. Aunque guarda silencio, noto el pánico bajo la superficie. Le acaricio el pelo apelmazado e intento que mantenga la calma.

Justo antes de detenernos frente al hospital, Amanda se agacha frente a la camilla y mira a Briar directamente a los ojos.

–Vale, cielo. Ahora cuando entremos, la policía se va a llevar tu ropa porque son pruebas y los médicos van a examinarte a conciencia. ¿Puedes decirme si te han agredido sexualmente?

Se me cierra la garganta y agarro a Briar con fuerza del brazo. Solo de pensar en que ese hombre ha podido tocarla me dan ganas de vomitar a mí también; o de detener la ambulancia, ir en su busca y rematarlo.

Briar niega con la cabeza.

—Preferiría una respuesta verbal, por favor —le dice Amanda con voz amable.

Briar vuelve a negar la cabeza y yo le acaricio el pelo.

—¿Estás segura? —le pregunto, murmurando las palabras contra su piel.

Ella asiente.

—Vale —dice Amanda con una sonrisa—. Vale, bien. Si cambias de idea, puedes decírnoslo a cualquiera. Hemos llamado al hospital para alertar de que va a ingresar alguien famoso, así te darán una habitación privada para que no te molesten los fans. No puedo garantizarte que no haya paparazis en el aparcamiento, pero nuestro equipo hará todo lo posible para impedir que te hagan fotos.

Briar rompe a llorar en silencio. De repente caigo en que esto debe de resultarle de lo más humillante. Todo el mundo sabe quién es. Todo el mundo. No tiene ningún tipo de privacidad, ni siquiera en su peor momento. Al menos en mi caso, cuando estuve en el hospital recuperándome de nuestra última misión, a la gente le importaba un carajo que hubiera un soldado cualquiera cubierto de vendas. Sin embargo, para el público general, que Briar haya resultado herida son cotilleos.

Le aparto la cara con delicadeza de mi cuerpo y le examino el corte de la mejilla. Ya no sangra tanto, pero la curva que le baja desde el ojo hasta la mejilla sigue impresionando. Si no se la opera un cirujano plástico en condiciones, le quedará la cicatriz para el resto de su vida. Su carrera se irá a pique.

Se me hiela la sangre solo de pensarlo.

Briar se cubre la mejilla con la mano y me fulmina con la mirada. Me obligo a no mirar. Sé mejor que nadie lo mal que se siente uno en esa situación.

—No va a pasarte nada —le digo.

Y Briar cierra los ojos y asiente.

En el hospital las cosas se aceleran. En cuanto los médicos la ven, la trasladan a una camilla y se la llevan a una consulta privada para examinarla. Le ponen un gotero y una bata de hospital y toman una muestra de sangre para hacerle un análisis toxicológico en cuestión de segundos. Briar se deja hacer en silencio durante todo el proceso; deja que la gente la mueva de un lado a otro y que le claven agujas sin quejarse. Se parece tan poco a la chica mandona que suele ser que me asusta. Parece una muñeca, un cascarón vacío que no se resiste mientras manipulan su cuerpo. Los médicos examinan la herida y llegan a la conclusión de que el corte de la cadera es superficial: el cuchillo le atravesó la piel, pero no alcanzó ningún nervio ni vaso sanguíneo importante. Le desinfectan la herida y la suturan tan rápido que apenas me da tiempo a procesar que lo han hecho.

Briar no recupera el habla hasta que terminan con las pruebas y el cirujano se planta ante ella con aguja e hilo en la mano.

–Y ya para acabar –dice con tono animado–, solo quedará suturarle la mejilla, señorita Saint.

Briar observa la aguja y dice con voz débil pero firme:

–Quiero irme a mi casa.

Siento tal alivio al oírla hablar que podría romper a llorar.

–Ya casi está, cielo –le digo, dándole un beso en el pelo.

Al fondo de la consulta, una enfermera enarca una ceja, y yo me aparto corriendo y me muerdo la lengua. Ahora mismo, incluso tras haber estado ante las puertas de la muerte, cualquier muestra de afecto en público supone un peligro para Briar. Joder, ese beso podría aparecer mañana en las revistas. Me separo de la cama para mantener una distancia profesional entre ambos, y ella me observa con la mirada perdida.

El cirujano asiente y dice:

–En cuanto le suture los cortes, podrá irse a casa.

Se pone un par de guantes de goma, pero Briar niega con la cabeza.

–Me dan igual los cortes –dice, e intenta bajar de la cama–. Quiero irme a mi casa ahora mismo.

–Ahora nos vamos –le digo con tono tranquilizador, acariciándole el brazo–. Enseguida. Ahora nos vamos al hotel para que puedas dormir, pero tienes que quedarte aquí quieta un rato más.

La ayudo a subirse con cuidado a la cama de nuevo, y el doctor sonríe y estira el brazo para tocarle el corte. Briar se estremece.

–¡No! –exclama–. ¡No quiero puntos!

–Ya le hemos puesto en el costado, señorita –señala el médico–. No voy a hacerle ninguna cirugía mayor. Seguramente tenga que venir a varias revisiones, pero nos encargaremos de que el rostro le sane en un abrir y cerrar de ojos.

–Yo te sostengo la mano –le digo–. Van a anestesiarte; no te va a doler.

Briar me mira con los ojos como platos. No tengo ni idea de qué se le estará pasando por la cabeza.

La enfermera se acerca con una jeringuilla y se la da al cirujano.

–Justo. Un pinchacito y apenas sentirá nada.

Le acerca la mano enguantada a la mejilla y la apunta con la aguja. Briar se aparta de golpe y el cirujano suelta una palabrota porque casi le atraviesa el ojo.

–No. No.

–Señorita...

–Me niego a que me ponga puntos –masculla, intentando apartar al cirujano de un golpe–. Pare. No. ¡No!

El cirujano deja escapar un suspiro.

–Señorita, no está pensando con claridad. Le recomiendo encarecidamente que haga caso a su novio. Que le diga él lo difícil que puede ser vivir con una cicatriz en la cara.

–No soy su novio –lo corrijo, e intento no perder la calma–, pero sí, es muy difícil.

No entiendo por qué se ha puesto tan cabezota. No soporto

la idea de que tenga que vivir con esa cicatriz durante el resto de su vida, con un recordatorio permanente en la cara de lo que ha ocurrido esta noche.

–¿Y? –pregunta Briar, fulminándonos con la mirada–. Puedo hacer cosas difíciles.

Pruebo con otro enfoque.

–No es solo por tu cara, sino por tu carrera. Puede que te cueste más encontrar trabajo como actriz y modelo con una cicatriz en la cara.

–Me da igual ser modelo –escupe con el gesto torcido.

–Pues dime qué te pasa entonces –le pregunto con brusquedad tras perder los nervios–. ¿Por qué eres tan cabezota con este tema? ¡¿Por qué?!

Briar me fulmina con la mirada.

–Porque si me queda cicatriz, ¡a lo mejor te entrará en la cabeza de una vez que estoy enamorada de ti!

El mundo entero guarda silencio. Durante un instante, creo que me lo he imaginado, pero entonces reparo en que los cuchicheos de los médicos y las enfermeras que pasaban por el pasillo se han acallado. La gente nos está escuchando. Ahora mismo, creo que me da igual. Su voz sigue resonando en el interior de mi mente.

«Estoy enamorada de ti».

Joder.

Me retuerzo incómodo en la cama.

–Briar, estás conmocionada...

–Te quiero –repite la muy cabezota, y luego grita–: ¡Y sí que es mi novio!

–No lo soy –respondo, presa del pánico. Joder, cómo duele–. Briar, te lo pido por favor –le suplico–, no sabes lo que estás diciendo.

–¿Por qué crees que miento? –me pregunta con la mirada encendida.

–No creo que estés mintiendo. Creo que estás cansada, malherida y confundida...

–Pero ¿por qué? –repite, interrumpiéndome.

–Porque... –farfullo.

Porque la idea de que pueda quererme me parece ridícula. No estamos en *La Bella y la Bestia*, joder. Esto es la vida real. Briar no es mi novia; es una actriz famosa e inalcanzable a la que le gusta acostarse con sus guardaespaldas, y punto.

–Es por tu cara –termina la frase por mí–. Estoy harta, Glen. ¡Harta de que actúes como si no fueras digno de mí por culpa del maldito colágeno, joder! Harta de que te escondas de las cámaras para no dañar mi imagen pública. Harta de que me ocultes tu cara. ¡La adoro! ¡Me encanta! ¡Quiero verla todos los días del resto de mi vida! –Un sollozo le oprime el pecho, y yo apenas puedo respirar–. Creí que habías muerto cuando estalló la bomba. ¿Crees que me habría dolido menos solo por tus cicatrices?

–No es por eso... –protesto.

Pero Briar no se lo traga.

–Pues claro que es por eso. Te crees inferior a mí. –Estira el brazo y me acaricia la mejilla, y tengo que contener el impulso de apartarme. Briar aprieta los labios–. Las cicatrices no te hacen menos que cualquier otro hombre. En todo caso, demuestran que eres mejor que muchísima gente. Eres una de las mejores personas que he conocido nunca. Y quizá sea egoísta por mi parte, pero por eso te quiero todo para mí.

Inspiro hondo para calmar mis pensamientos, que van a mil por hora.

–No es solo por las cicatrices, sino por... –Me relamo los labios. No se me dan bien las palabras. No sé cómo decirlo de forma adecuada–. Eres muy buena, Briar, y guapa, y delicada. –Briar entrecierra los ojos. Mierda–. No lo decía como un insulto –me corrijo–. Lo que quiero decir es que... cuando has estado en el Ejército, todos los civiles te parecen delicados. Todo lo que recuerdo, todos los sitios en los que he estado me... me han vuelto duro como la piedra. He visto cosas demasiado terribles y sucias para alguien tan normal como tú. No estoy tan mal como Matt, pero aún tengo pesadillas. Aún recuerdo cosas. Es como si hubiera una parte de mí que tengo que ocultarte, una parte oscurísima, y no es algo que quieras en tu vida.

—Ay, Glen —me dice en voz baja. Una mano cálida me roza la cara y cierro los ojos. Me entiende—. Sabes que todo lo que acabas de decir no son más que gilipolleces, ¿verdad?

Me atraganto con mi propia saliva.

Briar sacude la cabeza y prosigue:

—Lo entiendo, de verdad que lo entiendo, y no quiero invalidar tus sentimientos ni nada por el estilo, pero... Te equivocas. Te mientes a ti mismo. —Briar me acaricia la mejilla con el dedo—. No soy buena ni pura ni delicada, y tú no eres una persona herida, sucia o dura como la piedra. Has vivido un infierno. Y tienes razón: jamás comprenderé por lo que has pasado —añade, acariciándome la cara con la mano—, pero eso no es motivo para que no podamos estar juntos; no es motivo para que no te quiera.

El cirujano carraspea y nos dice de pronto:

—Señorita, si no requiere de mis servicios, hay gente que sí.

Briar no deja de mirarme, implorándome con los ojos azules.

—Vale —le digo—. Te creo. Te... Yo también te quiero.

Briar se estremece de pies a cabeza y me da un beso.

—Vale —murmura contra mi hombro—. Perdón, puede suturarme el corte.

El cirujano la pincha para adormecerle la zona del rostro y yo sostengo la mano de Briar mientras le suturan la herida. Ella me aprieta la mano tan fuerte que casi me la aplasta, pero, cuando la miro a los ojos, sé que no lo hace porque le duela.

51
Briar

El resto de los Ángeles se unen a nosotros cuando la policía me interroga en una habitación privada. Menudo calvario. Las enfermeras no dejan de interrumpirnos para clavarme agujas o para comprobar mis constantes vitales. Matt y Glen le hablan mal a la policía porque me están atosigando. Me estoy volviendo loca. Tengo que hablar con la policía y, cuanto antes termine, antes podré largarme; pero los chicos me tratan como si fuera a desmoronarme en cualquier momento.

Al final los echo de la habitación, antes de que los dejen fritos con una táser o de que los apuñalen con un bisturí, y me quedo solo con Kenta, que se sienta en la silla que tengo delante, me observa con esos ojos oscuros y me deja hacer lo que tengo que hacer porque confía en que soy lo bastante fuerte para soportarlo. Cuando le tiendo la mano, Kenta me la da y me masajea los dedos mientras, poco a poco, le cuento a la policía todo lo que ha ocurrido. Me siento rara, disociada; como si alguien controlara mi cuerpo y yo me limitara a observar.

Al final me dejan salir del hospital con varios analgésicos, una crema antibiótica y un diagnóstico que dice: «Dos laceraciones superficiales y síntomas de una conmoción psicológica». Los médicos intentan que pase la noche en el hospital para tenerme en observación, pero a mí me parece una tontería porque ya han admitido que lo único que tengo son un par de cortes y ansiedad. Tengo que ponerme firme, pero al final me dan el alta.

Volvemos al hotel en coche, en silencio. Yo me siento en la parte de atrás con Glen, que me abraza con fuerza. Matt está en el asiento del copiloto y Kenta conduce. Matt no se mueve lo más mínimo y tiene la mirada fija en la carretera. No me ha dirigido la palabra desde que me placó en la cabaña. Ni siquiera me ha mirado. Está pasando completamente de mí porque, por lo visto, no he tenido un día lo bastante horrible.

La gente nos mira raro cuando cruzamos el vestíbulo del hotel. No me extraña lo más mínimo. Estamos cubiertos de manchas, yo llevo una bata de hospital bajo la chaqueta de Glen y la camisa blanca de Matt tiene tanta sangre que parece que ha asesinado a alguien.

Llegamos a la *suite* y me meto como un zombi en el baño. Hago pis, me lavo las manos y me miro en el espejo del lavabo. Bajo la luz fluorescente, el reflejo que me devuelve la mirada tiene los rasgos angulosos, afilados. Es como si llevara una máscara de sombras y luces. Me examino el rostro en busca de algún atisbo de vida, de emoción, pero no encuentro nada.

No sé cómo me siento, y eso me asusta. Debería estar llorando. O ser presa del pánico. O sentirme aliviada. O enfadada. Debería sentir alguna emoción, pero no siento nada. Tan solo estoy cansada y como entumecida; demasiado agotada para mantenerme en pie siquiera.

Poco a poco, me dejo caer hasta la alfombrilla de ducha. La tela suave, mullida y azul resulta reconfortante sobre la piel, de modo que me tumbo con cuidado y cierro los ojos. Es como si la gravedad estuviera tirando de mí. Sé que debería levantarme y ducharme, pero no puedo.

No puedo.

Creo que ahora mismo no puedo hacer nada. Me siento vacía.

Noto que me empiezo a amodorrar cuando alguien llama a la puerta.

—¿Briar? —me llama Glen con ese tono grave y gutural suyo—. ¿Va todo bien ahí dentro?

Abro la boca para responder, pero el cuerpo me pesa demasiado como para poder moverme. La puerta se abre de un empujón y Glen toma aire con fuerza.

—¿Briar? —exclama, horrorizado. La culpa se apodera de mí.

Glen se acerca y se arrodilla a mi lado–. Mierda. ¿Te has caído? ¿Estás mareada?

–No... Estoy bien –murmuro.

–¿Seguro? –Me aparta el pelo de la frente y se le relaja la expresión–. ¿Te ha dado otro ataque de pánico, cielo?

Niego con la cabeza.

–No, es que... –Intento averiguar el motivo por el que estoy tumbada en el suelo–. Es que no puedo.

–¿El qué no puedes?

–Hacer nada. Estoy agotada.

–Vale –responde Glen–. No pasa nada. No tienes que hacer nada. Venga.

Glen me agarra con sus enormes manos por debajo de los hombros para no tocarme la cadera y me levanta del suelo. Me deja con delicadeza en el borde de la bañera y me quita la bata del hospital; yo lo miro mientras desnuda mi cuerpo ensangrentado.

–Lo siento –me disculpo mientras él saca una manopla de una cestita repleta de enseres del baño y la coloca bajo el grifo.

–¿Por qué, cielo?

Se arrodilla ante mí, me coge el pie con la mano y frota hasta dejarlo limpio.

–Por no poder hacerlo yo sola.

Estoy aquí sentada, hecha una masa triste y desnuda.

–Es normal, cielo –me dice desde abajo–. Les pasa a muchos hombres después de haber combatido.

–¿Sí? –pregunto mientras me limpia la pantorrilla.

–Sí. Cuando nos llevaron al hospital tras nuestra última misión, Kenny estuvo una semana sin hablar. Se pasaba el día en la cama, mirando la pared. A veces la mente necesita recuperarse. –Me da un beso en la rodilla–. Se te pasará; te lo prometo.

Y yo asiento.

Glen me lava el cuerpo entero con cuidado, con pasadas reconfortantes y, cuando acaba, escurre la manopla y la tira a la basura.

–¿Quieres que también te lave el pelo, cielo?

Me lo pienso y luego asiento porque lo tengo lleno de sudor, porquería y sangre. Glen me echa la cabeza hacia atrás, de modo que me apoyo en el lavamanos, y me enjabona el cuero cabelludo con delicadeza bajo el chorro de agua caliente. Tiene los dedos ásperos, pero retira la suciedad con muchísima delicadeza. No hablamos mucho. Cierro los ojos y disfruto de su roce. Una emoción asoma la cabeza en mi interior y brilla en la gran caverna vacía en la que se ha convertido mi mente.

–Te quiero –le susurro, y Glen deja escapar un suspiro, se inclina hacia mí y me besa en los labios con delicadeza.

–El sentimiento es mutuo.

Cuando estoy totalmente limpia, Glen me seca el pelo y me trae una de sus camisas y un pantalón de chándal. Al volver al salón, nos encontramos a Kenta colocando varios recipientes de papel de aluminio llenos de comida sobre la mesita auxiliar.

–No tengo hambre –le advierto, haciendo un gesto con la mano.

Pienso en el pollo asado y casi tengo que ir corriendo al baño a vomitar.

Glen me aprieta suavemente el hombro y me conduce hacia el sofá.

–Pruébalo al menos. Hemos pedido un poco de todo. Come solo lo que te apetezca.

Matt, que ni siquiera se ha quitado aún el traje manchado, se acerca, coge la primera caja que pilla y se va al balcón.

–Haré guardia –murmura.

–¿Para qué? –le respondo con voz gélida–. Ya lo han detenido.

Matt se detiene ante la puerta, y entonces desliza el cristal a un lado y sale al exterior.

–¿Te apetecen los *noodles* con frijoles? –pregunta Kenta, tendiéndome uno de los envases–. ¿O rollitos de primavera?

Niego con la cabeza, me pego contra el cuello de Glen e inhalo su aroma.

Kenta se sienta a mi lado. Puede que me lo esté imaginando, pero lo veo palidísimo.

–Has perdido sangre, cielo. Y vomitaste todo lo que tenías en el estómago. Deberías comer algo.

–Es que me encuentro mal.

–Pues un poco de arroz blanco al menos –responde, y estira el brazo para servirme un poco en un plato–. Seguro que te sienta bien.

Glen frota la mejilla picajosa contra mi cara, y siento que se me hace un nudo en la garganta. Me tiemblan los labios. Kenta me tiende un bocado de arroz. Lo acepto, me llevo el tenedor a la boca y... de repente rompo a llorar.

Glen me abraza aún más fuerte.

–Ay, Briar...

–¡No es justo! –Es como si una presa se hubiera derrumbado en mi interior y todas las emociones, sobre todo la rabia, estuvieran saliendo de golpe–. ¡No he hecho nada!

–Tienes razón –responden ambos con tono tranquilizador.

–¿Y por qué coño se esconde de mí? –pregunto, señalando en balcón–. ¿Por qué me trata como si yo la hubiera cagado? ¡¿Por qué me ignora?!

–Espera –dice Kenta–. ¿Te refieres a Matt?

–Me han apuñalado y es incapaz de abrazarme –digo, apretando los dientes y enjugándome las lágrimas con rabia.

Los chicos intercambian una mirada.

–Tiene miedo –lo excusa Kenta.

–¿Que tiene miedo? –digo, poniéndome en pie y dejando el plato en la mesa con un estrépito–. ¿Estuvo en el Ejército y es tan cobarde que ni siquiera puede darme un abrazo? Yo también tengo miedo, joder. ¡Creía que se preocupaba por mí!

–Creo que sabe más de armas que de sentimientos –responde Kenta con pesar.

–¡Me da igual! –protesto, apartándome el pelo húmedo.

Voy hacia la terraza dando pisotones y abro de golpe la puerta corredera. Matt se ha sentado en una silla de jardín y observa el horizonte. Los Ángeles resplandece con sus luces de colores brillantes.

—Así que vigilando el balcón, ¿eh? —le suelto—. ¿No hay riesgo de que un francotirador te pegue un tiro?

Matt se gira para mirarme y una descarga me recorre el cuerpo cuando sus ojos azules se encuentran con los míos. Durante unos instantes, nos quedamos así, mirándonos, mientras yo intento discernir los sentimientos que me cruzan la mente. Estoy dolida porque no me habla. Enfadada porque me mintió. Aliviada porque no le ha pasado nada.

Enamorada... con un amor que tira de mí hacia él como una caracola atrapada en la marea.

Frunzo el ceño y ahogo ese último sentimiento.

—Tengo mucho frío —murmuro.

—Es por la ansiedad —me responde despacio—. La adrenalina conduce toda la sangre a los órganos internos para que puedas defenderte mejor. La falta de circulación puede provocar frío.

—Ya —le digo, riéndome por la nariz—, gracias, doctor. —Me cruzo de brazos—. Tengo frío —repito.

—¿Quieres entrar?

—No.

Matt se recoloca y se estira el esmoquin arrugado y sucio.

—¿Quieres que te deje la chaqueta?

—No —respondo, arrugando la nariz.

Matt no hace nada y transcurren un par de segundos.

—Pero... entonces, ¿qué quieres?

—Que te ofrezcas para darme calor, idiota.

—Ah. —Hace una pausa y abre los abrazos, como dudando. Me coloco entre ellos y me acurruco contra su pecho, donde oigo el latido desbocado de su corazón—. Creía que...

—Aún estoy enfadada contigo —le digo con tono de advertencia—, pero puedo enfadarme y abrazarte a la vez.

—Vale —responde, aturdido.

Entierro la cara en él e intento respirar con calma. Nos quedamos en silencio durante un rato. Los motores de los coches zumban en las calles y los gritos de unos borrachos atraviesan la noche. Una ligera brisa me mece el pelo. Las sirenas de la policía aúllan cerca y rompo a llorar de nuevo. Matt me acerca aún más a él.

—Lo siento, Briar —se disculpa con tono brusco—. Lo siento muchísimo. No habría ocurrido nada de lo que ha pasado si hubiera sido sincero contigo.

—Lo que más me molesta es que pensaras tan mal de mí —le digo, aferrándome con el puño a su camisa—, que pensaras que era una niñata lo bastante egoísta y estúpida como para poner a otros en peligro solo para vengarme de ese tipo. Creía que me conocías, que me respetabas.

—No pienso mal de ti —responde, frunciendo el ceño—, es que tenía muchísimo miedo de perderte. Cuando eres el líder de un equipo, eres el responsable de las vidas de esas personas y, a veces..., te equivocas. —Traga saliva—. Intenté ser lo más cauteloso posible, pero lo hice mal y lo siento. Necesitaba mantenerte con vida, y me pareció que no contarte lo que estaba pasando era la mejor forma de hacerlo. —Deja escapar un suspiro—. Te infravaloré.

—Pues sí, y por eso estallaron las bombas. Puse en peligro a la gente porque no me lo contaste todo. Hay gente herida por mi culpa, Matt. Sé muy bien que sabes lo que se siente. ¿Por qué me has hecho algo así?

—He... —Pone una mueca—. No es la primera vez que pierdo a alguien. A amigos, hermanos... Los he visto morir ante mis ojos, y todas y cada una de las veces he sentido que algo moría en mi interior también. Le he devuelto las alianzas de boda a algunas mujeres y he visto a niños que se han quedado sin padre, y cada vez me he sentido un poco más muerto que antes. Pero nunca... —Niega con la cabeza—. Si hubieras muerto, no solo habría muerto una parte de mí contigo. Sencillamente no habría podido seguir existiendo. No... no querría seguir viviendo. Mi vida se cubriría de sombras. No sobreviviría a ello.

–Mmm... –Le acaricio el pecho con el dedo–. Yo también te quiero.

Se le corta la respiración y se queda muy quieto; tan solo mueve la mano con la que me acaricia la espalda. Le hago cosquillas con la nariz, y el nudo asfixiante de emociones que tengo en el pecho comienza a destensarse y desenredarse. Casi me quedo dormida, pero, entonces, algo caliente me cae en el pelo.

–¿Estás... llorando?

Intento levantar la vista hacia su rostro, pero Matt se aferra a mí y se le estremece el pecho. Una segunda lágrima me moja la mejilla.

La puerta de la terraza se abre tras nosotros y los chicos salen.

–¿Se ha dormido? –le pregunta Kenta a Matt.

Sacudo la cabeza, pero, antes de que me dé tiempo a decir nada, Matt empieza a hablar:

–Lo siento –se disculpa con la voz ahogada–. Lo siento. Siento mucho haberla cagado. Lo siento muchísimo, joder.

Por el tono de voz que emplea, sé que no se refiere solo a los acontecimientos de esta noche. Intento escabullirme para no estar en medio de los tres, pero Matt me agarra como si fuera una mantita y me mantiene contra su regazo.

–No hay nada que perdonar –responde Kenta con el rostro sereno–, y lo sabes.

–Nunca te hemos culpado –murmura Glen con voz ronca, y se pone a mi lado–. Los dos habríamos hecho lo mismo. Cumplíamos órdenes.

Me apoya la mano en la cara y me acuna la mejilla con los dedos cubiertos de callos. Yo me inclino contra su roce.

–Sé que no me culpáis –protesta Matt–, pero...

Kenta le apoya una mano en el hombro.

–Olvídalo –le dice con tono amable–. Ya va siendo hora.

Matt asiente con fuerza.

–¿Vas a ir a terapia de una vez por todas? –le pregunto, son-riéndole.

A Matt se le escapa la risa y asiente.

—No quería...

Pero no le salen las palabras; y yo, al instante, comprendo lo que le pasa.

—No querías olvidar lo que había ocurrido. Querías castigarte con las pesadillas y los *flashbacks*.

Se le sacude la nuez y traga saliva. Glen le da una palmada en la espalda con gesto incómodo, y yo pongo los ojos en blanco. Estos hombres han vivido un infierno juntos y lo único que son capaces de hacer es darse palmadas en la espalda como si fueran miembros de una hermandad. Cojo a Glen de la muñeca y tiro de él para que se ponga a mi altura.

—Dale un abrazo —le ordeno, y Glen obedece y nos envuelve a ambos con los brazos.

Tras un instante, Kenta lo imita, se agacha a nuestro lado y se une al abrazo. Nos quedamos así un buen rato, juntos. Me acurruco entre ellos e inhalo su aroma. Es una sensación maravillosa. Pero al final alguien se mueve y gruño de dolor cuando un codo me da en el costado.

Los tres se ponen de pie, como activados por un resorte. Matt me coge y me lleva al interior de la habitación. Los otros dos nos siguen y cierran la puerta de la terraza tras ellos. Alguien ha montado una especie de nidito en el gigantesco sofá con los edredones, las mantas y las almohadas mullidas que hay por toda la *suite*.

—No vamos a caber todos en una cama —me explica Kenta—. Si quieres puedes dormir en tu cuarto, pero preferiríamos pasar la noche contigo.

Asiento y me entierro entre los edredones con un estremecimiento. Los chicos me rodean, y no tardo en caer rendida con la cabeza en el hombro de uno de ellos mientras otro me acaricia el pelo.

52

Briar

Despierto en un enredo de brazos y piernas. Glen duerme con el pecho contra mi espalda y me roza el cuello con los labios. Matt está al otro lado y apoya el brazo pesado sobre mi cintura. Siento una punzada en el pecho cuando me doy cuenta de que Kenta no está, pero supongo que tiene sentido. Debe de haberle tocado el turno de mañana.

Me pregunto qué va a pasar ahora que han eliminado la amenaza. ¿Se relajarán un poco? ¿Se buscarán otro trabajo? Está claro que voy a seguir necesitando protección, pero, mientras no me acosen, no creo que me hagan falta tres exsoldados. Podría contratar a un solo guardaespaldas.

Solo de pensarlo se me revuelve el estómago. Si los chicos aceptan otro encargo, volverán a estar en peligro. Ayer estuvieron a punto de morir, y sé que este no es el trabajo más peligroso del que se han encargado.

Pero sé que tampoco puedo obligarlos a que se queden aquí conmigo. Se aburrirán si solo se dedican a acompañarme mientras voy de compras y mantener a raya a los paparazis cuando vaya a un *brunch*. Lo último que quiero es que se aburran.

Así que no sé muy bien qué hacer.

Matt gruñe mientras me lo quito de encima con delicadeza. Salgo del sofá cama y cruzo la gruesa moqueta hasta llegar a la cocina, donde me sirvo un café. Entonces percibo un movimiento en la terraza. Kenta está sentado al sol, con un libro en el regazo. Sirvo una segunda taza de café y me reúno con él.

Hace un día sorprendentemente bonito en Los Ángeles. El cielo está teñido de un azul intenso, no hay una sola nube, y la ciudad se extiende ante nosotros como el fondo de una película. Ya comienza el atasco de todas las mañanas, con esos coches de colores que se van acumulando en largas filas que llenan las carreteras. Cuesta creer que el resto del mundo siga moviéndose como si nada, como si el suceso más horroroso de toda mi vida no hubiera ocurrido anoche. En cierto modo, resulta reconfortante: la vida sigue.

—Buenos días —le digo a Kenta, acariciándole la cabeza y dejando el café en la mesa que tiene a la altura del codo.

—Buenos días —responde, y deja el libro—. ¿Cómo estás, cielo?

Ruedo los hombros y me lo pienso. Me duelen todos los músculos del cuerpo, y los puntos me duelen y me pican. Las náuseas de anoche han desaparecido, y no me duele mucho la cabeza, ni siquiera bajo la luz cegadora del sol.

—Tengo hambre —contesto, y Kenta se ríe y saca el teléfono.

—Puedo encargarme de que te traigan un desayuno completo en veinte minutos.

—Hala —respondo—, pues sí que eres un ángel. Hazme hueco. —Le aparto las manos y me subo a su regazo. Durante un segundo se queda sorprendido, pero luego me abraza y deja que me acurruque contra él como si fuera un gato. Pego la cara al suave tejido de la camisa de lino e inhalo su aroma a especias—. ¿Cómo estás tú? —murmuro.

—Bien —responde con tono ligero y observando las vistas—. Me alegro de que todo el mundo esté bien.

Lo miro desde abajo. Hay algo raro en él. Kenta suele mostrarse reservado, pero parece más distante de lo normal, como si no quisiera mirarme a los ojos. Le cojo de la cara y acerco sus labios a los míos para darle un beso rápido, pero se aparta al momento. Es como si hubiera un muro entre nosotros.

Me acurruco contra su pecho mientras estiro la mano hacia el café, pero decido no presionarlo. No soy la única que tiene que recuperarse de un suceso terrible; ayer casi lo vuelan por los aires. Dos veces. Seguramente esté intentando procesarlo.

Nos quedamos en silencio durante un rato y observamos la

ciudad. El corazón le late firme bajo mi oreja y jugueteo con los botones del puño de la camisa.

–¿Y ahora qué? –le pregunto al cabo de un rato–. ¿Aceptaréis otro encargo?

–Bueno, tenemos que hablarlo. Normalmente nos quedamos con nuestros clientes hasta que se tranquilizan las cosas. Toda la prensa hablará de ti, y esta clase de sucesos suelen crear imitadores.

–¿Imitadores?

Kenta asiente.

–Gente emocionalmente inestable que, al ver la atención que ha recibido el acosador, o lo cerca que ha estado de acabar contigo, se siente inspirada para hacer lo mismo.

Se me cae el alma a los pies.

–Estupendo –murmuro–. Creía que ya se había acabado todo.

Me acaricia la espalda, pero duda.

–Te aseguro que la amenaza es mucho menor que tener un acosador real. En realidad, lo hacemos solo como precaución.

–Mmm...

Le tomo de la mano, y Kenta baja la mirada hasta nuestros dedos entrelazados. Su suspiro me hace cosquillas en el pelo, que me roza la mejilla.

–Y luego..., no sé. Creo que necesito un descanso. Me vendrían bien unas vacaciones.

–No tienes que irte de vacaciones por mí –le digo, frunciendo el ceño–. Si queréis proteger a otra persona... Bueno, no voy a mentirte, me pondría celosa, pero lo superaría.

Kenta niega con la cabeza.

–No lo haría por ti. Estamos agotados. Y si Matt al fin va a enfrentarse a su trauma, lo más sensato sería que no llevara un arma mientras tanto. Estas cosas suelen empeorar antes de mejorar.

Se me parte el alma al oírlo.

–¿Y qué significa eso? ¿Tendrá más *flashbacks* y pesadillas?

–Seguramente.

—Pues le ayudaremos a superarlo.

—Claro.

—A lo mejor podríamos largarnos a alguna parte durante un tiempo –divago–. Creo que yo también necesito tomarme un descanso de que la gente se quede mirándome. Seguro que encuentro alguna isla privada que podamos alquilar.

Solo de pensarlo me muero. Podríamos irnos al trópico, con la arena blanca, las bebidas de frutas, y pasarnos días zampando buena comida, haciendo esnórquel, follando bajo el sol...

Pero de pronto caigo en la cuenta de que Kenta no dice nada y le miro a la cara.

—¿Qué te parece?

A lo mejor las vacaciones de los chicos son más de aventuras, de ir en moto de agua, hacer *snowboard* o algo por el estilo. La verdad es que me apuntaría. Con ellos disfrutaría de casi cualquier cosa.

—Creo que a Glen y a Matt les encantaría –responde con cautela.

Frunzo el ceño. Qué forma tan rara de decirlo... ¿Y a él no? Estoy a punto de preguntárselo cuando me suena el teléfono. He estado recibiendo notificaciones durante toda la noche, pero lo he programado para que solo suene cuando me llamen los números importantes. Compruebo la pantalla y dejo escapar un suspiro.

—Es Julie –comento, y acepto la llamada y digo–: ¿Sí?

—¡Briar, cielo! ¿Estás bien? ¿Por qué no respondes a mis mensajes?

—Estaba durmiendo. Los calmantes me han dejado por los suelos.

—Pero ¿estás bien? Kenta me llamó anoche y me dijo que te habían apuñalado, ¿es cierto?

Vaya, suena preocupada de veras.

—Sí. Tuvieron que coserme la herida, pero estoy bien.

—¿Dónde te cortaron?

—Eh... En la cadera y en la cara.

–¿En la cara? –grita–. ¿Dónde? Envíame una foto. Hazme una videollamada ahora mismo.

–Ya... Creo que paso. Fue en la mejilla.

–En la mejilla –repite con un suspiro de alivio–. Vale, en la mejilla. Bien, no pasa nada. Podemos tirar por un rollo Lara Croft o princesa guerrera. Menos mal que no te ha tocado la nariz. Tienes la mejor nariz de esta industria.

Vaya, resulta que le doy completamente igual. Solo se está asegurando de que no hayan dañado mucho su producto y que aún puede venderlo.

–¿Qué quieres, Julie?

–Hablar contigo sobre cómo vamos a enfocar las noticias del secuestro, ¡evidentemente! Me ha llegado una avalancha de solicitudes para entrevistarte. Y no te hablo solo de revistas, sino de noticiarios. No puedo mantenerlos a la espera mucho más, o la noticia pasará de moda.

Dejo escapar un suspiro. No me apetece nada, pero tendré que hacerlo en algún momento. Supongo que será mejor que me lo quite de encima ya.

–Vale, ven a la *suite*.

–Ay, pero es que he salido de compras, cielo –canturrea–. Deberías venir conmigo. ¿Nos vemos en Ambrose a las once?

–En Ambrose, no. Las paredes son de cristal y es como estar en una pecera. Además, no puedo tomar alcohol por la medicación.

Casi puedo oír cómo frunce el ceño al otro lado de la línea.

–Bueno, es que es un poco pronto para ir a Nobu...

–No me apetece *sushi* caro. Quiero algo barato y grasiento. – Julie se queda sin saber qué decir, y entonces me dirijo a Kenta–: Seguro que habéis estado en Los Ángeles por algún asunto feo, ¿no? ¿Conoces algún lugar discreto donde podamos vernos y pedir algo de comida que tenga hidratos de carbono?

Kenta enarca las comisuras de los labios y dice, alzando la voz para que lo oiga:

–Ahora te mando la dirección, Julie.

—Estupendo. —Le doy un beso en la mejilla, y luego me despido de Julie y cuelgo—. Debería darme una ducha —comento al tiempo que me levanto del regazo de Kenta— y adecentarme un poco.

—Voy a despertar a los demás.

—¿Por? —pregunto, frunciendo el ceño—. X ya no es un peligro. ¿De verdad me hace falta más de un guardaespaldas para salir a desayunar?

Kenta parpadea sorprendido y responde:

—Ya, con uno de nosotros debería bastar.

—¿Y para qué quieres despertar a los demás?

—¿Quieres ir solo conmigo? —pregunta, confundido.

—Pues claro, tonto. Aunque estuvieran despiertos, te escogería a ti para que me acompañaras.

Y lo digo en serio. En cada uno de ellos encuentro algo distinto. Comodidad y gentileza en Glen, fuerza y ganas de pelear en Matt...

Pero en Kenta encuentro estabilidad, calma, apoyo.

A Glen y a Matt les gusta protegerme de todo lo que me puede hacer daño, y lo entiendo. Han sufrido mucho. Ahora mismo, antes que nada, son defensores.

Pero Kenta quiere que me enfrente a los obstáculos. Cree de verdad que puedo enfrentarme a cualquier cosa. Me hace creer que soy capaz de cualquier cosa. Así que sí, ahora mismo necesito a Kenta.

53

Kenta

Briar insiste en conducir hasta la cafetería. Normalmente, jamás permitiría conducir a un cliente. Si pasa cualquier cosa, Matt, Glen y yo hemos aprendido a escapar para ponernos a salvo, por lo que podemos huir deprisa. Sin embargo, técnicamente, el peligro que corría ya ha sido neutralizado. Y, siendo sincero, creo que le hace falta para recuperar cierta sensación de control después de todo lo que ocurrió anoche. Así que introduzco la dirección de una cafetería de un veterano del Ejército en el GPS y dejo que conduzca.

Guardamos silencio mientras ella conduce por las calles soleadas de Los Ángeles. Hace un día precioso. El cielo brilla con un azul intenso y las hojas verdes de las palmeras californianas se mecen con la brisa mañanera.

Miro a Briar, que no se ha arreglado el pelo ni lleva maquillaje. El colgante que le compramos brilla sobre su clavícula. Una punzada de dolor me atraviesa el pecho, pero la contengo al instante.

No debería estar triste. Debería estar contentísimo de que este aquí, a salvo y entera.

Los pocos minutos que tardamos anoche en echar la puerta abajo de la cabaña de X fueron los peores de toda mi vida. Me estremezco solo de recordar que estaba ahí, tras la gruesa puerta de metal, oyendo los gritos y los lloros entre los disparos. Los gritos desquiciados de X me retumban en los oídos. «Voy a matarla. Habéis llegado demasiado tarde».

En ese instante estaba seguro de que, en cuanto abriéramos la puerta, me encontraría con el cuerpo sin vida y ensangrentado de Briar y que, en ese caso, mi vida nunca volvería a ser igual. Jamás. Nunca he querido tanto a una chica. Perderla me destrozaría.

Pero ahora está sentada a mi lado, más o menos de una pieza, y apenas puedo mirarla.

Anoche, cuando fui a pagar al repartidor, pasé junto al dormitorio de Briar, que tenía la puerta abierta, y la oí susurrarle a Glen en el baño que lo quería. A él no pareció sorprenderlo; tengo bastante claro que no era la primera vez que se lo decía. Luego, media hora más tarde, cuando salí a la terraza, le estaba diciendo lo mismo a Matt. Se ha enamorado de los dos.

No pasa nada. Estoy más que acostumbrado. Siempre soy el que queda relevado a un segundo plano. Matt es tan bocazas que es imposible ignorarlo, y Glen posee esa dulzura de gigante amable que hace que todo el mundo se fije en él, a pesar de que él no se da cuenta. Yo siempre he sido el aburrido. El sensible. Y, en general, me gusta. Es evidente que hace falta un poco de sentido común en el equipo.

Sin embargo, ahora mismo preferiría ser cualquier otra persona.

Briar se inclina hacia delante y toquetea un botón del panel del coche para encender la radio. Su pelo largo cae sobre mi brazo descubierto y cierro los ojos mientras *Hotel California* comienza a sonar. Briar tarda un segundo en apartarse, de modo que su cuerpo suave queda pegado a mí antes de que se aleje. Dejo escapar un leve suspiro de alivio.

Todo esto habrá acabado en pocos días.

Esta mañana, mientras estaba en la terraza, he trazado un plan. Me quedaré en Los Ángeles un par de días, hasta que Angel Security encuentre a otro guardaespaldas que pueda reemplazarme. Después volveré a Londres y le pediré a Colette que me busque un trabajo en solitario, a ser posible uno muy complicado y peligroso que me tenga distraído durante varios meses. No me entusiasma la idea de separarme de Matt y Glen porque llevamos mucho tiempo trabajando en equipo, pero no puedo quedarme con ellos si van a estar saliendo con Briar. Con el tiempo lo superaré, pero, ahora mismo, no puedo quedarme aquí sentado viendo cómo se va enamorando de ellos. No puedo.

Briar me roza el brazo con la mano y me examina el rostro con cuidado, después señala hacia el parabrisas con la cabeza y me dice:

—Ya hemos llegado.

Parpadeo, sorprendido, y me doy cuenta de que ha detenido el coche. Miro a nuestro alrededor.

La calle hasta la que nos ha traído no parece Los Ángeles, sino más bien Londres, con las tiendas mugrientas y los carteles de colores brillantes. Hay contenedores agrupados en la acera y grafitis en las paredes. Pensaba que sería un lugar seguro, pero ya hay varios fotógrafos acechando el Cricket's Café, apelotonados, fumando y hablando bajo el sol de última hora de la mañana.

—No entiendo nada —murmuro—. ¿Cómo es que posible que siempre pase lo mismo? ¿Cómo sabían que íbamos a estar aquí? No hemos puesto nada en redes. —Saco el teléfono y añado—: Conozco otro sitio, voy a mandarle la dirección a Julie.

Briar se queda mirando a los hombres que se aferran a sus cámaras.

—Kenta —me dice despacio—, solo tres personas sabían que íbamos a venir aquí. Tú, yo... y Julie.

Cierro los ojos y todas las piezas encajan en su sitio.

—Mierda.

Ahora todo cobra sentido. Por eso los paparazis la encontraban siempre, por muy seguro que fuera el lugar. No me extraña que X nos siguiera en coche desde aquel restaurante; seguro que pagaba a los paparazis para que le revelaran la ubicación de Briar. Y los paparazis lo sabían por culpa de esa capulla con ansias de fama que tiene Briar como agente de relaciones públicas.

Sacudo la cabeza y abro la puerta del coche.

–Voy a hablar con ella… –le digo.

Pero Briar me agarra del brazo y responde:

–No. Deja que me encargue yo.

Aprieto los dientes, pero retrocedo y asiento a regañadientes. Espero a que salga del coche, pero no tira de la manilla, sino que se acerca a mí para darme un beso en la mejilla. El corazón me da un vuelco y el pulso se me dispara por todo el cuerpo.

–Gracias –me susurra, y me acaricia con la nariz.

–¿Por? –grazno.

–Por ser como eres. –Me quedo mirándola sin entenderla, y ella se encoge de hombros–. Si fueras Glen, habrías discutido conmigo. Si fueras Matt, no me habrías hecho ni caso. Pero tú… crees que puedo cuidar de mí misma.

–Es que sé que puedes hacerlo, cielo.

Me da otro beso, y luego se aparta, me da la mano y responde:

–Yo también lo sé.

Ambos salimos del coche y, al instante, los fotógrafos nos rodean, le hacen fotos y le gritan.

–¿Cómo estás, Briar?

–¿Quieres decir algo sobre lo que pasó anoche? ¿Resultaste herida durante las explosiones?

–¿Tu acosador ha muerto, Briar?

Briar tuerce el gesto al oír la última pregunta. La agarro con el brazo y la acerco a mí mientras la guío a través de la multitud y cruzamos la acera hasta el Cricket's Café. La cabeza me da vueltas. Tenerla tan cerca me está dejando hecho un lío. ¿Por qué me ha besado? ¿En qué estará pensando?

Sacudo la cabeza con fuerza. Tengo que concentrarme. Ese beso no significa nada. Nada de nada. Un beso en la mejilla no es lo mismo que me confiese que me quiere. Quizá conmigo quiera algo menos formal. Puede que quiera que me quede porque le gustan los cuartetos… En ese caso, tengo que largarme de aquí cuanto antes. Prefiero estar solo a ser su última opción.

Briar intenta darme la mano, pero yo la aparto con delicadeza y examino a la multitud de paparazis.

–¿Estás bien? –me pregunta, despacio, mirándome.

Asiento y la guío hasta el restaurante. La campanilla que cuelga sobre la puerta repica en cuanto entramos. Es un lugar encantador: suelo de baldosas blancas y negras, fotos antiguas en las paredes, butacones de cuero rojos desgastados. Dolly Parton canta muy bajito desde la radio de la cocina, y el local entero huele a gofres.

En una mesa junto a la puerta, hay un hombre fornido bebiéndose un café.

–Hola, Li –me saluda con una sonrisa de lobo.

–¿Cómo va el negocio, Cricket? –le contesto.

–Tirando –responde, encogiéndose de hombros. Después se fija en Briar. Resulta evidente que la reconoce, pero no dice nada al respecto–. Buenos días, guapa. ¿Eres la nueva clienta de Li?

Briar sonríe y asiente.

–¿Te importa mantener a raya a esos parásitos? Mi clienta ha llamado demasiado la atención.

Y a Cricket se le ensancha la sonrisa.

–Será un placer.

–¿Os conocéis? –me pregunta Briar mientras la conduzco hacia el interior del local.

–Entrenamos juntos durante una temporada. Estuvo en las fuerzas especiales.

–Y luego se retiró y...

–Exacto, se compró un restaurante. Por aquí vienen muchos veteranos de guerra.

–Qué mono –comenta con una sonrisa.

Como era de esperar, Julie se ha sentado en un sofá junto a la ventana, justo donde pueden verla los fotógrafos. Cuando nos acercamos, se levanta y le da un abrazo a Briar sin llegar a tocarla.

–Qué asco de sitio –comenta.

–Pues a mí me parece perfecto –responde Briar en voz baja.

Examino el local y me dirijo hacia una mesa cercana, pero Briar me coge de la mano y tira de mí hacia ella.

–No. Siéntate con nosotros.

–Tengo que sentarme ahí –le digo, señalando la mesa que hay junto a la cocina–, para poder vigilar todo el local.

–Pues nos sentamos contigo.

Parpadeo sorprendido, pero asiento y nos trasladamos a la mesa del rincón. Briar se sienta junto a la ventana, a mi lado, y me pasa la carta. Una camarera sonriente se acerca para tomar nota, y ambos pedimos un zumo de naranja, un té y una cantidad excesiva de croquetas de patata. Julie pide un club soda y un plato de melón. Después se recuesta en su sofá y examina a Briar con ojo crítico.

–Madre mía, qué cara tienes –comenta, arrastrando las palabras–. Por favor, dime que cuando sane no quedará tan fea.

Briar se encoge de hombros.

–Los médicos me dijeron que apenas me quedaría cicatriz. Y, si queda marca, siempre se puede tapar con maquillaje cuando esté rodando.

–Mmm... –Julie tuerce el gesto cuando la camarera deja sendos platos de comida frita, dorada y crujiente, ante nosotros–. Estás comiendo demasiado.

Le ofrezco a Briar los cubiertos y mantengo la boca cerrada; pero, joder... Anoche casi se muere, ¿y Julie espera que siga haciendo dieta? La mala hostia se desvanece en cuanto veo que Briar pega el primer bocado y casi pone los ojos en blanco. Canturrea, contenta, y se recuesta contra mí y me susurra:

–Te quiero por haberme traído aquí.

Me da un vuelco el estómago. Le dedico una sonrisa tensa y vuelvo a centrarme en mi plato.

–Uf –murmura Julie–. Bueno, de todos modos no puedes conceder ninguna entrevista en vídeo hasta que te quiten los puntos, porque estás hecha un asco. Supongo que no es el fin del mundo que estés hinchada durante una temporada, pero mañana tienes que volver a hacer ejercicio. –Se saca una libreta del bolso de diseño, se lame un dedo y pasa las páginas hasta que encuentra la que busca–. Las primeras entrevistas tendrán que en radio o en prensa escrita –suspira, garabateando algo–. Con eso nos quitamos la mitad de las ofertas que tengo apuntadas.

–No voy a conceder ninguna entrevista –replica Briar–. No quiero hablar de lo que ha pasado.

–Ay, cielo, no te preocupes –responde Julie, quitándole importancia con un gesto–. Serán entrevistas privadas, nada de programas de la tele hasta que te sientas preparada.

–¿Qué es una entrevista privada? –replica Briar, frunciendo el ceño–. Eso no existe –añade, sacudiendo la cabeza–. En serio, Julie. No quiero hablar de esto con nadie. No quiero que la gente pase una página tras otra leyendo como si nada sobre la noche más horrible de toda mi vida mientras está en la peluquería. Lo que me ha pasado no es algo para entretener al público, y no voy a permitir que los medios de comunicación lo conviertan en eso.

Julie suspira hondo y estira el brazo por encima de la mesa para cogerle la mano.

–Cielo –le dice, en voz baja, con tono de secretismo–, sé que es difícil y doloroso, pero llevas mucho tiempo sufriendo en silencio. Creo que te sentará bien contar lo que te ha pasado. A modo de catarsis.

–No me va a sentar bien que las revistas del corazón saquen dinero gracias a que me han drogado, secuestrado y que han estado a punto de matarme.

–Pero, ¿dónde has estado estos últimos cinco años? ¡El Me Too va de esto!

Me atraganto con la comida, y Briar se queda boquiabierta.

–¡El Me Too consiste en que las mujeres han decidido pelear contra una industria entera que las quiere calladas, no en que sus agentes de relaciones públicas las obliguen a hacer sensacionalismo con unos sucesos traumáticos a modo de campaña publicitaria! –Briar yergue la espalda para recobrar la compostura y, entonces, pregunta–: Dime, Julie, ¿eras tú la que les daba el soplo a los paparazis?

54

Kenta

–¡Pues claro que no! –balbucea Julie, reclinándose en el sofá–. ¿Cómo puedes sugerirlo siquiera?

Briar suspira y extiende la mano.

–Dame el teléfono.

–¿Qué? No...

–De acuerdo.

Briar se inclina y golpea el cristal de la ventana, y los paparazis pegan un brinco. Señala a uno bajito que lleva una gorra de béisbol y le hace un gesto para que entre. Me tenso un poco y me preparo para la acción, pero, en general lo que estoy es entretenidísimo. Esto va a ser divertido...

La campanita repica cuando el tipo entra en la cafetería y mira nervioso a Cricket, pero yo le indico con la mano que se acerque a nuestra mesa. Se queda de pie al lado, moviendo los pies, incómodo.

–Buenos días –lo saluda Briar con una sonrisa–. Me llamo Briar.

El paparazi se queda mirándola como si fuera tonta.

–Esto... Sí, ya lo sé.

–¿Tú cómo te llamas?

–Roger.

–Pues dime, Roger, llevo un rato preguntándome cómo sabíais que iba a venir aquí hoy.

Roger parpadea sorprendido.

–Nos dieron un soplo. O sea, el noventa y nueve por ciento de las fotos que conseguimos de cualquier famoso es gracias a soplos.

–¿Y quién te lo ha dado?

–Una chica que trabaja para ti. A veces nos llama.

El chico me mira nervioso, y yo arqueo una ceja y él baja la mirada y se sonroja.

–¿Cómo se llama esa chica? –insiste Briar.

–No me acuerdo.

–¿Y cómo se pone en contacto contigo?

A modo de respuesta, el chico levanta el teléfono.

–Hazme un favor –le pide Briar, girándose hacia Julie, que se encoge en su asiento como un animal acorralado–, y llámala.

–Sí, claro.

El chico trastea con el teléfono y, entonces, un tintineo agudo comienza a sonar en el bolso de Julie. Le pego un buen trago al café y me recuesto para disfrutar del espectáculo.

–¿No vas a cogerlo? –pregunta Briar con tono ligero.

Julie se pone roja como un tomate y, al fin, confiesa:

–Vale, sí, avisaba a los paparazis, pero es que todo el mundo lo hace, y es lo que haría una buena agente de relaciones públicas.

–Muchas gracias –le dice Briar a Roger–. ¿Te importa esperar fuera?

–Eh... ¿Te importa que...? –pregunta, y alza la cámara, con esperanza.

–Cuando salgamos, dejaré que me hagas unas fotos chulísimas –le promete.

El chico parece un poco decepcionado, pero, en cuanto Cricket se cruje los nudillos, sale escopetado.

Briar se gira hacia su agente con el rostro impasible y le dice:

–Sabes que así era como me encontraba X, ¿no? Se dedicaba a seguir a los paparazis y, por tu culpa, sabía en qué restaurantes comía y en qué hoteles me alojaba. Por tu culpa, reconoció nuestro coche y nos siguió. Joder, seguro que no fue Rodríguez quien le fue con el cuento a la prensa después de que entraran en mi casa, ¿verdad? Fuiste tu.

Julie parece arrepentida, pero aun así se pone a la defensiva.

–¿Cómo querías que supiera que iba a secuestrarte? Tienes que entenderlo. Cuesta mucho que la gente te haga caso en esta industria. Acabas de cumplir veintinueve años, ¡casi treinta años!

–Lo sé. Prácticamente soy una vieja arpía.

–Pues mira, casi –replica Julie–. Todo el mundo sabe que las mujeres de Hollywood envejecen mal. Ya no eres tan famosa como antes.

–¿Y?

–Pues que lo del acosador despertó el interés de la gente y te hacía importante. Solo quería aprovechar la situación y que la gente te viera.

De pronto, Briar cambia de actitud.

–¡Déjate de mierdas! –exclama Briar, dejando su vaso en la mesa con un golpe–. ¡Esto no lo has hecho por mí! De lo contrario habrías intentando mantenerme con vida. Esto lo has hecho por el porcentaje que te quedas tú. Si pierdo el favor del público, tú pierdes dinero. Y punto. Las dos lo sabemos, así que no me vengas con gilipolleces.

Julie se recuesta en la silla y masca el chicle con fuerza. Tiene las mejillas rojas.

Briar deja escapar un suspiro.

–Mira, me alegro de haberte conocido porque, sin saberlo, y mientras intentabas salvar el pellejo, me has presentado a gente que de verdad se preocupa por mí. Sin embargo, no quiero rodearme de gente que me ve como un sueldo en vez de como un ser humano.

Julie esboza una mueca de desprecio que le estira los labios brillantes.

–Así que no quieres que la gente a la que contratas te vea como un sueldo, ¿eh? Pues buena suerte.

–La verdad es que ya tengo a alguien en mente –responde Briar, y me dedica una sonrisita–. Se acabó, Julie. Estás despedida. Te diría que lo siento, pero sería mentira.

Julie no se mueve.

–Puedes irte –la anima Briar.

Julie aprieta los labios, nos mira, y luego se fija en los paparazis. Puedo ver los engranajes de su mente girando a toda velocidad, buscando algo que decir para convencer a Briar de que no la despida.

–Cielo... –le dice.

–No. Vete.

–¿Quieres que la acompañe hasta la salida? –pregunto con voz tenue.

Julie vuelve a ponerse roja, pero se levanta y guarda la libreta en el bolso.

–Te arrepentirás –murmura–. Ya verás. Sin mí, la gente dejará de prestarte atención en un abrir y cerrar de ojos –le dice, se echa el bolso por encima del hombro y se dirige hacia la puerta de la cafetería.

–Adiós, cielo –le grita Briar.

Julie la fulmina con la mirada una última vez y luego cierra de un portazo tras el que suena la campanita.

Tras varios instantes de silencio, cojo el cuenco de melón que Julie no ha probado y sirvo las rodajas en nuestros platos.

–Buen trabajo –la felicito.

Briar baja la mirada y esboza una sonrisa de oreja a oreja.

Cuando salimos de nuevo a la calle soleada, con el estómago bien lleno, los fotógrafos nos esperan con las cámaras listas. Antes siquiera de que cierre la puerta de la cafetería, comienzan a hacernos fotos y acercarse por la izquierda para tomar una buena instantánea de la mejilla suturada de Briar. La agarro con fuerza, e intento bloquear las lentes mientras la animo a que se apresure, pero Briar clava los talones en el suelo.

–No –me dice.

Veo que llama la atención de Roger y que le señala un hueco a su otro lado. Pero ahora no es el momento.

–Venga –insisto, y le frunzo el ceño a los fotógrafos, que no dejan de gritar–. Son como buitres, joder.

Tiro de ella con gentileza e intento ignorar el dulce aroma de su champú cuando me hace cosquillas en la cara con el pelo. Seguramente esta sea la última vez que esté tan cerca de ella.

—Para —me ordena, tirándome del brazo—. Kenta, para.

Me quedo quieto, y ella estira el brazo para acunarme la mejilla y que gire el rostro hacia ella. Frunzo el ceño y le pregunto:

—Briar, ¿qué...?

Antes de que me dé tiempo a protestar, Briar se pone de puntillas, nuestros labios se encuentran y a mí se me para el corazón.

No es como los otros besos que nos hemos dado. Este es dulce, suave, tan veloz que apenas lo siento. Cuando se aleja, me quedo mirándola con la respiración entrecortada. Los paparazis siguen gritando y corriendo a nuestro alrededor para obtener un ángulo mejor, pero para mí es como si no estuvieran. Agarro a Briar de la cintura, de forma inconsciente, como si quisiera mantenerla cerca de mí.

—¿Qué... qué ha sido eso?

Ella se encoge de hombros.

—Es que me he acordado de repente de que solo me habían hecho fotos besándome con Glen y Matt, y no quiero que las revistas del corazón crean que solo estoy enamorada de ellos dos.

Aunque ni siquiera estoy andando, casi me tropiezo.

—¿Enamorada? —consigo preguntarle al fin.

—Hasta las trancas, por desgracia —responde, ladeando la cabeza—. ¿Vas a desmayarte?

—P-pero... Matt y Glen...

Deja escapar un suspiro cargado de dramatismo.

—Supongo que la revista *Goss* tenía razón y soy una grandísima zorra. Lo que pasa es que no prostituyo mi cuerpo, sino mi corazón. —Después niega con la cabeza, con pesar—. Qué vergüenza. He pasado muchísimo tiempo manteniendo a los hombres alejados de mí, y vosotros tres habéis logrado seducirme a la vez. La verdad es que estáis acabando con mi reputación de que soy fría como el hielo.

No digo nada. Creo que no puedo. Creo que, durante un instante, he olvidado el idioma en el que hablo.

Briar suspira y me acaricia la mejilla.

—Kenta... Eres uno de los hombres más listos, amables y encantadores que he conocido en toda mi vida. Nadie ha creído en mí del modo en que tú lo haces. —Da un paso hacia mí y nuestros cuerpos quedan muy pegados. Creo que uno de los paparazis nos pega un silbido, pero lo oigo a mil kilómetros—. Eres deslumbrante —prosigue Briar—, amable, empático, inteligente... Te preocupas por los demás. ¿Cómo no voy a enamorarme de ti?

Se me queda la voz atrapada en la garganta, hasta que logro confesarle:

—Yo también te quiero.

Briar me dedica una sonrisa radiante, y ya no puedo controlarme. Le paso la mano por la nuca y la acerco para besarla.

Es la clase de beso que aparece en las películas. El fondo se desdibuja, nuestras lenguas bailan despacio mientras nos abrazamos bajo el sol abrasador de Los Ángeles. Briar tararea y se estremece cuando le acaricio la zona lumbar y la pego contra mí. Los labios le saben a cacao de fresa y a zumo de naranja.

Varios segundos o minutos, o puede que varias horas después, nos separamos un poco y nos damos varios picos largos. Después juntamos las frentes e inhalamos el aliento del otro.

—Mmm... —Briar ronronea para sí misma y me lame el labio inferior—. Podría besarte eternamente.

Retuerzo los dedos sobre la suave tela del vestido y le hago cosquillas en el cuello con la nariz. Los *flashes* de las cámaras y el sonido de los obturadores nos rodean.

—Podemos besarnos todo lo que quieras en cuanto volvamos a la habitación del hotel —murmuro—, pero deberíamos irnos.

—¿Por qué? —pregunta, y frunce levemente el ceño—. Me dan igual los paparazis.

—Lo sé —respondo, y le doy otro largo beso. Luego me yergo y le recoloco un mechón de pelo ondulado tras la oreja—, pero también sé cómo es Matt, y sé que en cuanto se despierte y vea que no estás, será presa del pánico. Seguramente esté subiéndose por las paredes.

Briar deja escapar un suspiro y se apoya en mi pecho.

—Estoy tan emocionada de que me quieras.

Me río.

—¿Por?

—Porque te portas de maravilla con la gente a la que quieres —me dice, y me da la mano—. Eres el mejor. Venga, vámonos.

55

Matt

Cuando me despierto, me quedo inmóvil durante varios segundos y examino los alrededores. Es una costumbre que adquirí cuando estaba en el Ejército; así no daba vueltas de un lado a otro ni me despertaba gruñendo en mitad de una misión en la que teníamos que ser sigilosos.

Yazgo en una habitación desconocida, bajo una pesada pila de edredones. Noto los músculos tensos y doloridos, me arde la garganta y me va a estallar la cabeza. Mientras trato de hilar estos datos de información, los recuerdos de anoche llegan como una avalancha.

Briar tirada en el suelo de la cabaña, cubierta de sangre, con la mejilla rajada. Briar alzándose ante X, enarbolando un cuchillo cubierto de sangre. Briar debajo de mí, tratando de alejarse. Las imágenes son tan intensas que hasta parecen reales. Durante un instante, permanezco ahí tumbado, temblando.

Y entonces me levanto.

El salón está vacío. De la cama nido que prepararon Kenta y Glen no queda más que una pila desordenada de edredones y almohadas. Examino la habitación: observo la cocina y luego a través de las ventanas de la terraza, pero no hay signos de vida.

—¡Briar! —la llamo a gritos. Tengo la voz ronca y rasposa por todo el puto humo que inhalé anoche. Carraspeo y vuelvo a intentarlo de nuevo—. ¡Briar!

No recibo respuesta. Reina un silencio absoluto en la *suite* del hotel. Un pájaro se posa en la barandilla de la terraza y pía.

Salgo del salón y me dirijo al dormitorio de Briar, pero, en cuanto entro, veo que todo sigue igual, que aún hay productos para el pelo y de maquillaje sobre la cómoda, de cuando se estuvo preparando anoche. Siento una opresión en el pecho y corro hacia el baño. Nada. El cepillo de dientes está mojado y el dulce aroma del gel que usa Briar impregna el aire. ¿Dónde coño se ha metido?

Es imposible que haya entrado alguien sin que nos enteráramos, ¿no? X está bajo custodia, y dudo que pueda caminar durante una larga temporada, ya no digamos colarse en una habitación de hotel vigilada.

No obstante, me estoy poniendo nervioso.

Salgo del dormitorio y me dirijo a la habitación que compartimos los chicos y la abro de golpe. Vacía también. Noto que el pánico se apodera de mí. No está. Ha desaparecido. Le ha pasado algo. Estoy a punto de dar la voz de alarma cuando oigo agua corriendo en nuestro cuarto de baño.

—¡Briar! —cruzo la habitación y llamo con el puño a la puerta—. ¿Estás ahí, Briar?

La puerta se abre y Glen sale con una camiseta, vaqueros y la toalla alrededor del cuello.

—Eh, tío —me saluda, observándome de la cabeza a los pies—. ¿Estás bien?

—¿Dónde está? —le pregunto—. ¿Dónde coño está?

—Kenta se la ha llevado para que vea a Julie. Tienen que decidir qué van a contarle a los medios de comunicación.

El miedo me invade.

—¿Él solo? ¡¿Se la ha llevado él solo?!

Glen suspira, se seca el pelo con la toalla y me aparta para salir al cuarto.

—Ya no corre peligro, Matt. Se la ha llevado a un lugar privado. Solo necesitaba un guardaespaldas.

—¡No lo sabes! —Saco un par de vaqueros de la maleta y me los pongo—. Dime adónde han ido.

—No lo sé —responde Glen, despacio, mientras baja la toalla para mirarme—. Matt...

—Pues voy a preguntárselo —le digo mientras busco el móvil.

Está cargándose en la mesilla de noche, así que voy a por él, pero Glen se interpone en mi camino.

–Matt –me dice, e intento apartarlo, pero entonces me agarra del cuello con las manos y me obliga a mirarlo–. Escúchame, Matt –me ordena con voz firme–. Tienes que tranquilizarte. Ha sobrevivido a un infierno. Si vuelve y te ve así de nervioso, la asustarás. Briar está bien.

No respondo. Aprieto los puño contra los costados. Me cuesta respirar.

–Venga –insiste Glen, dándome una palmada en la espalda–. No pasa nada. Siéntate.

Glen me guía hasta el salón y me empuja hacia el sofá. Una vez que tomo siento, me paso las manos por el pelo y pregunto con la voz ronca:

–¿De verdad está bien?

–Sí.

Cierro los ojos y niego con la cabeza. No puedo respirar.

–No está bien. –Sé que corre peligro. Lo presiento. Las manos me tiemblan con violencia–. No está bien.

–Sí está bien. ¿Hace falta que la llamemos?

–No.

El sudor me cae por la espalda y me agarro del pelo. No quiero que me vea así.

Creo que esto es lo peor. No los *flashbacks* ni los terrores nocturnos, sino ese miedo que lo impregna todo.

Cuando estuve en el Ejército, vi a gente estallar por los aires; gente a la que apuñalaban, a la que disparaban... Vi cómo bombardeaban aldeas enteras, vi a niños que pisaban minas terrestres y a civiles inocentes que se veían atrapados en el fuego cruzado. Hace cinco años, en una milésima de segundo, tomé una decisión que hizo que las tres personas a las que más quería se vieran metidas de lleno en una pesadilla durante tres meses.

Y, entonces, de repente, nos sacaron de esa vida, nos cubrieron de vendas y nos mandaron a casa. De repente, la gente esperaba que tuviera un trabajo de oficina de nueve a cinco y que ahorrara para pedir una hipoteca. Me vi rodeado de personas que se preocupaban por un ascenso en el trabajo, por adelgazar y por ver la última película de Marvel que se había estrenado.

Para poder formar parte de la sociedad, debes creer que estás a salvo. Todos sabemos que esa sensación de seguridad no es real, pero es una mentira que hay que creerse para sobrevivir. Todo el mundo sabe que, a cada segundo que pasa, asesinan a alguien en alguna parte del mundo, o lo acosan o le roban o le hieren. En este mismo instante, alguien acaba de perder a sus hijos, a alguien lo acaban de atropellar y a alguien le han diagnosticado una enfermedad terminal. Vivimos en una puta película de terror, pero la mayoría de la gente se convence a sí misma de que no corre peligro y sigue adelante con su vida, pensando en dinero, en los vecinos pesados, en los cotilleos de los famosos... Como si algo de eso importara de veras...

Mi cerebro no me permite funcionar así. No me deja fingir que estoy a salvo, ni que Glen y Kenta están a salvo, ni que Briar está a salvo. Nadie está a salvo. Le va a pasar algo a alguien. Tarde o temprano, a toda la gente a la que quiero le ocurrirá algo espantoso. Han corrido ese velo y, para mí, el mundo ahora no es más que una inmensa zona de guerra.

La verdad es que tengo miedo. A todas horas. A cada segundo. Ya esté meando, comiéndome unos cereales o paseando por la calle. Estoy aterrado. Una parte de mí jamás ha abandonado aquel cuarto en el que vi cómo torturaban a mis mejores amigos. Una parte de mí sigue viendo esas escenas en bucle. Y tengo tantísimo miedo, joder. Por eso no le dije a Briar lo de las amenazas de X. No por las pesadillas ni los *flashbacks*, sino por ese miedo intenso y continuo que habita en mi interior. No consigo librarme de él.

Eso es lo peor del trastorno de estrés postraumático. La desconexión. Vivo en el mismo mundo que el resto de la gente, pero no lo veo igual. Solo veo peligro, sangre y muerte.

—Joder —jadeo, frotándome el pecho. La camisa se me está pegando por culpa del sudor—. Joder. Es que no para nunca.

—Tío —me dice Glen, y se sienta ante mí—. Todo mejorará cuando veas a un psicólogo.

Me froto los ojos con las manos. Me fallan las palabras.

—No desaparecerá nunca.

No puedo olvidar todo lo que he visto porque ocurrió y fue real.

—No —responde—, pero mejorará.

Estira el brazo, me apoya la mano en el hombro y me da un apretón.

Transcurren casi dos horas hasta que oigo el zumbido de la tarjeta de la habitación en la puerta. Me he pasado todo el tiempo dando vueltas de un lado a otro por la *suite* como un animal enjaulado. Me giro hacia Briar en cuanto entra en la habitación con Kenta, que tiene una sonrisa de oreja a oreja, tras ella.

—¿Qué coño os pasa? —les reprendo. Briar alza la mirada. Entre las mejillas sonrosadas y el destello de la mirada, tiene mucho mejor aspecto que anoche. Se ha puesto un vestido amarillo y el pelo suelto y ondulado le cae alrededor del rostro. El colgante de la rosa que le regalamos resplandece alrededor de su cuello. Tengo que contenerme para no cogerla—. ¿Dónde coño estabais? Estábamos preocupadísimos.

—¿Por? —pregunta, quitándose los zapatos con los pies—. Kenta os mandó un mensaje, ¿no?

—Porque la última vez que desapareciste, te secuestraron —refunfuño.

—Bueno, pues esta vez solo he salido a comer croquetas de patata.

—¿Y a ti qué te pasa? —le pregunta Glen a Kenta—. ¿Te ha tocado la lotería o qué?

Kenta se encoge de hombros sin dejar de sonreír.

—Podría decirse que sí.

Los ignoro a los dos y camino hacia Briar dando zancadas, con los brazos extendidos. Briar se acerca también a mí y deja que la abrace con fuerza y que entierre el rostro en su cabello. Mientras levanta la mano y me aprieta la nuca, me cuesta tanto respirar que me resulta vergonzoso.

—¿Tan mal has estado? —me dice en voz baja.

Gruño mientras enredo los dedos entre su pelo suave.

—No me vuelvas a dejar así.

Briar se queda rígida, sorprendida, y carraspeo.

—O sea, que... que no vuelvas a salir del edificio sin mí, por favor.

Glen se ríe por la nariz. Briar me estudia durante un momento y se pone de puntillas.

—Puede que vuelva a salir del edificio sin ti —me dice, rozándome la mejilla con los labios—, pero, por ahora, no tengo en mente dejarte. —Me besa en la boca—. Te quiero. Prepárame un café, porfa.

Me enderezo; me duele el pecho más que aquella vez que me perforé el pulmón durante un entrenamiento. Le doy un tironcito a la rosa del collar.

—Menuda estrella estás hecha.

—Eso me han dicho.

Briar me ofrece una sonrisa y me dirijo a la cocina a preparar el café, ignorando el martilleo del corazón en el pecho.

Glen se acerca a Briar por detrás y le acaricia con delicadeza la mejilla para ver cómo tiene los puntos.

—¿Cómo te encuentras? ¿Te duele? ¿Sigues con náuseas?

Briar niega con la cabeza y se abraza a su pecho.

—Estoy mucho mejor.

—Hemos averiguado cómo podía seguirla X —anuncia Kenta tras dejarse caer en el sofá—. Ha sido todo culpa de Julie.

Nos ofrece un breve resumen de lo que ha ocurrido durante el desayuno. Cuando acaba, suelto:

—Menuda cerda. ¡Es una puta interesada! Casi consiguen que maten a Briar, ¿y por qué? ¿Para ganar más pasta?

–¿Crees que a Nin le interesaría su puesto? –pregunta Briar mientras se sienta junto a Kenta y coge el mando de la tele–. Prometo no volver a gritarle.

–Seguro que le encantaría. Desde luego, está más que preparada.

–Genial. –Briar va pasando de un canal a otro–. A lo mejor puedo tener un efecto positivo en la vida de una persona, al menos. Anoche, mucha gente resultó herida por mi culpa.

Kenta frunce el ceño.

–Briar, nada de lo que sucedió fue culpa tuya. Quien puso las bombas fue X. Tú ni siquiera eras consciente de lo que tenía planeado antes de que fuera demasiado tarde.

Briar suspira.

–Ya, ya, si lo sé... Pero eso no quita que me sienta fatal.

Se detiene en un canal de noticias que está retransmitiendo el atentado durante el estreno. No me sorprende que lo haya encontrado; es, de lejos, la noticia más sonada de todo Los Ángeles. Seguro que lo están retransmitiendo una y otra vez.

Le llevo el café y me siento en el sofá, a su lado.

–¿Seguro que quieres ver eso?

Briar sube el volumen.

–Quiero ver lo que ocurrió. Me perdí gran parte.

Pongo una mueca de incomodidad, pero permanezco en silencio mientras el presentador comienza a hablar:

–Anoche, en el estreno de la nueva película de Unity Productions, *Players*, explotaron quince bombas en la alfombra roja y entre la multitud, lo cual sembró el caos entre los famosos y los fans.

En la pantalla aparecen imágenes de una de las cámaras de la prensa. Con la mandíbula apretada, observo cómo la estampa elegante y lujosa de la alfombra roja estalla en gritos y explosiones. Kenta da un brinco e incluso Glen se estremece. Miro a Briar, que observa la imagen en silencio, mordiéndose el labio. La pantalla muestra a una mujer a la que trasladan a una ambulancia, y Briar estira el brazo y me agarra la mano con fuerza.

—Más de treinta asistentes han resultado heridos por las explosiones, pero no se ha informado de ninguna muerte.

—Menos mal. —Briar se deja caer contra el pecho de Kenta, que la envuelve con el brazo y le da un beso en la cabeza—. Gracias a Dios.

El periodista sigue hablando:

—Aunque la Policía aún tiene que hacer declaraciones sobre los acontecimientos de anoche, muchos creen que el bombardeo está relacionado con el acoso que ha sufrido la famosa actriz Briar Saint, y del que muchos medios se han hecho eco. La estrella ha hablado sin tapujos sobre los problemas que ha tenido recientemente con un fan que se había obsesionado con ella, quien llegó a mandarle fotografías obscenas, a colarse en su casa y a perseguirla por todo el mundo. Anoche, la señorita Saint estuvo presente durante el estreno, y muchos testigos han asegurado que vieron cómo un hombre vestido con ropa oscura capturaba, amordazaba y se llevaba a la actriz del evento.

Le acaricio el dorso de la mano a Briar con el pulgar. La imagen pasa a mostrar a Briar con Kenta esta mañana; Kenta la coge por los hombros mientras pasean por una calle soleada de Los Ángeles.

—Esta mañana se ha visto a Briar Saint, con numerosas lesiones, en una cafetería de la zona. No ha hecho declaraciones sobre los rumores del secuestro, pero no parecía afectada por lo ocurrido.

La cámara amplia la imagen en Briar y en Kenta mientras se besan intensamente en plena calle. Cuando se separan, ambos tienen las mejillas sonrosadas y esbozan una amplia sonrisa. Briar se endereza y le acaricia la mejilla.

Será cabrón... Los hay con suerte.

El programa pasa a la siguiente noticia, y Glen coge el mando para apagar la tele. Briar se queda con los ojos clavados en la pantalla y la mirada vacía, mordiéndose el labio inferior.

—¿Cómo es que aún no han mencionado a X?

Me encojo de hombros.

—La policía debe de haber decidido guardarse esa información por el momento.

Briar está pálida.

—¿Sabes... sabes cómo está?

Me giro hacia Glen. He estado demasiado ocupado perdiendo la cabeza durante las dos últimas horas como para mantenerme al día de los sucesos.

—Aún no se ha despertado —se limita a responder Glen.

Briar frunce el ceño.

—Pero si solo lo golpeé con la pata de la silla y le derramé el cloroformo por encima.

—La policía le disparó un par de veces cuando Matt te derribó al suelo. El muy idiota no dejaba de apuntarlos con la pistola.

—¿Creéis que supondrá un problema si se recupera?

—No, cielo —responde Glen con tono menos serio—. Entre el intento de homicidio en primer grado y el atentado con bombas en un lugar público, me sorprendería que no le cayera la perpetua.

Kenta le da un beso en la mejilla.

—Se ha acabado, cielo. Ya no puede hacerte daño. Jamás volverá a acercarse a ti.

Briar asiente y mira la taza, después traga saliva con dificultad.

—Durante un instante, quise matarlo —confiesa—. Cuando estaba ante él con el cuchillo.

—Nadie te habría culpado si lo hubieras hecho —responde Kenta—. Lo habrías hecho en defensa propia, pero me alegro de que no lo mataras.

—¿Y no pasa nada por que tuviera ganas? —pregunta con un tono de voz tan bajo que resulta insoportable.

Creo que jamás he visto así a Briar. Insegura. Buscando certezas.

Se me hace un nudo en la garganta.

—Pues claro que no, cielo. Puedes sentirte como quieras. Lo hiciste muy bien.

Briar inspira hondo y asiente para sí misma.

–Vale, vale... –responde, y deja la taza de café sobre la mesa–. ¿Podemos hablar de otro tema? De... No sé... ¿De algo que no tenga nada que ver con X?

–Claro –responde Kenta–. ¿Quieres ver una peli?

–Tengo la última peli de *Superespía* –propone ella.

–¿En serio? –responde Glen, abriendo los ojos de par en par. A mí se me escapa la risa. Le encantan esas pelis de acción malas con muchísimo presupuesto–. Pero si no la estrenan hasta dentro de cuatro meses.

–Privilegios –responde Briar con una sonrisa–. Un actor con el que trabajé participa en la película y me ha mandado la versión final. Pero si le decís a alguien cómo acaba la peli antes de que la estrenen, la mafia de Hollywood irá a por vosotros.

Glen asiente muy serio y responde:

–Estoy más que dispuesto a correr el riesgo.

–Estupendo.

Conecta la tele al ordenador y pone la peli. Después coge una de las mantitas de anoche y nos la pone sobre el regazo, y comienzan los créditos de inicio.

La verdad es que no le presto mucha atención a lo que estoy viendo. No dejo de pensar en lo que pasó anoche en la cabaña. No dejo de recordar el instante en que vi a Briar tirada en el suelo, cubierta de sangre, sudor y mugre. Me abalancé sobre ella como un tigre rabioso, aun cuando ella se quedó helada e intentó apartarme.

Debí de darle un susto de muerte, joder.

Briar, a mi lado, se recoloca contra los cojines del sofá. Le echo un vistazo, pero parece completamente embelesada por la persecución en coche de la pantalla. Le acaricio la columna con delicadeza porque anhelo tenerla más cerca, y ella se acurruca contra mí.

Guardamos silencio durante un rato y vemos la peli. Intento prestar atención, pero no puedo. Briar se revuelve inquieta. Al principio solo se movía un poco, pero va a más hasta que, diez minutos después, está contoneándose bajo la manta.

Carraspeo. Cada vez que se mueve, su cuerpo suave se pega contra el mío.

Está empezando a suponer un problema...

–¿Estás bien? –le pregunto. Briar asiente y deja escapar un pequeño gruñido de molestia. Tuerzo el gesto al oírlo, porque se dirige directo hacia entre mis piernas–. ¿Seguro, princesa? Parece como si algo te molestara.

–Estoy bien –responde–. Supongo que un poco inquieta. Los puntos me pican.

Le doy un beso en la frente y le digo:

–Lo siento.

Briar gira la cabeza hacia mi hombro y su aliento cálido me alcanza el cuello. Cuando me roza la nuez con los labios, aprieto los dientes y el dolor de huevos se intensifica. Soy una persona horrible. La pobre está herida, incómoda, y yo la tengo dura como una piedra. Me obligo a prestar atención a la pantalla, pero no veo nada.

Briar jadea de repente y tensa el cuerpo contra el mío. Bajo la mirada, asustado. Está sonrojada, como febril, y el sudor le pega el pelo rubio a las sienes. Estoy a punto de preguntarle qué le pasa cuando, de pronto, Kenta se echa a reír. Alzo la vista y veo que tiene la mano sobre el regazo de Briar, donde juguetea bajo la manta.

–Eres gilipollas –murmuro mientras Briar se arquea contra mí y me muerde el cuello de la camiseta–. Creía que estaba dolorida.

Pero Kenta se ríe aún más fuerte.

Briar estira la mano, se aferra la tela y la retuerce.

–Ah –exclama–. Ah, joder, quiero...

Le falta el aliento mientras se retuerce alrededor de los dedos de Kenta.

–Briar –le susurro, y me bajo del sofá para arrodillarme frente a ella. Me tiemblan las manos, pero le aparto el pelo y acerco la boca a su cuello. Ella se inclina hacia mí sin dejar de temblar–. ¿Qué quieres? –le murmuro contra la piel.

Ella arquea la espalda y me pega el pecho a la cara. Estiro los brazos hacia los botones de su vestido. Son pequeños y se me escapan entre los dedos, pero, poco a poco, los voy desabrochando haciendo presión en ellos mientras Briar se arquea contra mí y se muerde el labio. Bajo el vestido lleva un sujetador muy bonito de color amarillo pálido y con tiras de encaje en las copas. Le bajo el tirante del sujetador y meto la cara entre sus tetas. Qué suaves. No me lo puedo creer. Siento su corazón martilleándome la mejilla mientras le doy besos intensos por el escote.

–Joder, Matt... –susurra.

–Estoy aquí, cielo –respondo, y le aprieto el pezón rosado para, a continuación, inclinarme hacia ella y chupárselo con fuerza.

Briar chilla, se estremece y me clava las uñas en la espalda.

–Ah, joder –exclama, y se retuerce bajo mi cuerpo mientras se agarra a la camisa de Kenta–. Ken...

Kenta se abalanza sobre ella y le besa el cuello mientras le mete los dedos. No veo qué ocurre por debajo de la manta, pero Briar se sacude hacia delante y suelta gemidos con cada uno de sus movimientos. Ladeo la cabeza para adueñarme de sus labios, y Briar gime contra mi boca e inhala mi aliento con ansia. Seguimos así durante varios minutos, excitándonos cada vez más mientras nuestras pieles se rozan. Entonces Kenta gira la mano, cambia un poco el ángulo, y Briar pierde la cabeza y se retuerce debajo de mí.

–¡Kenta! –jadea–. ¡Por favor!

–¿Qué pasa? –pregunta él, y parpadea con gesto de inocencia.

Briar mece las caderas y se sonroja.

–No es suficiente –protesta–. Por el amor de Dios. ¡Tócame, idiota!

Kenta se ríe, ella lo fulmina con la mirada, se quita la manta de una patada, me agarra de la muñeca y se levanta el vestido. Contengo un gemido. Tiene los muslos calientes, suaves y resbaladizos, y los frota contra la palma de mi mano cuando se cruza de piernas y se retuerce para obtener la presión que necesita. Le acaricio el clítoris con el pulgar, y Briar echa la cabeza hacia atrás y entreabre los labios rojos.

Kenta se inclina a mi lado mientras la toca muy hondo, y Briar empieza a jadear cada vez más fuerte. Sacude las caderas en círculos, en vano, mientras se retuerce contra nuestras manos.

—Mierda —susurra una y otra vez—. Ah, mierda, Matt. Kenta. Mierda.

Está a punto. La noto agitándose con urgencia bajo mis dedos, y estoy seguro de que están a punto de reventarme los huevos. Jamás he estado tan cachondo. Briar se inclina hacia delante y se agarra a mis hombros para correrse.

Kenta y yo nos movemos a la vez. Él se inclina hacia ella para besarla, y yo agacho la cabeza, le atrapo el lóbulo de la oreja con la boca y muerdo. Briar profiere un chillido y se viene abajo entre jadeos, sin que el cuerpo deje de temblarle. Le sacamos el orgasmo a la fuerza hasta que al final se deja caer contra los cojines del sofá, inerte. Kenta y yo retiramos las manos con cuidado mientras ella sigue jadeando con los ojos entrecerrados. Durante unos instantes, reina el silencio en la habitación. Alzo la mirada y veo que Glen ha parado la peli y que nos está mirando con una mano sobre el paquete que se le marca en los vaqueros. Briar se acurruca contra mí sin decir nada.

—¿Estás bien? —le pregunto y le aparto el pelo—. No te hemos hecho daño, ¿no?

—Chicos, ¿estáis limpios? —susurra ella.

Me quedo helado.

—La empresa nos hace análisis de sangre antes de aceptar un trabajo nuevo —le explica Kenta—, para asegurarse de que estamos sanos y podemos aceptarlo.

—Pues yo también lo estoy —dice entonces.

Kenta asiente y responde:

—Lo sabemos.

—¿Qué?

—Tenemos acceso a tu historial médico.

—Qué mal rollo —responde, pero se encoge de hombros—.

Imagino que entonces también sabréis que tomo la píldora anticonceptiva.

Se produce una pausa.

–Sí –respondo, y la voz me sale tan ronca que hasta resulta ridículo.

Briar se gira sobre los brazos de Kenta.

–¿Podemos? ¿Porfa?

Kenta cierra los ojos.

–¿Seguro que es lo que quieres? –pregunta con cuidado–. ¿No crees que puede alterarte?

–Supongo –responde, encogiéndose de hombros–. Solo hay una forma de averiguarlo, ¿no? No voy a dejar que X controle el resto de mi vida sexual.

–Eres mucho más valiente que yo –le digo, y lo creo de verdad.

Briar se sonroja.

Alza los brazos hacia mí y me ordena:

–Llévame, estoy demasiado cachonda para caminar.

Me cuesta contener la risa, pero me levanto, la cojo con delicadeza y le digo:

–Diva...

–Pero te encanta.

56
Briar

Matt me suelta en mitad de la inmensa cama y los chicos comienzan a desnudarse a toda prisa, como si participaran en una carrera. Observo, maravillada, el asombroso surtido de abdominales, bíceps y muslos que se revela ante mis ojos. Kenta se desnuda primero y se coloca encima de mí, me coge del cuello e inclina la boca hacia la mía. Kenta sacude el cuerpo entero contra mí; aún no ha perdido esa aura dorada que lo envuelve desde que lo he besado delante de los paparazis.

Jadeo en cuanto empieza a mecerse sobre mí y a frotarme su erección mientras nuestras lenguas se acarician. Me coge de debajo del muslo con una mano y tira de mí para que estemos aún más cerca; prácticamente se me ponen los ojos en blanco cuando su polla me aplasta el clítoris. Me retuerzo y, con los ojos entrecerrados, observo a Glen mientras se quita la camiseta interior y la deja hecha una bola en el suelo. Estiro el brazo hacia él para acariciarle el pecho musculado con los dedos...

Y entonces Kenta se alinea con mi cuerpo y me la mete de golpe, y a mí se me escapa un jadeo a medida que entra más y más hondo.

—¡Joder, Kenta!

Empieza a embestirme, con movimientos mucho más rápidos y ligeros de lo que suele gustarme. Hoy, sin embargo, la sobrestimulación me encanta y manda descargas eléctricas a todas mis terminaciones nerviosas. Me estremezco, le clavo las uñas en la espalda, en el tejido cicatrizado. Kenta se queda paralizado, por lo que aparto las manos.

—Mierda —le digo—. Perdona. ¿Te ha dolido?

–Para nada –responde, y rueda los hombros, se pega a mí y me besa el cuello–. Jamás se me habría ocurrido que fuera agradable que me tocaran la espalda –murmura–. Estoy acostumbrado a lo contrario.

–Voy a darte muchos masajes –le prometo–. Voy a conseguir que sea tu zona erógena principal.

Se ríe contra mi boca, vuelve a besarme y me embiste mucho más hondo que antes. Se me escapa un gemido cuando alcanza ese punto sensible que hay en mi interior, y luego ya no deja de darle.

–Dale la vuelta –nos dice Glen desde atrás–. Quiero que se ponga encima.

–Ten cuidado –añade Matt–. No le hagas daño en el costado.

Kenta, obediente, me engancha con una pierna y me gira con elegancia, de modo que acaba de espaldas en la cama conmigo encima de él. Glen se arrodilla detrás de mí y siento sus manos cálidas y cubiertas de callos acariciándome las nalgas.

–Tienes la piel tan suave... –murmura, y me pasa un dedo por la raja del culo–. ¿Puedo?

–Puedes.

Oigo el pop de un tapón de plástico y siento algo frío y húmedo entre las nalgas.

–Esto debería resultarte placentero –me dice Glen en voz baja–. Avísame si no te gusta. Ken...

Kenta deja escapar un suspiro y reduce el ritmo de las embestidas hasta que tan solo está meciendo las caderas contra mí. Yo me retuerzo, pero él se niega a moverse más rápido. Glen se cubre el grueso dedo de lubricante y me masajea el ano, ese anillo de músculo tenso. Se me escapa un jadeo cuando me lo mete por el culo. Me contoneo contra esa extraña presión. No se parece a nada que haya sentido antes, pero la sensación de plenitud que despierta en mí es maravillosa.

–Más –exijo, y retrocedo contra él.

Glen se ríe y, obediente, me mete y me saca el dedo. De repente, Kenta empieza a moverse de nuevo y los dos me taladran al compás: cuando uno lo saca, el otro me lo mete al mismo tiempo. Mi cuerpo entero se estremece cuando martillean los dos puntos sensibles que albergo en mi interior.

–Joder –susurro, retorciéndome–. Ah, ah, ¡joder!

Ambos se ríen. La cabeza me cuelga mientras me sacudo hacia delante y hacia atrás para frotarme con los dos al mismo tiempo. La sensación de plenitud es abrumadora. Es como si se me estuviera friendo el cerebro. Me siento como un animal que escarba y se retuerce, desesperado por hallar un poco de alivio. Glen me acaricia la piel de las nalgas y murmura:

–Me encanta esta postura. Cada vez que te la meto, se te menea el culo.

–¿Cómo que se menea?

–Sí, se menea. –Me da una palmada en el culo–. Qué bonito lo tienes. ¿Quieres otro?

Asiento, y Glen, poco a poco, me introduce otro dedo y comienza a darme mientras los sacude. Automáticamente, me tenso alrededor de Kenta, y él gruñe y me agarra de los pechos. Se me abre la boca sin querer, y cierro los ojos para intentar procesar esta avalancha de sensaciones.

Oigo una voz grave que me dice desde arriba:

–Princesa...

Abro los ojos de nuevo y me encuentro con Matt. Está completamente desnudo, y le recorro el torso con la mirada: los muslos gruesos cubiertos de pelo negro, los abdominales de piedra, los bíceps duros... Cuando mis ojos se posan en su hermoso rostro, me percato de que aún parece preocupado. Está cachondísimo, sí, pero preocupado. Se inclina hacia mí para besarme, y yo suspiro y me deshago bajo la presión de la forma perfecta de sus labios. Nuestras lenguas se deslizan la una contra la otra mientras Glen y Kenta me embisten.

Cuando al fin nos separamos, los ojos de Matt parecen neblinosos e idos, y tiene los labios hinchados.

–Estás tan bueno –jadeo sin dejar de temblar–. Métemela en la boca.

Un destello cruza la mirada de Matt y responde:

–Eso lo quiero por escrito. –Se acerca a mí y estiro la mano hacia él con ansia porque quiero tocarlo, pero él me coge de la mano–. Briar, si en algún momento quieres que paremos y nos pongamos un condón, nos lo dices sin problema.

–Me apetece muchísimo, pero sí, claro, si lo necesito, os pediré que paréis.

–Vale –responde en voz baja–. Vale.

Le sonrío y lo agarro del pene; es perfecto, grueso y duro. Deslizo la mano por él un par de veces, retorciéndola ligeramente cada vez que me acerco a la base, y Matt se estremece y encoge la mano mientras me acaricia el pelo.

–¿Estás lista para otro más? –pregunta Glen, y yo asiento y él me mete un tercer dedo.

Me fascina la sensación de estar abriéndome, y entonces me inclino hacia delante y me meto a Matt en la boca y lo recorro con la lengua.

–Joder –murmura, acariciándome el pelo con las yemas de los dedos–. Joder. Eres preciosa.

No digo nada, y le lamo la parte inferior de la polla. Kenta, desde abajo, se retuerce hacia arriba y a mí se me escapa un gemido con el que Matt sisea.

Joder, me encanta. Adoro acostarme con los tres a la vez y sentir las reacciones que provocamos los unos en los otros.

Glen me da un beso que me hace cosquillas en el cuello y, poco a poco, me saca los dedos, con los que me deja con una horrible sensación de vacío.

–¿Estás lista?

–Por favor –suspiro, y cierro los ojos cuando siento su polla entre las nalgas.

La mete despacio pero con una sola embestida, larga y firme. Al principio creo que no me la va a poder meter, pero, tras la resistencia inicial, se me relajan los músculos y me la clava hasta el fondo.

Durante un segundo, la sensación es desbordante. Me quedo

de piedra y trato de acostumbrarme a ella. Es como si me tuvieran inmovilizada por ambos lados. Apenas puedo moverme. Siento un pequeñísimo destello de miedo cuando me acuerdo de X. Durante una milésima de segundo, vuelvo a encontrarme en esa horrible cabaña, atada e incapaz de moverme.

La imagen se desvanece en cuanto Matt me acaricia los brazos.

—Eres tan guapa —murmura—. ¿Estás bien, princesa?

Inspiro hondo y asiento, y entonces me la saco de la boca y les digo:

—Por favor, moveos.

Y eso hacen. Kenta y Glen comienzan a mecerse lentamente y me embisten por turnos. Yo cierro los ojos con fuerza. Noto chispas recorriéndome la piel. Me aferro al hombro de Kenta y me centro en la presión que no deja de intensificarse en lo más hondo de mi ser. Un sollozo se me escapa del pecho.

Glen me acaricia la cadera y me sigue embistiendo por el culo.

—¿Estás bien? —me pregunta.

Asiento con fuerza y vuelvo a centrar la atención en Matt. Ahora mismo no puedo hacer nada elaborado; se la chupo con ganas, de manera descuidada, la lamo, la beso, busco todas las zonas en las que se le corta la respiración o en las que me agarra del pelo. Me mezo entre Glen y Kenta, y un segundo jadeo se me atraganta en el pecho. Matt tiembla en el interior de mi boca, y yo me lo meto más hondo y me atrevo a rozarle un poquito el tronco con los dientes.

Matt suelta un rugido, me agarra del pelo y grita hacia el techo, así que repito el gesto varias veces y alterno entre los lametones fuertes con las caricias delicadas de los dientes, todo mientras yazgo sobre Kenta, que me embiste una y otra vez. El sudor me cae por el cuello y los muslos. Llevo tanto rato a punto de correrme que estoy desesperada.

De repente, Matt me la saca de la boca y murmura:

—No. Aún no. —Desliza una mano por mi cadera y me traza un círculo en la parte baja de la espalda—. Quiero metértela. Date prisa, Li.

Kenta se ríe entrecortadamente y, al momento, reduce el ritmo de las embestidas hasta llegar a una serie de movimientos lentos y tortuosos. Matt y yo dejamos escapar un sonido de protesta idéntico. Me aferro a los hombros de Kenta cuando el cosquilleo del orgasmo comienza a desvanecerse.

–Más rápido –le digo, gruñendo–. Más fuerte.

–Joder –murmura Glen, que agacha la cabeza hasta apoyarla en la curva de mi cuello–. Qué apretada estás, cielo. Joder.

Hago fuerza en torno a ambos a la vez, y los dos dejan escapar un grito de sorpresa. Kenta acelera el ritmo y me machaca el punto G con unas embestidas casi frenéticas.

–Joder. –Me agarra del cuello y me acaricia la nuca–. Estoy a punto de correrme, preciosa.

–Yo también –gimo, y Matt se arrodilla a mi lado y comienza a mordisquearme y a chupetearme el cuello–. Córrete a la vez.

Kenta no responde. Yo deslizo una mano entre nuestras caderas, que no dejan de moverse, le agarro de las pelotas, hinchadas y tensas, y aprieto con fuerza.

57

Briar

Kenta grita y me agarra con fuerza del cuello cuando termina. La descarga repentina y potente de semen en mi interior me pilla por sorpresa y me hace alcanzar el orgasmo.

Me estremezco, me aferro a él mientras ambos cabalgamos esa ola al tiempo que nuestra piel sudada entrechoca. Glen grita y termina pocos instantes después; a mí se me abren los ojos de par en par cuando me inunda el culo. No esperaba notarlo, pero lo hago: una presión intensa y un calor que cala en mí. Tenso los músculos a su alrededor mientras me llena y gruñe mientras me amasa las nalgas y, temblando, sigue dándome. Me retuerzo entre ambos, con el cuerpo tembloroso, lleno de ansia y calor mientras me embisten hasta terminar.

Pasado un rato, el placer se desvanece y se ve sustituido por una sensibilidad abrumadora. Con la siguiente embestida de Glen, tuerzo el gesto e intento apartarme.

—Joder —exclamo sin dejar de estremecerme y con hasta la última terminación nerviosa del cuerpo frita—. Para, Ken... Glen... No sé quién es, pero... Ay, joder, que me muero...

Glen me besa la espalda y me la saca, yo gimo. Kenta me rodea la nuca con los brazos y pega mi boca a la suya. Comenzamos a liarnos, con pasión y ardor, y nuestros cuerpos sudados se frotan entre sí.

Matt se acerca y apoya la mano en el hombro de Kenta.

—Aparta —le ordena, y Kenta se ríe entre dientes, se incorpora y me la saca despacio.

Sacudo las pestañas y froto las piernas entre sí para sentir el semen, cálido y pegajoso, contra la piel.

Kenta me acaricia la mejilla y me gira la cara hacia él. Tiene el rostro sonrojado, el pelo revuelto y no deja de jadear. Me examina con esos ojos oscuros y, entonces, me dedica una sonrisa radiante.

–Estás bien –me dice, y no lo hace a modo de pregunta.

Asiento de todos modos, y luego me río con el pecho lleno de alivio. Estoy bien. No me ha dado un ataque de nervios. La felicidad estalla en mi interior.

–Estoy muy pero que muy bien.

Kenta se inclina hacia delante y me da un último beso.

–Eres increíble –me dice al oído, y luego se va de la cama.

Me siento sobre las piernas y miro a Matt, que parece completamente embelesado. Tiene el pelo oscuro revuelto, los ojos, prácticamente negros, y no deja de sacudírsele el pecho.

–Túmbate bocarriba –me ordena con brusquedad–. Quiero verte la cara.

Dejo escapar un largo suspiro y respondo:

–¿Cuántas veces tengo que repetírtelo, Matt? –Estiro la mano para agarrarlo de la gruesa erección y bombeo un par de veces. Él gruñe y echa las caderas hacia delante y la cabeza hacia atrás–. No me digas lo que tengo que hacer.

Matt suspira y me mira a los ojos.

–Por favor –me pide en voz baja–. Por favor, cielo, ponte bocarriba.

–Buen chico –respondo con una sonrisa.

Un destello le cruza la mirada y, entonces, baja la vista entre mis piernas mientras yo, obediente, me doy la vuelta y separo los muslos. Matt se relame, se aferra a la cama y presiona el cuerpo contra el mío. Después me coge el rostro con las manos.

–Briar –me dice en voz tan baja que casi parece un gruñido suave.

–Matt –respondo, y alzo los labios hacia él.

–Me alegro tanto de que estés bien.

–Yo también –le susurro.

Matt agacha la cabeza y me da un buen beso al tiempo que

se alinea sobre mi cuerpo y hace presión contra mí. Estoy tan mojada que me la mete a la primera. No siento tirones, dolor o estrecheces; solo placer. Me besa de nuevo y tira de mis labios mientras mece las caderas sobre mí.

Esta no es como las otras veces en que nos hemos acostado. Esta vez no es un simple polvo. Estamos haciendo el amor. Cuando me embiste con fuerza y siento su mejilla contra la mía, percibo que Glen se arrodilla en el borde de la cama y me coge el pie con las manos. Aprieta el arco con el pulgar, y a mí se me escapa un grito ahogado en cuanto empieza a masajeármelo. Al otro lado, Kenta comienza a masajearme los músculos de la mano. Me estremezco bajo las sensaciones.

Cuando me imaginaba un cuarteto, lo último que me esperaba era un polvo lento con un tiarrón mientras dos chicos guapísimos me dan un masaje, pero es una experiencia maravillosa. Me siento tan calentita, deseada y cuidada que noto las lágrimas acumulándose.

Matt mantiene el ritmo de las embestidas y, en vez de seguir besándome con lengua, comienza a darme piquitos suaves. Gimo en voz baja y apoyo la cabeza en la almohada. Los muslos se me estremecen alrededor de sus caderas.

—E-estoy a punto.

—Yo también, cielo. —Lo sé. Los bíceps le tiemblan a ambos lados de mi cabeza. Entonces me coge la cara con su enorme mano y me dice—: Abre los ojos, quiero verte.

Y eso hago, y lo miro directamente a esos iris azules como el cristal.

—Sonríe —le susurro.

El rostro se le ilumina con una sonrisa radiante, y yo me derrito entre sus brazos con un grito que escapa de mi pecho. Matt se sacude encima de mí, Glen gruñe junto a mi pie y Kenta, de repente, toma aire contra mi pecho. Sin embargo, lo oigo todo lejos porque, en mi mente, siento que vuelo, que atravieso el cielo azul como un cometa y cruzo varios anillos de estrellas. El placer me golpea y me recorre las venas como un fogonazo de luz. Apenas me siento en mi cuerpo mientras monto las olas y floto bien alto, alejándome del resto del mundo.

Cuando al fin vuelvo a poner los pies en la tierra, descubro que me están dando la vuelta con delicadeza. Glen y Kenta han vuelto a subirse a la cama, y los tres me cubren el cuerpo entero con besos respetuosos. Es como si estuvieran encerrándome en un capullo de sábanas y capas y capas de amor. Matt me la saca con cuidado y a mí se me escapa un débil gemido al sentir la humedad densa y caliente resbalándome por los muslos. Alguien me pregunta algo, y yo murmuro algo que no tiene ningún sentido. Me noto un poco ida; aún estoy exhausta por lo de anoche, y las endorfinas me han frito el cerebro. Ahora mismo, todo es suave y difuso.

Me limito a quedarme ahí tumbada, flácida, satisfecha, y unas manos me recorren el cuerpo y me acarician. Noto un poco de fresquito entre las piernas cuando alguien me limpia la piel con cuidado. Oigo un murmullo sobre mi cabeza.

Me limpian y me acomodan en un nuevo juego de sábanas, acurrucada entre tres cuerpos musculosos y calientes. La luz del sol entra en el cuarto y me acurruco contra el pecho de Glen mientras le acaricio el vello que se le enrosca sobre los pectorales. Guardamos silencio durante un buen rato y, durante ese tiempo, nos limitamos a abrazarnos mientras nos tranquilizamos.

–¿Queréis ser mis novios? –les susurro, y giro la cara para darle un beso a Kenta en la mejilla.

Tres risas resuenan a mi alrededor.

–Si tú quieres... –responde Matt–. Sabemos que puedes ser un poco quisquillosa.

–Creo que me valéis –respondo, dándole una palmadita en el hombro.

Matt me pellizca el brazo y pego un grito. Nos quedamos en silencio varios minutos más y escuchamos el piar de los pájaros de fuera. Nuestras respiraciones se acompasan y nuestros pechos se agitan al mismo tiempo.

–Pero ¿estáis seguros? –insisto–. Tengo una vida muy... Bueno, ya habéis visto el caos que es mi vida. Habrá paparazis, periodistas, fotógrafos. Seguramente saldréis en las revistas. –Me giro hacia Glen, que me mira serio con esos ojos grises. Inclino la cabeza para hacerle carantoñas con la nariz sobre la cicatriz de la mandíbula y luego lo beso en los labios–. Lo entendería si eso te echara para atrás.

–Nos las apañaremos –me dice, alzando su gran mano para acunarme la mejilla de la cicatriz–. Haremos lo que sea para estar contigo.

Me estremezco.

–¿De veras?

–Sí –responden Matt y Kenta al unísono.

Cierro los ojos. ¿Cómo es posible que haya tenido tantísima suerte? Me trago las lágrimas antes de que se me derramen.

–Pues quiero una cita. Los cuatro. A la vez. En algún sitio bonito. Podríamos hacer un pícnic en un parque, o en la playa.

Kenta me toma de la mano y comienza a masajeármela.

–¿Estás segura? La prensa se va a aprovechar de la situación.

–Ya contaba con ello –respondo, y se me escapa la risa por la nariz.

–Puede que los *haters* vayan a por ti –me advierte Glen–. Hemos leídos los comentarios de tus redes sociales. Son gente muy cruel. No creo que al público le guste verte con tres hombres.

Me encojo de hombros y les digo:

–¿Es que no os habéis enterado? Soy la Zorra Suprema del Reino Unido. –Miro a través de la ventana, al horizonte de Los Ángeles, que resplandece bajo la luz del sol de mediodía, y sonrío–. Puedo hacer lo que me dé la gana.

Epílogo
Dos años después

Sus manos se deslizan por mi cuerpo y me acunan las caderas desnudas. Se me escapa un jadeo y echo el cuello hacia atrás al tiempo que unos labios cálidos se posan sobre mi cuello.

–Dios –susurro, meciendo las caderas levemente–. Cariño..., por favor.

–¿Por favor qué? –me susurra una voz que más bien es un gruñido.

Una brisa marina ligera se mueve a la deriva entre nuestros cuerpos unidos; me revuelve el pelo y me produce escalofríos por la piel. Por el rabillo del ojo veo los destellos de las lentes de las cámaras, pero las ignoro y me centro en el hombre que tengo ante mí.

–Te necesito –murmuro.

Y lo agarro de la mandíbula, acerco su boca a la mía, cierro los ojos, separo los labios y aguardo el beso.

Pero no ocurre nada.

Abro los ojos con un aleteo.

–¡Corten! –grita la directora.

Le frunzo el ceño a Thom Petty, que se ha quedado rígido debajo de mí.

–Se supone que tienes que besarme, imbécil. ¿Tan difícil es?

Thom no responde. Mira por detrás de mi hombro con los ojos abiertos de par en par. Dejo escapar un suspiro, me aparto de su regazo y me limpio los muslos mientras miro a mi alrededor.

Llevamos desde el amanecer grabando esta escena de sexo en la playa. Aún no me he acostumbrado a lo precioso que es el lugar. El mar se revuelve a solo unos metros y el cielo está teñido de un rosa pálido como el mármol y un azul bebé. Cerca de nosotros, en la arena, han montado un pabellón blanco donde el equipo ha tomado asiento en sillas plegables para observar la acción a través de las pantallas.

Gina, la directora, sale de la tienda y se dirige hacia nosotros. Está ojerosa y parece agotada; la coleta se le está deshaciendo y las gafas le caen por la nariz. Los últimos días de rodaje siempre son horribles porque nos toca volver a grabar todas las escenas en las que, de un modo u otro, la cagamos. Nadie está durmiendo mucho durante esta última semana.

–Briar –me dice casi con tono suplicante–. ¡Por favor!

–¿Por favor qué? –preguntó sorprendida–. ¿Qué estoy haciendo mal?

Creía que el que estaba dando problemas era Petty.

–Nada –murmura Gina–, pero queremos que el público quiera que Thom y tú acabéis juntos, y no creo que puedan si él parece que está a punto de mearse encima de miedo.

Miro a Thom, que está espatarrado debajo de mí y le pregunto:

–¿Vas a mearte? Porque como lo hagas te demando.

Thom parpadea con cara de tonto y me dice:

–¿P-por qué?

–Por ser un guarro.

Estamos casi desnudos. Yo llevo puesto un tanga de color carne, pero no sujetador, y Thom se ha puesto un calcetín colocado estratégicamente. Lo miro con recelo, en busca de restos de pis. Thom se tapa con la mano, y yo le doy un capirotazo en la mejilla que lo hace gritar.

Cuando me dieron este papel, no sabía que Thom interpretaría el de mi enamorado. Al enterarme, estuve a punto de abandonar la película, pero mi papel era demasiado bueno como para dejarlo pasar. Por muy raro que parezca, durante los tres meses que ha durado el rodaje, Thom y yo hemos vuelto a ser amigos. Me sentí bastante mal cuando me enteré de que le habían quemado la casa por mi culpa. Hemos tenido mucho tiempo para hablar de nuestros asuntos. Es agradable poder contar de nuevo con el primer amigo que tuve en esta industria.

Aun así, como se mee encima de mí, llamaré a mi abogado.

–Es el último día de rodaje –dice Gina mientras se frota el puente de la nariz–. Todos queremos acabar para irnos a casa, así que, por el amor de Dios, diles a tus novios que se vayan para que podamos acabar la escena y coger nuestros respectivos vuelos.

Uy. Miro hacia atrás y me encuentro a los Ángeles en un rincón del pabellón, mirando a Thom como si fueran una banda a punto de pegarle una paliza. Intento contener la risa.

Llevamos tres meses rodando esta peli: *Sunstruck*. La mayor parte la hemos grabado en Londres, en sets de rodaje que se han diseñado especialmente para la peli, pero para algunas de las escenas nos hacía falta una playa, así que las últimas semanas, el equipo y el elenco de actores y actrices hemos estado grabando en una islita privada cerca de Cerdeña. Es preciosa: playas de arena blanca, palmeras, mares azules tropicales. Cuando les dije a los chicos que iba a viajar al extranjero, se ofrecieron a venir como mis guardaespaldas.

La idea me entusiasmó. Acababan de volver de un encargo en Estados Unidos: estaban protegiendo a un político en un estado pendular muy tumultuoso. Entre que he estado muy liada por culpa de mi horario de rodaje, y que ellos han encadenado un proyecto tras otro, nos ha costado pasar tiempo juntos; por eso es maravilloso que me hayan acompañado a Italia.

De todos modos, si siguen haciendo el tonto, no creo que jamás vuelvan a invitarlos a ningún rodaje. Los miro a los tres con los ojos entrecerrados. Solo necesito un guardaespaldas aquí en el rodaje, pero, curiosamente, cada vez que me toca grabar una escena íntima, los tres no tienen nada mejor que hacer que venir a mirar.

La mirada gélida de Kenta pasa de Thom a mí. Se le relaja la expresión, me sonríe y me saluda con la mano.

–Céntrate, Thom –le digo, volviéndome hacia él–. No van a hacerte nada.

–No vas a permitírselo, ¿no, B? –pregunta, mordiéndose el labio. Dios.

–Voy a hablar con ellos –le digo a Gina, que asiente con la cabeza.

–¡Diez minutos de descanso! –les grita a todos.

Un asistente corre hacia mí y me ofrece una bata, así que me levanto y me cubro con ella. Los chicos no parecen en absoluto avergonzados cuando me acerco a ellos.

–¡Briar! –exclama Kenta, sonriente, observando el hueco que se me abre en la bata de seda–. Lo estás haciendo de maravilla, cariño.

–A diferencia de él –murmura Glen–. Cualquier hombre que fuera a acostarse contigo debería parecer muchísimo más entusiasmado.

Acerca la mano a mí, pero se la aparto y les digo:

–La directora quiere pediros amablemente que abandonéis la zona.

Y encima tienen la osadía de hacerse los ofendidos.

–¿Por qué? –exige saber Glen.

–Porque estáis asustando a mi compañero y no es capaz de recordar sus frases.

–No será tan buen actor entonces... –responde Kenta con tono apacible.

–¿Cómo va a actuar bien bajo amenaza de castración?

–No sé de qué hablas. Solo estamos mirando, cielo. –Ladea la cabeza y observa mi peluca–. Estás guapísima de castaña.

–Necesitas protección –añade Glen, mirando por encima de mi hombro con el ceño fruncido.

–¿De qué? –le digo, extendiendo el brazo para señalar la playa–. ¡Lo estamos grabando absolutamente todo!

–Tiene tus pechos en la cara –murmura Kenta, que estira la mano para reajustarme la bata. Parece un gesto inocente, pero en cuanto la tela suave se desliza sobre mi piel, siento un cosquillo en las terminaciones nerviosas. Tengo que contener un escalofrío de placer–. Solo queremos asegurarnos de que no se pasa de la raya. Nos moriríamos si te manoseara.

Se me escapa la risa.

—Creedme cuando os digo que sabe que no le conviene. Me pillaría tal cabreo que jamás volvería a trabajar, ni tampoco podría volver a usar los dedos.

—Más vale prevenir que curar, cielo.

Pongo los ojos en blanco y me giro hacia Matt, que aún no ha abierto la boca. Mira a Tom con expresión de preocupación.

—¿Matt?

Traga saliva y se acerca a mí. Normalmente no me permito las muestras de afecto en el set de rodaje; no quedan muy profesionales y se supone que estos hombres están aquí en calidad de guardaespaldas, no de novios. Sin embargo, soy capaz de discernir cuándo Matt se está comportando como un gruñón cretino que solo necesita tomarse un café y cuándo está preocupado de veras; ahora mismo, es lo segundo, de modo que permito que se acerque a mí.

—¿Estás bien? —le pregunto en voz baja.

Él asiente contra mi pelo.

—¿Se están apoderando de ti los instintos de neandertal?

Matt se aparta, me fulmina con la mirada y me dice:

—Han cambiado la escena. En los ensayos no era sí.

—¿Y? —pregunto, encogiéndome de hombros.

Gina me envió anoche el guion revisado tras decidir que la escena de sexo en la playa no era lo bastante atrevida.

Matt deja escapar un suspiro, me apoya la mano en la mejilla y me dice:

—Sé que has firmado un contrato, pero, si cambias de idea, sabes que puedes echar el freno, ¿no? Me importa una mierda que te demanden. No hay dinero en el mundo que compense que te hagan daño.

Ay. Me ha dejado el corazón calentito.

Han pasado dos años desde lo de X. Lo condenaron a cadena perpetua, tal y como era de esperar. Aun así, tardé bastante en volver a sentirme segura. Este es el primer papel en el que tengo que enseñar carne que he aceptado desde el ataque. Tenía tanto miedo de que alguien volviera a «enamorarse de mí» que me he negado en redondo a interpretar cualquier papel romántico.

Pero se acabó. Estoy lista para volver a enfrentarme al mundo. Lo que ocurrió no fue culpa mía, y no voy a esconderme porque un colgado se montara una película en su cabeza hace años.

—De verdad, estoy bien —le digo a Matt, acariciándole la mejilla con el pulgar—. Te quiero.

Matt se inclina hacia mí y me da un beso. Me parece oír a la maquilladora protestar a unos metros, pero me da igual y se lo devuelvo. Se aferra a mi cintura y desliza las manos por la tela sedosa de la bata hasta que llega a mi culo, donde me da una palmadita posesiva que hace que se me escape la risa contra sus labios.

—Vale, vale... Creo que Thom ha captado el mensaje. —Matt me da un mordisquito en el labio superior y se retira—. Marchaos —les digo a los otros dos—. Terminaremos mucho más rápido sin que estéis aquí asustando a mi héroe. Luego soy toda vuestra.

Glen y Kenta asienten y se acercan para darme un beso en el cuello (al menos ellos tienen en cuenta a la pobre maquilladora) y luego al fin se dan la vuelta y se marchan.

Cuando vuelvo a ocupar mi sitio en la arena, Gina los está observando sonrojada.

—¿Cómo narices te las has apañado para que te toque semejante premio? —murmura.

Me encojo de hombros y me quito la bata.

—Supongo que algo hice bien en mi anterior vida.

—Tuviste que ser un ángel, joder.

Me río y ladeo la cabeza para que la *script* pueda recolocarme el pelo.

—Sí, supongo.

Me maquillan y me peinan para arreglarme, y luego vuelvo a sentarme y me recoloco sobre las caderas de Thom.

—¿Mejor ahora? —le pregunto.

—Mmm —responde, mirando por encima de mi hombro.

Me doy la vuelta y descubro a Glen deambulando detrás de una cámara, fulminando a Thom con una última mirada gélida.

Dejo escapar un suspiro y le digo:

—Glen...

Él me dedica una sonrisa radiante y se marcha. Bajo la mirada y siento calorcito en el pecho.

—Daos prisa —les ordena Gina a los cámaras—. Vamos a grabar la escena antes de que se le pase el rubor de las mejillas.

El rodaje termina a las cinco de la tarde y, tras una copa rápida de champán, cada uno se va por su lado, coge sus cosas y se dirige al puerto. El último barco hacia la península parte a las seis; sin embargo, casi todo el equipo y el elenco se ha ido a lo largo del día. Soy la única que se va a quedar. Ahora que el rodaje ha concluido, los chicos y yo vamos a quedarnos dos semanas en la isla para aprovechar el sol y el mar.

Thom se acerca mientras recojo mis cosas. Se ha quitado el calcetín del pito y se ha puesto mucho más presentable con unos vaqueros y una camiseta.

—Oye, B, ¿me acompañas al puerto? —me pregunta.

Me encojo de hombros y lo sigo mientras arrastra la maleta por la arena blanca. Observo las vistas, las dunas de arena y el mar turquesa y brillante.

—Cuando me dijiste que estabas saliendo con los tres, no me lo creí, ¿sabes? —me dice.

—No eres el primero al que le pasa —le digo, riéndome—. Creo que gran parte de las revistas de la prensa amarilla está convencida de que son gigolós a los que he contratado.

—Me pareces muy valiente por tener una relación que la sociedad no aprueba —me dice, y lo hace con sinceridad.

Sí, supongo que lo somos. Hemos cautivado a Hollywood. Cada vez que salgo de casa con los chicos, aparecemos en las portadas. En la prensa rosa no dejan de inventarse trolas sobre nuestra relación con titulares como: «Matthew contra Kenta: la enemistad secreta de los novios» o «Briar revela quién es su

402

novio preferido». No dicen más que gilipolleces, pero no me importa que haya tanta gente interesada en nuestra relación; me parece bien concienciar a la gente de que existen distintos tipos de relaciones.

—La sociedad no me aprueba desde que tenía dieciséis años. He tenido que volverme valiente. —Ladeo la cabeza y lo miro de reojo—. Quizá debería darte las gracias. Lo que me hiciste fue una mierda, pero al final todo ha salido bien.

Ni me imagino qué clase de persona sería si no se hubiera producido el escándalo de los supuestos cuernos. ¿Seguiría siendo la misma chica nerviosa y educada que temía ofender a todo el mundo y que era incapaz de mantenerse firme? Puede que sea lo mejor que podría haberme pasado.

Thom asiente y se frota la nuca. El inmenso ferri blanco se detiene junto al puerto y la gente comienza a subir a bordo. Thom se gira, me observa y me dice:

—Me alegro por ti. De veras.

—No te me pongas cursi —le digo, poniendo los ojos en blanco—. Llámame cuando llegues.

Thom me da un abrazo rápido, coge la maleta y sube al barco. A continuación, Gina, la directora, tira de mí para darme un abrazo antes de que sepa siquiera qué está ocurriendo.

—Enciérralos bajo llave —me susurra, y luego me guiña el ojo.

Me río y me despido de ella con la mano mientras el ferri se aleja del puerto y cruza el agua de vuelta a Italia. Aguardo hasta que desaparece en la distancia y, entonces, doy media vuelta y me voy con los chicos.

—Sois todos horribles —les digo en cuanto abro la puerta de la cabaña de la playa.

Durante el rodaje, el estudio ubicó al reparto y al equipo en unos chaletitos en uno de los lados de la isla. Como es evidente, los chicos y yo compartimos uno, y es monísimo. Tiene ambientación náutica: con sábanas del color de la espuma marina, muebles de madera que ha arrastrado la marea y conchas. Es bastante pequeño, pero lo bastante grande para que quepamos los cuatro. Por otro lado, tampoco necesitamos tanto espacio... Solo una cama enorme.

La emoción me cosquillea el vientre mientras me quito las chanclas con los pies. He tenido un horario bastante impredecible desde que llegamos a la isla: hay días en los que trabajaba desde las cinco de la mañana hasta la medianoche y otros en los que no me necesitaban para nada. Los chicos y yo hemos buscado hueco para hacer tantas actividades (esnórquel, esquí acuático, *windsurf*) como nos ha resultado posible. Las tardes que teníamos libres, nos quedábamos aquí, cocinábamos y nos alimentábamos de comida fresca y vino bajo el atardecer. Y por la noche...

Nos hemos mantenido ocupados. Creo que hemos follado en todas las habitaciones de la casa. Estoy emocionadísima porque al fin puedo relajarme y no tengo que estar pendiente de que me llamen o de que hagan cambios de última hora en el guion. Estas dos semanas que se vienen van a ser increíbles.

Cuando llego al salón, espero encontrármelos a los tres. Sorprendentemente, al único al que veo es a Kenta junto a los fogones. Alza la mirada y me sonríe. Está guapísimo: se ha puesto moreno, tiene la expresión relajada y solo lleva un bañador largo y una camisa de lino blanca desabrochada. Se ha recogido el pelo en una trenza floja y algunos mechones sueltos le cubren la cara.

—¿Ya habéis terminado? —me pregunta.

Asiento y cruzo la sala hasta llegar a él. Tiene el wok en el fogón y está echando trozos de boniato en una salsa de curry con coco muy cremosa. Me apoyo en su brazo y observo cómo revuelve el contenido de la sartén; después se agacha para comprobar lo que ha metido en el horno. Un aroma a chocolate y nueces asciende desde la puerta y me hace la boca agua.

—¿Y esto? ¿Estás preparando la cena?

Kenta asiente y se yergue para darme un buen beso.

—He pensado que debíamos celebrarlo.

—¿El fin del rodaje?

Nuestras miradas se encuentran. Kenta tararea con aire despreocupado, parte un tomate por la mitad y me lo mete en la boca.

—Y otras cosas —añade, dándome un golpecito en la barbilla para que mastique—. O puede que solo quiera alimentarte para que vuelvas a estar como antes.

He tenido que perder cuatro kilos para este papel, y los chicos están convencidos de que, si no recupero el peso enseguida, me desplomaré y me moriré espontáneamente.

Sonrió, le lamo los dedos y respondo:

—Creo que me gusta mucho cómo piensas...

Fuera se oye un estruendo repentino. Me doy la vuelta y me topo con que las puertas del patio están abiertas. Gel se encuentra en el jardincito de atrás, arrastrando los muebles de la cocina hasta la arena. Suelta una palabrota mientras recoge la silla que se le ha caído.

—No rompas nada —le dice Kenta.

El aceite salta en el wok, y Kenta le da al botón para apagar el fogón. Le doy un último beso en la mejilla y luego salgo al exterior con Glen, con los ojos entrecerrados para protegerme del sol. Creo que acaba de volver de nadar: aún tiene el pelo oscuro por el agua del mar y solo lleva un bañador mojado.

—Hola, guapetón —le digo, apoyada en el marco de la puerta.

Es el mote que más me gusta para él desde que apareció en el «Top 10 guapos de la alfombra roja» de la revista *Hello*. Siempre consigo que se ponga rojo.

Glen alza la mirada y esboza una sonrisa.

—Hola, cielo. ¿Ya ha terminado el rodaje?

Asiento y le digo:

—Ha ido todo mucho más rápido cuando a Thom se le ha pasado el miedo de que lo destriparan.

Observo la mesa que ha preparado. Se lo ha currado: ha llenado copas de vino y ha doblado las servilletas encima de cada plato. Hay un ramo de flores tropicales en un jarrón en el centro de la mesa al que le han anudado un lazo rosa.

—¿Son para mí? —pregunto, señalándolas.

–Te las he comprado en el mercado después de que nos echaras del set de rodaje.

–Son preciosas –le digo con una sonrisa.

Glen coge un lirio de color rosa intenso y me lo coloca tras la oreja.

–No tanto como tú.

Le pongo los ojos en blanco y dejo que tire de mí para darme un beso. Miro a mi alrededor; solo falta una cosa para que esta escena sea perfecta.

–¿Dónde está Matt?

–Ha tenido sesión por teléfono con el psicólogo hace una hora –me dice Kenta, que sale de la cocina y me entrega un cóctel con fruta. El borde de la copa está decorado con trozos de piña y con una sombrillita de papel rosa–. Pensábamos que a esta hora ya estaría de vuelta.

Le doy un trago al cóctel y siento calorcito al saborear el coco y el ron.

–Pero hoy no le tocaba, ¿no? –pregunto, lamiéndome el azúcar de los labios–. Creía que eran los sábados.

Kenta sacude la cabeza.

–Ha sido una sesión... espontánea.

Frunzo el ceño. Matt está mejor. Muchísimo mejor. Aún tiene pesadillas de vez en cuando, pero no recuerdo la última vez que le dio un *flashback*. Supongo que se ha acabado la buena racha.

–¿Está bien?

–Nervioso.

Dejo el cóctel en la mesa y les digo:

–Debería ir a buscarlo antes de comer.

Kenta asiente.

–Date prisa. La comida está lista. He preparado *bruschettas* de entrantes.

–¿Te he dicho que te quiero?

Kenta se ríe.

–No sé –responde, apoyándome un nudillo bajo la barbilla para que levante la cara–, pero puedes repetírmelo.

Tras un paseo de un minuto, encuentro a Matt sentado cerca de la orilla. Se ha desplomado a la sombra de un par de palmeras y observa el océano. Sostiene algo pequeño en la mano y le da vueltas entre los dedos.

–Hola –lo saludo mientras me acerco despacio–. ¿Estás bien?

Matt asiente con brusquedad.

–¿Puedo sentarme contigo?

Asiente de nuevo y me acomodo sobre mis piernas. Matt agacha la cabeza y no me mira a los ojos. Le apoyo la mano en el regazo y, tras un instante, me la da y entrelaza los dedos con los míos.

–¿Te ha dado un ataque? –le pregunto.

Matt asiente.

–¿Por? ¿Ha pasado algo? –le pregunto, y le froto la palma con el pulgar–. Te noto estresado.

Matt contiene una carcajada.

–No estoy estresado, solo nervioso –responde, mirándome por el rabillo del ojo. La brisa del mar nos mece y le agita los rizos gruesos y oscuros–. Te quiero muchísimo.

Esbozo una sonrisa.

–Yo también te quiero.

Matt traga saliva con dificultad.

–Pero muchísimo –insiste.

–Y... ¿por eso estás nervioso? ¿Te he dicho que eres el hombre más estreñido a nivel emocional que he conocido en toda mi vida?

–Sí –contesta–, pero es que... –añade, mirando nuestras manos entrelazadas–... no quiero cagarla.

–¿Haciendo qué?

Matt duda, pero entonces me enseña lo que sostiene en la otra mano. Me quedo boquiabierta. Es una cajita para un anillo, cubierta en terciopelo negro. Mientras lo observo, Matt la abre con el pulgar y revela un anillo de plata con una piedra blanca cuadrada engarzada que brilla bajo la luz del sol.

Es preciosa. Deslumbrante. Trago saliva.

–Matt...

–Los chicos van a matarme por haberme adelantado –farfulla–. Dijimos que lo haríamos juntos.

–¿Cómo que «dijimos»?

–Queríamos pedirte matrimonio los tres a la vez. –Frunce el ceño y frota la bisagra de la caja con el pulgar–. Pero, claro, la he cagado.

Le examino el rostro. Parece dubitativo, como si no tuviera muy claro si de verdad quiere darme el anillo.

–¿Qué pasa? –le susurro.

–¿Eh?

–Hay algo que te impide darme ese anillo –le digo, y me acurruco contra él–. Lo quiero, de veras, así que supéralo de una vez.

Matt se ríe, pero es una risa hueca.

–Es que...

Pero las palabras mueren en sus labios, y luego transcurren varios segundos agónicos en los que veo que le cuesta encontrar las palabras.

–¿Ha sido por el *flashback*? –le pregunto–. ¿Ha sido muy malo?

Matt deja caer los hombros y responde:

–El peor que he tenido en una buena temporada. Ni siquiera sabía qué me estaba pasando.

Apoyo la barbilla en la curva de su cuello y noto que se me parte el corazón.

Si algo he aprendido sobre el trastorno de Matt, es que los *flashbacks* no cesan en cuanto se le pasan. Sus efectos perduran en el tiempo. Aunque intenta ocultarlo, siempre consigue asustarme. Se pasa el resto del día comportándose raro, como nervioso, y está irritable. Sin embargo, he descubierto que los arrumacos hacen maravillas para lograr que se sienta mejor, así que me subo a su regazo y me acomodo entre sus rodillas.

–Lo siento –le digo.

Matt deja escapar un gruñido y me rodea la cintura con los fuertes brazos.

–No sé a santo de qué me ha dado –murmura contra mi pelo–. Ha sido de repente.

–¿Es eso lo que te preocupa? –le pregunto, acariciándole los antebrazos morenos con los dedos, arañándole levemente la piel con las uñas.

–Llevo todo este tiempo tratando de solucionar mis mierdas, joder. Creía que ya estaba listo –responde, observando el anillo que sostiene en la mano.

–¿Listo para qué?

–Para ti. No quiero que te ates a un hombre que te despierta todas las noches gritando. –Un gruñido de frustración le agita el pecho–. ¿Cómo voy a pedirte que pases el resto de tu vida conmigo, que formes una familia conmigo, si ni siquiera soy capaz de controlar mi mente? –inspira hondo y sacude la cabeza–. No puedo pedírtelo. No es justo, en absoluto.

–¿Has acabado? –le pregunto. Él me responde con una mirada asesina y yo dejo escapar un suspiro–. Matt, no quiero invalidar tus sentimientos ni nada, pero lo de que el soldado se niegue a sí mismo tener una relación por culpa del trastorno de estrés postraumático está muy pero que muy visto.

A Matt se le escapa la risa por la nariz.

–Ah, ¿sí?

–Sí. Si lo leyera en un guion, lo tiraría. Es un cliché, y ni siquiera uno de los buenos. Al público no le gusta.

–¿Por?

–Porque es una estupidez, idiota. –Me giro sobre su regazo para mirarlo a la cara–. Mi amor por ti no depende de que «te pongas bien». Jamás ha dependido de eso. No quería que fueras al psicólogo por mí. Quería que lo hicieras por ti. –Alzo la mano y le paso los dedos por la mejilla, cubierta por una barba de varios días–. Porque quiero que seas feliz. Te mereces ser feliz. Mereces que te quieran. Y –añado, acercándole los labios al cuello, sintiendo su pulso latiendo bajo la piel– te mereces una esposa que esté buenísima, tenga mucho talento y sea listísima. Así que dame el anillo, porfa.

Matt inspira hondo y luego deja escapar un bufido.

–¿Estás segura de que me quieres?

–Joder, Matt. Sí. Para siem...

Pero, antes de que llegue a pronunciar la última sílaba, Matt me acerca a él para darme un beso. Suspiro y me derrito contra él mientras me sujeta con fuerza y nuestras lenguas giran entre sí.

Oigo pasos en la arena que se aproximan y, cuando alzo la mirada, me encuentro con Glen y Kenta. Glen frunce el ceño al ver la cajita en la mano de Matt.

–Es que lo sabía, joder –murmura, y viene corriendo hasta nosotros, apoya una rodilla en el suelo y se saca a toda prisa del bolsillo su propia cajita.

La abre y me muestra un anillo de plata con una piedra rosa con forma de corazón engarzada. Me llevo una mano al pecho porque siento que el corazón se me dispara.

–Glen...

–Imaginé que conjuntaría con todos tus modelitos –farfulla con el rostro teñido de rojo.

Me río. Tiene razón. Es rosa y brillante. Me viene que ni pintado. Acaricio la piedra con la yema del dedo y le digo:

–Es preciosa. –Después lo miro a los ojos y añado–: Eres precioso.

Glen parpadea, sorprendido, y estira el dedo para repasarme la fina cicatriz que me cubre la mejilla. Apenas se ve... Me hice un par de operaciones para arreglarla, y ahora no es más que una delgada línea blanca que me recorre el lateral de la cara y que se puede tapar sin problema con maquillaje cuando estoy rodando. Glen se inclina hacia mí y la besa con delicadeza.

–No tanto como tú.

Sé que no lo dice por mi aspecto. Sin levantarme del regazo de Matt, le doy un beso. Glen separa los labios, y yo inhalo el leve suspiro de placer que escapa de ellos.

Oigo otro paso en la arena, y Kenta se arrodilla a mi lado y me ofrece su anillo: una tira de plata muy fina con una rosa resplandeciente, a juego con el colgante con forma de rosa que llevo en el cuello. Cierro los ojos y Kenta me acuna el rostro.

—Eres la persona más increíble que he conocido nunca —me dice en voz baja.

—Tú estás en el top tres —le susurro.

Kenta se ríe y tira de mí para darme un beso. Cuando termina, la cabeza me da vueltas. Kenta me ofrece la mano y me ayuda a levantarme. Me quedo ahí, sobre la arena, con el mar rutilando a la derecha y las hojas de las palmeras agitándose por encima de mí.

Y entonces los tres me piden matrimonio.

Me siento como si estuviera en un sueño mientras se turnan para tomarme de la mano. Los tres se han preparado su discursito y, aunque soy incapaz de seguirlos, sí capto la esencia de sus palabras. «Te necesitamos. Te queremos. No queremos vivir sin ti, jamás».

Es abrumador. Siento que se me va a salir el corazón del pecho. Me cuesta tomar aire y, sobrepasada por la situación, tengo que apoyarme en el tronco de una palmera.

Kenta frunce el ceño.

—Briar...

—Estoy bien —respondo con los ojos anegados de lágrimas—. ¿Estáis seguros? Jamás volveréis a tener una vida normal.

—La única vida que queremos es una en la que estés tú —responde Glen en voz baja.

Inspiro con dificultad, y luego asiento y respondo:

—Yo quiero lo mismo.

—Nin se muere de ganas de ponerse manos a la obra con la boda —añade Kenta—. Podemos hacerlo como quieras. Puede ser un evento público o privado. Nos da igual.

—Sería maravilloso. —Es más de lo que me habría atrevido a soñar—. Os quiero. A los tres. Muchísimo.

—Pues dinos que sí —responde Matt.

—¡Sí!

Extiendo la mano y cada uno de ellos me pone su anillo. Los

han ajustado para que encajen en distintos dedos: en el meñique, el anular y el índice. Los chicos se apiñan a mi alrededor y cierro los ojos para saborear este instante. Es una escena tan perfecta que casi parece el final de película. Claro que, aquí, rodeados solo de arena, el cielo y las olas, no soy actriz. No estoy interpretando ningún papel. Estoy siendo yo misma.

Entonces salen los créditos.

Una lágrima me surca la mejilla, y luego otra y otra.

—Creía que me quedaría sola para siempre —les susurro mientras observo la luz que se refleja en las piedras y que proyecta arcoíris sobre mi piel—. Era lo que esperaba de mi vida.

Kenta me dedica una leve sonrisa y me dice:

—Ya no estás sola.

—Nunca lo estarás —añade Glen.

—Te lo prometemos —concluye Matt, dándome un beso en cada uno de los anillos.

Lo agarro del cuello de la camisa y tiro de él para que me dé un beso como Dios manda durante el que le meto la lengua en la boca. Siento una mano en la espalda y me giro hacia Glen para besarlo. Luego me separo de él y también beso a Kenta. Voy de uno a otro y los beso a todos mientras tres pares de manos me acarician, me aprietan y me rozan.

Nos quedamos ahí sentados, besándonos, acurrucados en la arena mientras el sol vespertino tiñe el cielo, y siento que todos los muros que había construido en torno a mi corazón se derrumban y desaparecen hasta que no queda nada de ellos.

Y no me muero. No me siento débil. No me vengo abajo. Me siento más fuerte que nunca.

Índice